有爱的青春陪伴者

我见是川

— 钱小渔 —
著

江苏凤凰文艺出版社

图书在版编目（CIP）数据

我见星川 / 钱小渔著. -- 南京：江苏凤凰文艺出版社，2025.6. -- ISBN 978-7-5594-9574-7

Ⅰ. I247.5

中国国家版本馆CIP数据核字第2025MQ4047号

我见星川
钱小渔 著

责任编辑	王昕宁
特约编辑	狐小九
责任校对	言 一
责任印制	杨 丹
出版发行	江苏凤凰文艺出版社
	南京市中央路165号，邮编：210009
网　　址	http://www.jswenyi.com
印　　刷	天津睿和印艺科技有限公司
开　　本	880mm×1230mm 1/32
印　　张	9
字　　数	343千字
版　　次	2025年6月第1版
印　　次	2025年6月第1次印刷
书　　号	ISBN 978-7-5594-9574-7
定　　价	42.80元

江苏凤凰文艺版图书凡印刷、装订错误，可向出版社调换，联系电话025-83280257

楔子·001

上卷　梅雨季　012

第一章·转学生　013
低在地里的杂草，偶尔会羡慕参天大树。

第二章·重感冒　034
眼里没有你的人，更不会在意你的委屈。

第三章·家长会　053
一个秘密，只有沈星川和她知道。

第四章·孤独症　071
她一直认为自己是没有朋友的。

第五章·生日会　089
他向来都是那个挂在天边上的星星。

第六章·离别时　108
"我们还会再见面吗？"

目录 contents

下卷　见春天 126

第七章・重逢日 127
对于沈星川，孟枝自认为早已放下。

第八章・急救室 150
她希望他一生都平安顺遂。

第九章・跨年夜 167
"那，你喜欢我这样的吗？"

第十章・男朋友 185
不及恋人亲密，不像朋友自如。

第十一章・双人游 209
一半沉沦，一半清醒。

第十二章・小秘密 230
"他高中时候就对你有意思了！"

第十三章・生日愿 251
和眼前这个人，携手走过此后漫长岁月。

番外一・初见（沈星川视角） 268

番外二・新年（见家长） 271

独家番外・冬至 274

目录 contents

楔子

Wojian Xingchuan

傍晚七点钟，查房结束。

孟枝拖着一身倦意回了办公室。

她将桌上摊开的病历本归置整齐，之后脱掉常年沾染着消毒水味道的白大褂，换上了自己的风衣外套。

往外走的时候，同办公室的另一位住院医生正好准备进门，两人避无可避地打了个照面。

这位医生姓赵名博文，跟孟枝是同一批进来实习的，又分到了同个教授手底下。按理说彼此应该是比较熟稔的，但奈何对方性格过于自来熟，且对她尤为热情，让向来不怎么擅长跟人接触的孟枝有些避之唯恐不及。

不等孟枝开口，赵博文先笑着打了声招呼："孟医生，下班啊？"

孟枝礼貌地颔首："嗯。"

对话本该到此结束。

但赵博文没有要走的打算，反而上前一步说道："外头下雨了，势头还不算小，你不如等等我，我开车送你回去。"

孟枝闻言，抬眼看外头。

雨势是挺大的，豆大的水珠砸在落地窗上，又立刻汇成一条水线汩汩往下流。顶上的天灰蒙蒙地压着，往常人来人往的院子里萧瑟了些许，但仍旧有人迈着忙碌沉重的步伐,匆匆行走在雨里。

一切寻常得让人压抑。

"孟医生?"

孟枝收回视线:"不用麻烦了,我坐地铁就好。"

赵博文不死心:"不麻烦,反正也算是顺路!"

"谢谢,真不用。"孟枝没有要跟他继续辩驳下去的意思,匆匆为这场对话敲定结尾,"我先走了。"

语毕,不等对方再说什么,她抬步离开。

孟枝租住的地方是个老小区,两室一厅,环境一般,好在周围配套设施齐全,距离单位只有地铁一站路的距离,且价格公道。

因为天气的缘故,地铁口进站的台阶上人挤人,孟枝几乎没有任何迟疑,决定步行回去。

老话常说,一场秋雨一场凉。

二十分钟左右的路程,孟枝一手拢紧衣服,另一手撑着伞,一路走回来却还是冻得双手冰凉,衣角还被打湿了些许。好在不久便到了。

她如往常一样进了小区大门,路过门卫室的时候,窗户从里头被推开,上了年纪的大爷探出半个身子冲她喊:"姑娘,等一下!"

孟枝驻足,回过身去,清冷如水的眸子里难得露出些许疑惑。

门卫大爷的脑袋"嗖"一下又缩了回去。

几秒钟后,门被推开,老人怀里抱着一个封存完好的大纸箱递过来:"有你的快递。"

孟枝犹豫了片刻,才上前接过。

大爷在边上念叨:"是你的吧?快递员说货柜太小放不进去,跟你发了信息说好了先放门卫室,结果好几天也没见你过来拿……哎哟,你们这些年轻人,怎么忘性比我还大。"

孟枝对这件事有点儿印象。

约莫三天前,她手机收到了一则信息,是快递取件的提示。但她近半个月来没有在网上买过任何东西,以为是错发的或是诈骗短信,并没有理会。

她看向纸箱上的快递单。

收件人一栏确实实写的是她的名字,至于发件人……孟枝看着那熟悉的三个字,呼吸微顿,随即敛起目光。

"是我的。"她说,"麻烦您了。"

"没事。"门卫大爷见她态度良好,爽爽地挥挥手,"快走吧,这么大雨。"

孟枝点点头,离开前又道了声谢。

回到家的时候天已经黑透了。

孟枝将快递箱子放到鞋柜上，打开灯，骤然亮起的光线刺得她眼睛眯了下。待重新适应后，她换上拖鞋，将雨伞斜靠在卫生间的下水口边，抱起纸箱走进屋内。

不大的客厅里东西少得可怜，除了房东原本的家具家电，几乎看不见任何多余的物品。尽管孟枝已经在这里住了两年多。

她将纸箱放在茶几上，整个人向后靠着。孟枝很瘦，却也没有脱相，微妙地维持着纤弱和骨感之间的那个点。肠胃里传来饥饿感，她却没有任何胃口，浅色的唇畔紧紧抿着，漆黑的眸子盯着面前的纸箱，里头像是氤氲着浓稠的墨色，化也化不开。

过了好半响，她才终于有了动作。

孟枝长舒一口气，直起身，拿起剪刀划开纸箱缝隙的胶带。片刻工夫，密闭的箱子被打开，里头的所有物品猝不及防地撞进孟枝的视线里——都是一些零碎物件，有纸张已经泛黄的笔记本、旧书籍，一罐装满干枯银杏叶的玻璃罐，还有其他更为零零碎碎的东西，全是她以前高中时候用过的旧物，除过一件——一块静静地躺在纸箱最角落的手表。

孟枝怔怔许久，指尖轻按住边上调试时间的旋钮，金属外壳的表盘发出"噔"一声轻响……然后，没有任何动静。

这原本是一件没能送出去的礼物，这么些年过去，即使收藏得再好，它也早就在时间的消磨中变成了一件坏掉的废品。可往昔的记忆伴随着这一声响，瞬间如汹涌潮水般铺天盖地涌过来，还来不及等她反应，便被溺在其中，连呼吸都变得困难。

少年浅色的唇畔中一张一合，嘴角噙着细微的笑意，口香糖的薄荷香味在齿间辗转着。

大多数时候，他看向孟枝的眸色总是清冷的，但每每叫起她的名字，声音却总带着和外表不符的温和。

"孟枝。"

"枝枝。"

孟枝闭上眼睛，尖锐的电话铃声却在此时打破了那种窒息感。她猛地回神，掏出手机，却在看到来电显示的时候，再次停下动作。

和快递单上的寄件人一模一样。

——冯婉如。

直到电话铃声快要熄灭，孟枝终于接通。

冯婉如的声音即使是隔着听筒，也有种挥之不去的刻薄感。

"怎么这么久才接，你这死孩子！"

孟枝眼皮微微垂下，原本轻轻蹙在一起的眉头拢得越发深。她疲倦地揉了揉太阳穴："妈，找我什么事？"

"没事不能找你了？"冯婉如不满地骂骂咧咧，"给你寄过去的快递收到没？这么多天也没见回个话。"

"收到了。"孟枝恐她揪着不放，还是解释了一句，"耽搁了几天，刚收到。"

冯婉如这才作罢。她默了几秒，才继续道："那什么，家里翻修，所有的房间都准备重新装一遍，你那房子那么久不住人了，东西我怕给你弄丢，干脆全寄给你了。"

孟枝没接话。

冯婉如的解释几分真几分假，她心里有数。

她在那个"家"住了几年，所有的东西加起来不过一个纸箱就能打包收拾完全，若想找个地方放置，怎么都能放下，可冯婉如还是不远万里给邮寄了过来。

心知肚明的事，孟枝却也不想计较，毕竟那里算是冯婉如的家，却从来不是她的。

自从父亲和奶奶相继去世，冯婉如改嫁，她就再也没有家了。

"知道了，辛苦你了。"孟枝垂下眼皮，淡淡道，"还有事情吗？"她急不可耐地想要结束这场对话，她们本来就没什么好说的了。

谁知道冯婉如今日却一改往常，竟在电话里叙起了家常。孟枝不想听，干脆将手机免提开放在茶几上，起身拿起杯子去倒水。

冯婉如絮絮叨叨："前几天嫣然回来了，陪我跟你叔在家待了一个礼拜多，还请我俩一块出去吃了顿晚餐，在市中心新开的一家日料店里。欸，你别说，那个什么天妇罗还真不错……你再看看你，毕业之后就回来了一两次，每次都是转一圈就走，跟我俩也没话说，白眼狼似的！都是年纪差不多的女孩子，怎么你就总是冷冰冰的，一点没了年轻人该有的样子，不像人家嫣然那么讨人喜欢。"

孟枝面不改色地听着，手下的动作没停，从壶里往外倒水。

"说来也是巧啊，嫣然回来了，沈星川那孩子也回来了，还特意带了礼物过来拜访我们。这好多年没见，到底是长大了许多。哎哟，他这次回来还跟了个女孩子，听说是女朋友，长得精神的哟！这么大年纪，确实也该成家了……孟枝，你在听吗？"

孟枝本来确实没怎么听。

直到她说出"沈星川"这三个字。

杯子里的水满了，孟枝却毫无察觉，一直到水溢出来流到手上她才反应过来。幸好水壶是早上出门前就烧开的，一天过去，早就冷了下来，她这才免于烫伤。

孟枝大梦方醒，忙将水壶放下，从纸盒里抽出卫生纸胡乱地擦着。

越慌越乱，水渍被抹开，满地都是湿漉漉的。

这一番动静太大，冯婉如在电话那端也听见了。她狐疑道："孟枝？你怎么了？孟枝？"

"没事。"孟枝停下动作，抿了抿唇，声音克制平静，却头一次主动递话过去，"你继续说。"

"我刚说什么来着？"冯婉如嘟哝着，打了个岔给忘掉了。

孟枝感觉自己的牙关紧了一下，两腮的肌肉绷得紧紧的，半晌，喉头热浪滚了又滚，才艰难地启齿："你刚说，沈星川……和他女朋友。"

"哦，对，沈星川那孩子，给我俩带了好多补品。邻里邻居的都这么客气，你再看看你，回来就拿那么点东西，跟空着手没什么两样。"冯婉如边回忆边数落着孟枝，好像她跟任何一个人比都不如。

搁在往常，孟枝早就挂断了电话，但这次不一样，她抱着心底那丝说不清道不明的念头和希冀，艰难地听着她对自己的讽刺，却迟迟不愿挂断。

"对了，沈星川工作好像定了海城，说是待了几年，我还说巧了，你也一直在海城，就没碰到过？"

海城。

那一瞬间，孟枝的眼皮神经质般地抽搐了一下。

她来不及管，拿起电话贴在耳畔："然后呢？"

"什么然后？说完了啊。"冯婉如随口道，重新起了别的话头，"我跟你说……"

后面的孟枝都听不太见了，甚至连电话几时挂断的，她都没了印象。

她将自己陷进沙发里，半张脸隐匿在灯管找不到的阴影处。思绪有些乱，所有和沈星川有关的一切片段从脑海中闪过，到最后，定格在了冯婉如随口的一句话上——他定在了海城。

自冯婉如那通电话之后，又过了两月有余。季节转冬，气温降了十几度，到了说话都吐白气的时节，医院中院的树杈上只零星剩下几片枯黄的叶子顽强地挂着。

孟枝的生活还是一如既往的平静，如一潭死水般无风无波。

上班，下班。

看诊，手术，查房。

每天不间断地重复着前一天的节奏，复制粘贴般的日子，非要说有什么不同，大概就是间隔十天半个月，来自好友的组饭邀约。

孟枝的朋友不算多，李铃铛算是一个。

她俩是大学同班同学，之后在同一家医院规培，又都留了下来。李铃铛分在了急诊科，孟枝分到了心血管外科。

在忙得昏天暗地的日子里，李铃铛总是会抽出时间约孟枝去市里新开的美食餐厅打卡吃饭。孟枝通常也是欣然答应，毕竟这算是她死水一般的日子里为数不多的趣味。

这日她们约了去城北新开的一家火锅店吃甜品。

李铃铛短信发过来的时候，孟枝沉思了好久，反问：为什么要去火锅店吃甜品？

那端几乎是秒回：有句话怎么说来着？

孟枝：嗯？

李铃铛：打败你的往往不是同行，而是跨界。

孟枝：［省略号.jpg］

李铃铛：抢占市场也是同理。

孟枝：……有道理。

随教授坐诊结束，孟枝简单收拾了下就赶去急诊室找李铃铛。今天也不知道走了什么大运，往日忙到起飞的急诊室竟然难得空闲了下来。李铃铛老早就收拾好了东西蓄势待发，孟枝一来，她就忙不迭地飞奔过来拉着人往外冲。孟枝一个不察，差点摔倒，站稳之后脚步却还是没有慢半点。

李铃铛的"剁椒鱼头车"今天早上被她爸开去买菜了，至今未归还，两人只得搭地铁过去。下班晚高峰，地铁上人挤人，她俩一路在人堆里头艰难穿行，用了将近一个小时的时间才总算到火锅店门口。这个点儿前头已经排了好几号了，两人又等了二十来分钟，才终于坐在了位置上。

李铃铛毫不客气地拿起手机点了一通："我跟你说，我点的都是他们家店的特色网红菜品，看这个……这么大一个冰激凌！抹茶、草莓、巧克力、芒果，你要什么味道？"

"除了芒果，其他的都行。"

食物于孟枝来说就是填饱肚子、补充能量的东西，干脆笑着任由李铃铛点。

等上锅底的工夫，李铃铛已经迫不及待地去调蘸料碗了，孟枝在座位上等她。

五分钟后，李铃铛满载而归。

她手里端着满满一碗油碟，不知道看见了什么，整个人激动得满脸通红，一面避开人群一面往这边冲。到了桌子跟前，她猛然一个急刹，碗中的香油好险才没漾出来。

孟枝忙扶住她："你急什么？"

"帅帅……帅哥！"李铃铛上气不接下气，"调料台前头，好几个大帅哥，快去看！"

孟枝囨了一下。

这人上大学的时候就是这样，现在工作了还是这样。

不管几岁，永远热爱……帅哥。

孟枝想笑，不等她笑出声，李铃铛就连推带搡地拽着她起身往调料台那边赶。动作之大，周围的几桌都侧目过来看，孟枝没办法，起身依言往那边走。

这家店的调料台挺宽，围了好几个男人，从背影看年纪都不算大，个个都是大同小异的寸头，青黑色的发茬贴着头皮，身高腿长，确实是李铃铛会眼馋的那种类型。

孟枝从消毒柜拿了碗，便站在旁边等着。

距离不算远，这几个人的交谈声自然而然落入耳中。

"这店里人多得要死，怎么就非要来这边？"

"赵阳他对象全力推荐的，说是特别好吃。"

"女孩子家家就爱这种，其实都是火锅，味道能差到哪里去，说来说去吃的还不是油碟。"

"这倒也是……唉，沈队，你这油碟就光调醋和小米椒啊？"

孟枝眼皮一跳。

她抬眼，朝着斜前方看过去。

被叫作"沈队"的男人笑了声，声音低沉，传入孟枝的耳朵里。

"你懂什么，这样才好吃。"

"忒怪你这人，跟女人似的，爱吃醋哈哈哈哈哈！"

"滚！"

男人笑骂了句，伸出长腿往边上那人小腿上踹了一记，转过身，就这么毫无征兆地撞进孟枝眼里。

四目相对，他脚步定格了半秒钟，然后微微侧过身子，淡漠地从她旁边走过。

孟枝不语，垂眸。待人离开后，她才拿着碗上前调蘸料，打醋的时候，不知怎的手上抖了抖，褐色的醋汁漾在了瓷碗外缘，格外明显。

等再度回到座位上的时候，锅底已经上了。热气从红油底下冒出来，氤氲雾一般的形状。

李铃铛催促："怎么这么慢啊？看到没看到没？"

孟枝显得有些魂不守舍："什么？"

"帅男人啊！没看到吗？"李铃铛嘀咕到一半，又瞥见她面前那碗调料，"哎呀，你真是奇怪，这世界上怕是找不出第二个人跟你似的，吃火锅的油碗里全是醋和小米辣，到底酸不酸辣不辣啊？"

孟枝抿唇，没接话："还好吧。吃饭。"

菜点得有些多，锅底就像无底洞，半天触不到底。李铃铛嘴上说个不停，来来回回都是医院那些事，诸如哪个医生被病人投诉啦，妇产科陪产的那个男的不是产妇老公而是情夫啦，肿瘤科的某位老人的儿子明明看起来挺有钱的却不愿意花钱给他治病……

孟枝听得心不在焉，左耳朵进右耳朵出，也不知道李铃铛从哪儿知道这么多八卦，明明急诊室忙得脚不沾地，她还能有工夫去记着这些事。

李铃铛正说着，话锋突然一转："今天中午那会儿，赵医生又来找我了。"

孟枝的思绪在听到"赵医生"这三个字的时候，稍微往回收了收。

"他找你做什么？"

"还不是打听你的事，问我你喜欢什么类型的电影，问我能不能帮他约你出来……态度还挺好，搞得我拒绝都不好意思。"李铃铛抱怨，"唉，我说孟枝，我看着赵医生挺好一人，从进医院就追你，这么久时间是块石头都能焐热了，你为啥就不喜欢呢？"

孟枝从锅里夹了块涮好的肉放进自己的料碗里："就是不喜欢，哪里有那么多理由。"

李铃铛"唔"了声："行呗。他刚才还问我干什么，我说跟你吃火锅，他还问我在哪家店。"

孟枝问："你说了？"

"说了。"李铃铛突然想到一个可能性，"他该不会自己跑过来吧？"

"不会吧。"孟枝略一迟疑，又觉得不至于，"毕竟是成年人了。"

成年人懂得点到为止，懂得进退有度。

应该不至于干出这么冲动又没分寸的事情。

"那就好。"李铃铛也舒了口气，末了，又恨铁不成钢地补上一句，"你这么一直单下去，可怎么办哟！"

"该怎么办就怎么办。"孟枝一脸淡然。

吃到八分饱的时候，她起身去了洗手间。路过料台附近的时候，她没忍住，往周围扫视了一圈。

却已经空无一人了。

一顿火锅吃到最后都有点撑，付完账两人一起往外走。

孟枝问："今天晚饭多少钱，我Ａ给你。"

李铃铛也不跟她假客气："一共三百三十六块，你给我一百七，明天的早饭我包了。"

孟枝拿起手机，边转钱边往外走。

推开店门的时候,她被冻得打了个哆嗦。

夜风有些凛冽,刮过时,空气里夹杂着一股淡淡的烟草味。

孟枝下意识地顺着来源看去。

店门口台阶下的角落里,路灯照不到的阴影处,有个人站在那边抽烟。尽管他整个隐匿在夜色里,看不太清脸,却能看出劲瘦挺拔的身形。半边身子倚在树干上,嘴里叼着根烟,烟头燎起的火光明明灭灭。

对方正看向她,视线有如实质,在她身上刮了个来回。

气氛静默了片刻,孟枝抿着唇没说话,垂落在身侧的手却死死地攥住了裤边。

李铃铛敏锐地察觉到气氛不对劲,站在边上大气不敢喘,跟她一道看着角落的人。

只是,还不等看出个什么,突然被本不该出现的另外一个人猝不及防地打断。

"孟枝、李医生,你们刚吃完吗?"赵博文显然是刚停好车过来,手上还捏着车钥匙。

"啊,是的。"李铃铛尴尬地挠头,"你怎么来了?"

"你不是说你们在这边吃饭,我刚好也在附近,就想着过来看看,顺便把你们送回去。"赵博文解释道。他本意是见见孟枝,只是没想到还没进店门口,就刚好碰到她俩出来,就这么撞了个正着。

"不用,不用送,我俩自己能回去。"李铃铛连忙推拒。

赵博文推了推眼镜:"反正也顺路。大晚上的,你们两个女孩子不安全。"

李铃铛顿时无语得不知道该说什么。

赵博文家住城西,孟枝和她家住城东,八竿子都打不着。倒是真应了那句话——想送你回家的人,东西南北都顺路。

"孟枝,你觉得呢?"

李铃铛看向孟枝,想要征求她的意见。

孟枝却没回答。她全然没注意到身旁发生了什么,所有的注意力都聚集在那个漆黑的角落里,一动不动,沉默地看着那边。

她只顾看着角落,赵博文却还站在旁边眼巴巴地等着她开口。

李铃铛动了动唇,最后,在这诡异的氛围中绝望地闭上了嘴。

过了很久,角落里的人才终于有了动作。

他站直了身体,抬起手掐灭了唯一的火星。烟头在空中划了一道弧线,掉进了边上的垃圾桶。做完这一切后,那人才迈着步子,不紧不慢地朝着几人走过来。

准确地说,是朝着孟枝走来。

随着他逐渐走出阴影,身形、相貌也显露出来。

男人留着利落的寸头,面部线条流畅极了。五官坚毅俊朗,桃花眼,鼻梁英挺。

身上穿了一件浅蓝色衬衣，领口微微敞开着，露出修长的脖颈和其下突出的锁骨。

是沈星川。

也是刚才火锅店蘸料台前，与她四目相对，又擦肩而过的人。

孟枝早在那一瞬间就认出了他。

只是，他当时没多看她一眼。

她理所当然地，没有上前打扰。

孟枝回神，垂下眼，咬住了唇内侧的软肉。

短暂的两秒钟后，她再度抬起头，直视着对方。

这些年，沈星川的长相似乎没怎么变，和记忆中的如出一辙，唯独少了当初的少年稚气。

离得近，孟枝甚至能闻到他身上的味道。

是淡淡的烟草，混杂着冬日冷冽的冷风，有些奇怪，但并不难闻。

"孟枝。"

沈星川叫她的名字。

孟枝喉头哽了下，才道："嗯。好久不见。"

沈星川定定地看着她，片刻后，笑了起来。

他唇薄，笑的时候会习惯性挑起右侧唇角。

"好久不见。所以，叙叙旧？"

"……好。"孟枝声音很轻。

没想到她会答应得如此干脆，沈星川抬了下眉。

随即，他微垂着的眼眸扫视了周围一圈，视线在赵博文身上停留了片刻，又落回到孟枝身上。

他极其自然地换了个话题，问："怎么来的？"

孟枝看边上的李铃铛，刚想说她们是一起来的。

话还没说出口，李铃铛那厮却抢先答道："她是走来的，老远了，看来只能得你送她回去了。"

孟枝噎住。

沈星川闻言轻笑了一声，像是从鼻腔里发出的音，也答应得干脆："好。"

李铃铛特满意这人的上道。她偷偷攥紧了孟枝的手腕，用了大力气，孟枝被她箍得胳膊疼。虽然李铃铛一句话都没说，但孟枝就是明白了她的意思。

"那孟枝，我就先走了。"李铃铛很有眼色地决定不当电灯泡，步子刚迈出去，又看见杵在一旁全然在状况之外的赵博文，心里暗叹一声，决定好人做到底，"那啥，赵医生，既然你顺路的话，送送我呗。"

赵博文愣在原地，拒绝也不是，答应也不是。

他还没反应过来到底发生了什么，就被李铃铛毫不留情地一把拉走。

火锅店门口只剩下了孟枝和沈星川。

夜风簌簌，店里的玻璃大门上氤氲了一层雾气，连带着视线也变得模模糊糊。一门之隔，店外头冷得人几乎僵掉。孟枝双手冻得冰凉，她紧攥掌心，仰头，看着眼前骤然出现的男人，半晌却没能说出一句话。

她不知道该说什么。

孟枝垂眸，心想着要是早知道……早知道会遇见，她该收拾一下自己再出门的，可能没多漂亮，但至少看起来光鲜一些，不至于如此狼狈，甚至连话都不知道怎么说起。

"好久不见"四个字，已经是她当下能想到的，最合适的寒暄。

最后，是沈星川打破这场沉默的对峙。

"走吧，我送你。"

Wo jian xing chuan

上卷·
梅雨季

第一章

转学生

Wojian Xingchuan

孟枝第一次遇见沈星川，是在2013年的夏末。

江南正值梅雨时节。

十六岁的孟枝生平头一次出远门，便是跨越千里，坐了将近一天一夜的火车，一路从遥远的北方小镇来到苏城这座发达的南方城市。

连续不断的阴雨天让整座城变得灰蒙蒙的。孟枝站在一栋双层小洋楼门口，黑白分明的眸子平静地盯着乌黑冰冷的铁栅栏。硕大的双肩包挂在身前，里面装的是她的全部身家，重量将她瘦弱的肩膀压得不断往下坠。

在门口站了好久，她终于深吸一口气，按下门铃。

不多时，里头朱红色的入户门被推开，穿着无袖连衣裙的中年女人走出来。丝质的水青色料子微微泛着光泽，长发半扎着，发丝随着步伐微微晃动。

穿过前院走到近前，女人隔着铁栅栏将她上上下下打量了个来回，才出声问道："你是孟枝？"

孟枝嗓子眼卡着一口浊气，不上不下，难受得很。

她没说话，而是轻轻点了点头。

得到肯定的答复，冯婉如将门拉开，侧身看向孟枝。她嘴唇动了动，似是想说什么，最后却只道："进来吧。"

于是，孟枝跨进门跟在她身后。冯婉如不说话，孟枝也不开口。

直到走进那扇红色的入户门,冯婉如才说第三句话。

她甩下一双拖鞋到孟枝的脚下:"赶快换上。"然后蹙着新文好不久的柳叶眉,状似忧心忡忡道,"怎么淋湿成这样?看你这孩子,到了也不说声,我们一直等着去接你呢。"

听起来像是担心她。

孟枝抿了抿泛白的唇,没说自己打了好几通电话都没人接的事实。她只是弯腰脱下了被泥水弄脏的白色帆布鞋,整整齐齐地摆放在鞋柜底下,然后随着冯婉如走进去。

客厅的皮质沙发上,有些发福的中年男人正在看电视,听见动静,视线从屏幕上挪过来,隔着厚厚的镜片将孟枝从上到下地扫视了一整圈,目光中的评判与打量毫不掩饰。旁边,和孟枝年纪相仿的女孩靠坐在沙发上,目光斜斜地往这边瞥了眼,然后撇了撇嘴,又收了回去。

孟枝站在原地,半湿的衣服贴在身上,越发显得她单薄得可怜。她安静地站在那里,连呼吸都刻意压制得很低很轻。

还是冯婉如笑着打破沉默:"老林、嫣然,这是孟枝……孟枝,快叫人。"

孟枝坐了许久的火车,又辗转大半个城市找到这里,一路上,除了必要的开口,基本没有说过话。此刻一张嘴,嗓音又干又哑,着实算不上好听。

"您好。"

干巴巴的两个字。

既不热情也不婉转,好在用上了敬语,还算是客气。

沙发上,冯婉如的第二任丈夫冲她点了点头。

至于另一个年轻女孩,这次连半个眼神都没施舍到这边。

孟枝看在眼里,依旧没什么反应。

她头一次坐火车,为了省钱买的硬座,火车上人多且杂,她整晚都没敢睡着。加上又淋了雨,整个大脑都是混沌的,人就像是一个牵线木偶,冯婉如说什么她就做什么,用尽最后一丝气力勉强维持着基本的礼貌。

可冯婉如好像很不满意。

她顿了顿,笑着对沙发上的父女俩解释:"这孩子乡下长大的,木讷……那什么,你们先看会儿电视,我带她去房间。"

得到答复之后,她侧眼看孟枝,声音压得很低:"跟我来……"

孟枝于是又跟着她往里走。

最终,孟枝被安排在了一楼最里侧的房间,楼梯后头的位置。

"就是这儿。"冯婉如停下脚步,抬手推开门,自顾自地介绍,"二楼房间满了,这个是客房改的,床、衣柜什么的都有,就是地方有些小……委屈你了。"

孟枝抬眼环视了一圈。

就像冯婉如说的那样，这间房子里该有的东西基本上都备齐了，甚至还带了独立的卫生间。空间也不算小，只是除了床单、被褥，其余的生活用品一概没有，好在她自己带了些，剩下不全的……就得去买了。

"谢谢。"孟枝说。

这是她从踏进林家以来，主动开口说的第一句话。

冯婉如看她一眼，发现女孩脸上并没有多余的表情，还是那副平静淡漠的样子。估计是淋了雨，她面色素白如瓷，唇色也浅浅淡淡的。

冯婉如抬手将发丝拨到耳后，声音清丽："谢什么，我是你妈。"

孟枝没吭声。

她对这个称呼不置可否。

实际上这些年来，这个妈有和没有，并无半点区别。

可现在她又确实要凭着这层血脉联系，倚靠着冯婉如过活。

荒诞又讽刺的现实，让孟枝说不出话。

冯婉如又简单介绍了几句她的家庭。

她二婚的丈夫就是方才客厅里坐着的男人，叫林盛。林盛和原配妻子有个女儿，林嫣然，年纪和孟枝一般大。冯婉如特意叮嘱，说小姑娘这些年被宠惯了，脾气有些不好，让孟枝注意点儿，别跟对方起冲突。

寄人篱下就得有寄人篱下的自觉，比如客气、礼貌、懂事，同时还得拿捏好分寸，不能让主家碍眼。

孟枝明白，顺从地应了声："嗯。"

冯婉如总算是满意了些。

她又说了几句闲话，叮嘱孟枝将东西收拾好，等会儿一起用晚餐，然后便推门出去。

房门关上，锁扣发出"咔嗒"一声响。孟枝依旧站定在原地，许久，才回过神，蹲下身开始收拾行李。

自从六岁那年，父亲意外去世，冯婉如南下打工，之后改嫁，孟枝便和奶奶相依为命。本以为这种贫穷却也平静的生活会持续下去，却没想到半年前，奶奶查出癌症，弥留之际，递给她一张写有电话号码的纸条，要她投奔母亲。

孟枝早就忘了所谓母亲的长相，也根本不愿意去。直到二婶明里暗里说着高中学费贵，之后的大学更不用提，供养堂弟一个人都很难，别说再多一个，这么些年他们早已仁至义尽。又说，房子也是他们辛辛苦苦盖起来的，也该归给他们，冯婉如那边已经联系好了，愿意养她，对方二婚的丈夫有钱，什么都不缺，就等孟枝过去享福……

孟枝恍然间才明白，原来从奶奶去世的那一刻起，她就没有家了。于是，她背着仅一个双肩包就能装得下的行李，攥着奶奶临走前偷偷塞给她的一千块钱，从一个赶她走的地方，到另一个同样也不欢迎她的地方。

孟枝做家务活早已轻车熟路，十来分钟的工夫，便收拾好了一切。奔波了一整天，她早已累极，换了身干爽的衣服后便倚着床头沉沉睡去。不知过了多久，直到房门被人敲响，冯婉如叫她出去吃晚饭。

餐桌上的气氛不算太僵硬。

其余三个人偶尔说上一两句话，唯独孟枝坐在那里，低垂着头，安静地吃着碗里的白米饭。

一顿饭结束，林盛接了通电话就上了楼。林嫣然也懒得理会其他的，回了自己的房间，顺便把房门摔了个震天响。桌上残羹剩饭，只剩冯婉如一人收拾。

孟枝吃完自己碗里最后一口，起身帮她把东西往厨房搬，然后不等冯婉如说什么，率先弯腰清洗起水池里的脏碗。

冯婉如一愣，扯着唇笑了笑，替她打起下手。

整个过程，两人都没话。

直到最后一个盘子洗完，外头天色也暗了下来。

孟枝擦干净手，问："我缺几个洗漱用品，哪里能买到？"

冯婉如疑惑："缺什么？屋里不是都准备好了？"

"牙膏、牙刷，还有毛巾之类的。"

冯婉如这才想起来，忘了准备这些琐碎的东西。她语气放缓："小区门口有个便利店，出家门一直朝右走就能到……你钱够吗？或者我陪你去？"

"够了。不用。"孟枝道。多余的一个字都没有，只朝冯婉如点了点头，便拉开门出去了。

她按照冯婉如说的方向一直往前走，十分钟之后，终于在快到小区门口的地方找到了一家便利店。店面不太大，但是里面的货架摆放得规律又整齐，灯光也明亮极了。

孟枝隔着裤兜，攥紧了里面的纸钞。

她一边暗自忖度着价格，一边低垂着头走进去。

店里除了她，还有两三个客人在购物。收银台前的老板娘正盯着斜上方的小电视，上面播放着一部电视剧……总之，没人注意到她。

孟枝先是绕着便利店里走了半圈，找到了摆放着洗漱用品的货柜，扫了眼标签上的价钱，略有些贵，好在支付得起。

她稍稍松了口气，这才仰着头，细细地对比挑选起来。

便利店的洗漱品并不多，孟枝在几排牙刷里面挨个看了一遍。她的视线并未在包装上的产品介绍那里停留，而是定睛在价格上。一番比对下来，她最终拿了里头最便宜的一个。

同样的选择方式，孟枝又买了一条毛巾、一盒牙膏、一盒儿童用的基础面霜。

三件物品的价格被她算了又算，总共二十块零五毛，这是价格最低的排列组合了。

结账的时候前头排了一对年轻夫妻，两人买了一堆零食，收银员正一件一件地扫码算钱。孟枝等待的工夫，手在裤兜里把那张红色的纸币搓了又搓。

前头的人是手机付款，很快就拎着东西走了。

然后就到了孟枝。

她将东西递过去。

收银员接过，挨个扫描完，道："二十块五，扫码还是现金？"

"现金。"孟枝说。她从口袋里拿出被攥了许久的纸钞递了过去。

收银员看见那张皱皱巴巴的粉色钱币却是明显一愣，随即拉开抽屉在里面翻找了一圈，最终无奈地撇了撇嘴，问："我们这里的现金不够找零，能扫码支付吗？"

这一年，扫码支付刚刚兴起，无纸化结账深受人们喜爱，一时之间风靡大街小巷，用现金的人反而越来越少。而不懂智能手机，或是不会使用网络支付的人，只能被时代洪流无情地抛弃。

孟枝就是其中之一。

她的手机是二叔淘汰下来的，老款，只能接打电话，外带了一个拍照糊成一团的摄像头。倒是可以上网，但网络支付什么的就不行了。更何况，孟枝没有银行卡，开通不了这种线上业务。

她窘迫地咬紧了唇肉，声音很小："手机付不了，您要不再找找看。"

"现金不够。"收银员耐着性子又解释了一遍，"或者你再买些东西，我这边的零钱只有十三块。"

几十块钱确实不多，但孟枝没钱，她的每一分钱都恨不得掰开两半花，更遑论去买一些自己不需要的东西。她很穷很穷，每一分都不敢浪费。

两人就这么僵持下来。

时间一秒一秒地过去，收银员终于耐心告罄。

"姑娘，不是我为难你，是确实没有零钱找。要不你换家店吧，后面还有人排队呢！"

孟枝闻言，下意识地往后看了一眼。

不知道什么时候，她后头排了一个人，是个年轻男生，个头很高，孟枝得微微仰头才能看清他的脸。他穿着一件连帽卫衣,黑色的帽子罩在头上,挡住了他的额头以上,唯余一双狭长的眸子冷冷淡淡地瞥过来,不含半点温度。

孟枝收回视线。

她抿了抿干涩的唇,敛起眸子,抬手到桌上将自己原本要买的几样东西重新拿起准备放回货架。

手指刚刚碰触到牙刷包装的塑料外壳,身后头顶上传来低沉喑哑的声音。

"我替她付。"

孟枝眼皮一颤。

还未回过神,边上便多了一个人。

紧接着,一些东西,以及一盒香烟被搁到桌上。

他没正眼看她,眼角淡淡垂着,漫不经心地道:"一起算。"

"一共九十八。"

男生没再多说一个字,沉默着扫码付钱,整套动作一气呵成。

等到孟枝反应过来的时候,便利店的门已经被推开。

男生拿着自己买的东西,修长骨感的手指尖捏着一盒香烟走了出去,收银台上仅留下了孟枝那几件精挑细选出来的廉价生活用品。

雨停之后起了风,店门口悬挂的风铃被吹得叮当作响。

孟枝定在原地踌躇了几秒,一把抓起收银台上的东西,推门追了出去。

就这一会儿的工夫,对方已经走到十米开外了。

黑色衣裤衬得他原本就高的身材越发挺拔劲瘦,还带着些拒人于千里之外的冷意与疏离。他身高腿长,往前一迈就是一大步,孟枝得小跑着才能追上他。

好不容易赶上,孟枝放缓步子。

她跟在他身后,顿了几秒,待气息喘匀之后才鼓足勇气开口。

"请等一下。"

对方好像这才发现后边多了个人。他驻足,抬手将一只耳机取下。身高缘故,男生看过来的时候是微微俯视的,居高临下,锋利的眉眼蹙起,似是不怎么耐烦,语调也是冷的。

"什么事?"

孟枝咬了下唇,才说:"谢谢你,替我付了钱。"

男生闻言,没说话,眉梢却不甚耐烦地挑了下。

"所以呢?"

"我会还给你的。"孟枝笃定地说,只不过——"现在我没有零钱,得等之后……"

"不用了。"对方却毫不犹豫地打断了她,他按亮手机屏幕扫了眼,"还有事儿吗？我赶时间。"

孟枝所有的话在这一瞬间全部堵在了喉头。

她沉默着摇了摇头。

男生也没再多说一句话，果断地转身离开。

孟枝站定在原地，直到眼睁睁地看着对方坐上了出租车，她骤然垮塌下了肩膀。

那时候的孟枝并不认识沈星川。

对她来说，这只是一个毫不相干的陌生人。他随手帮她垫付了钱，虽然是善意的释放，但更让她清楚地认识到，自己的贫穷与窘迫。

十七岁，自尊心比天高的年纪，孟枝还不能够很平静地接受命运的不公。

但她知道，自己与这座城市，与这个高档小区，与这里的所有人，格格不入。

往后几天，风平浪静。

八月下旬，距离开学的时间越来越近，孟枝转学的事情迫在眉睫。冯婉如跟林盛提过几次，之后就不好再催。好在孟枝本人沉得下气，每天得空就拿着高一的旧课本反复翻看，权当是巩固知识。

除此，她还会帮冯婉如干一些家务活。

林家二层独栋小洋楼，前后两个院子。林盛平日里忙厂子里的事情，家里的事基本不管，指望林嫣然就更不可能。虽然隔三岔五会有钟点工过来收拾卫生，但洗衣和做饭主要还是靠冯婉如来操持，孟枝做饭水平不太行，但干别的活利索。冯婉如见她这般，也乐得有人帮自己，就由着她干。

这日，晚饭已经上了桌，半天不见林嫣然回来。

她下午拿着暑假作业出门了，说是去隔壁朋友家写。这会儿冯婉如打了几通电话没人接，锅又炖着汤走不开，思来想去，干脆让孟枝去叫人。

孟枝知道，林嫣然并不喜欢自己，甚至称得上是排斥和讨厌，但这几天下来，两人也没什么摩擦，算是和平相处，因而只犹豫了片刻，就答应了。

冯婉如说："嫣然就在隔壁，出门右转紧挨着的那一户。这孩子从小就爱钻隔壁家跟她表哥玩，你直接去敲门就成。"

孟枝放下手里的盘子，将湿淋淋的双手在裤子上抹干："行。"

这个小区南面有几栋高层，中间就是独栋的小洋房，北边则是面积更大一些的别墅。林家就在中间这片区域，同样的房型前前后后还有十几栋，隔壁那户也是。

孟枝出门右转，没几步路就到了。

院子门没关，孟枝却没进去，站在外头按响门铃。

一阵尖锐的声响过后，院子里却依旧没动静。

就在孟枝抬手打算按第二下的时候，里头的入户门才被推开，房子的主人从里面走出来。

隔着一个前院，孟枝一眼便看清了那人的相貌。她原本要说的话瞬间卡在了嗓子眼里，整个人怔在原地，胳膊还半抬着，维持着按在门铃上的姿势。

屋主人是她前几天刚刚见过的。

就在便利店里，慷慨地替她付了二十块零五毛的男生。

虽然今日对方换了衣服，原本的一身黑变成了休闲宽松的白短袖和灰色运动裤，帽子也摘了，微长的发丝随性慵懒地耷拉在额前。

但孟枝还是一眼认出，就是他。

原来他就住在隔壁，原来他是林嫣然的表哥。

没由来地，孟枝突然觉得有些难堪。不过她脸上依旧没什么表情，只是眸子微微睁大了些，随即又恢复如常。

"你找谁？"男生问。

"找林嫣然。"孟枝答话，紧接着又解释了句，"她家里晚饭做好了，我来叫她回去吃饭。"

男生听明白了，也在当下知道了孟枝的身份。他目光在孟枝的脸上停留了几秒钟，然后推开铁门："进来吧，她在里头。"

孟枝惊讶，却第一时间拒绝："不了吧，麻烦你帮我……"

话刚说到一半，里头的入户门再度被人推开。林嫣然探出半个身子大大咧咧地冲门口喊："沈星川，游戏开始了，你磨蹭什么呢？"她出来得匆忙，手上的游戏手柄甚至都没来得及放下。

"快快快！你俩都赶紧的！"另一个男生紧随其后，待看清门口站着的人是孟枝，蓦地也愣住了。

张志成一脸蒙。他也住这个小区里，几个人从小就认识，今天在家待得无聊，就跑沈星川家蹭游戏玩。原本正玩得好好的，门铃响了，沈星川去开门半天不见回来，他们俩就过来找他，然后，就看见了这让他完全摸不着头脑的一幕。

与他的搞不清楚状况相比，林嫣然的脸色阴沉得像是能滴出水。

她一把掀开门，大跨步走过来，嗓子里像是带着火药："你来做什么？"

孟枝谨慎地开口："晚饭做好了，我来叫你吃饭。"

林嫣然没忍住，埋怨了一句："吃什么！烦死了！"

声音不小，孟枝听得清清楚楚。

她站在原地踟躇了一瞬间，沉默着转身离开。

话已经带到了，至于林嫣然回不回去，不是她能左右得了的。

"看到了吧,她就是我跟你说的,后妈带来的那个拖油瓶,是不是很土?"林嫣然凝视着女生的背影,嘴上还喋喋不休,"性格也奇怪,整天低着头,阴阴沉沉的,讨厌死了!"

沈星川微不可察地皱了下眉。

他抬眼看了看,女生的背影单薄消瘦,并不合身的白色短袖过于宽松,虚虚地罩在身上,风一吹就能刮倒似的。就像林嫣然说的那样,她的头好像没抬起来过,那天也是,这会儿亦然。

"什么阴沉?"张志成还在状况外。

沈星川没搭理,他收回视线,淡淡出声:"林嫣然。"

"干吗?"

"你该回去了。"

吃晚饭已经是半个小时后的事情了。

桌上的饭菜已经冷掉,盘子里的汤汤水水上,油花浮起凝固成一片,看上去直接没了大半食欲。

林嫣然坐上桌,瞭了眼对面正襟危坐的孟枝,眼皮一翻,对着面前的饭菜一脸嫌弃道:"看起来都倒胃口。"

也不知道说的是饭菜还是别的什么。

孟枝抓住筷子的手紧了紧,垂下眼,假装没听见。

反倒是林盛气得摔了筷子。

今天厂子里的一笔生意没能谈下来,合作方价格一压再压,最后直接吹了。林盛正在气头上,偏偏他女儿吃个饭都半天不回家,于是直接爆发了:"挑三拣四!好好的饭,要不是因为等你,也不至于成这个样子!"

林嫣然从小被宠大的,哪里怕他,当即就不服气地撇着嘴呛声:"我又没让你们等我!再说了,我去沈星川家里又不是去玩,是为了让他辅导暑假作业!"

"马上开学了你才想起还有暑假作业?辅导?我看是去抄作业吧!"林盛还能不知道自己生了个什么玩意儿,"你但凡拨出半个假期写作业,也不至于现在熬夜点灯!"

老底都被掀开,林嫣然将筷子一甩彻底不干了:"爸!"

也不知道她是有心还是无意,木质筷子不偏不倚隔着餐桌飞过来,不等反应,重重地抽在了孟枝的左半边脸上。力道不算大,就是惊了一下。

这突如其来的变故让在座的所有人都愣住了。

林盛最先反应过来,客气问了句:"没事吧?"

孟枝抬手摸了下脸,不疼,没破:"没事。"

林盛于是不再多理会，调转枪头对向始作俑者："林嫣然，你过分了！"

林嫣然终于罢手了。

餐桌的气氛再度恢复平静。

直到林盛拿起筷子夹了第一口菜，这顿晚餐才算正式开始。

林嫣然饭前闹了一通，总算安静下来，低着头有一口没一口地吃着饭。

冯婉如迟疑了许久，犹豫着问："老林，孟枝入学的事，你打听得怎么样了？"

"嗯，正准备跟你说。"林盛眼都没抬，夹了一筷子菜道，"你给我的成绩单我托人问了，说是分数还算不错，进五中没什么大问题，等开学去办转学手续就行。"

话音落下，冯婉如拼命朝着孟枝使眼色："还不谢谢你林叔叔！"

孟枝反应过来，眼睛都亮了些："谢谢您。"

她欢喜了，林嫣然自然就不高兴了。

林嫣然"咣当"一声把手里的碗筷摔到桌上，整个人像一只发怒的野狸猫："她要去五中？凭什么？"

"什么凭什么？去哪儿都一样。"

"不一样！我不想跟这个拖油瓶上一所学校！"

"林嫣然！注意你的言辞！"

"注意什么啊！我不吃了！"

孟枝的心都揪到了嗓子眼。

如果她会来事，精于人情世故，这个时候就应该多说几句讨喜的话。可是她不是这种人，她木讷、呆板、固执，甚至情商低到不懂得审时度势，只是紧了紧手中的筷子，颓然地垂下眼，平静地等待安排。

"别管她！吃饭。"林盛语气强硬，"惯得没边了！"

直到晚饭结束，林盛上楼回房，都没再提给她换学校的事。

孟枝隐隐松了口气。

她起身，收拾残羹剩饭。

冯婉如看着她，突然说："你别难过，嫣然……嫣然她就这脾气，没坏心的。"

孟枝不明白为什么冯婉如会这么认为。

她摇头，语气淡淡："不会。"

她没说假话，是真的没有难过，甚至，她有几分理解林嫣然。

如果换作她，可能也会不怎么待见后妈带来的拖油瓶。

人之常情罢了。

开学前一天，孟枝顺利报上了名。

缴学费的时候，老师问起她是住宿还是走读。冯婉如是想让孟枝住校的，毕竟她在林家的身份过于尴尬，嫣然又是那副态度，连带着自己夹在中间也两头为难，亲妈、后妈没一个落着好。

只是，毕竟是亲生女儿，又刚来投奔自己……

冯婉如有些纠结，到底该如何开口，才能显得不是那么不近人情。

她正犯难斟酌着，孟枝自己却主动道："我想住校。"

冯婉如顿时不难了，挺起腰背又掏出一沓钱递给收费老师："那我们住校。"

于是，住宿的事情也一并定下。

冯婉如带着孟枝在学校旁边把床单、被褥等生活用品买了个齐全，之后，又带着孟枝回到林家，将她的行李搬去了宿舍，只在那间屋子里留下了必要的生活用品。

孟枝这学期该读高二，正好赶上文理分班，班级和宿舍都来了个大调整。同学之间大多数彼此也互不认识，她这个时候进去，倒不是特别突兀。

宿舍是四人住的，除了孟枝，其余几个人都是本校高一升上来的。大家互相简单做了自我介绍之后，就聊起了天。

孟枝对她们的话题不太感兴趣，也插不进话，就搁边上安安静静地整理自己的新课本。直到听见一个舍友突然说："哎，你们知道吗，林嫣然也分到了咱们班！"

"林嫣然？就是高一在七班的那个？"

"是，就是校花嘛！长得特漂亮，去年校运会那个女主持人。"

"不是说她还是沈星川他妹？反正是什么亲戚来着。"

"真好啊，我也想要有一个那样的哥哥。"

孟枝手上的动作稍顿，片刻后，继续整理。

老天有时候就爱捉弄人。

她与林嫣然无冤无仇，因为冯婉如，因为寄人篱下，不得不面对林嫣然的敌意，也势必得处处忍让。

孟枝能想得通。

只是想得通归想得通，却难免觉得无辜。

她只能默默祈祷，她们之间能够井水不犯河水。

开学当日。

孟枝和舍友一起到教室的时候，教室里已经零零散散坐了不少人。座位是老师提前排好的，根据上学年的期末成绩来分配座次。孟枝作为一个转学生，理所当然地被放在了最后,她也并不介意,归置好东西之后就去了操场。

学年第一天是开学典礼,这几乎成了约定俗成的规矩。校领导们挨个在主席台上致辞,操场上的学生们顶着大太阳,一个个蔫了吧唧的。校领导对着话筒大声说,大家在底下小声聊,各讲各的,互不干涉。

孟枝出来的时候拿了一本英语词典,站在最后一排翻着看。她低着头,嘴唇翕张却没出声,一遍一遍默背着单词。

饶是如此,还是听见有人小声说:

"不是吧,第一天就这么刻苦?"

"咱们班的?面生得很啊。"

"真服了……哎,新生代表发言了,是沈星川!"

听到这个熟悉的名字,孟枝翻书的手骤然一顿。

她抬起头。太阳就悬在东边,对着主席台的方向,她不得不眯起眼睛,才能适应那过于刺眼的光线。

男生穿着一身校服站在讲台上,他手里拿着演讲稿,却并没有死盯着看,大部分时间,视线是从容地看着主席台下的芸芸学子。距离太远,孟枝看不清他的表情和神态,但从周围人的反应上,她也不难猜到,沈星川,大概就是那种天之骄子般的存在,稍稍一动便能惹来所有人的视线。

平心而论,孟枝是有些羡慕的。

就像低在尘埃里的杂草,偶尔会羡慕参天大树那般。

但也仅此而已。

孟枝看了会儿,垂下眼,重新背起单词。

开学典礼过后,重心回到课业上。

孟枝在老家的学习成绩一直是拔尖的,到了这边,虽然教材版本有差异,但咬咬牙还是能赶上来,只除了英语。这门学科就是她的死穴,无论怎么费功夫,就是开不了窍。早读的时候,周围的学生都大声念着课文,语调标准规范,让孟枝越发不愿意开口。

但学生时代,每个班总有那么一两个老师喜欢叫人起来回答问题。孟枝平日沉默寡言,存在感很低,一般是被忽略的对象。可那天不知怎么回事,英语老师突然点名叫她起来回答提问。

是课后作业的一题,很简单,选C。

孟枝答对了,准备坐下的时候,英语老师却说:"把选项所在的自然段朗读一遍。"

但凡起立回答过问题的同学都知道,正常作答的时候,其实没多少人会把注意力放过来,可回答者一旦卡壳,或是半天不出声站在那儿,同学们就会纷纷投来视线。

孟枝僵在原地，感受着越来越多的同学朝她看过来。

她像是被钉子钉住了四肢，一动也不能动，局促地红了整张脸。

英语老师是个急性子，见孟枝半天不出声，脸色变得不太好看。她将手在讲台上拍了几下以作提醒："愣着干什么？快点读，别耽搁大家的时间。"

孟枝在所有人或好奇，或看热闹不嫌事大的目光中，深吸一口气："Which part of……"

一段并不算长的英语段落，孟枝几乎是用了半个世纪才读完。她是一字一顿读下来的，每个单词出口之前，都在脑海里过了无数遍发音。饶是如此，她还是无法避免地将"of"读成了奇怪的"e/wu"。当她最后一个单词尾音落下的时候，耳畔果不其然地听到了来自同学们的笑声。或许他们并没有恶意，但孟枝觉得每一声都是刺进耳朵里的，疼得她难堪极了。

她双手垂在身侧，低着头，无力地闭上眼睛。

她已经尽力了，但还是没用，一开口就露馅。就像她的生活，也是如此。哪怕尽力维持住了表面的体面，但只要稍稍一戳，就会四分五裂。

"你坐下吧。"英语老师说，又呵斥其他人，"别笑了，我们继续看题！"

孟枝坐下，拿起笔，强迫自己投入课堂当中。

不多时，下课铃声响起。英语老师收拾好教材，临出门前，抬手指着孟枝："你来我办公室一趟。"

英语老师没说是什么事，但孟枝自开学至今，也没犯过什么错误，唯独今天课堂上那一幕。她不太清楚英语老师叫她干什么，但也只能顺从地随老师去办公室。

五中的教师办公室是按照年级分的，一个大办公室里放了数张桌子，不同科目、不同班级的老师都坐在里头。英语老师姓朱，也是他们班的班主任。

下课时间，办公室里几乎坐满了，都是上完课回来的老师。

孟枝站在朱老师的办公桌前，双手紧紧握在一起，像极了一个犯了错的小学生。

朱老师察觉到这位学生的紧张，向来严苛的她不自觉地放缓了语气："孟枝是吧，你是咱们班今年新转来的学生，从 Z 省是吗？"

"是。"孟枝说。

"你别怕，因为我也是咱们班的班主任，所以找你了解一下情况。"她说着，从抽屉里拿出文件夹翻开，看了几眼之后，又问孟枝，"我看你上学期的成绩单，各科成绩都很不错，英语分数也还行，怎么拼读问题这么大呢？你们以前的老师不注意教你们口语吗？高考是要考听力的，听读不分家，你这样的口语恐怕会影响听力分数。"

"教。"孟枝说。她想解释一下,以前的老师也很好,只是他们的各项硬性条件都达不到,没有英语环境,很难练成标准化的口语。但是孟枝不知道怎么组织语言,到了最后,只能干巴巴地摆出事实,"我们县是国家贫困县,各种条件都差一些。"

朱老师顿时哽住,语气柔和了许多:"老师知道了,你先回去上课吧。"

孟枝却没走。

她抿了抿唇,落在两侧的手揪紧了裤边,声音讷讷:"老师,我想咨询一下,咱们学校有勤工俭学的岗位吗?"

"你想勤工俭学?"

"嗯……我需要钱。"

朱老师蹙起眉头,说:"虽然你现在高二,但是时间很快,高考就只剩下两年不到,我建议你不要分散精力。如果条件过得去的话,忍过高考也不迟。钱的事情,不应该是你操心的,你家大人呢?"

"去世了。我现在借住在……亲戚家,不想给他们多添麻烦。"

没想到会是这么个情况,朱老师沉默了。

她看着眼前这个总是一身校服、安安静静地坐在最角落的女生。在今天之前,她其实并没有多注意到这个人。她实在太乖了,又边缘到几乎没有存在感,总是被人下意识地忽略。

良久,朱老师才开口,声音更轻了:"我知道了。有合适岗位的话,我会告诉你的。"

"……麻烦老师了。"

孟枝说完,轻轻地鞠了个躬。

预备铃声在此时骤然响起。她转过身准备回教室,一抬眼,却看见了站在办公室门口的人。

是沈星川。

他面朝着里头,内外光线差有些大,他整个人刚好站在明暗交会处。

这次,孟枝看清了他的脸。

眉眼淡漠,瞳仁黑得像是一汪幽深的湖水,叫人辨不出里头蕴含的情绪。

孟枝看向他的同时,他也正在打量着孟枝。

从第一次见面的时候他就知道,这人很穷,穷到身上的衣服和裤子都发白褪色,不知道洗了多少遍;穷到连可以扫码支付的手机都没有;穷到买的牙刷、毛巾都是最便宜的那种。

后来也听林嫣然吐槽过,说她是后妈带来的穷酸亲戚、拖油瓶,从里到外冒着土气穷酸气。当时沈星川也只是觉得,林嫣然过分夸张了。

直到今天。

他来办公室请假,正好撞见她也在。他对孟枝的事情本来毫无兴趣,却在跨进办公室门的那一刻,听见她跟老师说,自己来自贫困县城,需要一份可以勤工俭学赚钱的工作。

十七八岁,虚荣心比天还要高的年纪。

沈星川不太能理解,什么样的人,会这样将自己的窘迫和贫穷毫无顾忌地摊开来讲。

孟枝这个女生,她不会顾忌所谓的"自尊"吗?

沈星川难得对一个人起了疑惑。

下一刻,孟枝已经走到他跟前。

"麻烦让一下。"

她说。

她低着头,没看他,声音很小。

两人不到半米远的距离,沈星川闻到了一股淡淡的香味。

是那种廉价的洗衣粉的味道。

他后退半步,让出了路。

孟枝垂下眼,沉默着从他旁边经过,走远。

那天之后不久,孟枝得到了一份工作——在食堂帮忙打扫卫生。

五中食堂是承包出去的,一共两层楼,有上百个窗口,一到饭点,学生们熙熙攘攘的。食堂的规定是学生拿着饭卡买饭,吃完后将餐盘放到清洁车上,由食堂的工作人员统一收拾。不过总有一些不那么自觉的人,吃完饭后盘子随便一放,人就跑了。

孟枝的主要工作就是负责将没有放置到位的餐盘回收到指定位置,等用餐时间结束,帮清洁阿姨一起打扫大厅。这活儿不算累,占用的也是课余时间,一个月下来能有一千五百块钱。再加上班主任老师帮她申请了助学金,如果能批下来,起码她每学期的辅导资料费和生活开支就不用找冯婉如要了。

她又可以少欠一些钱了。

孟枝对这份工作很满足。

唯一让她觉得有些介意的,就是同学们异样的眼光。

头几天在食堂做工的时候,孟枝是有些赧然的。她身上穿着校服,收拾盘子的时候明显能感觉到很多人时不时好奇地看她一眼,然后低下头跟旁边的同学窃窃私语。孟枝假装没看见、没听见,低下头专注地做自己的事情。

几天过去，她慢慢地也习惯了。一起工作的食堂阿姨特地给她拿了一件围裙，孟枝收拾起来就更利索了。只是她没想到，会这么快就在这里遇见沈星川。

当时正好是午饭时间，上一个吃完饭的同学将餐盘留在了桌上，不知道怎么回事，盘子里的残羹剩饭洒了半张桌子。

孟枝正弯下腰收拾着，身后蓦地传来一个陌生的男声："阿姨，请问这里有人坐吗？"

孟枝愣了一下才反应过来，那声"阿姨"是叫自己的。她没应声，只捏紧了手里的抹布，麻利地将桌子擦干净，才起身回道："没有人，你坐吧。"

话音落下，余光才看见，陌生的男生身边站着沈星川。他今天没穿校服，身上着了一件浅灰色的连帽卫衣，衬得整个人精神又干练。

孟枝瞥了一眼，就收回视线。

她没去看沈星川，也没心思留意对方眼里是同情还是鄙夷，只是自顾自地收好抹布，转身离开。谁料到还没来得及走，就被人叫住。

"等等。"那个陌生的男同学突然开口。

语毕，他往前挪一步，整个上半身向前，盯着孟枝的脸端详半晌，然后拧过身问沈星川："我怎么觉得她眼熟？是不是那天在你家门口见过？"

沈星川眉毛一挑，漫不经心地随后问了句："哪天？"

陌生男同学想了想，笃定道："就开学前几天，她来找林嫣然，你记得不？"

沈星川没说是，也没说不是。

他站在原地，居高临下地看着眼前的女生。

每次见她，他都能清晰地感觉到这个叫孟枝的人……很瘦。从他的角度看过去，能清晰地看见她过于突出的锁骨，就连拿着抹布的那只手，手腕细得仿佛一捏就能碎了似的。

沈星川看了几眼，挪开视线。

"忘了。"他开口，声音不咸不淡的，"张志成，你还吃不吃饭？"

"吃！吃！"张志成嘴上忙说，实际上却还是没放弃，只是调转了目标，直接问当事人本人，"这位同学，你是不是林嫣然的亲戚啊？"

这个问题问得，孟枝不知道该怎么作答。

如果林嫣然知道，她在背后以她的"亲戚"自居，恐怕不会善罢甘休。毕竟开学前她就警告过孟枝，去了学校最好不要让任何人知道她们之间的关系。

孟枝不想回答，但眼前的人一副不依不饶的样子。

反倒是和他一起来的沈星川，完全没有理会身旁发生的一切，率先坐到了椅子上玩起手机。

孟枝杵在原地，一时间不知道该怎么办。

张志成见她半天不开口,急得又问一遍:"就是你吧?我没认错人吧?"

孟枝被他问得心烦,顿时也没了顾虑。

她拧起眉,声音不大却清晰,一板一眼地反问:"关你什么事啊?"

话一出口,张志成直接愣了。

孟枝自己也愣住了。

不仅他俩,就连旁边的沈星川都没再玩手机,而是将视线移到了孟枝脸上。

三个人都没说话,气氛诡异地沉默着。

是沈星川率先打破沉默。

他笑了起来,"嗤"的一声特别明显,随即将拳头抵在唇边,强行克制住了。

孟枝被这一笑叫回了魂。

意识归于大脑,她整张脸逐渐由白变红,最后,烫得几乎要烧起来。饶是如此,她还是强装镇定,垂下眼转身,离开的脚步却像是逃一般的。

只剩下张志成傻眼地站在原地。

这本来只是一个平淡生活中的小插曲,过了也就翻篇了。但孟枝无论如何也没想到,就这么几句话的工夫,能被人添油加醋地传开。

她低估了同学们的八卦水平,更小看了沈星川这个人在五中的影响力。

当晚回到宿舍,就有舍友问起:"孟枝,你认识沈星川?怎么之前没听你提起过?"

孟枝自认她和沈星川之间的关系并不能算作"认识"。

她摇头否认:"我不认识。"

"骗人,我白天明明看见你们在食堂有说有笑的。"舍友不服气地辩驳,"认识就认识,又不会叫你怎么样,干吗撒谎不承认。"

孟枝正在算一道数学题,现下思路被打乱,无论如何也做不下去了。她停下笔,语气坚定地重复了一遍:"我真的不认识沈星川。"

见状,舍友终于没再说什么。

孟枝重新低下头,继续算自己的题。

只不过第二天去上早读的时候,没有一个人愿意等她一起去教室了。

孟枝停下为了追赶她们而变得急促的脚步,在原地站了一会儿,才又抬起步子,重新向前走,步伐缓慢却坚定。

当天上午有一节体育课。

对高二的学生来说,这便是午夜来临前的最后一场狂欢。毕竟到了高三,所有的体育课、音乐课、美术课都与他们无缘。

前一节课刚下,同学们就三三两两地往操场走。孟枝孤僻,等人走得差不多了,才收拾好自己的桌面,起身准备去操场。但还没等她到门口,林嫣然却突然从外头进来,顺便反手带上门。

偌大的教室里只有她们两个人。孟枝见状,大概能猜到林嫣然是有事情要跟她说,只是她还不太清楚,林嫣然会说什么。

孟枝停下脚步站在原地,等林嫣然先开口。

林嫣然是个脾气急的,她环顾教室一圈,再次确定只有她们两个人的时候,便直奔主题:"你搞什么鬼?"

孟枝没听明白:"……什么?"

"你跟沈星川能有什么关系?为什么我听人说你俩认识,你在食堂跟他有说有笑的?"

"你误会了,我……"

"误会什么误会,你闭嘴。我警告你,无论是沈星川还是张志成,你都离他们远一些,他们是我的朋友,你别跟只蛆虫一样黏上来!吃我家的穿我家的,还想抢我的东西,你跟你妈一个德行!"林嫣然不管不顾一通发泄,骂完,连多看孟枝一眼都没有,怒气冲冲地转身离开,将教室门摔了个震天响。

直到她走远,孟枝还站在原地,维持着方才的动作。

她垂着头,看不清表情,静默地站了好一会儿。等预备铃声响起,她才终于发出声音——是那种压抑在嗓子里的哽咽,只一声,便再也没有了。

正式铃声响起的时候,孟枝准时出现在操场上。

体育老师带着大家做了两遍体操之后便让同学们自由活动。男同学们直奔器材室挑选自己要用的体育用品,女生们则是三三两两聚在一起,坐在操场边的阴影里聊天。孟枝没有关系特别好的同学,原本相处得还算客气的舍友因为莫名其妙的谣言也不怎么待见她了。孟枝也不想上赶着挤进不属于自己的圈子,她找了个没人的角落坐着,摸索出手机,纠结了许久,给二叔发了一条信息——如果这个世界上有谁算得上是家人的话,在孟枝心里,只有二叔一家。人在受委屈的时候,难免想家。

发出去的消息很快便有了回应。

二叔:*枝枝,二叔在忙,晚点给你打电话。*

孟枝盯着这句话看了半天,按熄了屏幕。

操场另一端。

学校唯一的超市坐落在东北角。平时体育课后,好多人会过来买点儿饮料零食,超市门口还摆着桌椅供客人休息,同学们便跟关系好的朋友坐一起聊天。

这节体育课正好跟沈星川他们班赶一块了。一到自由活动,林嫣然瞥见沈星川和张志成两人往超市走,立刻就跟了过来,顺便还蹭了一支雪糕。

三人坐在超市外头的桌椅边休息。张志成眼尖，隔了大半个操场，一眼就看见了独自一人坐在角落阴影里的孟枝。

他当即一拍桌子，指着孟枝的方向，问林嫣然："你说，那女生，是不是你家亲戚？开学前两天跑到川哥家门口叫你回去吃饭的那个？她怎么一个人坐到那儿？"

沈星川猝不及防地被点到名，没搭理。

林嫣然却瞬间炸了："是你亲戚！张志成你有病吧！"

张志成无辜且蒙："我怎么了啊？"

林嫣然没回话，却垮着脸无比严肃地说："我警告你们啊，你们是我从小到大的朋友，都给我离她远一点！"

张志成还是不明白："为什么？人怎么惹你了？"

林嫣然瞪他："你管这么多干吗？"

张志成乐了："林大小姐，你话也不说明白，我本来没啥感觉，现在对那孟枝贼好奇！是吧川哥？"

他以为孟枝是林嫣然家的某个亲戚，并不知道她是林嫣然后妈的女儿。这一点沈星川却是清楚的。

只不过，清楚归清楚……

手中的罐装可乐恰好喝完，沈星川手指稍用力，易拉罐被他捏扁，发出"咔嗒咔嗒"的声响，格外明显。

林嫣然一脸烦躁："你这是什么意思？"

临近中午，日光正盛，逼得人睁不开眼。沈星川眸子微眯，唇角微微扬起，似笑非笑："林嫣然，离谁近离谁远……我亲妈都没你管得宽。"

九月底，五中举行了本学期第一次月考。考试结束的周末，正好赶上国庆假期。

孟枝回了趟林家，是冯婉如打电话要求的，说孟枝一住校就不见着人影了，连个消息也没有，压根没把她这个妈放在眼里。孟枝觉得很奇怪，前十几年，她也是一走了之，没见个人影。如今角色对调，她便能堂而皇之地指责起别人来，可见，血缘关系真的是个很特殊的存在。

直到孟枝说知道了，并承诺自己会回去，冯婉如才勉强满意，挂断电话。

只是孟枝没想到，她回去的时候，是沈星川给她开的门。

饶是向来情绪内敛的孟枝，在看见他的那瞬间，都明显地错愕了一瞬。她背着双肩包，双手揪着垂下来的书包带子，一时间竟恍惚地以为自己走错了门。

还是沈星川说："进来吧。"

孟枝才回过神，脚步迟疑地跟在他身后往里走。

长方形的餐桌旁，林盛和冯婉如坐在一侧，另一边是林嫣然和沈星川，而孟枝坐在末端的位置上。虽然心里有诸多疑问，但孟枝很快压下了那点好奇心，安静地吃着饭。除了筷子和碗沿时不时地磕碰，发出一丁点脆响，整个用餐过程中，她都极其沉默。

直到听见沈星川叫林盛"姨父"，孟枝才彻底明白他们之间的关系——沈星川是林盛原配妻子的外甥，也是林嫣然实打实的亲表哥。这么一想，也难怪林嫣然在听说学校那些传闻后，特地跑过来警告她。

孟枝想着，面上不显，仍自顾自地吃饭。

饭后，照旧是冯婉如收拾，孟枝帮她打下手。在厨房洗碗的时候，冯婉如突然问起孟枝的月考成绩。方才在饭桌上，林盛因为林嫣然考得太差，已经训了她一顿。冯婉如当时没开口，如今只剩下她们母女两人，才敢问孟枝。

孟枝月考考得勉强算不错。班里一共五十七个人，她排第十八名，中上游水平，除了英语和物理拖了些后腿，其余的发挥得很稳定。

孟枝大概说了一下自己的分数，冯婉如听得比较满意："当时你二叔就说你学习成绩很好，我以为你来这边会不习惯，没想到还算不错。嫣然平常学习也不差，这次不知道怎么回事，考砸了，你林叔刚骂了她一顿。"她说最后一句话的时候，还不忘探头往客厅看一眼，显然是怕被林嫣然听到。

孟枝对冯婉如的褒奖并没往心里去，事实上她对自己的成绩并不满意。原先在县城，她从来没掉出过年级前三，这次成绩出来，比她预想的还要差。不过最令孟枝惊讶的是沈星川。他能够代表全校学生在开学典礼上发言，孟枝就猜到他必然是成绩优异的，只是没想到他竟然轻轻松松就考了年级第一，并且甩开第二名十几分的差距。

在学校光荣榜上看见他的成绩的那一刻，孟枝心里突然浮起一个念头——原来真的有人毫不费力，就可以达到旁人再怎么努力也达不成的高度。

孟枝想着，手上的动作也慢了下来，直到冯婉如叫她才回过神。

冯婉如说："这边收拾得差不多了。你林叔叫我，我先上楼去看看，你记得把餐厅打扫一下。"

"知道了。"孟枝应下。

她将洗好的餐盘摞进橱柜，又将抹布打湿拿去餐厅。餐桌上有些许汤水，是刚才吃饭时洒下的。孟枝对这活熟悉，三两下擦洗干净，刚准备回厨房洗抹布，就听见二楼传来脚步声。她下意识地抬头望去，便看见沈星川正沿着木质楼梯往下走。

他也看见孟枝了，视线从她的脸上掠过，却在她拿着抹布的手上定格了一瞬，又挪回到她的脸上。

"需要帮忙吗?"他问,声音清洌。

"什么?"孟枝难得大脑宕机了一回。

"打扫卫生,需要帮忙吗?"沈星川重复了一遍。

孟枝这下听明白了,难掩诧异地看他一眼,随即又赶紧避开。她垂头看向光秃秃的餐桌,讷讷道:"不用,已经收拾好了。"

沈星川这下没再说什么,冲她点了点头就抬步往外走。

临出门的时候,却又听见身后的女生叫住他:"等等。"

沈星川停下脚步,回头:"有事?"

孟枝轻轻"嗯"了一声。

她将手里的抹布放到一旁的桌子上,左手拽住衣服下摆,右手伸进裤兜里摸索了半晌,然后拿出一张皱巴巴的纸币,走近,递过去。

是一张二十块的纸钞,中间放着一枚五角钱的钢镚。

上次在便利店,他帮她付的那一笔钱,一分不多,一分也不少。

沈星川难得地沉默了。

几秒钟后,他失笑:"还我钱?"

孟枝却不觉得有什么好笑的。

她又"嗯"了一声:"欠债还钱,应该的。"

她说话的时候,就站在沈星川面前一步远的地方,手还伸在他眼前。估计是经常干活的缘故,沈星川看见她的手心很粗糙,掌纹深而乱,指尖因为泡了水而发白——是沧桑到不符合她这个年纪的一双手。

然而她的眼睛是澄澈的。黑白分明的眸子,瞳孔里闪着平和而又倔强的光。

她就那样抿着唇,用那双倔强的眼看着他。

无声的对峙之后,沈星川最终还是接过了那钱。

那瞬间,他留意到,眼前的人明显松了一口气。

这么小一件事,至于吗?

沈星川不太理解,却也没多问,只接过钱离开。

临走的时候,恍惚听见身后又传来一声"谢谢",声音太小,他不确定自己是不是听错了。

第二章

重感冒

Wojian Xingchuan

孟枝待在林家不如待在宿舍自在,于是第二天,她就以写作业为由,回了学校。

这并不算是借口,而是确实有一大堆作业等着她。五中的老师布置起作业来毫不手软,再加上月考刚结束,原本就多的作业里还得加上抄卷子改错题的量。孟枝回林家的时候没带习题,这就导致她所有的功课全部压在了假期后面几天做。

这天,她奋笔疾书了大半日,下午的时候,笔芯没墨了。

假期的学校空荡荡的,餐厅和超市都不开门,孟枝只能去校外买。

五中正门口是一条沥青铺成的大马路,因为这几年卫生城市整治,路上干干净净的,两边没什么店铺,做生意的小店面全部被挪到了后门步行街上。每逢饭点,后街一条路全被学生占领,除了五中,还有附近几个其他学校的。学生们将一条狭窄的街道挤得拥堵不堪,街边的小摊点和塑料桌凳乱中有序地堆放在人行道上,小吃店的老板挥舞着铁铲,和铁锅撞得"当啷"作响,阵阵烟火气充斥着整条街道。

孟枝先是找了家小文具店买了一盒替换芯,然后才去吃饭。

孟枝没在这里吃过饭,干脆找了一家客人稍微多点的店。

老板娘是一位四十来岁的中年妇女,胸前系着一个格子围裙,估计用的时间久了,围裙上面凝固了一层油烟熏出的污渍,黑得隐隐发亮。她脖子上挂了一条毛巾，有汗珠下来就拿毛巾随便抹一下。店内只有五六平方米，还杂七杂八地放着好多货物和桌椅板凳，环境实在堪忧。

但能到这里吃饭的，大多也不是什么特别注意环境的人。

孟枝看着价目表快速盘算了一遍。

"老板，我要一份蛋炒面。"

"欸，好嘞！"老板娘声音洪亮，"你先找个地方坐，好了我给你端过去！"

"好的，谢谢。"

孟枝的视线在狭窄的店里睃了一圈，最后还是在外边找了一个板凳坐着。

小吃店隔壁是卖烤串的，老板在边上搭着炉子烤肉，孜然粉和辣椒粉的香味飘过了半条街。烤串店门口的塑料圆桌边围坐着一群年轻人，看样子像学生，但没人穿校服，不确定是不是五中的。

几个男生扯着嗓子在侃大山，桌上摆满了烤串，脚边零星堆着几个空饮料瓶。

孟枝坐得离他们不远，隔了三五米。

那帮人说话的声音很大，饶是孟枝不怎么想听，还是没能阻止那些声音传到她耳朵里。

"今早这场比赛，一个字——爽！"

"对面小前锋被我川哥防得死死的，按在那儿爆捶，简直就是全方位压制哈哈哈哈！"

"川哥，真男人！神仙操作，神仙走位，神仙意识！"

"你咋不直接说沈星川就是神？"

孟枝心下一跳。

不会这么巧吧？

她坐直身子，还没来得及偏过头看一眼，就听见有人说："别吹了。"

少年声音慵懒，说话尾音有点拖，惯常的漫不经心的调子。

还略带了些嫌弃。重点是，特别耳熟。

"什么叫吹？你就说说，咱那神仙操作是不是真的？"

少年笑骂一声，夹杂着几分懒得搭理的敷衍："行了，赶紧吃你的饭。"

"吃吃吃。"那人嘻嘻哈哈，接着话锋一转，"话说回来，我今天一大早出门，跟我妈说约了同学去图书馆学习，结果回家后我妈把我一顿爆捶，说她同事看见我从球馆出来。"

"一模一样。我现在只要回家晚点，我爸妈听都不听，直接就给我判'死刑'，非说我不务正业去了，我狡辩都没法子……哎，川哥你呢？你跟家人咋说的？"

少年斜靠在椅子上，抬手随意抓起桌上的一次性杯子喝了一口饮料。他半垂着眉眼，鸦羽般的睫毛在下眼睑处覆上一层阴影。

沈星川冷笑了一下:"我爸妈很放心我,只要我的成绩没有下降,他们才不会管我这些。"

桌上,气氛瞬间安静。

隔了好一会儿,不知是谁笑骂了句:"还是你自在!"

这句话就像触碰了某种开关,一帮人都反应了过来,接二连三地吐槽。

"这就是三好学生的待遇吗?"

"川哥,如果我跟你一样是三好学生,能不能也跟你一样秀?"

沈星川顿了半晌,才轻嗤一声:"就凭你?"

他整个人懒散地靠在椅子上,语气轻佻,这三个字被他说得带着无限嘲讽的味道,却偏偏让人心底生不出厌烦。

连被怼的男生都一阵狂笑,没有半点生气的样子。

"哈哈哈哈哈哈哈,我不行我不行,谁能跟你比啊。你是谁?五中之光沈星川啊!"

他们聊得热烈,一旁,不小心听了全程的孟枝却彻底失语。

原来私下里,他竟是这样的沈星川——

一个自信到有些自负的人。

将无意间听到的聊天内容前前后后拼凑起来,孟枝大概了解了跟朋友在一起的沈星川是一个怎样的人。

这也是他在她的脑海里,除了相貌优越、成绩拔尖、人挺善良,又一个印象。

老师眼中的好学生,父母眼中的好孩子,五中所有同学眼中品学兼优的校草——其实也喜欢打游戏、打篮球,跟好朋友聚在一起开玩笑侃大山。

这完全颠覆了孟枝对他的认知。

在孟枝的印象里,沈星川桀骜难驯,好似对一切事情都不太上心。除了让人难以靠近的冷漠和疏离,好学生该有的样子他都有,甚至完美得让人挑不出一丝错来。

可没承想,原来是伪装。

沈星川不是神,也会和这个年纪的很多男生一样,有一些无伤大雅的小爱好,以及不能被大人知晓的坏习惯。

旁边的男生们又开始了一轮新的话题。

孟枝咬了咬唇,提醒自己,别再想无关的人了。

孟枝默默思忖了会儿,决定等老板娘将蛋炒面做好,打包带回去吃。自己现在这个位置有些尴尬,她想尽量避免与沈星川碰面。

没想到的是,她刚刚站起身准备交代老板娘,她的面要打包,热情的老板娘便一手拿着一双筷子，一手端着一盘炒面就过来了。见她起身要走的样子，老板娘以为她是等急了，大声喊了一嗓子："哎呀，小姑娘你坐着，面已经好了！"

老板娘常年做生意，在吵吵嚷嚷的环境中待得久了，嗓门不自觉地就大了。她这一声，引得周围吃饭的人纷纷侧目而视。

隔壁桌正在吹嘘自己战绩有多么了不起的男生也短暂地闭上了嘴，捎带着往边上看了一眼。

孟枝没注意别的人。

老板娘喊出声的一瞬间，她下意识地只往一个方向看。

沈星川掀开眼皮。

然后，四目相对。

他向来波澜不惊的脸上闪过明显的讶异。

稍纵即逝。

孟枝收回视线，干脆又坐回了板凳上。

老板娘将一盘炒面放到面前，并非常贴心地将筷子架到盘子上。

"要趁热吃。"老板娘笑着嘱咐了一句，又迈着大步匆匆忙忙地赶回灶台边继续做饭。

孟枝看着面前的炒面。

面条筋道，鸡蛋、青菜和红椒夹杂其中，看起来就让人食指大动。她明明很饿了，但动起筷子来慢吞吞的。

直到身后那群人再次开始交谈，孟枝才微微自在了些，安静地吃起了自己有些迟的午饭。

十多分钟后，炒面还剩了一小半，但孟枝已经饱了。她放下筷子，认认真真地擦干净嘴巴，然后起身去找老板娘买单。

蛋炒面七块，孟枝给了老板娘一张二十元的整钞。

老板娘的围裙兜里没装几张零钱，便回到店里的收银台去取，孟枝只好干巴巴地站在门口等着。

一会儿的工夫，老板娘终于捏着零钱出来。

孟枝接过，忙不迭说了声"谢谢"，然后拿着钱回学校。

没多久，老板娘拿着抹布来收拾。饭桌上除了盛面的盘子，还放了一盒笔芯，新的，都没拆封。

估计是刚才那姑娘落下的。

老板娘想都没多想，手下边忙活边用那大嗓门喊："哎，姑娘，你东西落下了！"

话音落下，抬眼一看，哪还有人影。

"跑得还挺快。"老板娘念叨一声，声音不算小。

几步之遥的沈星川突然笑了。

他吃了个半饱，然后从张志成兜里抢了一根棒棒糖塞嘴里打发时间。

这货以前不懂事，跟乱七八糟的人学会了抽烟，好在不久后便被他妈妈发现，于是打火机和烟就变成了棒棒糖，草莓、蓝莓、柠檬、可乐，各种口味应有尽有，沈星川闲得没事干就习惯性地打劫一根含着，嘴里甜滋滋的。

含了会儿，坚硬的糖果半天没怎么化开，沈星川却没了耐心，直接一口咬碎，糖渣顿时散了满嘴。他推开椅子，站起身。

"干啥，去厕所啊？"张志成嘴里嚼着肉，含混不清地问。

沈星川瞥了他一眼："还要跟你报备？"

"哎，不是，你干什么去啊？这还没吃完呢！"

沈星川将手里的糖棒扔到边上，抬眼往不远处看了一眼，而后收回视线。他随口敷衍道："吃你的，我马上回来。"说完，也不管张志成一干人什么反应，自顾自地迈着长腿往外走。

一桌人大眼瞪小眼，眼睁睁地看着他走到隔壁店里跟老板娘说了句什么，然后老板娘递给他一个什么东西，沈星川接过后，朝着步行街口过去了。

"什么情况？"桌上有人问。

"我哪知道啊！"张志成也纳闷，"他手里拿了个啥？"

"没看清……"

一桌人面面相觑，没一个知道的。

出了步行街，是个十字路口，过去就是五中的后门。

附近人流量比较大，红绿灯变换时间略有些长，差不多一分钟。

孟枝站在斑马线旁等绿灯。

沈星川跟在她身后几步远的距离，她却愣是没发现，走路低着头，不知道在想些什么。

第一次见孟枝的时候，沈星川就知道她很瘦，瘦到肩膀两侧的骨头都耸了出来。

今天孟枝穿了一身校服。五中的校服本身就偏大，罩在她没几两肉的身体上，松松垮垮，像个麻袋似的。多亏她个头还算高，骨架支棱在那儿，好歹还能撑着点衣服。

但饶是如此，沈星川还是觉得，恐怕稍微大点的风就能把她刮跑了。

沈星川盯着看了半响。

眼看着红灯就要变绿，孟枝却还没发现自己身后跟了一个人。

傻得冒泡。

沈星川想着。

他没了耐心再跟,干脆叫她:"孟枝。"

两个字低沉喑哑,比以往倒是多了些温度。

孟枝一愣,紧接着便回过头。

向来平静温和的眸子里闪过几分疑惑,待看到就站在自己身后一米远的沈星川,这种疑惑彻底变成了惊讶,连带着眼睛也瞪大了些许。

"有事吗?"孟枝的眸光掠过他有些不耐烦的脸,微微向后退开了一小步。

沈星川却被她这一连串的反应逗笑了。

这姑娘怎么回事,每次见着他不是愣着不说话,就是磕磕绊绊地往后躲,恨不得把"跟你不熟"这四个字刻在脸上。

潜藏在骨子里的恶劣因子在这一瞬间好像被激发了出来。

他没吭声,反倒是抬了抬唇,勾起一抹不怎么善意的笑。他朝她走近,再近,直到两个人之间的距离不足半米远时才堪堪停下,视线凉凉地定在她脸上,一眨不眨,也没有要开口的意思,就那么盯着她看……像极了一浑不憷的痞子。

孟枝被他这莫名其妙的举动弄得有些不适地咳嗽了一下,随即又立刻噤了声。她动也不敢动,呆站在原地看着沈星川,她意识到了他的恶作剧,却也不敢躲,只是咬着唇安安静静地等着他先开口说话。

诡异的距离,诡异的氛围,两人之间就这么维持着这种诡异,足足有一分多钟。

直到沈星川眉头一动,他垂下眼皮,不耐烦地"啧"了一声。

他后退半步,率先拉开跟孟枝的距离,脸上又变成了那副惯常的漠然表情。他从裤兜掏出东西递给她:"你的。"

是一盒笔芯。

孟枝怔了片刻才反应过来,这好像是她刚刚买的。

估计刚才落在小摊上了。

孟枝眼睫颤了颤,接过,轻声道了谢。

沈星川没吭声,却也没走,只站在原地看着她。

之前也没留意,这是第一次他隔这么近地看她。

巴掌大的鹅蛋脸上没什么肉,皮肤很白,越发衬得眼睛亮,鼻梁还挺高,鼻尖有点肉。她嘴唇貌似总是干涩的,唇色也浅。一头半长不短的头发,随意扎成了低马尾披在背后,估计是因为营养不良的关系,发质看起来不怎么好。

凭良心说,五官都挺好看。但因为不怎么打扮,又永远穿着一身校服,再怎么好看的脸经过这么一糟蹋,也只能变得普通。普通到,扎进人堆里就再也找不着了。

他不走，也不说话，就这么沉默地打量着孟枝。

孟枝没存在感惯了，被他这么捉弄了一通，又被死盯着打量，只觉得浑身别扭。她握紧了手里的笔芯，纸盒被捏得变形扭曲。良久，她终于出声："还有事吗？"

沈星川挪开眼："没了。"

"哦，那我先走了。"

孟枝说完，没等他回话，压着绿灯的最后几秒跑过马路，头也没回地走了。大有点落荒而逃的意思，好像身后是什么洪水猛兽。

沈星川再回到烧烤摊的时候，一桌人狐朋狗友不约而同地停下了手里的事儿，饭也不吃了，饮料也不喝了，眼巴巴地盯着他。

沈星川拉开椅子坐下，拧了瓶水喝了几口，问："犯哪门病？"

"你犯哪门子病？"张志成贱笑，"我刚问炒面老板了，说你追着一个妹子跑了。川哥，什么情况啊？"

沈星川说没情况，其他人却不信。

主要是他这人看起来温和有礼，实则压根就不是那么一回事。对他们这些朋友倒还好，对上其他不怎么熟悉的人，冷淡得就跟一块石头差不多，典型的"关你屁事，关我屁事"那种人。能让他多管闲事，比登天还难。

沈星川知道说了他们也不会信，他也懒得解释那么多。况且，本来就没什么情况，只是产生了交集，因而多了几分关注。

仅此而已。

但话说回来，人与人之间的故事，往往都是从一星半点的好奇心开始的……

国庆收假之后彻底入了秋。

季节交替，气温跟着善变起来，流感趁机死灰复燃，稍一不注意，就让人着了道。

孟枝她们宿舍，四个人病倒了两个，都请假回了家，剩下孟枝和另一个还坚强地挺着。为了尽可能地降低患病风险，孟枝特地去学校门口的药店里买了板蓝根，饶是如此，还是没能挨过这次流感。

当天正好是周末，舍友回了家，宿舍只剩下孟枝一个人。向来六点准时叫醒她的生物钟竟失灵了，孟枝一觉睡到了中午。

她是被渴醒的。被子里像是被塞进了一个大火炉，烤得她从头到脚连带着五脏六腑一并烧了起来，喉咙更是像吞了炭一般，有股灼热的痛感。

窗帘拉着，房间里昏暗一片。孟枝浑身不舒服，她眯着眼睛，茫然地盯着头顶的天花板，半晌后，缓慢地支起身子。她脑袋一片混沌，隔了好久才想起来，抬手摸了摸自己的额头。

一片滚烫。

发烧了。

孟枝叹了口气，认命般慢慢吞吞地下床。

简单洗漱了一下，她拿着钥匙和零钱包出了门。

五中没有医务室，平常有学生生病都是请假回家。高中生，哪个不是家里的重点关照对象，病了或是累了，家长有操不完的心。孟枝不指望冯婉如，也不想回林家。她从学校后门出去，在步行街上走了老远，总算找到一家社区医院。本以为这种小诊所没什么人，结果一进去，发现里面满满当当，绝大部分是流感中招过来挂水的。

孟枝排了二十来分钟的队，才总算看上病。医生问了下症状，顺便给她量了下体温——39℃，然后直接打发她去挂水了。一共三瓶，护士将牛皮筋绑在她手腕上的时候，孟枝还有些愣神，直到针头刺进血管，血液回流的那一刹那，她才清醒了些。

她出门急，没带手机，何况就算带了那个老年机也玩不了什么游戏，只能干坐在那儿，愣生生地等着时间过去。

记不清过了多久，诊所的门帘被掀开。

男生的嗓门大刺刺的："医生，你们这儿还有板蓝根和抗病毒药剂吗？"

声音有些熟悉，孟枝掀开沉重的眼皮看过去，对方的脸也有些熟悉。还没等她将人和名字对上号，对方先认出了她。

"孟枝？"张志成穿过人堆走上前，"你这是，中招了？"

孟枝混沌地点点头。

张志成看她有点呆的样子，问："你知道我是谁不？"

孟枝认出来了。

经常和沈星川一块的那个男生，姓名她却忘了。

张志成看她半天没说话，估摸着她不太认得自己，也不介意，当场做了个自我介绍："我叫张志成，跟林嫣然和沈星川是发小……你怎么一个人在这儿啊，你家人呢？"

他不太了解孟枝的情况，单纯只是疑惑。

孟枝也觉得没必要说，只简单地一笔带过："有事来不了，我自己一个人过来的。"

"哦。"张志成挠挠头，有些尴尬，也不知道说什么了，想了想，添了一句，

"那什么,我妈让我来买药,那我先过去了啊,拜拜。"

"再见。"孟枝说。

随后,她又闭上眼,靠在椅子上假寐。

这场病来得汹涌,走得也艰难。

打了两天吊针,丝毫不见好转,孟枝晕晕沉沉的状态持续到星期一。最直接的表现就是,她迟到了。

七点半的早读,睁开眼时已是七点十五分。往常这个时候,她都已经吃完早点走到教室了。

孟枝被这惊心动魄的时间吓得瞬间清醒。

她没敢耽搁,匆匆忙忙地起床梳洗,一路拖着沉重的步子跑下楼。紧赶慢赶,快到教学楼跟前的时候,预备铃声还是无情地响起。

教导主任带着一众学生会干部站在教学楼门口查迟到,不管是迟了一分钟还是十分钟,只要是铃声响起没进教学楼的,一律被拦下,在台阶下站成一排。

沈星川也在。

他胳膊上套着袖标,校服拉链拉到了最顶端,红色的领口整齐地翻着边儿露在外面。像是有些没睡醒,他站在那儿看起来困倦极了,眼皮向下耷拉着,眉头微拧,满脸的不耐烦。

学生会登记名字的干部拦住迟到学生不让走,让他们站在旁边,等着被记下名字和班级。

孟枝他们班班规严格,会在每周一的班会上通报和批评迟到的学生,要求迟到的学生上交千字检讨,以及打扫一周卫生。班上每周都有同学受到这种待遇,孟枝万万没想到,如今轮到了她自己。

偏巧还撞上了沈星川轮值的时候。

孟枝已经没精力去想多余的事情了,她看了一眼便收回视线,脚步虚浮地往这边挪。眼看着快到跟前,学生会的某个干事突然催促她:"那位同学别磨蹭,快点站过来登记名字。"

声音很大,迟到的和检查迟到的都齐刷刷地看过来。

沈星川原本只是听见动静,意兴阑珊地掀开眼皮往这边瞧了一眼,但视线扫过孟枝时,原本松散的眸光突然凝起了点儿神。

迟到被抓的已经有四个人了,孟枝是第五个。她站在最后头,双肩包压在肩膀上,整个人看起来一副摇摇欲坠。

"这姑娘怎么这么点儿背啊?"张志成小声感叹,"今天'黑脸'来抓迟到,她就偏偏赶上了。"

"黑脸"是他们教导主任的绰号,因为总是黑着一张脸,故而得名。

沈星川没理他,眉头微蹙,用余光看着孟枝。

他总觉得她有些不对劲。

边上,张志成又凑过来说:"对了,我周末的时候在校门口跟哥几个打联机,回去的时候,我妈叫我捎点板蓝根跟抗病毒药剂,我去诊所的时候就碰见她在挂吊瓶。"

"谁?"沈星川问。

"还有谁?孟枝啊!"张志成说,"流感,中招了,一个人缩在角落挂水,也没个人陪……啧,看上去还挺可怜的。"

怪不得。

怪不得她一副病恹恹的样子,原来是真的病了。沈星川心想。

又听见张志成问:"她不是借住在林嫣然家的亲戚吗?怎么感觉林嫣然家没人管她呢?"

沈星川没回答他,脸色看起来不怎么好。

又等了好一会儿,直到早读快结束,教导主任才终于松口,放过那一排对着教学楼外墙面壁思过的倒霉蛋,让他们回去上课。

沈星川在最后头,将几个学生会干事的红袖标一并收回。刚准备回去上课,前面突然一声惊叫,女生尖厉刺耳的嗓音划破寂静:"呀,有人晕倒了!"

沈星川捏着红袖标的手指一滞。等他越过人群,原本摔倒在地的人已经恢复了意识,正缓慢地爬起来。周遭一圈人,不知道是没反应过来还是怎的,总之,没一个搭把手的。

还是沈星川扶住了孟枝一只胳膊,将人拉起来了。

握住她小臂的那一瞬间,手心里传来的温度是灼烫的。他拧着眉,语气算不上好:"没事吧?"

孟枝说"没事"。结果摊开手心,两只手掌都蹭破了一层皮,左手更严重一些,掌根处甚至沁出了血,火辣辣的。她刚才站得久了,本身就头晕,结果上台阶的时候没注意,眼前一黑,整个人就往地上扑了过去。

已经走远的教导主任又回过头来,黑着脸问:"怎么回事?"

孟枝还没从疼痛中缓过神来,半低着头,后知后觉地准备说没事,话就被人截断了。

沈星川抢先一步替她回答了这个问题:"她发高烧,头昏摔倒了。"

"发高烧?"教导主任难得通了一次人情,"实在不舒服就请假看病休息,都严重到晕倒了……沈星川,下节课你别上了,把人带去诊所看看。"

也不知道是不是因为周围这一圈人,教导主任能叫得上来的只有沈星川一个,总之,他指名道姓地让沈星川送孟枝去诊所。孟枝不想麻烦别人,下意识地想拒绝,却听见沈星川干脆地应了声"好"。

其他人散开回了教室,沈星川扶着孟枝往校外走。说是扶也不太准确,他只捏着孟枝的手臂,力道有点大,没多久,孟枝的胳膊就泛起了一圈红印,疼倒是不疼,就是有些不自在。

"我没事的。"孟枝攥了攥手指,"你去上课吧,不用管我,我自己回宿舍休息会儿就好。"

沈星川敏锐地察觉到她的排斥,松开手:"不去打针吗?我可以帮你请假。"

孟枝犹豫了下,却还是摇头:"暂时不了。我等下午放学再去……不想耽误上课。"

她一开口就是否定句,"不了""不用""算了""不需要",末了,通常会再跟上"我可以""我能行""我自己来"之类的话作为结束语。

沈星川有些发笑,气的。

"这么要强,有意思吗?"他突然问。

孟枝诧异地看了他一眼,抿着唇没说话。

两人一前一后,隔着足有半米的距离沉默地向前走。直到走到宿舍楼底下,沈星川准备离开时,她才开口。

孟枝后来回想起来,觉得那天一定是发烧烧得脑子不清醒了,不然她不会跟沈星川说那种话。

她很平静地开口:"我从很久以前就明白,示弱和服软,只有对在乎我的人时,才会有用。沈星川……"她头一回叫他的名字,语气缓慢笃定,"我也不想这样,可我没办法。"

孟枝并不是生来就要强的。

尽管对六岁之前的记忆已经模糊,但她仍有些许印象。父亲去世之前,她其实和很多同龄的孩子一样,调皮捣蛋、娇气爱哭。会因为一点小事就梗着脖子和小伙伴吵起来,然后委屈地跑回家找父母哭;也会因为贪玩而忘了写作业,被家长打手板,但打完以后,父亲又会到小卖部买零食哄她开心。

直到六岁那年,意外骤至,父亲去世,冯婉如为了赚钱去外地打工,几年之后又忽然改嫁,孟枝被奶奶照顾着,靠父亲的赔偿款和二叔一家的照拂度日。大概就是从那时起,她越来越听话、越来越懂事,也逐渐变得沉默,甚至孤僻。

十三岁那年,孟枝有生以来头一回跟人打架。

对方是个调皮的男孩子,跟她是同班同学,家就住在孟枝家斜对面的巷子里。

具体因为什么吵起来的已经记不清了,只记得他先踢了孟枝一脚,孟枝反手推开他的时候,手不小心打在了他脸上。刚步入青春期的男孩子面子比天大,被一个没爹妈的女娃当众打了脸,顿时恼羞成怒。再然后,孟枝被他一把掀翻,摔到地上,膝盖被地上的碎石子划破了一道将近十厘米的口子。不深,但是出了血,至今还留着一道浅浅的疤。

真正让孟枝难以忘怀的,是之后一连串的事。

因为在学校打架,老师责令双方叫家长。男生叫来了他爸。那男人看起来很凶,上来先问自己儿子有没有受伤,在得到否定的答复之后,便放下心,开始追究老师和学校监管不力的责任。而孟枝这边,奶奶年纪大了,行动不便,是二婶来的。二婶一来,不问缘由,不管因果,先劈头盖脸地骂了孟枝一顿,说她家里没人管,这么大年纪了还不懂事,自己请假过来厂里要扣工资云云。至于孟枝沾满了土的校服裤子和还在流血的膝盖,她完全视而不见。最后,还是男生家长看不下去,说邻里邻居的算了吧……二婶才终于罢休。

从那时候起,孟枝就顿悟了一个道理——

眼里没有你的人,不会在意你的委屈。即使你在他面前再怎么示弱、服软,对方也只会视而不见。所以,很多事情,没有必要说给别人听,只需要默默等它过去就好。

只要过去了,就会好的。

沈星川不会理解。孟枝也并不怪他。

最后,孟枝还是没能回去上课。

她晕到大脑已然失去正常运转的能力,连视线都变得模糊起来。沈星川一走,她便在楼梯台阶上踉跄了一步,险些摔倒。她抿了抿干燥起皮的嘴唇,最终塌着肩膀,一步三挪地回了宿舍。

躺上床,人稍稍舒服了一些,燥热伴随着倦意又慢慢地袭来,她闭上眼,昏昏沉沉地又睡了过去。

醒来的时候是中午十二点多。

孟枝是被回来午休的舍友宋婷婷叫醒的。

短发女生拿着一盒退烧药站在她床前,撇着嘴,带着些埋怨的样子,表情说不上来的奇怪。

"怎么了?"孟枝支起身,声音有些哑,"中午了吗?我又睡过了。"

"过了就过了,反正有人帮你请了假。"宋婷婷将手里的退烧药扔到孟枝床上,"喏,人家特地让我带给你的。"

"人家是谁?"孟枝没听明白。

"沈星川啊！"宋婷婷语调带着点酸气，"托您的福，校草竟然主动跟我说话了。孟枝，看不出你还有这本事啊！你之前还不是说你不认识他吗？你俩到底什么关系啊？"

"没什么关系。"孟枝垂着眼，试图帮沈星川莫名其妙的行为找一个合乎逻辑的借口，"可能是早上查迟到，我不小心摔了一跤，教导主任让他扶我去诊所看病，所以，他才帮我请假，顺便买了药。"

"是吗？"宋婷婷半信半疑，总算没再抓着这件事。

被子上，一盒还没拆封的退烧药安安静静地躺在那里。宋婷婷方才虽然嘴上阴阳怪气，却还是倒了一杯水递过来。透明的玻璃杯折射着顶灯炽白的光，杯壁上还挂着水珠。孟枝看得恍了下神。

她低声道了谢，抠开塑料板上的锡箔纸，倒了两片药吞进嘴里。浓烈的苦味在口腔中蔓延开来，直到灌了一整杯水下去才稍稍缓解了些。

这场高烧去得如同抽丝一般。

孟枝向餐厅请了几天假，每天除了上课就是去诊所挂水，周末除了买饭连宿舍门都没出，整整折腾了一周，整场病才基本上算过去。

周一下午最后一节是雷打不动的班会。

迟到名单是按周统计的，据说每周年级组的会议上，教导主任会亲自将名单发到各班班主任手上。大概是学生迟到会扣班级的量化得分，这个分数又和班主任的带班工资联系在一块，总之，朱老师对迟到这种行为简直是深恶痛绝，每逢班会必会腾出十多分钟的时间来批评迟到的学生。

朱老师教龄有二十年了，教学技能已经"出神入化"，但观念还是偏古板的。不仅唯成绩论，连口头禅都不怎么"时髦"，班上一有学生犯事，他就拿出那句万能语句——你们这届是我带过的最差的一届！

可惜大家都是左耳朵进右耳朵出，真正放进心里的没几个人。

朱老师激情四射地表达了让大家追赶超越、为班集体荣誉而奋斗的中心思想。

一番长篇大论之后，她停了下来喝了一口水，话题也拐了个急弯。

"我每节班会课都要说迟到这个事，回回说，你们周周照'迟'不误。每周一早上开年级例会的时候，年级组的领导念迟到名单，每回都有咱们班的同学。你们真的就不能给我留点脸？"

说到这儿，她像是想起早上开会被点到名的丢脸情形，本来就严肃的方脸变得越发骇人。

孟枝眼睫颤了颤，一颗心顿时提到了嗓子眼。

她已经开始想，等会儿要是被叫起来，该怎么认错才能显得诚恳一些。

朱老师从教案里抽出一张纸,两条眉毛拧得快要连成一股绳:"接下来念到谁的名字,谁就麻溜给我站到后面去……徐宏!"

朱老师气得声音震天响。

被念到名字的男生战战兢兢地起身,脚底抹油跑去墙角站着。

"王亮亮!"

又是一声响。

墙角又添一员大将。

孟枝心底"咯噔"一下,紧张得连呼吸都不敢大声。

她作业写到一半也停了下来,右手拇指和食指将笔捏得死死的,关节泛白。感觉力气再大点,笔就能被她捏断。

对孟枝这种循规蹈矩的好学生来说,迟到一次,就是犯一次大错。迟到之后在众目睽睽之下,被老师点名叫起来批评,再站到墙角……那就跟受刑没两样。

朱老师念完这两人的名字,蓦地住了声。

孟枝抬头看了一眼讲台。

朱老师又在喝水。

这种感觉就像刀架脖子上,你不知道对方什么时候会砍下来。

喝完水,朱老师将杯子拧好放在讲台上,继续训话:"我是不是跟你们说过,不管怎么样,学习态度要好?身为一个学生,上学都不能准时来,这就是你们的学习态度?从开学到现在,几乎每周我们班都有迟到的学生,我上周已经再三强调过,迟到要写一千字检讨,扫一周的教室。徐宏、王亮亮,你俩听到没有?"

墙角那边立马传来两声响亮的"听到了"。

朱老师恨铁不成钢地剜了他们一眼:"好了,上自习!"

语毕,她把一张凳子拉到讲台边,往下一坐,拿着教案就开始写写画画,没有要开口的意思了。

这就……完了?

孟枝彻底愣住。

虽说最后是请了假,但她确实迟到了,也亲眼看着学生会的同学将她的名字记在风纪本上。难不成最终统计的时候将她漏掉了?可这个理由她自己都说服不了自己。

想来想去,除了沈星川,大概没别的缘故了。

不知道为什么,但沈星川确实又向她释放了一次善意。

喉头有些堵,孟枝吸了吸鼻子,抿了抿唇。

孟枝觉得,自己应该向沈星川道谢。

但之后挺长一段时间,她再也没有遇到沈星川,只有时远远地看到他。

沈星川的同性缘貌似特别好，身边总是呼朋引伴。

体育课上，他总会和班上的同学凑在一起打球。一群半大的男孩子中，就他个子最高，运球或是投篮的动作也比一旁的人要好看些许。

孟枝的座位靠窗，外侧就是操场。有好几次，她稍微偏过头，就能看见沈星川打球的身影。每当这时，孟枝总会不由自主地分出一点注意力在操场上。

除此，就没别的了。他们的生活轨迹本来就没有相交的地方，更多的时间里，孟枝还是在过着自己古井无波一般的生活。她大部分心思还是放在课堂上、书本里，一天少有的课外时间，除了去餐厅打工，就是吃饭和睡觉。

孟枝向来是能吃苦的，各种方面、各种意义上。

但命运经常爱捉弄人，越是能吃苦的人，就越有吃不完的苦、受不完的委屈等着。

五中的教学进度很快，月考结束没多久，期中考试又马不停蹄地来了。孟枝因为生病状态不好耽误了一周课，病好以后很是吃力才勉强赶上。然而期中考试成绩，分数和排名还是比第一次月考下滑了许多。

期中考试之后，是五中雷打不动的家长会。

放假前一天，班主任再三强调，每位学生必须有一个家长到场，实在到不了的……没有到不了的，必须来，这是强制性要求。

孟枝没办法，她要见到冯婉如，就必须去林家一趟。况且，虽然孟枝平时很省，加上勤工俭学的费用，生活基本没有问题，但这次看病用了不少，开学时冯婉如给了她一千块钱生活费，如今钱快花光了，她不得不为接下来一段时间的生活费早作打算。

已入深秋，景明别苑外面的树叶变得枯黄，风一吹就打着旋地往下飘。林家朱红色的漆木大门没关，孟枝走进去的时候，一家人都在，连沈星川也在。

冯婉如正从厨房端着一碗汤往餐桌边走，看见孟枝进来，她面上划过一丝诧异，像是有些奇怪她怎么会过来。但须臾之后，这点细微的情绪就消失了。

冯婉如放下汤盅，招呼道："回来正好，快来吃饭吧。"她像是心情不错的样子，面上还挂着笑容。

孟枝放下书包，去厨房取了碗筷。

冯婉如今天煮了山药银耳汤，清甜的香气弥散在空气中，让人食欲大开。孟枝给自己盛了一碗汤，坐在那里安安静静地喝着。

饭桌上的气氛过于静谧，一时间只有咀嚼食物的声音。孟枝知道，平日里大家吃饭肯定不是这样的，是因为她才变得如此。虽然她已极力避免这种尴尬的情况发生，可有的时候确实避无可避。

孟枝垂下头，动作细微地抿了一口汤，称得上是小心翼翼，尽量不发出任何声音。

直到林嫣然开口，打破沉默。

她夹了一筷子菜放到林盛的碗里："爸爸，我们期中考试名次出来了，你猜我考了第几？"

林盛严肃的声音中带着一丝明显的宠溺："第几？"

"第九名！怎么样，不错吧？"林嫣然仰着头，一脸求表扬的娇憨样儿。末了，她又噘着嘴补充，"沈星川这次又是第一。回回第一，都没有惊喜了。"

"都不错。"林盛向来没有表情的脸上难得地有了笑意，眼角的皱纹都深了。

林嫣然："那下周的家长会你给我开！"

"好。"林盛一口答应。

林嫣然得到了肯定的答复，越发高兴。

蓦地，她瞥了孟枝一眼，像想到什么好玩的事情一样，调转枪头对准孟枝，恶作剧一般地问："孟枝，你怎么不跟冯姨说说你考得怎么样啊？"

孟枝动作一顿，抬头看她。

对方笑得像只偷了腥的狐狸。

林嫣然就像是城堡里的公主，没什么太坏的心思，但脾气却不怎么小，所有情绪也都写在脸上。有些幼稚，却也着实带着刺。

就比方说现在，其他几个人的视线不约而同地落在孟枝身上，冯婉如更是直接问道："孟枝，你这次期中考怎么样？"

孟枝视线从林嫣然的脸上挪开。

她半垂着眸子，看着眼前的餐具，声音很轻："不太理想。"

冯婉如噎了一下。

她和林盛是半路夫妻，原配的女儿、外甥个顶个的优秀，自己女儿成绩却不太理想，这让她觉得有些抹不开面子。

冯婉如笑着转移话题："那先吃饭吧，汤都快凉了。"

林嫣然却不打算就这么揭过，不依不饶道："排第几呀？我记得好像在班上是第三十多名吧，三十七名还是三十八名来着……我没记错吧，孟枝？"

孟枝沉默。

片刻后，她平静地开口："第三十八名。"

比月考倒退了二十名。

孟枝放下筷子，扯了一张纸巾擦了擦嘴。她不闪不避，林嫣然问什么，她就如实回答什么。她努力学习了，所以并不是什么丢人事。

一顿饭吃得挺没滋味，吃几口就饱了，但是一桌人都没走，孟枝也不好提前离开，只能先坐在那里候着。她现在只祈祷大家吃快点，或者是林嫣然忽略她。泥人尚有三分血性，况且成绩是孟枝很在意的事情。

"我记得冯姨之前说，你在你们老家那边成绩可好了，经常是镇上前两名，我还想跟你讨教一下怎么学习呢。"

孟枝深吸一口气，正欲开口，却被另一道声音截断。

沈星川看都没往这边看，他从林嫣然面前捞起一只空碗，一边盛汤一边说："我记得 Z 省那边和这里不是一套教材吧，衔接不上也是正常。"

他说话的时候还是惯常的样子，语调慵懒，一副不怎么上心的态度。就像是突然想了起来，极其随意地插了一句话。语毕，汤也盛好了，他把碗递到林嫣然面前。

林嫣愣住，眼巴巴地看着他："搞什么？"

沈星川撩起眼扫了她一眼，掀开唇淡淡地道："喝吧。"

林嫣然一头雾水："……哦。"

好在她也没再继续。

话题就此揭过。

孟枝舒了一口气。

帮冯婉如收拾完厨房，孟枝回到自己房间洗澡。莲蓬头的水浇下来的那一刻，她只觉得无比累。与身体无关，更多的是情绪消耗一空。孟枝仰头，抬手抹掉脸上的水珠。

洗完澡出来的时候，发现冯婉如竟在她房间里候着。

不知道冯婉如是什么时候来的，也不知道等了多久，孟枝出来的时候，她正坐在写字台前，手里拿着一沓装订好的卷子。

那是这次期中考试，所有科目的试卷。

每张卷子上都有用红色水笔批改的分数，赫然在目，藏都无处藏。

头发还在往下滴水，孟枝怔了片刻，才想起来继续擦头发。

"你奶奶当时跟我说你成绩很好，是个有前途的好孩子，让你辍学实在可惜……五中是省重点，学习压力大，我记得月考你考得还行，没想到这次下滑了这么多。"冯婉如说完，没等孟枝接话，又道，"你爸去世后，我说走就走，把你留给你奶奶，这么多年不见，你心里估计也恨我。可是孟枝，我也没办法，我也只是希望过得体面一些、轻松一些。我没学历、没能力，能嫁给林盛，真的是烧了高香。我知道我自私，我不为自己辩驳，我也知道很多人都看不起我，估计连你也是这么想的。经过这么多天相处，我也知道，你这孩子好强，自尊心高，心气也高，是个咬牙也要靠自己的主儿。"

冯婉如说到这里忽然停下来。

虽然不知道她怎么突然说了这么多看似掏心窝的话,但说毫无触动也是假的。只是有感触归有感触,孟枝稍微辨析一下,就能察觉她说这么多,无非为自己的行为举动找一个恰如其分的借口。

她的妈妈是一个精致的利己主义者。

孟枝一直都知道。

所以,她只站在原地,安安静静地听着。

"这么多年没管你,对你的情况也不了解,你学习好或是不好,成绩高或是不高,都是你自己的事,关乎的也是你自己的未来。我没有资格管你什么,也没有资格劝你什么,我只能保证几年够你吃喝、供你读书,这是我答应你奶奶的,也是我欠你的。至于其他的,得靠你自己……你不喜欢我这种人,那就别成为我。"

冯婉如放下卷子起身,木制的板凳腿在地砖上划出一道刺耳的声响。

"说了这么多前言不搭后语的话,你听听就好。我先上楼了,你记得将头发擦干再睡。"

"那,家长会你会去吗?"孟枝问完,又不自觉地解释,"学校要求,必须有家长去。"

"当然。"冯婉如答应得异常干脆。

"谢谢。"孟枝小声说了一句。

人一走,房间里只剩下孟枝。空气中有一丝似有似无的花香,是冯婉如身上的香水味。孟枝没由来地觉得有些窒闷,胸口像是堵住了一口气,上不来下不去。

她干脆走到窗边。

今晚很美。

天空中云层堆叠,月亮掩映其中,露出半弯月牙。

晚风从窗口吹进来,有些凉,心里那股说不清道不明的情绪也被吹散了大半。

孟枝想了想,穿上外套走出家门。

景明别苑的绿化做得很好,小区里的活动设施也多。距离林家最近的地方有一处小小的空地,露天,地面上铺了青石板,旁边长着一棵大梧桐树,有两人合抱那么粗。

深秋,枝丫上光秃秃的,反倒是地面上铺了一层厚厚树叶。在遒劲的树干上,用铁索绑着一个长长的秋千,看起来有些年份了,铁索已变得锈迹斑斑。

孟枝难得起了童心,坐上了秋千。离得太近,铁锈的味道钻进鼻子里,孟枝却不嫌弃,只觉得无比放松,连带着晚饭时的郁闷和沮丧都一扫而空,她甚至弯了弯唇角。

在镇上,石板街的尽头也有一个秋千,奶奶说孟枝小时候很爱去那里玩。那时候爸爸还没离开,他总是会在一天的繁忙结束之后,带她去那里荡秋千。

可惜,那时候她太小,早就记不清了。

孟枝坐了会儿,觉得指尖发凉,有些冷了。

夜已深,她准备回房睡觉。

还没等她起身,不远处突然传来一阵响动,伴随着院门被推开的"咯吱"声。孟枝抬头,不期然地撞上了一双黑沉沉的眼睛。

沈星川家就在这处空地斜对着的方向,隔着一条内铺路。他手里提着一只黑色塑料袋,没过来,而是径直往前走,然后停在几十米开外的垃圾箱旁,抬手将手里的垃圾袋扔了进去。

做完这一切,他折返回来,走到秋千架旁边时,停下脚步。

孟枝坐在那里,微怔地看着他。

这时候的沈星川和方才饭桌上的判若两人。

他应该也是刚洗完澡,头发湿漉漉的,有些凌乱。这让他看起来多了几分轻狂,变得更为肆意且真实。暖黄色的灯光从身后打过来将他整个包裹住,他站在光里,唇角向上,眼睛微微眯起。

孟枝突然想起舍友曾说过的一句话——

"沈星川啊……比他学习好的没他长得好看,比他长得好看的没他学习好。"

客观精准,一针见血。

孟枝晃神得过于明显,眼睛直愣愣地盯着沈星川,眨也不带眨的,沈星川想忽略都难。

半晌,看孟枝还在发愣,沈星川有些想笑。他又往前走了两步,直到两个人中间的距离不过两三米,才站定,掀唇问:"看够了没?"

他声音不大,孟枝反应慢了好几拍,才辨别出他在说什么。飞到天边的思绪回归大脑,理智也一并回来了,她匆忙挪开视线,脸颊又红又烫,像是有两团火在烧,却还是兀自强装镇定地回答:"够了。"

饶是温和的夜色帮她藏住了几分窘迫,孟枝也实在坐不住了。她慌乱地站起身,拢了拢衣服就往回走,步伐凌乱,经过沈星川旁边时还趔趄了一下,不过又很快调整好了……简直就是狼狈而逃。

目送着她的身影消失,沈星川才收回视线。人走了,秋千架也空了,他轻笑了一声,干脆自己坐了上去。

月细如弯钩,挂在天边,孤寂冷清。

他从裤兜里掏出一条口香糖,拆了一片扔进嘴里,薄荷的清香味瞬间盈满口腔。

他心情颇好地眯起了眼。

第三章

家长会

Wojian Xingchuan

　　家长会定在周一下午,半天时间。因为会前需要人手,班主任干脆叫了住校的几个学生来教室,帮忙打扫卫生,还有就是提前将成绩单和每个学生装订好交上来的卷子发放到座位上,供家长们查看,以便对自己孩子的学习状况有一个了解。

　　孟枝和舍友都被拉壮丁了。

　　宋婷婷手下忙活着,嘴里还不停地向孟枝吐苦水:"我期中考的名次比月考下降了五名,我妈肯定要说的,她今天专门请了半天假来给我开家长会,要死了!哎,孟枝,你家里谁来呀?"

　　孟枝擦桌子的动作停顿了一下:"我妈。"

　　"唉,都得完蛋!"宋婷婷叹了一口气,越发觉得生无可恋。

　　午饭过后,孟枝、宋婷婷等人提前到教室门口。

　　宋婷婷负责签到,孟枝和其他三个人负责引导家长入座,顺带给家长们倒水。

　　家长会两点准时开,一点刚过,就陆陆续续地有家长来了。孟枝她们引导家长入座,顺带端茶递水,没多久,水壶里的水就不够用了。孟枝和同学去水房打水,等拎着两个壶回来的时候,就见冯婉如已经站在教室门口签到了。

　　孟枝脚下步伐快了点。

　　宋婷婷忙得顾不过来,一看见孟枝,就抬手招呼:"孟枝,带一下这位阿姨找座位，这是林嫣然的家长。"

　　孟枝脚步一顿，拎着水壶的手倏地紧了下。

　　她当下没反应过来，怔愣了一瞬。

　　不过，随即就回过了神。

　　孟枝抿唇，将水壶递给另一个同学，沉默地做了一个引导手势，率先走在前面带路。冯婉如跟在她身后。

　　教室里乱糟糟的，先到的家长们或是拿着桌上打印好的成绩来回翻看，或是前后左右互相攀谈，气氛一片融洽。其他几个同学也忙着各自的事情，没有人注意到这边。

　　"孟枝。"冯婉如叫了她一声，音量不大，孟枝刚好能听见。

　　或许是有些愧疚，她难得带着几分歉意说："你林叔公司突然有事，来不了，让我替嫣然参加家长会。嫣然那孩子在家闹腾了半天，就是不想让你们同学知道我跟你的关系，所以……你这边，我回头给你们老师打个电话说一声。"

　　"没事的。"孟枝打断她的道歉，停下来，转身看着冯婉如，抬手指着边上的空位，"这是林嫣然的座位，您坐这里就好。"

　　"……好。"

　　墙上的时钟划过两点，家长会准时开始。全班五十七个人，唯独孟枝的座位是空着的，异常显眼。班主任在讲台上核对名单的时候，往教室外看了孟枝一眼，却也没说什么。

　　家长会按部就班地举行，几个学生在外面候着。

　　宋婷婷透过窗户里面瞧了几圈，疑惑地问："哎，孟枝，你不是说你妈妈来吗？怎么没见人？"

　　"临时有事，来不了了。"孟枝扯唇，平静地说出早就想好的借口。

　　宋婷婷也没起疑，"哦"了一声，又幸灾乐祸地道："那你完蛋了，老班肯定要念叨你。"

　　孟枝笑了一声，垂下眼，什么都没说。

　　家长会开了一个多小时，结束以后有事的人就可以先行离开了。虽是如此，仍有很多家长主动留下来，找各科老师询问自己孩子的课业问题。冯婉如却没有，一散会，她就先走了。

　　孟枝站在教室后门口，看着她离开后，才从角落里出来。

　　人走完以后，留下来的学生需要清扫教室，晚上大家还要上晚自习。快扫完的时候，班长从班主任办公室回来，给孟枝捎来话说，老师让她过去一趟。

　　孟枝应了一声，将手里的扫帚放到清洁角。

　　其他学生的卷子都被家长带回去了，唯独她的没有，大剌剌地摊开在桌面上，显得孤独又讽刺。最后,还是孟枝自己收了起来,拿着卷子往朱老师办公室去。

办公室的门敞开着,孟枝走到门口,犹豫了片刻,轻轻喊了一声:"报告。"

"进。"

孟枝闻声进去,一抬眼,发现沈星川竟也在里面。

他就在朱老师隔壁那位老师的办公桌旁站着,姿态松懈。看见孟枝进来,他似有些意外,目光在她身上驻足了几秒。

孟枝垂下头,避开了他的打量。

她手里拿着试卷,此刻边缘已经被攥得皱皱巴巴。本来就难堪的心情因为旁边多了一个意想不到的人,而变得更甚几分。

"孟枝啊。"朱老师起了个话头,声音算不上严肃,"今天是什么情况?不是说每个学生至少得有一个家长来嘛,咱们班都到齐了,就差你一个。老师叫你来,就是想问问是什么情况。"

孟枝是班上典型的乖学生,性格内向不多话,认认真真学习。虽然成绩在班里算不上名列前茅,但也一直在努力。对待这样的学生,连向来脾气不怎么好的朱老师也多了些耐心。

孟枝在来之前,已经想好了理由。

她告诉老师因为借住在亲戚家,亲戚工作忙来不了,她也不好麻烦人。

谁知朱老师听完,将玻璃杯往桌上重重一搁:"怎么对孩子这么不上心?好歹是亲戚,总得关心一下你的学习吧?怎么连半天时间都挤不出来?"

孟枝被朱老师突如其来的怒火吓了一跳,她不知道该怎么接话,只能无措地站在原地听老师埋怨。

这还没完,朱老师把自己的手机掏出来递给孟枝:"打电话,现在就打给你的监护人,我跟她好好聊一下这件事。"

孟枝僵在原地,没接。

头一次反驳老师,她有些害怕,尽管如此,却还是硬着头皮拒绝:"老师,我不想打。"

她不想给冯婉如打电话。打了也白打,她妈妈已经作为林嫣然的家人参加了家长会,根本不可能再过来了。其实,家长会有没有大人来也不重要,她自己的学习自己会把握好,她知道轻重。

可惜,朱老师不知道个中缘由。

在这位责任心强、脾气倔强的中年老师眼里,一向乖巧懂事的学生因为一件再正常不过的小事,反驳忤逆她。

朱老师一下子就怒了:"你这同学怎么回事?开会前我再三强调必须来必须来,班上那么多人的家长都能来,就你家的不行?你家里人对你的学习都不上心，我倒是操这闲心做什么？现在的孩子一个个都是什么毛病！"

她在气头上，两条眉毛倒竖，声音不算小，办公室里其他老师都被这动静惹得往这边看了几眼，更遑论站在边上的沈星川。他从头到尾听得清清楚楚。

沈星川看着孟枝。

她垂头站着，瞧不清表情，两只手垂在身侧攥得紧紧的，甚至有些打战，不仔细看根本察觉不出来。

——这人连发抖都是小心翼翼的。

朱老师骂完，抬手往外挥了挥，冷声说："既然这样，你走吧。"

孟枝站在原地，踌躇了几秒，微微弯下腰："老师，对不起。"她声音很小，喉头像哽住了一般，听得人心里发堵。

沈星川之前听林嫣然抱怨过，说后妈要把自己的亲生女儿接来。还说，那女生早早就死了爸，亲妈这么多年没管，怎么偏偏现在就要管了。林嫣然当时说这话的重点是，冯婉如自己登堂入室不算，还要带一个拖油瓶过来。林嫣然气不过，还当他的面讽刺了几句。

哪怕是亲戚，沈星川向来对别人家的事都不过分评价，当时也只是左耳朵进右耳朵出。却偏偏今天让他撞见这一幕。看着孟枝瘦到近乎纤薄的背影，沈星川的脸色变得不甚好看。

怎么说呢？

就还……挺同情的。

眼瞅着沈星川瞧着旁边走神，一班班主任敲了敲桌子。省里的数学竞赛还有一周时间就到了，他今天特地来让沈星川过来，把自己整理的辅导资料给沈星川，顺便也说说他家长不参加家长会的事。

沈星川偏过头，眼都没抬就接着方才的话题往下说："我爸妈一直没在这边您也知道，家长会的事我跟他们说了，但他们说工作忙实在抽不开身。不过，我妈也说了，她会主动联系您的，您放心。"

一班班主任忧心忡忡："那行吧。虽说你成绩好，但家长也不能完全不管啊……还有竞赛的事。"

沈星川没等他继续说，便道："老师，我还有点急事要处理，先走了。"

一班班主任本还想再叮嘱几句，可沈星川完全没给他机会，话音还没落下人就不见了。

沈星川去追孟枝。本以为她已经离开了，没想到，他刚一出门，就看见她一个人站在空荡荡的走廊里发呆，手里捏着试卷，茫然得像不知道该干什么。

沈星川上前叫她："孟枝。"

孟枝回过神，带着些鼻音问："怎么了？"

沈星川沉默地看了她半晌，"啧"了一声，略有几分不耐烦地说："真麻烦。"说完，却递过去一张纸巾。

"别哭了。"

孟枝矢口否认："我没哭。"

她直勾勾地看着沈星川，眼底泛着倔强的红，但确实没有水渍。

沈星川才不管那些，极其霸道地将纸巾摊开，糊到孟枝脸上："随你。"

说完，他沉默下来，不看孟枝，也不说话，但也没有要走的意思。

孟枝拿开脸上的纸巾，轻呼一口气。

那股劲来得快，去得也快，她迅速调整好情绪，又成了之前那副温和平静的样子。沈星川不说话，她也不开口，两人就这么安安静静地站着。

最后，还是孟枝率先打破寂静。

她看着底下空旷的操场，突然说："其实我妈今天来了，不过是以林嫣然家长的这个身份出席的。"

"我知道。"

他在教学楼底下瞥见冯婉如过来了。

孟枝低笑，自嘲一般问："那你有没有觉得，我很可悲？"

话音落下，她呼吸都放轻了。

她其实不想听到肯定的答案。

没想到沈星川直接笑出了声。

他看着孟枝，一张俊脸上满满当当地写着"无语"两个字："为什么可悲？"

"我……"孟枝动了动唇，却只能说出这一个字。

沈星川等了半晌，没等来下文，干脆自己开口。

"从初中起，我爸妈就去北城工作，我不愿跟着去，就被留在了这边。我觉我也挺可悲的，你要不可怜可怜我？"

孟枝哑口无言。

沈星川似笑非笑地看了她一眼，又垂下眼睑，鸦羽般的睫毛在眼下覆着一道浅浅的影子："我爹妈管生不管养，在他们眼里，工作比我重要；嫣然亲妈早早走了，没两年我姨父又给她娶了个后妈，就是冯婉如；你千里迢迢转学过来，寄人篱下……细说起来，每个人都有每个人的难处，什么可悲不可悲的，真有那闲工夫，多想想怎么学习吧，你那拉胯的成绩……啧！"

和林嫣有头没尾的讽刺不一样，沈星川话里没多少恶意，反倒像是故意调侃她。刚才突如其来的那股委屈劲儿也瞬间消散，孟枝瞬间尴尬得红了脸。

沈星川没看她，而是抬眼望着天边，西落的太阳将天边的云染得红彤彤的。

他突然问："你饿吗？"

话题转得太快，孟枝愣了下，实话实说："不饿。"

沈星川瞥了她一眼，像没听到似的，独断专行地安排着接下来的行程："我有些饿了。走吧，请你吃饭。"

沈星川选定了学校后街常去的那家火锅店。

这个时间段没什么人，老板娘意兴阑珊地坐在吧台后头玩手机。沈星川点了鸳鸯锅，选了几份肉，将菜单递给孟枝。孟枝推拒不过，就随便点了个蔬菜。

等上锅底的间隙，沈星川带孟枝去调蘸料。他是这家店的熟客了，完全不用老板娘招呼，自己熟门熟路地就能照料好自己。

料台前的各种调味品一应俱全。沈星川递了一只空碗过来，孟枝接过，犹豫了一会儿，挖了一勺小米椒，又倒进半碗醋，就算是调好了。

沈星川侧目："就这两样？不来点芝麻酱或者香油？"

孟枝摇摇头："对芝麻过敏。"

沈星川懂了："怪不得，只能吃醋了。"

不知道这句话有没有开玩笑的意思，总之，他说话的时候，正专注地打着油碟，唇角却是微微向上勾起的。孟枝看见了，没由来地觉得有些不自在。嘴巴有些干燥，她抿了抿，挪开视线。

回到座位没多久，锅底就上来了。沈星川拨了一盘肉下去，还没等煮沸腾，手机就响了起来。是张志成打来的，一听说他在吃火锅，说什么都要过来蹭饭。他声音很大，即使隔着听筒，孟枝也听见了。这顿饭是沈星川"请"她的，带谁不带谁，她自认为没有发言权，却不承想沈星川没直接答应，反倒是捂着听筒征求她的意见。

"张志成也想来，你看你介意吗？"

孟枝怔了怔，忙说："不介意。"

沈星川点了点头，这才松开听筒回话："来呗，就在后街那家，别跑错了。"

挂断电话，第一盘肉也煮好了。沈星川用公筷给孟枝夹了几片肉，直到堆满了半只碗才作罢。来之前他说自己饿了，结果到了饭桌上，反而吃得有一口没一口，半点也不像是饿了的人。

孟枝原本担心他还会给自己夹菜，但沈星川之后几乎没怎么动公筷，孟枝悄悄松了口气，低头缓慢地吃了起来。她原本挺能吃辣，但很久没碰这么重口味的东西，三两下就激出了一层薄汗。加上店里空调给得很足，锅底也一直蒸腾着热气，没多久，她就觉得有些热了。

孟枝想脱掉校服外套，可沈星川没动，她又觉得有点不好意思，干脆忍着。没一会儿，热意伴随着红晕爬上了脸颊。

沈星川觉察到了，问："热吗？"

孟枝嘴硬："还好。"

"那你脸红什么？"沈星川乐了，"怎么，看见火锅害羞？"

孟枝被噎得说不出话，再一次见识到这人的毒舌。

说归说，沈星川还是找来了空调遥控器，将温度往下调了几度。也多亏店里只有他们一桌客人，没人有意见。

两盘肉空了，孟枝饱了个七八分，便放下筷子。

沈星川瞥见，视线从手机屏幕上挪开："怎么不吃了？"

"缓一会儿。"孟枝说。她端起茶杯喝了口水，放下的时候手上莫名其妙失了力气，手腕一抖，小半杯水倒在了旁边的书包上。她急忙抽出几张纸巾擦水，顺带将书包拉链拉开，把放在最上层的一套试卷全部拿了出来，避免被水浇湿。

"卷子拿来我看看。"沈星川突然说道。

孟枝怔住，想起自己那惨不忍睹的分数，便要拒绝，但话刚到嘴边，沈星川却像知道她要说什么似的，不咸不淡地开口："我帮你看看究竟是哪里失了分。"

老师已经讲完的卷子，如果是旁人说这话，孟枝只会觉得没有必要……但想到这人逆天的成绩，她将快要出口的拒绝咽了回去。

孟枝将卷子递给沈星川，原本以为他看了后会点评一下她的成绩，却没想到他半句话都没说，匆匆扫了一遍就要了一支笔，毫不客气地在卷子上圈圈画画了一通。直到他将每张卷子都翻了个遍，才合上笔帽，将卷子递回给孟枝。

"英语、数学、物理，看样子这三门课是你的弱项。数学和物理，我把你每道错题对应的知识点都在边上标注出来了，顺带出了几道类似的题，你觉得有用的话可以做做看。"沈星川说完，顿了顿，道，"英语的话，词汇量是重点，只能死记硬背，没别的办法。"

孟枝心知他说的是事实。

她看了沈星川出的题，全部是她错题的变形题。惊叹于他大脑出神入化的理解能力，孟枝也特别感激，他这么慷慨地帮自己。

"谢谢你。"孟枝由衷地说道。

"不用。"沈星川全然不在意的样子，"这些题你先做，哪里不会你可以问我。"

"那我要怎么问你？打你电话方便吗？"事关成绩，孟枝显得有些急切。

"只要不是上课时间和大半夜，其他时间随便你。"

"那如果电话说不清楚，可以当面找你吗？"孟枝皱着眉问得认真。她没想别的，就是单纯怕电话里说不清楚，"当然，你觉得不行也没关系……"

"行。"沈星川说，"没什么不行。"

孟枝彻底愣住。一阵不可置信之后，就是真心的喜悦。这种情绪持续到张志成推门进来，带起一阵冷风，才堪堪吹熄了些许。

"好嘛，背着哥们儿出来吃香喝辣……欸，怎么还有个女的？"张志成连人都没看清就大大咧咧出声，走到近处看清是孟枝时，更加吃惊，"孟枝？怎么是你啊？"

孟枝稍冷静了些，却不知道怎么回答，只沉默地看他。

沈星川直接冷笑了一声，反问："蹭饭还管那么宽？"

张志成也不介意，"嘿嘿"一笑，跑去小料台前三下五除二给自己调了一碗蘸料，跑回来拉开凳子坐到沈星川边上："不是，纯属好奇。话说，你俩什么时候这么熟了啊？"

熟吗？孟枝下意识地想。

好像，也没有到"很熟"的地步。但确实比最初要熟悉得多。大概是从什么时候开始的？是便利店那次，还是迟到昏倒那次？或者是刚才家长会结束他请她吃火锅的这次？好像并没有某一个明确的瞬间，但确实，她跟沈星川的交集越来越多。

孟枝想不出一个确切的答案，却有些好奇沈星川会怎么说。结果，他毫不意外又是一句反问："关你屁事。吃火锅都堵不上你的嘴？"

"能能能，当然能！"张志成果断放弃追问，"谢谢沈大少爷请客！"

"快吃吧你。"沈星川气得想笑，末了，又看见边上热红了脸的孟枝，语气也下意识地放缓，"你也快点吃，等会儿还有晚自习。"

"哦，好的。"

孟枝应了声，又低下头专心吃饭。

一顿火锅吃了将近一个半小时。结束后，沈星川付了账。孟枝原本想看一下账单，之后找机会A给他，却不承想他直接将小票揉成团顺手扔进了垃圾桶。于是，孟枝微微张开的唇又合上了。

出了店门，才发现外头不知道什么时候下起了雨，很小，细细密密地往下飘着。张志成率先冲进雨里，没多久，就像发现新大陆一般惊奇："是冰！这算是下雪不？"

孟枝仰头，刚好瞧见路灯昏黄的光束底下，粒粒小冰晶洋洋洒洒地往下飘着。她伸出手试图接住，却在触碰的瞬间就融化了。

"发什么呆？不冷吗？"沈星川将校服领口拉到最上面，半张脸都埋进了衣服里。他好像特别怕冷。

孟枝摇摇头："不冷，我喜欢下雪。"

"为什么？"

"北方的雪很大,下起来的时候鹅毛似的,一片一片的。对我们这些小孩子来说,下雪的时候,是一年最开心的时候。一觉醒来整个世界都白了,可以滑雪、堆雪人、打雪仗……冰天雪地,是不需要门票的游乐场,免费对每一个人开放。"孟枝说着,脸上浮起浅淡的笑意。

这几乎是沈星川第一次听见她主动说这么一长串的话,正欲说什么,便听见张志成在十几米开外的地方喊人。

"你俩磨蹭什么呢?赶紧走了!"张志成招呼,"马上打铃了!"

"来了!"沈星川答。他裹紧衣服,将手塞进衣兜,严实得密不透风,"回学校吧。"

紧赶慢赶,总算赶在上课铃响之前进了教学楼。沈星川和张志成他们班在二楼,孟枝的教室在三楼。在楼梯口分别的时候,沈星川突然叫住孟枝:"对了,最近你一个人没事不要再去后街了。"

孟枝顿了下,说:"好。那我先走了。"

她没多问,但沈星川肯定不是平白无故说这话的。

一旁的张志成看得啧啧称奇:"川子,你说这姑娘怎么就这么乖呢?连问都不问,你一说她就答应了!真乖!"

"乖吗?"沈星川斜觑他一眼,心说你知道个屁。

孟枝也就是看上去乖,实际上,这人脾气死倔。

晚自习上,孟枝做完当天的作业后,拿出沈星川给她布置的几道题来写。

沈星川出题时显然是用了心思的。每一道题都是针对孟枝的薄弱点,对她来讲有些难度,要费点功夫才能做出来的那种。这算是附加作业,沈星川说下次见面的时候要交上去。

两人约在本周天晚自习下课后,地点在教学楼顶楼的自习室。

这件事孟枝没有对任何人说起,沈星川也没有。就像是一个彼此心照不宣的秘密,只有沈星川和她知道。起了这个念头的瞬间,孟枝被自己吓了一跳,慌忙按捺住某种怪异的心思,并告诫自己不能多想。

礼拜天晚上孟枝到的时候,自习室里空空荡荡的。

沈星川还没来。

自习室常年开着门,谁需要随时就能用,只是因为在顶楼,且这里除了桌椅板凳,别的什么都没有,不如教室方便,所以平常几乎没人来这边。

孟枝稍微等了一会儿,见还没有要来人的迹象,干脆拿出英语课本小声背起了单词。她背得很认真,直到把第二天学的课后单词全部记住之后,收起课本,才发现整个教学楼都安静了下来。

初冬的夜晚有些冷，楼梯间很空旷，有风不知道从哪个角落的缝隙里吹了过来，孟枝裹紧身上的校服。她没有表，也没带手机，不知道时间，也联系不上任何人。

这会儿走廊上的灯还亮着，但教室里都没了人，前后门锁着，里面像是灌满了墨，黑沉沉的。往日再也熟悉不过的教学楼，在这时竟然变得有些恐怖。

孟枝不算胆小，可这会儿只有她一个人在这里，她后知后觉地感到有些害怕。

孟枝不太想继续等下去了。

但是，是她麻烦沈星川替自己补课的，如果她一走，沈星川来了扑个空，他肯定会生气的。说不定一气之下，连课都不会帮她补了。

孟枝暗自纠结着，唇内侧的皮肉都快被她自己咬烂。

思前想后，她决定再等一会儿。

最多十分钟，沈星川再不来的话，她就留一张字条先走吧。

这个念头刚起，楼下传来一阵细微的脚步声，由远及近，越来越大。来人急匆匆的，步伐频率很快，像是跑着过来的，在这寂静的教学楼里格外清晰。

孟枝的手倏忽攥紧。

她放轻了呼吸。

脚步声越来越近。

来人也随之闯入她的眼帘。

是沈星川。

他是一路跑过来的，向来白皙如素瓷一般的脸上罕见地带上了别的颜色。他头发乱糟糟的，校服拉链也没拉，气息微喘，惯常没什么表情的脸上无端挂上了几分焦躁，这让他看起来有些凶狠。

见到孟枝，沈星川刹住了脚步。

他心情好像很糟糕，一开口就是一句低骂，随即问她："你怎么还在这里？"

孟枝一愣。

她看得出来，沈星川现在是生气了。但她不知道自己哪里做错了，按照双方提前说好的在这里等着，不算是错吧？

虽然这么想，但孟枝还是起身，习惯性地开始道歉。

她垂下眼，喃喃道："对不起。"

没承想，沈星川听了以后更气了。他烦躁地揉了揉头发，质问："你跟我道什么歉呀？"

少年往日淡漠的外壳顷刻间被撕得粉碎，露出内里尖锐的戾气。

孟枝头一次见沈星川这样。

她站在原地，无措地沉默着。

片刻后,她又说了一声:"那个,是我不对,你别生气了。"

沈星川眉头紧蹙,凉凉地看过去。

女生身体紧绷地站在那儿,两手垂在身体两侧,手指却揪紧了裤缝,显得无辜又紧张。

沈星川郁结在嗓子眼的一口气瞬间就散了。

就像一拳头砸在了棉花上,他连气都生不起来。

今天这事说一千道一万,理都没在他这边。

中午的时候,张志成打电话叫他去打球。作业早写完了,沈星川便想也没想就答应了。几个人一玩就是半天,以至于晚自习困得他无精打采,光趴桌上补觉。好不容易挨到放学,他想也没想直接就回了宿舍。

还是临睡前习惯性地冲了个澡,水一浇下来,意识清醒,他才记起还有这一茬事。本以为孟枝不见他就会自己离开,但还是想着最好来一趟,没承想,这姑娘竟这么愣,还坐在原地乖乖地等着他,还不住地跟他道歉。

沈星川第一次见孟枝这样的人。

不管是谁的错,先把责任往自己身上揽;被错怪了也不生气,只会跟你道歉;约定好了时间,对方没来自己也不会先走,就杵在那里等着……死心眼到让人没话说。

沈星川败下阵来。

他呼出一口气,抬手将散在眼前的发丝往脑后一捋,说:"走吧。"

"哦,好。"孟枝应声,然后听话地跟在他身后。

两人一前一后地往下走。

到了二楼的时候,眼前猛地一黑,周遭瞬间浸泡在了无边的黑暗里。

十一点,教学楼熄灯了。

孟枝猝不及防,一脚踩空,整个人向前扑去。

那一刹那,她头脑一片空白,身体脱离了控制往楼梯下栽。

孟枝紧闭双眼,然而,预料之中的痛感并未袭来。

她被拉住了。

沈星川一手拽着她的书包将人勒住,另一只手横亘在她的腰间。

距离被无限拉近,须臾之间,空气都安静了。

冬季衣服偏厚,可沈星川还是能察觉到,手臂间的腰肢细得可怜。女孩子被他半圈在怀中,清浅的呼吸打在他下颌上……这感觉有些新奇,沈星川身子一僵,莫名放轻了呼吸。

片刻之后,他松开手臂,语气生硬:"站稳了。"

孟枝慢半拍地反应过来方才发生了什么事。这一晚上事情太多,她脑子已经完全不够用了。沈星川说让她站稳,她就老老实实地站稳在边上。

"走吧。"沈星川又说。

孟枝就亦步亦趋地跟着他走。

没了灯光,楼道里格外暗,两人都放慢了步子,扶着栏杆一步一个台阶。最后两层楼愣是慢吞吞地走了好几分钟才算完。

出了教学楼,路灯矗立在路两旁发着莹白的光。

沈星川找了个亮堂的地方停下。

在黑暗里走了一遭,方才的异样早不见了踪影。他又恢复了惯常那种慵懒随性的样子,掀开唇,声音有些低沉:"上次给的题做完了?"

孟枝连忙点头说:"写完了。"她侧过身取下书包,将错题本掏出来翻到那一页递过去,"可能要麻烦你帮我看看。"

沈星川抬手接过,一眼没扫就合上了本子。

他这会儿心情不好,懒得看这些乱七八糟的数字和公式。

见状,孟枝微愣。

沈星川瞥见了,又补了一句:"回去再看。"

孟枝点点头,轻声说:"好。"

一阵风吹来,裹着寒气拂过。

沈星川出来得匆忙,头发还没擦干,冻得他打了个喷嚏。

"不早了,回宿舍吧。"沈星川说着,将孟枝的错题本夹在胳膊下,抬手给自己拉上了外套拉链。

往回走的路上,孟枝始终安安静静的。她走在沈星川边上,也不说话,呼吸都轻轻浅浅的,存在感弱得几乎没有。

沈星川的余光一直落在她身上。

良久,他问:"从下了晚自习就一直在那儿等我?"

孟枝"嗯"了一声。

沈星川气笑,追问:"我要是不来你就准备一直等着?"

孟枝诚实地道:"也不是,我已经准备走了。"

"那你就没想过,我不去是因为我故意不想去?"

"没想过。"孟枝抬眼看他,目光温和平静,"我知道,你不是那么无聊的人。"

沈星川没吭声。

半晌,他垂着眼皮低笑一声,表情冷冷的:"少给我戴高帽子,还真把我当什么大善人了?"

她说的都是实话。

沈星川看似淡漠疏离,让人难以接近,但实际上他很好。这种好不是说完美——他也有自己的小缺点——但是秉性善良,看起来高冷,实则很好说话。

有的人金玉其外,败絮其中。可沈星川内外如一。

孟枝不善言辞,更不敢直白地当着沈星川的面说这些话。所以沈星川一怼她,她就不知道该怎么接话了,干脆沉默着。

好在路终于快到头了。

沈星川把人送到宿舍楼下,扬起手里的本子:"我今天晚上拿回去看,明天老地方见,到时候还给你。"

"好的。"孟枝说,末了,又再一次跟他道谢,"麻烦你了。"

沈星川懒散地"嗯"了一声。

夜里十一点,整个校园静悄悄的,连个虫鸣鸟叫都没有。蓦地有男生女生细微的交谈声传进一楼值班室里,宿管阿姨走到窗边,隔着一层玻璃往外瞧。

沈星川往这边瞥了一眼,冲孟枝抬了抬下巴:"回去吧。"

宿管阿姨就在房间里盯着看,孟枝也没再说什么,道了声"再见",然后背着书包乖乖地走进宿舍楼。

沈星川站在外面,一直看着她的背影消失在转角处,才收回视线。

他拖着步子往男生宿舍楼走。

原本双手插在兜里,不知道突然想起了什么,他闲闲地抬起右臂,视线在整只胳膊上打量了一圈后,又落回路面上。

沈星川略带着些纳闷的声音散在冷风里。

"怎么就那么细……"

宿舍木门的铰链有些生锈,开关门的时候无论动作再怎么小心,都避免不了发出"吱呀"一声刺耳的响动。

孟枝已经尽量轻手轻脚,却还是吵到了宋婷婷。

她躺在床上玩手机,听到声音,翻身过来看孟枝,皱着眉问:"怎么今天晚上又回来这么迟,还叫不叫人睡觉了?"

明明她也没睡觉。

反倒是真正睡着的人没什么动静。

孟枝自觉确实是回来晚了,便小声说了句:"抱歉。"

宋婷婷"喊"了一声,翻了个白眼,然后她不知又想到什么,突然支起半个身子:"哎,孟枝,你回来这么晚干什么去了?"

孟枝淡淡地说:"背单词。"

宋婷婷立马一副看怪物的眼神看她。

孟枝扯了扯唇角朝她笑了一笑,放轻手脚走到自己桌前,然后卸下书包去洗漱。

今天确实晚了，一躺到床上睡意很快便袭来。

孟枝闭上眼睛，意识彻底模糊之前，脑海中突然闪过沈星川的脸。在教学楼时来不及发酵的情绪注定要在梦里上演。她下意识地抬手搭在腰间，沉沉地睡了过去。

另一边。

沈星川却翻来覆去有些睡不着了，明明晚自习还困得跟狗一样，这会儿躺在床上反而没了睡意。

他毫不客气地把这一切归咎到孟枝头上。如果不是那姑娘这么死心眼，他也不至于大晚上已经回宿舍洗完了澡又跑教学楼去逮人。

一想到这儿，沈星川不由得又想到了别处。

女孩子清浅的呼吸打在皮肤上的触感，依旧清晰。还有他揽住她的时候，圈在胳膊中的细腰。

沈星川喉结动了动，烦躁地翻了个身。

然后两三分钟后，又翻了回来。

放在枕头旁的手机"嗡嗡"振动了两声。

沈星川没理会。

过了几秒，它又开始振动。

沈星川拧着眉拿起手机一看，是张志成。

那家伙一熄灯就爱躺在床上抱着手机看小说，这会儿又发来两条QQ消息。

张志成：川哥，怎么了？

张志成：大晚上为何不睡觉，搁床上摊煎饼？

沈星川压着嗓子冲对面床骂了一句："关你屁事。"

QQ上也回他：*看你的小说去。*

张志成：大晚上看小说多没意思。

张志成：川哥你有啥心事跟兄弟说，兄弟帮你排忧解难。

沈星川本来懒得理张志成。

他随意在手机按键上点着，忽然屏幕中蹦出一个页面。沈星川定睛一看，是一个网页小游戏——五子棋。

沈星川沉默了会儿，点开QQ跟张志成说：*别看小说了，哥带你玩个刺激的。*

张志成隔着夜幕，幽幽地看过来："啥？"

十分钟后。

第一局五子棋还没分出胜负，但基本局势已定，张志成被压制得死死的，干脆放弃抵抗，直接撂挑子不干了。

张志成：大哥，我认输成吗？

沈星川嗤笑一声，扔开手机。

隔了不到五秒钟，他再度拿起手机，话题急转直下。

沈星川：我记得你之前不是有个很在意的女生？说说看。

张志成郁闷地打出了一连串的省略号。

其实也没什么好说的。高一的时候，他和同桌的女生一起玩，整天傻乐，学习成绩很快下滑。老师可能发现端倪了，就把他俩的座位调开了。后来过了一段时间，两人因为鸡毛蒜皮的事情吵了一次架，就再没来往了。

总之，整个过程很平淡。

张志成简单地说完，对面半天没回复。

他差点以为沈星川睡着了的时候，手机振动了一下。

沈星川很正经地问：没想过再欣赏一下别人？

张志成还真没想过：是作业不够多还是小说不好看？

发送完信息，他转念一想，这情况不对啊。

沈星川下午打球晚自习睡得跟死狗一样，那时候还很正常，怎么洗了个澡出去了一趟，回来就对这件事这么感兴趣了？

张志成敏锐地嗅出这里面的微妙：川哥，你大晚上的，别是思念春天了吧？

消息刚过去没几秒，对面干脆利落地回过来一个字：滚。

然后，任凭张志成再怎么骚扰，沈星川都不理会，到最后更是直接把手机关机了。

张志成只好心不甘情不愿地带着满腔怒火睡觉。

第二天一早。

学生会轮值到他俩，两人比平时早起了半小时。

张志成眼下挂了两个硕大的黑眼圈，看起来一副无精打采的样子。

沈星川也没睡好，起床气更为严重，周身散发着低气压，整个人看起来郁郁沉沉的。知道他这时候脾气最不好，张志成难得地没有打嘴炮，一路上都老老实实的。

进入冬季，寒风凛冽。

昨天早上，沈星川的妈妈不知道想起什么，破天荒地从遥远的北城实验室里打来电话，专门提醒他马上大降温，多穿衣服不要感冒。虽然她说了没两句就急匆匆挂断了，但好歹有这么一回事。

和很多为了美而甘心受冻的小年轻不一样，沈星川更想要保暖。

他穿上一件长款羽绒服，纯黑色，拉链拉到胸前，露出里面校服的红色领口。因为又高又瘦，身形偏单薄，即使穿得厚实，也并不显得臃肿。

临近上课时间，学生越来越多。

偶尔有一些路过的女生从老远处就往这边看，可真正到了跟前，反而昂头挺胸，目不斜视地走过去了。

可惜，沈星川对这些事毫不上心。

原本就没睡好，冷风一吹，沈星川脸色更加差。他不说话站在旁边，就吓得几个高一的小干事战战兢兢，离他远远的，生怕哪里做不好惹得他发脾气。

即使沈星川从未发过火，可他周身那种冷意和疏离感着实唬人。

张志成这会儿倒精神多了，在旁边跟几个小干事有一搭没一搭地闲聊，偶尔聊到感兴趣的，还爆发出一阵豪放的笑声。

原本正说得高兴，张志成一下子不知道看到什么了，往沈星川边上挪了两步，抬着胳膊撑他一下。

沈星川掀开眼皮看着张志成，满脸写着不爽。

张志成权当没看见，冲着远处抬起下巴："哎，是孟枝。"

沈星川闻言，将视线挪过去。

孟枝正从食堂的方向走过来。

她还是昨天那一身衣服。别的女孩子都穿上了羽绒服、围上了围巾，就她整整齐齐地把校服套在身上，虽然衣领拉到了最顶处，但依旧挡不住修长脖颈。

也不知道她冷不冷。

沈星川想着。

这个念头一出来，他就拧了下眉。

就很莫名其妙。

沈星川微妙的心理活动，一旁的张志成全然不知。他一直盯着孟枝由远及近，马上要进教学楼的时候，他大刺刺地伸出手，很是热情地打招呼："嗨，孟枝。"

孟枝被这过于自来熟的语气弄得怔愣了片刻，好一会儿才想起礼貌地跟人说了声"早"。

眸光触及旁边的沈星川时，孟枝抿了抿唇。

沈星川站在一边，面色有些冷淡，眼底的倦意藏都藏不住。

预备铃声响起，孟枝回神。

她是有迟到前科的，一听这声音条件反射性就快步往教学楼里头冲。

张志成站在原地目送人走掉后，"嘿嘿"一笑，对沈星川说："你别说，这姑娘还挺有意思。"

沈星川闻言，凉凉地看了他一眼，没接话。

张志成继续说："按理说之前我也见过孟枝几次，怎么就没发现这姑娘还长得挺好看的。就是那种乍一看普普通通，仔细一瞧眉清目秀的那种。"

沈星川耐着性子听张志成说。

见张志成终于不吭声了，他便问："你说完了？"

张志成一脸无辜地点头："完了。"

"是作业不够多还是小说不好看？"沈星川垂下眼，"你昨天说你之前在意的女生叫什么来着？"

张志成："……你有病吧？"

他悻悻地摸了摸鼻子，觉得这位伙计今天指定不太正常！

沈星川这种古怪的脾气持续到晚上才好点。

他晚自习的时候拿出错题本给孟枝看题。本子是纯白色的，很素，内里字迹工整，和沈星川平时的草书大相径庭。他同桌本来在做作业，余光往这边瞥了一眼，立马就发现了。

"给你妹改作业啊？"同桌也没多想，随口问了一句。

沈星川转着笔杆的动作却停了下来，他顿了顿，说："不是。"

"嗯？"同桌从作业本里抬起头，"那是谁？这字看起来应该是个女生写的吧？"

沈星川眼睛眨都没眨，随口扯道："男的。"

语毕，他看完最后一题，合上本子，顺带着在他同桌的作业本上扫了一眼："你上个题答案错了。"

痴迷学习的同桌立马哀号一声，也没工夫管那人是男是女，逮着圆珠笔就开始重新验算。

沈星川没再理他，目光落在错题本上。

白色的封面内侧，右下角的位置，端正地写着两个字。

孟枝。

字迹工整又好看。

只是沈星川还没来得及多看几眼，就又被打断。

晚自习上，老师没在，教室里除了有几道窃窃私语的声音，其他人都自觉安静地忙活自己的事情，因而敲门声就显得格外刺耳。

绝大多数的同学都被那两声"咚咚"吸引了视线，沈星川也不例外。他抬头，门口站着一个陌生的女生，皱着眉头，看起来很是焦急，探进来半个身子，视线在班里睃着，像在找谁。

沈星川低下头，注意力重新回到作业本上。只是还没等他看进去，就听见门口的女生声音怯怯地问："请问，沈星川在吗？"

话音落下，全班齐刷刷地回头盯着沈星川，伴随着一阵阵返祖似的"哟哟哟"

声,一个个都是看热闹不嫌事大的模样。

沈星川本不想理会,但门口那女生一副快哭出来的样子,杵在门口没有要走的意思。他合上本子,在全班越来越大的起哄声中走出教室,又毫不留情地反手关上门。"哐"一声响,门板被摔在门框上,同时也隔绝了教室里那些八卦的视线。

"找我有事?"沈星川问,声音是惯常的淡漠。

"我是孟枝的舍友,之前有一次你让我帮她捎过退烧药,还记得吗?"宋婷婷问。

"记得。"沈星川经她提醒才想了起来,语气也稍稍缓和了一些,"怎么了?"

"孟枝晚自习前去学校后街了,直到现在都没回来。主要是我们班主任班会课才说不让去那边,听说是最近有小混混抢劫,还打伤了人……我怕她出事。"宋婷婷急得声音打战,"她走之前说,如果她直到上晚自习都没回来,就让我找老师,我不敢,想着你和她是认识的……就来找你了。"

沈星川越听眉头拧得越紧,他抬腕看了眼手表。

距离上课铃声响起,已经过去将近一个小时了。

他脸色瞬间变得难看:"电话有人接吗?"

宋婷婷忙摇头:"没。一打过去就被挂掉了……沈、沈星川,你说,孟枝会不会出事了?"

第四章

孤独症

Wojian Xingchuan

后街一条逼仄的巷子里。

孟枝靠墙站着,背微微躬起,一只手藏在身后,撑在后头脏兮兮的墙面上,另一只手垂在身侧,因为高度紧张而紧握成拳。手心早已被渗出的汗液浸湿,黏答答的,她却丝毫不敢松开。

边上,三个陌生的男生将路堵住。

巷子里太黑,看不清他们的长相,但听他们的声音,年纪应该不是很大,二十来岁的样子。几人嘴里各叼着一根烟,呛人的烟雾弥散开来,熏得孟枝想吐。

"这都过去多久了,怎么还不来?"

"该不会是诓咱们的吧?说是取钱,其实是直接跑了?"

"不会,那个小姑娘胆子有这么肥?再说……"为首的寸头男停了下,将嘴里的烟头吐到地上,伸脚狠狠碾灭,"她朋友不是还在这儿留着呢。"

说着,他走近孟枝,将手中的蝴蝶刀抵在孟枝脸上。

冰冷锋利的钢刃在皮肤上留下令人胆寒的触感,孟枝的眼睫狠狠一颤。

"怕了?怕就赶紧给你朋友打电话,叫她快点!"寸头男恐吓着,将方才没收孟枝的那款老得不能再老的手机递还给她。

孟枝接过手机,喉间紧了紧。

她按照寸头男说的,拨了电话过去。听筒里传来嘟声的瞬间,她下意识地咬紧了唇内侧的软肉，生疼。

一声，两声，三声……

时间越来越久，电话那端却迟迟未被接起，直到自动挂断。

"没人接？"寸头男骂了声脏话，恶狠狠地冲孟枝说，"再打！"

孟枝心知，林嫣然应该是不会来了。

从林嫣然将她骗出校门，然后自己头也不回地离开，那时候，孟枝就知道林嫣然大概没有打算再回来。

孟枝想到刚才发生的一切，仍然有种恍恍惚惚的不真实感——如果不是她被人用刀抵着脸。

三小时前，下午最后一节是班会课。

班主任一改往常的惯例，对迟到违纪的学生只是草草点了下名就揭过不谈，将黑板擦在讲桌上用力敲了三下，话锋一转，语气异常严肃："我知道咱们学校的同学平常都爱去后街吃吃饭、买买东西，哪怕学校的超市和食堂里应有尽有，也留不住你们。往常我也就不说什么了，但是最近，别人怎么样我不管，咱们班同学最好避免去后街转悠。"

话音落下，班里顿时一阵交头接耳声。

班主任的眉间皱出几道褶，语气加重："尤其是下了晚自习，该回宿舍的回宿舍，该回家的回家，别在学校外头瞎跑，你们已经高二了，准高三生，要学会为自己的安全、自己的未来负责。"

孟枝原本在做一篇英语阅读理解，被那惊堂木似的拍桌声震断了思绪。或许是碍于某些因素，班主任没有直接说明原因，只强调不要去后街。她突然联想到家长会那天，沈星川也有说过让她不要一个人去后街。孟枝听劝，况且平常如果没有必要的事，她基本上也不出校。

班主任强调完，便让大家上自习。她在讲台上站着，底下的同学虽然好奇，却碍于老师在，并不敢放肆地交头接耳，只能忍着。孟枝倒是没怎么多想，重新埋下头，啃那篇晦涩难懂的英语阅读。

直到班会课结束，她在食堂做完工回到宿舍，突然接到了林嫣然的电话。林嫣然的号码是冯婉如当初让她记下的，说万一在学校有什么急事可以求助。孟枝存下了，但从未拨通过，也没有打算要拨通。

愣神的几秒，老旧的手机在手心里振得发烫。

她回过神，接通电话，将手机放在耳边。

"我在学校后街的网吧门口，买东西钱没带够，你给我送过来，听见没有？"林嫣然的声音隔着听筒仍旧是一如往常的张扬跋扈。只不过，她打电话找孟枝垫钱这件事情，怎么看怎么不对劲。

孟枝犹豫了下，拒绝道："老师才说过，没事不让去后街。"

"你烦不烦啊？"林嫣然果然生气了，"你不来也行，手机给我转账啊，你那破手机能转吗？"

"不能。"

"那不得了！你赶紧的。孟枝，你吃我家的、穿我家的、用我家的，让你垫一点钱，你就抠抠搜搜舍不得，要不是我不敢让我爸知道……总之，你快点！不然我给冯姨打电话，让她给你说！"

林嫣然说完，没有留给孟枝任何反驳的余地，直接挂断了电话。孟枝犹豫再三，想过好些可能性，包括目前这种……但最后还是觉得，林嫣然应该不至于如此恶劣。

尽管这样，孟枝还是多留了一个心眼——她在离开宿舍之前特地告诉宋婷婷，如果上了晚习自己还没回来，就找老师，或是联系沈星川，毕竟他是林嫣然的表哥。

孟枝手心汗涔涔的，指骨用力到发白发疼，却仍然没敢稍微松点儿力道。手心攥着的手机是她唯一的自救武器，即使可能并没有多大用处。

"你发什么愣，老子叫你再打！"寸头男咬着牙催促。边上，另外两人抽完烟，也转过身来盯着她。

冬季夜晚的巷子里又阴又冷，孟枝的脚已经冻得没有了知觉，却仍旧能清晰地感觉到豆大的汗珠正顺着自己的背脊往下流。她空出的那只手狠掐了自己一把，似是下了某种决心，然后，指尖发着颤在只有寥寥几个号码的通讯录里翻了几下，拨出去一通电话。

"嘟"的一声后，那端秒被人接起。

刹那间，孟枝头脑里一片空白，本能却支使着她抢先对面一步开口："你、你到哪儿了？带钱了吗？他们、他们三个还在等着。"

她话落，电话那头寂静无声。

记不得究竟过了多久，久到孟枝连呼吸都窒住，才听见一声极轻的"嗯"。然后，电话被迅速掐断，"嘟嘟嘟"连续不断的忙音在夜晚的巷子里格外明显。

"就'嗯'一声就完了？"卷毛男不可思议地反问，"到哪儿了也不说，嗯个锤子！"

"得了得了得了，快来了就成。拿到钱直接先去干个火锅，再找个网吧窝着……这破地方，快冻死爷了！"另一个一边跺脚一边吐槽，他裹紧了衣服，显然耐心所剩无几。

唯独寸头男半天没说话。他蹲在墙根，埋头抽着烟。隔了好一会儿，他突然吐了口唾沫，扔掉烟头，起身逼近孟枝，语气不善："刚你给谁打的电话？"

一瞬间,孟枝的心吊到了嗓子眼。

她竭力让自己冷静:"没谁,就刚才那个女生。"

"是吗?"寸头男的三角眼在她脸上刮了个来回,"打开通话记录给我看看。"

孟枝当然不愿意,却根本没有办法。

手机就在手心里攥着,她却迟迟没动。直到寸头男等不下去,重新将蝴蝶刀抵在她脸上。男人手上的力道很大,孟枝明白,只要自己稍微不配合,锋利的刀刃就会一点一点地撕开她的皮肤。

她将手机按亮。

一个数字一个数字地输入开机密码。

然后,点进通讯录……

手机被寸头男一把夺过。

孟枝绝望地闭上眼睛。

寸头男猜得没错,孟枝第二次确实没有打给林嫣然。

林嫣然根本就不会接她的电话,甚至也不会管她的死活。孟枝没有办法在他们眼皮子底下报警,只能打给一个最有希望来帮自己的人——沈星川。

她走之前特意让宋婷婷去告诉沈星川。其实,她原本可以在林嫣然打来电话的时候就直接将事情原原本本地转告给对方,可她自己犯了蠢,仅仅是因为怕林嫣然生气,怕林嫣然与自己原本就差到极点的关系更加恶化。

孟枝后悔了。可惜,后悔是最没用的事。

"呵,什么年代了还有人用这种按键式的老古董手机。"寸头男嘲讽了一句,将手机搁在掌心里掂了两下,而后,三角眼向着屏幕看去。

孟枝连呼吸都停了下来。

下一秒钟,一近一远两道截然不同的声音几乎同时在浓墨般漆黑的小巷子里炸响——

"你……"

"哥几个!你们干吗呢?"

孟枝怔住,大脑里一片空白。一切就像是被按了暂停键,在片刻的滞凝过后,她顾不上近在咫尺的寸头男三人和那把锋利的蝴蝶刀,猛然转过头。

巷子口照进来了几束光,是手机手电筒发出来的,刺得夜色中的几人都眯起了眼,除了孟枝。她违背了身体的本能反应,睁着双眼,眨也不眨地盯着那几道强光。强烈的刺激之后,晶状体逐渐适应,她一眼看见了走在最前头的沈星川。

少年的脸色冷得骇人,眼角眉梢仿佛淬了冰一般。他手里捏着手机,手电筒的白光直直地照在寸头男脸上,随着他一步步走近,光线越发刺目。他身后,跟着三四个人,除了张志成,其余几个孟枝都不认识,但想必都是五中的同学。

他们出现得猝不及防,寸头男还没反应过来,就被人一脚踹开了三步远。孟枝还没反应过来,胳膊就被一把拉住,整个人被大力地甩到了身后。

沈星川没松手,却挡在孟枝身前。

他穿了一件长长的黑色羽绒服,从头到脚将他裹得严实,几乎与夜色融在一起。很奇怪,只一瞬间的事,孟枝悬了半晚的心终于落回了胸腔。

"你们是谁?"卷毛男往后推了半步,有些色厉内荏地梗着脖子,"从我们手上抢人,不想活了!"

张志成毫不留情地嗤笑一声:"哪个学校的?隔壁职中的吧,不好好学习跑出来学人家抢劫,手里拿把水果刀吓唬谁呢?"

"你再说一遍?"寸头男显然经不起激将法,拿着蝴蝶刀冲着张志成他们这边走来。

张志成原本仗着自己这边人多,对方又看上去年纪跟他们差不了几岁,心里有了底,才放心大胆地开嘲讽模式,想着把人吓跑就完事了,谁承想遇到了一个二愣子,真想动刀……张志成都看傻眼了,那可是刀啊!

"川哥,这货来真的啊!咋办?"

沈星川站在原地没挪一下。他目光沉沉地看着仅有三步之遥的寸头男,冷声道:"来之前我们已经报警了,如果你还想动手,就继续往前走。"

一听见"报警"两个字,寸头男立马顿住了脚步,卷毛男和另外一个也吓得噤了声。

"哥,咱快走吧,等会儿警察真来了!"

"为了几百块钱真被逮了咋整?我爸妈会打死我的!"

"别被他们吓唬了,走个锤子!"

"以防万一!算了算了!走啊!"

他们只是职中的混子,在后街抢劫也不过是因为没钱上网,一听见"报警"两个字,顿时怂了。寸头男还在犹豫,卷毛男和另外一个人却不由分说地撒腿就跑,走的时候还不忘拽一把寸头男。

一阵踢踢踏踏的脚步声后,巷子里又恢复了寂静。

几个人没有开口,沉默与夜色浸没了整条街。

最后,还是张志成先打破沉默。

"川哥,一会儿警察来了咱咋说啊?要不要提前对个口供?"

沈星川闭上眼,几秒后,重新掀起眼皮:"没报,忘了。"

这都能忘?张志成沉默,良久,憋出一句:"……那你是真的猛。"

沈星川没接话。

他转过身,松开紧攥着孟枝胳膊的手,垂眸看她,瞳孔里宛如浓墨,黑得让人辨不出一丝一毫的情绪。

孟枝低下头，躲开他的视线。

她今天穿了棉袄，厚实的布料和棉花却还是没能抵得住沈星川手上的力道。方才被他握着的那片地方传来钝痛，并不是很剧烈，但让人无法忽视。

但更让她无法忽视的，是胸口如擂鼓一般的心跳。

孟枝突然联想到以前看过的某本课外书上提到过一个心理学上有个著名的实验——当一个人正处在某个危险的环境当中时，会因为生理本能的恐惧而感觉到提心吊胆、心跳加速。如果此时刚好遇见另外一个人，那么此人很可能下意识地会把这种感觉投射到另外一个人的身上，误以为对方使得自己心动。这种心理状态被称为吊桥效应。

孟枝不清楚自己目前的状态是否算得上是"吊桥效应"。她只知道，在看见沈星川的瞬间，她原本麻木而绝望的心脏开始重新跳动。

"没事吧？"沈星川问。

"没事。"孟枝回过神答道。

"那就好。"

他说完，再没吭声，转过身沉默地往学校的方向走。跟他一块出来的其余几人还没反应过来，就只能看见一个高瘦的背影了。

孟枝站在原地，跺了跺已经冻僵的脚。刚准备跟上去，就听见边上一个不认识的男同学"啧"了一声，边挠头边纳闷："我怎么感觉川哥情绪不对啊？事情不是顺利解决了吗，谁又惹着他了？"

张志成耸耸肩："不知道啊。"

他说是这么说，眼睛却滴溜溜地转了一圈，准确无误地盯住孟枝："要不，你去问问？"

孟枝顿了下，说："好。"嗓音有些干涩。

一行人浩浩荡荡地回了学校，孟枝一路上都没找到跟沈星川搭话的机会。路过后门保安室的时候，孟枝原本还担心看门的大爷会不让他们进，没想到大爷只是从窗口伸出半个身子，笑呵呵地问沈星川："回来了，事办完了吗？"

"办完了，谢谢您。"沈星川这时候脸上倒是带了点笑意。

"成，那快回去上课吧。"大爷说着，按下遥控器。电动门晃晃悠悠地拉开一条小通道。待几个人都钻进来之后，大爷又把门合上缩回了房间。

沈星川重新恢复那副漠然冰冷的样子。他走在最前头，每当孟枝快要追上他的时候，他总是能不动声色地与她拉开一段距离。三两次下来，孟枝便知道，沈星川是真不高兴了。

孟枝半低着头，亦步亦趋地跟在一群人的最后面。她不太清楚他为什么生气，想来想去，只约莫得出一个结论——今天晚上这档子事，本来与他无关的，可硬是被自己拽下了水。也是运气好，他们能平安离开，万一当时真的起了正面冲突，再伤到其中任何一个人……孟枝想想就起了一脊背的冷汗。

她呼出一口浊气，在寒冬的夜里氤氲成一团白雾。

快到教学楼底下的时候，沈星川突然停住。他眼皮耷拉着，神色恹恹："今天麻烦大家了，周末请大家涮火锅。"

"还见外得不行。"

"客气了啊，况且我们也没干吗。"

"真打起来，哥们也没在怕的。"

几个男生插科打诨，沈星川唇角微微勾起，说："行了，赶紧都回去上自习吧……孟枝，你等一下，我有话问你。"

孟枝原本就没走，闻言，轻声说了一句："好。"

其余几人你看看我，我看看你。虽然不明白这突然冒出来的姑娘到底是谁，但也能察觉到沈星川显然心情不怎么"美丽"，几个人都没问，很有眼色地撤了。

教学楼灯火通明，教室里明亮的光线透过窗户，穿过夜色，照亮了楼下的院子。站在这里被年级组的老师撞见的风险很大，沈星川避开中院，带着孟枝站到了教学楼侧面的阴影里。

他定定地看着她，冰冷淡漠的视线将人从头到脚扫了个遍，最终，冷声问道："说说看，今天是怎么回事。"

孟枝不知道该怎么说，吸了吸鼻子，将下半张脸埋进了领口里。她不开口，沈星川也不说话，只用他那双凉薄的眸子盯着她，脸上没什么表情。他的头发有点长了，刘海扫在眉下，刚好将整双眼睛罩在了阴影里。

这场无声的对峙以孟枝的溃败而告终。

"同学说买东西钱没带够，让我帮忙救个急，所以我才去的后街。"她解释，却很心虚，越说声音越小。

因为和林嫣然与沈星川错综复杂的关系，她选择性地隐去了关键，只告诉他一个大概的轮廓。孟枝很清楚自己这么做的理由——她不想在自己与林嫣然之间，看着沈星川做选择，更不想让他挡在自己面前去出头。沈星川骨子里良善，但这不代表他就有义务为自己遮风挡雨。况且，对方还是他的亲表妹。他的天平无论偏向哪一边，孟枝都不会好过……她更想自己去解决这件事。

"我记得我之前特地告诉过你，后街最近不太平，让你不要去，你当时也答应得好好的。"沈星川冷笑，话也变得刻薄，"明知山有虎，偏向虎山行？"

"……对不起。"孟枝深吸一口气，"今天晚上的事是我的错。麻烦到你和其他几个同学,将你们置于危险的境地,是我考虑不周,真的抱歉……"

她说得诚恳,沈星川越听脸色越难看,到最后,已经宛如凝了一层冰霜。身高差的缘故,他自上而下微微俯视着孟枝,从她漆黑的发顶,到单薄的衣服,再到冻得发红的双手……沈星川突然感觉一阵郁结,喉头像是堵了一口气一般,不上不下,梗得难受。

他烦躁地拧眉,被她激出了火气:"你道歉哪门子歉?"沈星川更怒了,"谁说这个了?你知道有可能遇到危险你还往后街跑,劝都劝不住……孟枝,你是不是蠢啊?"

孟枝没吭声。

这个问题她没法回答。

沈星川骂完,气也消了些,他重新变得冷静甚至是冷漠:"你知道如果今天晚上去之前,你没有让你舍友找我,而我,从头到尾不知道这件事,你会在那个巷子里遭遇什么吗?"

孟枝愣了下,缓慢地摇了摇头。

实际上,她整个人到现在都还没缓过来,脑袋几乎是空白的。

"那我告诉你。好一点的,你身上值钱的所有东西会被他们搜刮完,然后他们大发善心地让你离开。或者是和之前的某个同学一样,因为给的钱太少,被几个人围住拳打脚踢一顿,打到骨折或者是伤到别的什么地方。"沈星川说完,稍顿片刻,"还有再严重一些,就不敢保证会发生什么了。毕竟他们手上有刀,毕竟你是个女孩子。这回听明白了吗?"

孟枝听明白了。一股难言的情绪顺着心脏往上攀爬,到鼻腔时变成猛烈的酸劲儿,直逼眼眶。她再度用力咬住唇内的那一小块软肉,直到疼痛袭来,铁锈味逐渐蔓延到整个口腔,才总算是忍住。

"听明白了。"孟枝说,声音有些哑。

"明白就好。"沈星川看了孟枝一眼,偏过身,仰头瞧着顶上横生的树杈,"没有怪你添麻烦的意思,反而,我很庆幸你把这件事预先告诉了我,才让我帮得上你。"

孟枝愕然,澄澈的眼底慢慢浮起了一层雾气。

然后,又听见他说:"毕竟,算是朋友一场,我不想你出事。"

朋友。

不想你出事。

孟枝心里翻来覆去地默念这话。

她来这座城市已经小半年了,始终形单影只,除了一两个还能说上话的舍友和同学,跟其他人几乎没有来往。她就像是被一道看不见摸不着的屏障隔绝在了人群之外。孟枝没有试图融入进去过,她将更多的时间和心思花费在了自己认为更值得的事情上,但有时候难免会羡慕一旁的少男少女们呼朋引伴,几个人凑在一起说说笑笑,路过她身边时好像带着风。而她自己,就像是个离群索居的孤独患者。

她一直认为自己是没有朋友的。

哪怕是沈星川,也只不过是因为家里的关系,机缘巧合帮了她几次。却没想到他说,他们是朋友。

在她因为沈星川而心脏剧烈跳动半个小时后,他说,她是他的朋友。他们之间的关系,从亲戚家的拖油瓶、不熟悉的校友,变成了朋友。这是一种不需要以他人为纽带,只属于沈星川和孟枝之间的牵系。

莫名其妙且没有来由的,孟枝好不容易忍住的眼泪在这一瞬间夺眶而出。她匆忙低下头,将眼角的湿意抹去。殊不知,这点动作早已被身旁的人洞察。

沈星川无声地叹了一口气。

他并不太会安慰人,半晌,也只是抬起手,在她发顶上轻轻点了点,向来清冷的声音里似是带上了几分僵硬。

"别哭。"

孟枝回到教室的时候老师没在,全班都在低着头做题,听见声响,不约而同地抬头往教室门口看了眼,而后又低下头,重新忙活自己的事去了。孟枝脚步轻慢地拉开凳子坐回座位,她的存在感极低,离开的这段时间,几乎没有引起任何人注意。

班里除了她,还有林嫣然的座位也空着。

孟枝看了眼,平静地从桌肚里拿出自己的练习册。

周二早上的时候,林嫣然照常来上课了。她迟到了挺久,直到早读快要结束才进到班里。孟枝正在背着晦涩难懂的古文,余光正好瞥见她从门外进来,或许是觉得心虚,她难得主动朝着孟枝的方向看过来,四目相对的瞬间,身形明显一僵,然后匆忙偏过视线。

孟枝虽然性格沉闷甚至是木讷,但并不是任人欺负的包子,受了疼也会想要反击回去。她从昨晚事发到现在,一直想要跟林嫣然谈一谈,好不容易见到她,孟枝一刻也不想等。早读结束,她就合上语文书,破天荒头一回主动走到林嫣然座位前。

"你有空吗?我有话想跟你说。"

"没空。"林嫣然撇了撇嘴,眼神飘忽,却强装镇定,"我们很熟吗?"

"不熟。"孟枝平静地道,"既然你不愿意出来,那我在这里说也是一样的。

昨天晚上……"

"孟枝！"林嫣然瞬间爆发，她站起身，因为生气脸变得通红，"你闭嘴！"

"那你跟我出来，我们谈谈。"孟枝垂眸，眼睫遮住了瞳孔，让人辨不清里面的情绪。

今天有雨，原本的早操被取消，大家几乎都在教室里坐着。两人的争执声不算小，班里不少人看了过来。尤其是，孟枝与林嫣然平时看上去毫无交集，乍一有了冲突，更是令人好奇。林嫣然的前桌就转过身来试探着问她发生了什么事，被林嫣然随口搪塞了过去。她不敢让其他人知道这件事，就只能跟着孟枝出去。

走廊里没什么人。孟枝无意将此事宣扬开，保险起见，她沿着楼梯又往下走了半层，最终，停在空无一人的转角处。

"这下没人了，你有话赶紧说。"林嫣然厌烦地蹙起眉，满脸不耐烦的样子。

孟枝沉默了下，直直地看着她："昨天晚上，你把我骗出去我不怪你，只当你是遇到了危急情况想办法自救，哪怕我是被牺牲的那部分。但是，我不能理解，你明明已经走了，有机会报警或者告诉老师和家长，但你没有，甚至你连电话都不接……林嫣然，我想知道，你有一点点考虑过我的人身安全吗？"

"我为什么要考虑你的人身安全？"林嫣然反问。

蓦地，她压着嗓子阴沉道："是，孟枝，我是坑了你，但你也平安回来了不是吗？不报警、不告诉老师是因为我不敢，我怕那群人再缠上我，他们威胁我如果敢把事情闹大就每天在校门口堵我！怎么，他们没跟你这么说吗？"

林嫣然说着，喘了一口气，才继续道："况且我讨厌死你和你妈了！你妈抢走了我爸，你又来抢走我哥，我恨死你们母女了！"

"什么叫我抢走你哥？"

"你装什么啊？"林嫣然冷笑，"昨天晚上沈星川带了一群人去救你，怎么样，被英雄救美的感觉爽吗？"

"你怎么知道？你看见了，昨晚你就在不远处。"后半句话孟枝几乎是肯定的语气。

林嫣然也不否认，仰起头，恢复了往常那副骄傲的模样："看见了。"

"那你为什么不出来？"

"我为什么要出去？"

话说到这份儿上，孟枝便没什么想说的了。

两人都没开口，无声地对峙着，直到预备铃声划破寂静。

孟枝呼出一口气。临走之前，她又补上一句："这件事情我不会告诉任何人，前提是这是第一次，也是最后一次。还有，林嫣然，我欠林叔的，欠你们林家的，我会还。"

孟枝说。

她向来言出必践。

往后的几天两人井水不犯河水，也算是相安无事。周末晚自习结束的时候，沈星川短信约她到顶楼自习室，把错题本递还给孟枝，开门见山道："题给你看过了，都对。我看你错题本后面又写了些新的，就随手给你又出了几道，没什么问题的话，你拿回去写吧。"

沈星川说话的时候有些意兴阑珊，一副心不在焉的样子，眼睛也不看人，只是倦怠地垂下眸子，比先前又多了几分冷意。

孟枝注意到了。事实上，从早上见他的第一眼起，孟枝就感觉他状态好像不太好。

听他这么说，孟枝温和地应了一声，将错题本塞进书包里。本来她还有一些关于课业的问题要问，但今天这个情形，孟枝明智地把问题又咽了回去，准备还是自己回去多揣摩一下。

果然，沈星川也没有要继续待下去的意思。

眼看着孟枝将书包拉链合上，他淡淡地说了一句："走吧。"

孟枝跟在他身后下楼。

沈星川比孟枝高了半个头，他走在前面，始终站在低一级的台阶上。孟枝稍稍一抬眼，能看见他的后脑勺。

少年一改往日拖沓散漫的步伐，走得有点快，出了教学楼以后变得更甚。之前两人在路上偶尔还会说上一两句话，但今天的沈星川看上去完全没有要开口的意思，独自走在前面。

孟枝不知道发生了什么事，有些茫然。

她跟在后面纠结了好半天，才终于鼓起勇气轻声喊他："沈星川。"

刚来苏城的时候，孟枝的普通话还能听出北方小镇的腔调。大半个学期过去，如今她再一开口，字音已经标准了很多。至少，"沈星川"这三个字，被说得字正腔圆。

沈星川放慢步子，回过头看她："怎么了？"

孟枝组织了一下语言，才问："你没事吧？"

她清秀的小山眉微微蹙着，黑白分明的眸子含着丝丝缕缕的担忧。

沈星川蓦地发觉，孟枝好像变了些许。

最开始见她时，她与周遭格格不入，虽然极力克制着让自己不要失态，但还是能轻易地从她状似平静的外壳下，探寻到被小心翼翼藏起来的怯意。尤其是第一次在便利店见她，她拿着东西在收银台前僵硬无措的样子，沈星川至今还记得。那时候，沈星川觉得这个人挺可怜。尤其是她从来都不说，好的坏的，只永远沉默而温顺地接受着所有的一切。

沈星川自认为并不是一个同情心泛滥的人，相反，他知道自己性格不怎么好。但种种巧合，他能帮到孟枝的，顺手都帮了。仔细想一下，就是在这种往来中，两人之间的交集越来越多，距离也越来越近。

孟枝身上有一种韧劲。

哪怕深陷在沼泽里，也会咬着牙，用力地往上爬。

见他半天不说话，孟枝又唤了一句："沈星川？"

沈星川骤然回神，眸光在她脸上定格了两秒："没事，有点感冒而已。"

于是，孟枝也不好再问，只说了句"好好休息"之类的废话。

一路无话。

到宿舍楼下，两人分开的时候，沈星川突然问："过几天放假，你回去吗？"

下周本学期第三次月考，完了之后就是元旦三天假期。然后，一年就又结束了。

孟枝想了想，说："不去了。"

高中不比大学，学生都是家住附近的。元旦三天假，学校估计整个都空了，到时候舍友们也应该会回家，宿舍里只剩下她一个人。

沈星川眸色中多了一抹让人看不懂的沉，最后，他掀唇说："还是回去吧，跨年，人多些也好。"

孟枝一愣。

半晌，她垂下眼点了点头。

放假前还有个月考拦着，所以大家也不是太浮躁。结果没几天，学校里突然传出消息说第三次月考取消。小道消息，说什么的都有，有的说学校是为了让学生们全心备战期末，有的说是时间太过紧凑安排不过来，还有的说学校是为了给大家放一个好假，让大家元旦好好休息。

周五的时候，班主任抱着一沓卷子走到讲台上，板着脸证实了这则"好消息"——第三次月考取消，各科试卷全部发下去当作家庭作业。

底下安静了三五秒钟，之后，全班沸腾！

虽然那些卷子加起来也不少，但总比考两天试强得多！

周五最后几节课，人心彻底乱了，放学铃声一响，老师干脆利落地走人，全校同学像一窝蜂似的涌出校门。

孟枝在一群喜笑颜开的学生中，格外平静地收拾着自己的东西。

回到景明别苑时已是傍晚，沈星川照例来这边过节。

冯婉如做了一桌菜，还亲手包了饺子来迎接新年。可能是沾了节日的光，林嫣然晚上的心情很是不错，几个人围坐在一起，虽然不像别家那么热闹，但整顿晚饭也风平浪静地吃完了。

饭后，沈星川父母打来电话，他独自一人去了前院接电话。林家父女和冯婉如则坐在客厅看电视。电视上放着元旦晚会的直播，主持人热情洋溢的声音从里面传来。林盛没看多久，就被一通生意上的电话打断，然后捏着手机上了楼。林嫣然见状，也紧随其后。

客厅人一少，气氛也安静了下来。

今天餐具比较多，冯婉如不打算洗了，也没让孟枝洗："明天约了保洁来，大过节的，你也别忙活了。"

孟枝摘掉已经戴在手上的塑料手套。

她回到房间冲了澡，整个人躺在床上。

这间屋子的床铺比宿舍要大一些、软一些，人躺在上面，可以四肢摊开彻底舒展开来。

外面不知道是谁在放烟花，估计隔了一段距离，时不时地听见几声响。孟枝盯着白花花的天花板，突然想到了那个泛着灰白色的小镇，总是泛着潮气的墙壁，还有屋里那把旧藤椅和经常坐在旧藤椅上的老人。

父亲的离开，让孟枝本就稀疏的亲缘血脉变得更加淡薄。老年丧子，要强了半辈子的奶奶仿佛一下子被抽去了筋骨。孟枝小时候不喜欢她，因为她总是板着一张脸，一点也不像别人家的奶奶那般慈祥和蔼。但年岁渐长，孟枝慢慢地能理解她了，知道她的不容易，也感念她咬着牙把自己拉扯长大。

可惜的是，直到后来她去世，孟枝也没有长大。

房门在此时被人敲响。

沉闷的嗒嗒声将孟枝的思绪拽了回来。

她吸了吸鼻子，起身下床。

门一开，沈星川站在外面。

孟枝没想到是他，当下微怔。

她不动声色地咬了下唇，轻声问："有事吗？"

"有。"沈星川说。

他穿了一身浅灰色的家居服，应该是刚洗过澡，几缕半干的发丝垂在额前，周身散发着慵懒又随性的气息。

孟枝细心地留意到，他一只手垂在身侧，另一只手却背在身后，像是拿着什么东西。

沈星川清了清嗓子。

"那什么，节日快乐。"

话音落下，原本背在身后的那只手举到孟枝跟前，透明的包装袋里，一条白色的针织围巾静静地躺着，看起来毛茸茸的。

孟枝一时间没反应过来："这是？"

"给你的。"沈星川说着，视线落在孟枝微微惊讶的脸上。第一次干这事，他原本有些不自在，但看到孟枝呆了半天没反应过来，他就突然舒坦多了，"节日礼物，你跟嫣然都有，但款式不一样。"

孟枝这下听明白了。

她瞪大眼睛，对上沈星川的视线后，眸光闪烁了两下，还是有些不太确定地问："是，给我的？"

"嗯。"

孟枝当即有些不知所措。她僵在那里好半天，最后，还是沈星川耐心告罄，一把将东西扔进了她怀里。

孟枝惯性抬手护住，将毛茸茸的围巾、连带着沈星川的善意，一并揽进了心口。

"谢谢你。"孟枝眼睛涌上热意，她低下了头。

"嗯。"

这晚，收礼物的人是怎么过的沈星川不知道，他这个送礼物的却失眠了。躺在床上半天睡不着，最后愣是爬起来连下了三盘五子棋，又去冲了个热水澡。这一通折腾下来，才总算是有了那么点困意。

他躺在床上，闭起眼睛。

沉沉睡过去之前，沈星川脑子里又浮现出了方才孟枝的样子——

黑色的头发，素白的肌肤，微红的脸颊，还有泛着水光的眸子。

好像比最开始见到她的时候，变漂亮了很多。

元旦收假之后，日子就像是按了快进键。不到一个月的时间，学校结束了本学期最后的课程。在连续两天的期末考试之后，终于迎来了寒假。

学校假期不准留人，孟枝只好收拾行李回了景明别苑。

长年被关在笼子里，乍一自由，就像鸟儿似的忍不住撒欢地飞。林嫣然一放假就吵着要和朋友去旅游。林盛不放心，说什么也不同意，干脆将她塞进了冬令营，跟一帮年纪相仿的少男少女一起出去，连玩带交朋友。林嫣然本来想缠着沈星川一起，但不知道为什么，沈星川没同意，最后还是她自己一个人不情不愿地走了。

她一出去，林盛再一忙，偌大一个林家没剩几个人了。年前，冯婉如忙着约美容做头发，沈星川也不太过来，经常是孟枝一个人待在房间里，写写寒假作业，打扫扫房子。

考试结束一周后，成绩出来了，通知书和成绩单一并发到了每个学生手里。孟枝比上一次考试进步了五个名次，林嫣然却掉出了班级前十名。

领完通知书回到景明别苑的时候，冯婉如破天荒地关心起了孟枝的分数。在得知她又进步一点点的时候，冯婉如高兴地笑了起来，眼角多出了微微的细纹。

她上上下下将孟枝打量了好几遍，扫过孟枝已经有些破了口子的衣袖时，怔愣了下，说："快过年了，妈明天带着你去买几身新衣服吧。"

孟枝顺着她的目光看去，然后，她将那条胳膊背在身后。这次她没再拒绝，低着头说了声"谢谢"。

隔了片刻，孟枝问："过年我想回镇上，可以吗？"

闻言，冯婉如的脸一下子就僵住了。她不太愿意听到那边的消息。或许是因为愧疚，或许是因为有了新生活想要划清界限，不管什么原因，总之，她也做到了。

但冯婉如倒也没阻止孟枝。

她将鬓边的发丝别到耳后："行，随你意思。"

孟枝点了点头，又说了一声"谢谢"。

自从那次在操场上给二叔发过一次短信之后，孟枝就再也没联系过他，但号码是烂熟于心的。电话拨通的那一瞬间，她整个人连呼吸都放轻了，心脏像是被提到了嗓子眼一般，空荡地悬在那里。

"嘟……嘟……"

提示音一声接一声。

接连响了四十几秒钟，却一直没人接听。

孟枝像是被兜头泼了一盆凉水。

她倔强地咬着唇，挂掉，然后再拨一遍。

第三遍的时候，终于，电话被人接起。

男人沧桑的声音从听筒里传出来，瞬间让孟枝湿了眼。她两手捧着电话，嗓子像是堵上了似的，半天说不出话，连带着气息也不稳。

最后，还是那端的二叔问："是枝枝吗？"

这句话像是一个开关，说出来，眼泪的闸门就再也封锁不住，豆大的泪珠瞬间坠了下来。孟枝两手捧着电话，颤着声儿说："二叔，是我。"

电话那头，二叔沉默下来。

三五秒钟后，他才关切地道："怎么样，在那边过得好吗？"

"挺好的。"孟枝想都没想就说。末了，她小心翼翼地问，"二叔，我想回去过年,想去看看我爸和奶奶……"

"那就回来吧。"

男人轻叹一声,到底是答应了。

腊月二十九那天,孟枝踏上了回家的路。

沈星川送她去火车站。

说来也巧,自从放假他一直早出晚归,偏巧那天孟枝拎着行李袋出门的时候,正好撞见他过来。冯婉如要给林盛做午饭,忙得走不开,送不了她。孟枝觉得没关系,她可以自己打车去。结果一见着沈星川竟然在家,还正好准备要出门的样子,冯婉如便多问了一句。

"星川要出门啊?"

"嗯。"沈星川应了一声,视线在孟枝的行李上掠过。

冯婉如笑着看他:"那如果顺路的话,能不能麻烦你送一下枝枝到火车站?她来了这边几乎没出去过,不认路。"

话一出口,孟枝便轻轻蹙了下眉。

她向来不喜欢给别人添麻烦,况且,当初她刚来这边的时候也不认路,不也是安全到了吗?

孟枝下意识就要拒绝,没承想,沈星川比她快了一步。

他答应得很干脆,几乎是想都没想就说"好"。

语调听起来没什么起伏,但态度很是爽利。

孟枝愣了一下。

她抬眼看沈星川,少年一脸淡漠,薄唇轻抿。

察觉到她诧异的视线,他垂下眼看她,浓黑纤长的睫毛在下眼睑处落了两道浅淡的阴影。

"那真是麻烦你了。"冯婉如赶紧热切地说。

沈星川挪开视线,语气还是那样平淡又疏离:"您别客气……走吧。"后两个字是对孟枝说的。

孟枝跟冯婉如道别的工夫,沈星川已经率先到门外等着了。从林家到小区门口有一段距离,小区不准外来车辆进入,林盛的车子又跟去了公司,两人只能一前一后地往小区门口走。

沈星川个高腿长,双手插兜率先走在前面,孟枝拎着行李跟在他身后。她并没有带太多东西,就两身换洗衣服,不算重。

刚走了没几步,沈星川就停住了。他停得有些急促,孟枝没太注意,差点一头磕在他背上,还好,及时刹住了车。

孟枝摸摸鼻尖："怎么了？"

"行李给我。"沈星川转过身，话音落下，他右侧唇角微微勾起，墨色的眼里隐含戏谑，故意沉着嗓子道，"枝枝。"

孟枝一时没反应过来，站在原地呆滞了几秒钟，随即别开视线，不敢直视他，攥着行李的手却猛然绞紧，绳子在手上勒出了一道红痕。

"不用了，不重。"孟枝说话都有些底气不足。

她今天穿了一件白色的羽绒服，是冯婉如新给她买的，脖子上围着沈星川送的羊绒围巾。可能是害羞，半张脸都埋在毛茸茸里，看起来莫名像一只害羞的兔子，没了往日的倔劲儿，显得乖巧极了。

沈星川笑了一声，像是小孩子恶作剧得逞了一般，露出少见的幼稚。他逗兔子上瘾了："怎么，冯姨能叫，我不能？"

"倒也不是。"孟枝站在原地，诚实地道，"就是……觉得有些奇怪。"

看她一副尴尬的样子，沈星川难得大发善心地饶过了她。他没再多问，不由分说地从孟枝手里接过了行李袋拎着："行了，走吧。"

说完，他一手插兜，一手拎着行李，兀自向前走着。

等两人之间拉开一段距离，孟枝才跑了两步跟上。她走在沈星川旁边，没忍住，抬眼偷偷往那边看了一眼。少年唇角微勾，好像心情不错的样子，连带着孟枝也松快了许多。

出了景明别苑，在路上等了十来分钟才终于等到一辆经过的出租车。司机一听他们要去火车站，有四十多分钟的车程，一路热情得话就没停下来过。

沈星川坐在副驾上，没了往日的疏离与冷漠——他心情好的时候跟谁都能聊两句。

司机师傅从过年说到春运，再说到自己的女儿，说女儿年纪跟他们差不多大，等知道他俩是在五中上学的时候，又不无羡慕地说重点高中升学率高普高一大截，想必老师教学水平和学生的素质肯定也好得多。

沈星川双手交叉抵在脑后，淡淡地说："环境只起塑造作用，不是决定作用。"

司机师傅一愣，连连称是。

孟枝坐在后座，不知怎的，将这句话刻在了脑子里。

又听司机师傅说："唉，别人家的孩子呀……小伙子，你看你长得又帅，还是五中的，学习成绩肯定好，你爸妈肯定以你为骄傲！"

沈星川这下却没接话，任由司机师傅的话落在空气中。孟枝看在眼里，蓦然联想到家长会那天，沈星川倚在教学楼走廊的栏杆上，语气轻佻地笑着说他父母只管事业不管他的样子……眼里的怅惘和现在一模一样。

空气静谧了很久，终于，沈星川掀唇，语气又恢复了惯常的淡漠："可能吧，谁知道呢？"

孟枝默默地看向车前的后视镜……沈星川侧头正在看窗外，额前的发丝稍稍遮住了眼睛，叫人看不真切里面的情绪。

后半程，司机师傅再说话的时候，沈星川明显有些意兴阑珊。

几十分钟后，出租车到达目的地。

春运期间，火车站前人格外多，拎着大包小包的旅客将进站口挤了个水泄不通。检票员一边忙着检票，一边拿着喇叭高喊着让大家排队，声嘶力竭地维持着秩序，可惜效果并不明显。

沈星川一到火车站前，面色就变得不甚好看。他特别讨厌人多的场合，吵吵闹闹的，天南海北的口音都有，彼此之间说话全靠吼，还不一定能听得清。

检票口有很多个，去不同的地方要从不同的检票口进。

沈星川皱着眉跟孟枝说："票给我。"

孟枝递给他。

沈星川看看票面信息，又抬眼看着检票口前的电子指示屏。还没等他找到进站口，就被一旁扛着行李的大叔挤得一个趔趄，整个人往边上退了半步。

瞬间，沈星川原本就不好看的脸色又黑了几分。

见状，孟枝不敢再麻烦他。她抬手给他指着检票口说："我找到了，应该是从那里进去。"

沈少爷黑着脸看了眼票面，又看了眼检票窗口的电子屏，确定确实是从那里进站之后，才将火车票和行李一并塞到孟枝手里。

"那我就先进去了。"孟枝轻声说，"谢谢你来送我，麻烦你了。"

沈星川看着她抬了抬下巴，表示自己知道了。

"那你回去的路上小心。"孟枝不放心地又叮嘱了一句。感觉沈星川没再搭话的意思，她也没再继续说下去，提着行李过去排队。

沈星川没急着走，在她边上一步远的地方跟着。再怎么厌烦眼下这种环境，他却还是微微抬着手，将孟枝护在自己身前。

等终于轮到孟枝检票进站的时候，他才叫了声她的名字："孟枝。"

孟枝偏过头看他。

沈星川浅笑着说："新年快乐。"

孟枝一愣，也跟着笑了："新年快乐。"

第五章

生日会

回程的旅途漫长，孟枝坐了一夜才到，刚好是年三十。她书包里装着给二叔一家买的礼物，是用自己勤工俭学赚来的钱，不贵，但个个都是她用心挑选来的。

晚上，一家人围坐在自建房的客厅里吃了顿年夜饭，有鸡有鱼，虽然跟林家比不上，孟枝却吃得很是开心。电视里，相声演员在舞台上一唱一和，旁边的堂弟看得津津有味，时不时模仿上一句，逗得一家人乐乐呵呵，孟枝也跟着笑弯了眼睛。她很久没有这么开心地笑过了，笑到肚子都疼。

孟枝在这边一直待到了年十三。

学校正月十六开学，她坐十四号下午的火车回苏城。

临走那天，孟枝收拾着行李，二婶就在边上看着。她也不出声，一直到孟枝起身准备离开了，才终于开口。中年妇人脸上的皱纹很深，那是被生活累垮的痕迹。她站在门边，挡住了大半的光亮，两手搓了下裤缝，尴尬却也坚定地对孟枝说："以后，安心在那边，没什么特别重要的事就不用回来了。"

孟枝动作一顿，下意识就拧起了眉。

"为什么？"

二婶别开脸没再看她："你爸走了，你奶走了，你也长大了，转眼就快上大学了……你二叔跟我还有自己的孩子要养活……退一万步，冯婉如才是你亲妈，她有钱，日子过得也好，你该跟她亲近。"

孟枝听明白了。二婶说这么多，弦外之意无非想跟她淡了关系，最好不再来往，也互相不再拖累。如果是以前，孟枝可能不会理解，但这半年寄人篱下的生活让她感受到了人情冷暖，也懂得，不该对他人抱期望与憧憬。没有期望，就不会失望。

况且，人与人之间的交际、感情，一直以来是相互的。当一方不愿意维持的时候，另一方再怎么努力，也是无济于事。

孟枝低下头，继续手下的动作。

她只问了一句话："二叔也是这个意思吗？"

"是。"

"好，我知道了。"孟枝平静地说。

当天晚上，孟枝坐上了离开的火车。

这次一走，她不知道下次回来是什么时候……或许再也不会回来了。这个地方虽然是她的"家"，但没有等待着她的家人，剩下的亲人怕她拖累他们，也不愿意她回来。

这一刻，她觉得自己像一棵浮萍，漂到哪里算哪里。

没有根。

孟枝明白，所以更加难受。

火车沿着铁轨摇摇晃晃，她在硬座上坐得半个身子都僵硬了。到了夜里，车厢灯光暗了下来，几乎所有的乘客都睡了，孟枝却毫无困意，她看着黑漆漆的窗外发呆。直到手机猛地振动了一下，点开，是沈星川发来的短信。

他问：什么时候回来？

孟枝几乎是瞬间清醒，手在键盘上按出准确的到站时间，思忖片刻后又删掉，换上了笼统的时间：明天上午。

消息发过去之后，孟枝一直盯着屏幕，可直到看得眼睛都酸了，人也困了，也没等来回复。那则信息就像是石沉大海一般，毫无音信。

翌日早上十点钟，火车准时到站。

孟枝背着硕大的书包在出站的大部队里被挤得气闷。乘坐一夜火车，她根本没怎么休息，脑袋昏昏沉沉。她双手将书包攥得紧紧的，随着人流往大巴停车场走，刚出了站，却一眼瞥见站前广场上，有一道熟悉的身影。

少年站在树底下，身形颀长，从头到脚包裹得严实，就连脸上都用一只黑色口罩遮住，只露出了一双眼睛。饶是如此，孟枝还是一眼认出了他。

那一刻，她不知道从哪儿来的力气，穿过重重人群，几乎是小跑着到他身边。

"急什么？"沈星川蹙着眉问，"等你一早上了，又不差这几分钟。"

"你等我一早上了？"孟枝喘着粗气问。

"是，到站时间也不说细致点。"他抱怨道。

孟枝第一反应就是道歉："对不起，我不知道你会来接我。"语毕，又怕自己误会了，忙问："你是来接我的吗？"

沈星川直接笑了，气的。

"不是。"他否认，"我是来接鬼的。"

孟枝却听懂了。

他是来接她的。

原来，不是没有人记挂着她。

春节后，高二下半学期开学。

如果说之前只是对于高考的准备和预热，那么从这一学期开始，从老师到学生紧迫感直接拉满，高二生这个身份被正式隐匿，取而代之的是"准高三生"这一称谓。

孟枝原本就是容易焦虑的体质，恨不得在自己的能力范围之内事事做到极致，如今更甚。在全班甚至是全校大环境的影响下，她整个人越发缄默，除了学习就是勤工俭学，半个学期下来，成绩确实提升了，人也瘦得快脱相了。甚至有一次在学校食堂遇到张志成，两人打了个照面，他都没认出来孟枝，还是走出了三步远后觉得不对劲，又专门倒回来问她："你是孟枝吧？"

孟枝系着围裙，长长的绑带在腰间系了一整圈还有剩余。她手上还拿着抹布，闻言，难得无语了会儿："是我。"

张志成直接惊了："哎哟，我去，你怎么瘦成这副样子了？"

孟枝本人却还没感觉："瘦了吗？"

张志成直接被堵得没话说了，心说姐姐你人都快瘦没了还在那儿"瘦了吗"，心里是真的没数啊！张志成这人虽然有点碎嘴子，但人也是真热心，具体表现在他二话没说拿出手机就冲着孟枝拍了张照。

孟枝吓了一跳，下意识就抬手去挡："你在做什么？"

"拍张照片！"张志成头都没抬，手在屏幕上一顿乱戳，一分钟后，突然咧开嘴冲孟枝笑，"真成了！"

"什么成了？"孟枝没懂。

"我把你的照片发给我川哥了，跟他说你都这么瘦了，他不得请你吃顿饭，顺便把我带上。"

这是打着她的旗号光明正大地"要饭"。孟枝觉得这样不妥，况且，她还穿着围裙拿着抹布，整个人看起来邋里邋遢的……她以前没觉得有什么，如今却有点介意自己的形象。孟枝拒绝："我不用他请我。"

"啊，那怎么办？"张志成故作为难地挠头，将手机界面冲着孟枝晃呀晃，"沈星川都已经答应了。"

孟枝被不明不白安排了一顿饭，时间定在周三下午放学后。三个人约在学校后门口见面。孟枝答应的时候还心有余悸。

上次那事儿虽然过去很久了，但她自那之后再也没有去过学校后街。哪怕之后在班上不经意听见同学八卦说校外的那些混混被附近的派出所给逮了，可毕竟没有亲眼见到，孟枝还是有些抗拒那个地方。

但转念一想，沈星川也去，又觉得没什么好怕的了。

开春之后，气温乍暖。孟枝下课先回了趟宿舍，脱下校服，换了身自己的衣服。牛仔裤是旧的，过了一个冬天，再穿的时候竟然大了一圈。孟枝拎着裤腰站在宿舍的落地镜前打量了好一会儿，才恍然发觉自己确实是瘦了很多，裤子都大得不合身了。

没办法，她只好换上另一条带抽绳的运动裤。

到学校后门口的时候，沈星川和张志成已经等着了。

凛冬结束，怕冷的沈星川也终于不再把自己包裹得只剩双眼睛了，他穿了件灰色的毛衣，露出了清隽的整张脸。

孟枝背着书包小跑过去："不好意思，我耽搁了会儿。"

"没事，我俩也刚到。"张志成大手一挥，又上上下下扫了孟枝好几眼，"话说回来，这好像还是我第一次看见你没穿校服的样子。对吧，川儿？"

孟枝不是很习惯被人这么打量，闻言，有些局促地抓着书包带子调整了下位置。

沈星川察觉到了，看了孟枝一眼，懒懒地垂下眸子，抬手搭在张志成肩膀上，答非所问："走吧，你不是嚷嚷着饿了吗？"

张志成："是挺饿的，那咱走呗。"

孟枝抿了抿唇，这一刻，竟然有些淡淡的落寞。

学校后街来来回回就那几家稍微大点的店面。除了火锅串串，剩下的就是川菜砂锅什么的。毫无意外，几个人又一次进了火锅店。

点了锅底和菜之后，三个人一并到小料台前。

张志成加了香油、芝麻酱一番捣鼓，给自己弄了满满一碗。孟枝对芝麻过敏，依旧是老样子，醋加小米辣。唯一不同的是，沈星川也学着她的样子，给自己原模原样地调了一碗。

回到桌上的时候，张志成一眼就发现了问题。

"孟枝你这是什么吃法？"他转头一看，另外一个人也是，"不是吧沈星川，你也这么搞?"

沈星川脸上的表情变都没变,将问题直接抛给孟枝,大言不惭地道:"她说这样好吃。"

孟枝一愣,刚想问他自己什么时候说过,话都到了嘴边,蓦然想起上次在这个地方,她好像确实说过。孟枝报然地抿了抿唇,轻声解释:"这样解腻……主要是我对芝麻过敏,只能这样。"

张志成懂了,抬着胳膊撞了下沈星川:"那等会儿让我也尝尝你这碗。"

沈星川想都没想地拒绝:"滚蛋,脏死了。"

插科打诨的工夫,锅底烧开,菜也都上齐了。有张志成在,涮肉涮菜完全轮不到其他两个人插手,他一个人就能全部搞定。第一锅肉煮熟的时候,张志成直接用漏勺盛了满满一大碗倒进了孟枝的碗里。

"孟枝妹妹太瘦,第一口肉你先吃。"

孟枝还不知道自己又打哪儿来了"孟枝妹妹"这个称呼,想问却有些不太好意思,只说了一声:"谢谢。"

沈星川没她这么多顾虑,直接反问:"谁是你妹妹?"

张志成理所当然地道:"孟枝啊。"

他只顾着煮肉,连头都没抬,以至于都没发现沈星川微微拧起的眉和冷下来的脸色。

"林嫣然不是你妹吗?她和林嫣然……所以,她应该也算你妹,你妹就是我妹。"张志成自有一套逻辑体系,"所以,我叫孟枝妹妹有错吗?没有吧。"

沈星川冷笑:"你叫孟枝妹妹,孟枝是不是还得叫你哥?"

张志成敏锐地察觉他好像有点不高兴了,但也没在怕的,"嘻嘻"一笑,说:"成啊,我的荣幸!"

沈星川将筷子放在桌上。力道有些大,竹制的两根木棍在木桌上磕出清脆的一声响,他没顾上那些,掀开唇,语含嘲讽:"什么年代了还认哥认妹?少来那一套乱七八糟的,你愿意,孟枝未必。"

一直在边上正襟危坐的孟枝猝不及防地被点名,整个人绷直了。她看出来沈星川生气了,貌似是因为张志成随口的一句玩笑,其余的她也不清楚了。

桌上的气氛逐渐变得僵硬起来。

"我就是开个玩笑好吧?不叫就不叫,屁大点事。"张志成一脸的莫名其妙。

话音落下,他突然福至心灵,猜测到了某种微妙的可能性,瞥了眼对面的孟枝,忽地凑近沈星川耳边,用只有他们俩能听到的声音悄悄问了句:"沈星川,你该不会是吃味儿了吧?"

这话刚一出,沈星川的脸色肉眼可见地僵住了。

他没说话，只警告性地剜了眼旁边的始作俑者，让张志成别胡说。

张志成这一刻醍醐灌顶，眼神滴溜溜地在两个人中间转了好几个来回，跟撒癔症似的，突然哈哈乐出声："行了行了，吃饭吃饭。牛肉卷都煮过了……来来来，川哥，这一勺给您，感谢您带小的蹭饭！"

沈星川被塞了满满当当一碗肉，颇为无语，却也没说什么，面带嫌弃地夹了一半扔进张志成碗里。然后，就看到那货笑得更开了。

原本僵硬的氛围就在两人悄悄的一番耳语中再度柔和下来。孟枝不清楚究竟发生了什么，不过看他们俩重新有说有笑，她也放松了下来，低下头安心吃饭。

一顿火锅几乎是卡着点吃完的，直到快上晚自习才结束。孟枝借口去洗手间，跑去吧台付了账。老是让她白吃白喝，她很不好意思。况且之前沈星川他们帮了她，怎么说这顿饭也该她请。

结果就是沈星川去结账的时候扑了个空。

老板娘笑着说："刚才跟你一起的那位姑娘已经付过了。"

"什么时候？"

"就五分钟前。"

沈星川收起手机："知道了，谢谢您。"

等他返回的时候，张志成和孟枝已经在店门口了。

主动付钱的人有些心虚，半低着头，只敢用余光悄悄看他。沈星川有些想笑，却也没说什么，只道："走吧，今天的饭是孟枝请的。"

张志成一听就知道是怎么回事，谄媚道："谢谢孟枝，谢谢孟枝。"

孟枝忙说："不客气。"

三个人一道往回走，张志成从裤兜里摸出几根棒棒糖，递给沈星川和孟枝一人一根，自己也往嘴里塞了一根。孟枝拆开外包装，将糖果放进嘴里……蓝莓味，甜丝丝的。

她低头小声笑了下："没想到你们会喜欢吃这么甜的东西。"

沈星川眉梢一挑："怎么，男的就不能吃糖？"

孟枝连忙摆手："不是不是，我不是这个意思，就是觉得有些……意外。"

张志成吸溜了下口水，说："嘿，你别觉得奇怪，我这是有原因的。"

孟枝难得好奇："什么原因？"

张志成说："戒烟啊！"

孟枝眼睛睁大了一圈："你……你们抽烟？"

张志成说："没，川哥不抽，就我一个。初三暑假时在我爷奶家住了一段时间，我爸妈管不到，我就在好奇心的驱使下跟着我堂哥一起吞云吐雾……后来回了家，偷我爹的烟被我妈发现了，好家伙，孟枝妹妹，你是不知道，那一顿'皮带炖肉'

给我打的！然后为了戒这玩意儿，我就随身带糖，至于川哥嘛……我有好吃的，当然得分享给我兄弟！"

他叙事很有画面感，语气又夸张，孟枝甚至都联想到了他被揍得乱蹿的模样。她忍住笑意……没成功，唇角不受控制地向上扬着。

张志成顿时眼睛一亮："孟枝，多笑笑，你笑起来还怪好看的！"

闻言，孟枝脸上的笑容瞬间僵住。

下一秒，她的衣袖就被人拽起。

沈星川拉着她的袖子，将人从自己的左边，绕过张志成，挪到了右边的位置，刚好让自己挡在了张志成和孟枝中间。一整套动作行云流水，没有半点的不自在，甚至连边上的张志成都没反应过来。

沈星川瞥了眼张志成，凉凉地笑问："你还觉得挺骄傲？"

张志成："那哪能啊？都是经历，经历。"

沈星川轻嗤一声，懒得搭理，步子又快了些。

张志成两下被沈星川甩了一截儿。他站在后头，看着前头一高一矮的背影，越看越觉得有问题——

"怎么觉着哪不对劲儿？"

"哎，不是，你俩等等我啊！"

张志成嘀嘀咕咕了半晌，又不忘地追了上去。

到教学楼底下三个人分开。

张志成都走出几米外了，又突然跑回孟枝身边。

"对了，有件事得跟你说一下。"

"什么事？"

"下周末是沈星川生日。"张志成冲着她挤眉弄眼一通，"你懂的！"

懂什么？

孟枝没太明白他的意思，但大脑牢牢记住了一件事——

沈星川的生日就要到了。

孟枝没有给同龄人庆过生。

镇子那边的人好像都不太注重这些，就算是要庆祝生日，往往也是给家中长辈。在孟枝的记忆里，奶奶八十大寿的时候，二叔二婶买了鸡鸭鱼肉和蛋糕，一家人围坐在院子里，也算热闹地吃了顿饭。而小孩子，往往都是被大人一句"小孩子过什么生日"搪塞过去。

虽然不知道沈星川到底会不会过生日，如果有生日聚会，他又会不会邀请她参加……孟枝不在意这些，她是真心想祝他生日快乐，也是真心想送他一件礼物，哪怕只是为了感谢他对自己帮助与照顾……况且，还远不止如此。

只是，孟枝自己没有收到过生日礼物，也没有送出去过生日礼物，更别说是送给异性了。原本想求助一下旁人，然后她悲催地发现，她惨淡的人际关系，连一个能问这种问题的人都找不出来。唯一能搭上话的，只有张志成。

孟枝找机会问了张志成的建议，结果那厮说他也头疼这事儿，实在不行送个珍藏版乐高让沈星川自己回去拼就完事儿了。孟枝不太清楚乐高的价格，不过想着珍藏版怎么着应该都不会便宜吧。最后还是宋婷婷告诉她，这东西便宜则大几百起步，上不封顶。

"这么贵？"孟枝惊叹出声。

"贵吗？还好吧。"

"乐高本来就不便宜。"

"对啊，更何况还是珍藏版。"

宿舍其他几个人都一副见怪不怪的样子。

五中毕竟是市重点，家境殷实的不在少数，就算随便拎出一个普通学生，也比孟枝这个实打实的贫困生要富裕得多。

宋婷婷问："你是要送谁礼物吗？"

孟枝犹豫了下，点头。

宋婷婷没有追问的意思，只说："哦，乐高可以的，价格也适中，太便宜了显得寒酸。"

孟枝当下不再言语。晚上熄灯之后，等舍友们都睡着了，孟枝还没合眼。她拿着手机当计算器使，埋在被窝里一阵加加减减，最后，屏幕上出现三个数字——820。

这是她身上所有的钱，除去这学期的生活费、资料费和其余可能花钱的地方外，仅有的剩余。

孟枝知道钱得来不易，花出去却轻松，因而每一块钱她都是核算过许多遍之后，才用在了该用的地方，尽最大可能减少开支。这一笔钱完完全全在她的计划之外，但，她花得心甘情愿。

沈星川的生日在礼拜天，孟枝周六的时候坐公交车去了市中心的购物广场。她来苏城只去过一次这种地方，还是过年前冯婉如带她买衣服的时候。

孟枝凭记忆找到了购物商场，一进去，就被里面过分明亮的灯光晃到了。打眼一看，店门口挂着的牌子各种各样，她甚至分辨不出都是卖什么的。

孟枝荒废了半天的时间在整个商场上上下下转了好几圈，最后，停在了一楼的某家店门口。这家店是以出售运动款手表为主，展示柜里整齐摆放着一排精致的表盘，以黑色钢材质居多，外观看上去机械感十足。孟枝的手在裤兜里摩挲了好几遍自己随身携带的纸钞，才终于鼓起勇气踏进店门。

售货员分外热情地迎上来问她需要什么。孟枝的视线流连在货柜里，最终，按着底下的标价要了其中一款。售货员简单介绍了手表的材质和性能，孟枝听不太懂，越发觉得局促，只想赶紧买完离开这里。最终，在售货员的帮助下成功付了款。

出了商场，孟枝狠狠松了一口气。

她垂眸，看向手上拎着的纸袋子，里头的表盒被简单包装了一下，越发显得精致。孟枝挺满意的。她原本看上了另一款，但价格超出了她所能承担的范围，最后不得不退而求其次，选择这款。好在，也还不错。就是不知道……沈星川会不会喜欢。

孟枝几乎是迫不及待地想把东西送出去，她破天荒地，头一回在没有任何人的要求下，主动回了林家。就因为周末沈星川也会回去。

冯婉如出来给她开门的时候，脸上的惊讶毫不遮掩，第一反应就是："你怎么回来了？是出了什么事吗？"

"没，就是天气热了，想拿几件换洗衣服。"孟枝随便找了个理由。

"哦，我就说……"冯婉如这才放心，随后看见孟枝身上还穿着校服裤子，眉头又一皱，"周末怎么还穿校服？你没别的衣服了？"

孟枝没说话。她确实没有了。

因为瘦了很多，原本能穿的旧衣服全部变得不合身，衣服还好凑合，但裤子就真的没办法穿了。她还打算过两天有时间去学校后街找个小店买条皮带系上。

冯婉如也想到了这种可能性……毕竟是自己女儿，顿时心里不太好受："没钱你说，我又不是不给你，把自己弄得这么寒酸做什么？行了，快进屋吧，他俩都没在。"

"嗯。"孟枝淡淡应了声，跟在她身后进了门。

快到晚饭时间时，林盛和林嫣然才陆续回来。在上次楼梯间里的正面冲突之后，林嫣然一直没和孟枝近距离接触过，冷不防地看见她在家，难免心虚，借口说自己不饿，连晚饭都没吃就回了房间。

剩下三个人安静地吃了一顿饭。饭后，孟枝帮着冯婉如收拾好厨房，便回了自己房间。

她的房间在一楼边角，采光和通风都不怎么好。一段时间没住人，房间里一股味儿，孟枝将窗户打开，自己也没待在里头，而是走出门打算去小区院子里转转。路过沈星川家门口的时候，果不其然，里头的灯亮着。

孟枝想到自己今天回来的初衷。

刚出来的时候,礼物没带在身上,孟枝在想要不要回去取。今天送合适还是明天比较合适?这样拿给他会不会有些突兀?

就这短短一个瞬间的工夫,她脑袋里闪过好几个问题,正纠结着,院子里突然传来"咔嗒"一声响,是门锁旋动的声音。

孟枝闻声抬头,看见沈星川站在自家入户门边,隔着一整个前院遥遥看过来。他像是刚洗完澡,头发还湿着,刘海耷拉在额前。

"找我有事?"沈星川问。

孟枝想都没想就否认:"没有啊。"

"没有吗?"沈星川笑了,"那你在我家门口瞎晃悠什么?"

孟枝哽住。

她刚想狡辩,沈星川却侧过脸朝着边上抬了抬下巴。

孟枝顺势看过去——是客厅的一整排落地窗,里头窗帘拉开了一半,遮住了一半,从她这个角度,刚好能清楚地看见客厅的沙发。也就不难推测,沈星川刚刚就坐在里头,看着她在他家门口踱步徘徊。

撒谎被揭穿,孟枝不免觉得有些尴尬。

沈星川脸上的笑意更甚。他抬步穿过前院,打开院门,侧过身让出一条路:"有什么话进来说吧。"

"……哦,好。"孟枝应道。

她进去,等到沈星川关上门,才跟在他身后一道往里走。

这是孟枝第一次进他家。

明明是春天,前院里的草木却枯黄败落,墙角的那棵看不出来是什么品种的植物只剩下干枯的枝干插在土里……整个院子虽然没有什么杂物堆砌,但一看就知道平常主人压根顾不上打理这些,维持住平整已经是难得了。不过,入户门里头却是干净亮堂的,偌大的客厅里,该有的家具一样不少,只是,除了常用的玄关柜、沙发和餐桌上能看得出生活气息,其余地方几乎空无一物,边角个别地方甚至用无纺布盖着,避免落灰。

"坐吧。"沈星川指着沙发示意,他随手将毛巾盖在头顶,边擦湿发,边向厨房走,"喝点什么?有酸奶、橙汁和矿泉水。"

"水就可以,谢谢。"孟枝有些拘谨。

沈星川没应声,过了会儿,拿着一瓶矿泉水和一瓶橙汁过来放到她面前的茶几上,说:"水在冰箱放久了,有些凉,橙汁是常温的,喝这个可以吗?"

孟枝很好说话:"都可以。"

得到肯定的答案,沈星川将毛巾挂在脖子上,腾出手来拧开瓶盖递给她。

孟枝接过橙汁,又道了句谢,双手捧着瓶子小口往嘴里送……味道不是很甜,甚至还有些酸酸的。孟枝喝了几口就放下了。

电视上在放不知名的国外电影，纯英文的，没有汉语翻译，男女主正坐在昏暗的房间里，手捧着高脚杯聊天。

以孟枝的听力水平压根听不懂，就算是盯着英文字幕，脑子也跟不上，看了两眼便放弃了。

她没话找话："这是什么电影？"

沈星川扫了眼屏幕："没注意，随便放的。"

"哦。"孟枝尴尬地抿了抿唇，没话找话道，"那你能听懂吗？"

"可以。"沈星川不假思索地说。

"你真厉害！"孟枝由衷地赞叹了一句。

说完，又没有了声儿。

实际上，孟枝心思根本没在这上头，她一直想问沈星川生日的事，可总是找不到一个合适的时机将话题引过去。孟枝自知心思不够灵活，坐在沙发上想了半天，依旧没能开得了口。

还是沈星川看她干巴巴地僵在那儿，也不说话，面上尽管没什么表情，眼神却空洞茫然，一看就知道思绪早不知道跑哪儿去了。

"电影好看吗？"他问。

"啊？好看的。"

沈星川有些无奈："找我有事？"

孟枝回神，有些赧然，思索了半天，才艰难地开口："其实也没什么……就是上次听张志成说，明天是你的生日……"

沈星川没想到她是为了这件事来，颇感意外地挑了挑眉："嗯，然后？"

"然后，想问问你，有没有什么我能替你做的，就当，就当是庆祝你的生日。"

"这样啊……"沈星川了然。他抬眸认真端详着坐在沙发上的女孩子。说出刚才那一番话，她应该是觉得难为情的，面上虽然竭力装着镇定，可通红的耳郭早已经出卖了她。

"你想帮我庆生？"沈星川问。

孟枝不知道怎么回答这个问题，直接说"是"，可能会显得她过于热情，弄不好沈星川会觉得她很奇怪。孟枝绞尽脑汁，暗自组织好措辞后，才谨慎开口道："还好吧，就是觉得你帮助我挺多次的，想趁着这个机会帮你做些什么……虽然，你可能并不太需要。"

沈星川确实不太需要。

他其实没有过生日的习惯，如果不是孟枝主动提起，他甚至都忘了自己明天生日这回事。倒是张志成和林嫣然，他俩每年记得清楚，也都会送礼物给他。

作为回报,沈星川会回请吃顿饭,嫌人少不热闹的话,也会默许他俩多叫点朋友一起。三凑两凑地,倒也算凑成了一次生日聚会。

今年也是,沈星川并没有过生日的打算,但是如果孟枝想帮他庆生的话……那就过呗。

"可以,不过不需要你做什么。"沈星川想了想,说,"明天中午空出时间,大家一起吃顿饭,可以吗?"

孟枝一口答应:"好啊!"

她的眼睛都亮了。沈星川看在眼里,笑了笑,拧开水瓶仰头灌了一口。

刚洗完澡,他有些渴,手上动作大了些,瓶子里的水漾了出来,顺着脖颈一路下滑,在他脖颈间带出一道水痕,最终隐没到领口里。

孟枝不知怎的,视线被那滴小水珠带着,一路向下看去,直到再也看不见为止等回过神时,顿时不敢再瞥,尴尬地挪开视线。

好死不死,电视上看不懂的外国电影不知道正在上演着什么奇奇怪怪的剧情,方才还坐着喝红酒对谈的男女主角莫名其妙地抱在了一起。

孟枝再也坐不住了。她像是触电一般从沙发上弹起来,紧张到连讲话都磕绊。

"没什么事的话,我、我先回去了!"

语毕,还不等沈星川开口,她便自顾自慌慌张张地逃了,房门被她甩得"哐当"一声响。

房间里霎时只剩沈星川一个人。

他看着电视里纠缠在一起的男女主,沉默半晌,抬手擦干脖子上的水痕,噙着笑低喃了一句:"可真是时候。"

翌日。

沈星川的生日饭局定在市中心一家餐厅里。

张志成一大清早就带着林嫣然和另外两个损友到家里堵人,怕孟枝跟他们在一起会感觉不自在,沈星川特地拨电话过去告诉她自己和朋友先去,让她卡着饭点来就行。顺便,也提前告诉她林嫣然今天也会在。

孟枝已然习惯了和林嫣然井水不犯河水的平静生活,也不觉得她们会在沈星川的生日聚会上起冲突,便说自己知道了,会准时去的。

临出门前,她郑重地将自己准备的礼物放进书包里,明知道那不是什么易碎品,却还是小心翼翼、珍重万千地护了一路。

令孟枝没想到的是,今天吃饭的人有点多到出乎她的意料。进到包厢的时候,桌上已经围坐了一圈人,近十人,男女各半。除了林嫣然和张志成,只有两三个她面熟的……剩下的全是生面孔,没有半点印象。

座位基本上已经坐满，只剩下门口的一处还空着。

孟枝刚准备拉开椅子落座，就被张志成叫停了。

那厮抬起屁股，也不管其他人是否方便，一副主人架势吆喝着："起来起来，都挪一挪……孟枝，你过来坐这边！"

他倒是会来事儿，让一堆人挨个儿挪了挪，将他自己原本的位置让给了孟枝，紧挨着沈星川。

半边桌子的人起来给她腾座位，孟枝尴尬得恨不得钻地缝里。她看了眼坐在主位上的沈星川，他也不说话，只靠着椅背闲闲地看着。

孟枝其实坐哪里都没关系，可位置已经让出来了，她只得在整个包厢人的注视下，硬着头皮过去。

饭菜还没上，她人已经紧张到没什么食欲了。春日和煦的天气，孟枝额头上甚至渗出了一层细细密密的汗。

沈星川留意到了。

他坐直了身子，对边上一直等候着的服务员礼貌地颔首："我们人到齐了，麻烦上菜吧。"

"好的。"

菜品陆陆续续地端上来，众人的注意力回到了吃上。这会儿已经一点多了，肚子早该饿了，沈星川出手又阔绰，菜品很是丰富。一群人很快就被饭菜吸引，再也顾不上其他。

一顿饭顺利吃完，结束后也不知道是谁提议，非要去唱歌，意见得到了大家的一致赞同。沈星川知道，不去这帮人肯定不会善罢甘休，干脆拿出手机订了个包厢，离这边不远，几步路就到。

孟枝没去过这种场所，本能上是有些抗拒的。尤其是当她进去之后，昏暗到极致的走廊两侧传来近乎鬼哭狼嚎一般的歌声……她眼皮轻跳，深深吸了口气。

进了包厢之后总算清静了些。

但好景不长，两三分钟的工夫，服务生将设备调试好之后退了出去。唯一的陌生人离开，张志成立马撒欢，抢先所有人一步夺过话筒，跃到包厢正中间。

"同学们朋友们！亲爱的兄弟姐妹们！大家敞开了玩，今天全场的消费，由'沈公子'买单！"

话音落下，迎来了一片欢呼。

沈星川笑骂了一句，干脆也由着他们去了。

气氛热了起来，大家也逐渐放开。沈星川订的是个大包厢，除了能唱歌，还摆放了一张台球桌。没一会儿，歌单上就多了上百首歌曲，台球桌前也有几个男同学凑在一起打算开上一局。

孟枝听过的歌不多，会唱的就更少了，对台球更是一窍不通，干脆安静地坐在最角落靠墙的位置听着。

偌大的包厢里，除了台球桌上方的顶灯，其余灯都暗着，只靠电视屏幕发出的光幽幽照明。

身旁的沙发突然陷了下去，孟枝侧过身，在一片昏暗中看见沈星川的侧脸。

她第一次与他距离如此之近，竟能清晰地看见他的眼睫。浓密且长，像是一片飞起的羽毛。两人之间的距离不过一拳，她只要稍稍往旁边侧上一些，就能碰到他的肩膀。

孟枝怔忪片刻，将怀里抱着的书包紧了紧，上半身倾斜——朝着墙壁的方向。

此时，屏幕上切到一首粤语老歌，有女同学正拿着话筒轻声唱着："明知我们隔着个太空，仍然将爱慕天天入进信封，抬头望星空发梦，仍然自信，等到远处你为我写的那一封……"

发音不甚标准，但意外的好听。

暗色中，沈星川笑了下。

声音很轻，稍纵即逝。

面前桌上放了一壶沏好的果茶，他倒了一杯递给孟枝，又将果盘推到她面前："吃点水果。"

"你说什么？"音乐声太大，孟枝没听清楚，本能地低下头将耳朵凑近了些。

下一个瞬间，沈星川倾身上前。原本要说的话到了唇边，莫名变了内容，他几乎是一字一顿地道："我说，歌好听吗？"

浅淡的气流无可避免地打到了孟枝的耳郭上。于是，从她耳朵开始，热意一寸一寸，顺着皮肤蜿蜒扩散，直至整张脸都烧得滚烫。

多亏昏暗的光线藏住了她不为人知的悸动。

孟枝偷偷咬唇，双手紧握在一起。她全身上下的每一寸肌肉都紧绷着，掀唇，说出口的话却好似打着战："好听。"

沈星川笑了。

他坐直身子，重新拉开了与孟枝之间的距离，整个腰背靠在松软的沙发座椅上，盯着屏幕，好似在专心听歌。

直到一曲结束，话筒转到张志成手里，慷慨激昂的前奏过后，他鬼哭狼嚎的声音响彻整个包厢，跑调跑出了山路十八弯一般曲折。大家伙对此见怪不怪，显然是习惯了。

饶是如此，还是有人听不下去，捂着耳朵恨不得离他远点。

"沈星川，下次唱歌能不能别叫这货？"

沈星川面色如常："这不唱得挺好？"

"你管这叫挺好？"那男生无语了，"算了，那边台球桌，来一局？"

沈星川嘴角噙笑，挑衅似的抬了抬眉："找虐？"

男生气乐了："对啊！哥们屡败屡战！"

沈星川没多说什么，起身随着他一道去了台球桌那边。

直到此时，孟枝才敢轻轻松一口气。

视线不受控制地追随着某道颀长的身影，看着他拿起球杆，给杆头上着巧粉，一副运筹帷幄的样子，自信到锋芒毕露。

孟枝收回视线，端起面前的果茶喝了一口，酸酸甜甜的。

两局结束，时间又过去了一个多小时。

一开始的兴奋劲儿过去之后，大家逐渐觉得索然无味起来，唱也唱累了，一个个有气无力。气氛急转直下，眼看就要降到谷底，不知道是谁突然提议玩真心话大冒险。

这是个烂俗到了家，却仍旧经久不衰的游戏。

此话一出，立刻迎来各种议论声。

"无聊死了，没点创意。"

"那你说玩什么？"

"……不知道。"

"那不就得了。别怪哥们儿没提前提醒你们几位女士，今儿咱川哥也在，谁运气好游戏赢了他，想听什么让他给你们说什么！"

"你这么一说，好像有点意思。"

"这不就得了，真心话大冒险，玩不玩？"

"来！"

这下，再也听不到反对声了。

孟枝作为全场唯一没表态的，自然而然被当作默认，加入了这场游戏中。

张志成找服务生要了一副扑克，十个人围坐在沙发上。他从里头翻出红桃A到10留下，其余的牌扔到一旁。

"开始之前我再啰唆一下规则，一共十张牌，红桃A到10，抽到A的人可以指定2到10的任何一张牌领罚，真心话或者大冒险由被罚的人自己选。本游戏坚持公平公正公开的原则，不准拉帮结派，不准盲目传信，不准……"

"有完没完？"林嫣然不耐烦地打断，"赶紧开始吧，啰唆死了！"

张志成耸耸肩，将牌递给沈星川："寿星公，第一把你来洗呗。"

沈星川随手接过，将十张纸牌洗好放在桌上。

"谁先抽？"他问。

"你生日，你说了算。"

沈星川狭长的眸子微眯，轻描淡写地扫过在场的每一个人，在孟枝身上定格片刻，又淡然挪开。最后，他提议："从左往右吧。"

左起的第一顺位，刚好是孟枝。

其余人都没有意见。于是，孟枝在所有人的注视下，抽取了第一张纸牌。她没看，将其反扣到桌上，一直等所有人陆陆续续抽完之后，才翻开拿起。

第一把，林嫣然抽到了红桃A，开了8号。

好死不死，刚好是张志成。这厮一看对方是林嫣然，说什么都不选大冒险，一口咬死了真心话，任凭林嫣然怎么激将都没用。最后，林嫣然只得问了个不痛不痒的问题，让他混了过去。

第二把，一个女生抽到了红桃A，开了6号。

是他们班的一个男同学，选了大冒险。一堆人立马来劲了，转着眼珠子开始瞎出主意。

"跳舞跳舞！"

"我不干！"

"对着话筒杆做个人体波浪，哈哈哈，肯定好笑。"

…………

一堆人说什么的都有，决定权却始终在拿着红桃A的人手里。那个女生最后架不住旁边人的折磨，随便选了个跳舞的。最后，该男生在众人为他精心准备的背景音乐里，一边扭动一边脱掉外套，动作之滑稽，逗得在场的人捧腹大笑。孟枝也被这快乐的氛围感染，翘起了唇角。

男生扭完，愤愤不平地捡起外套穿上，兀自放狠话："你们玩我有什么意思，有本事玩沈星川啊！"

"谁让你输了，人家没输。"

"是啊，他输了我们照样毫不手软。"

"这可是你们说的，我等着看啊，到时候可千万别双标啊！"

"放你的心吧！"

或许因为今天是沈星川的生日，他的运气足够好。游戏一直玩到第九把，沈星川都平安度过。第十把的时候，总算是顺应众人的期待，成功踩雷。

这把拿红桃A的是他们学生会的一个女生，开了2号牌，是沈星川。他牌摊开的那瞬间，桌边一圈人顿时嗨了。

"好家伙，一下午了，轮也该轮到你了！"

"川哥，嘿嘿，你完蛋了！"

"赶紧的，是真心话还是大冒险？"

沈星川略一思忖，刚准备开口，却被张志成截停。

"川哥，你先别说！"张志成倒霉催了一下午，终于时来运转，立马就癫了，"我有个提议啊，沈星川，我川哥，今天不是主角嘛，主角就得有个主角的样子，对吧？"

"对！"

"没毛病！"

众人你一言我一语，但都投票赞成。

沈星川半点也不尿，气定神闲地调整了下坐姿："所以呢？"

"所以，你，真心话或者大冒险，你自己不能选，让大家替你选！"张志成一副小人得志的嘴脸道，"我们选什么，你就做什么！"

"凭什么？"沈星川顿时乐了，"给一个能说服我的理由。"

"就凭你生日，大家都是来给你庆生的，这个面子你得给呗！这理由够不够说服你？"张志成叉着腰问，尾巴都快翘到天上去了。

沈星川怎么看怎么想揍他。他并不是玩不起的人，就是看不惯这货这副嘴脸，要搁平常早就一脚踹过去了，也就是今天日子特殊，他愣是忍了。

沈星川咬紧了牙："够。"

"那成，大家投票！选择大冒险的举手，选真心话的别动……三、二、一，举手！"

话音落下，一堆男的全伸长了胳膊。

可惜今天来的男女五五开，沈星川被剥夺了投票权，男生只有四票，以微弱的劣势败北。

张志成顿时傻眼："你们这几个女生怎么回事？真心话有啥意思啊？"

"你管我们？"林嫣然翻了个白眼，"反正比你有意思。"

她倒不是支持真心话，就是纯粹想怼张志成。谁让他今天见了孟枝那么殷勤！他们到底是什么时候那么熟起来的？林嫣然心里很不舒服，有种自己的东西被别人抢了去的感觉。尤其是，那人还是孟枝……

张志成虽然不知道这位姑奶奶为什么发癫，但直觉告诉他这人今天心情并不美丽，自己还是少触霉头。于是，他秒尿，闭嘴坐下一气呵成，乖得像只鹌鹑。

林嫣然狠狠瞪了他一眼，转过头对拿了红桃A的女生道："方妍，你别理这傻子，想要什么惩罚你自己说。"

"真心话吧。"叫方妍的女生道。她看向沈星川，眼底的八卦兴味压都不住，"我谨代表五中的广大女生校友，问沈星川一个问题——从高一开始就没少有女生跟你表达心意吧，一个也没见你答应过，沈星川，你到底欣赏什么样的女生啊？"

话音落下，包厢瞬间安静到落针可闻的地步。

在场的几个女生个个屏气凝神，或八卦或期待地等着沈星川回答。就连林嫣然都有些好奇，毕竟从小一起长大，她还没见过沈星川跟哪个女生关系特别亲近过。

角落里，孟枝的心脏在方妍话出口的那一瞬间，不受控制地颤了下。她眼睫轻闪，视线先是落在面前的水杯上，片刻后，跟随着众人一起，落在沈星川身上。

"欣赏什么样的？"沈星川重复了一遍问题，他被一群人用如狼似虎的目光盯着，也没半点不自在，"没想过。"

"喊，骗鬼呢你！"

"你猜我们大家信不信？"

"没想过那就现在想呗！"

"也行。"沈星川喝了口果茶，开始四两拨千斤，"那你们觉得，我应该欣赏什么样子的？"

一时间，说什么的都有。

沈星川无论在哪里，只要他想，轻而易举便能成为焦点。

几乎在所有人心中，他向来是那颗挂在天边上的星星，璀璨、明亮、熠熠生辉。

但孟枝清楚。

星星之所以珍贵，不仅是因为它闪烁漂亮，更是因为，它高高在上，且难以坠入凡尘。触之，遥不可及。

即使过得不怎么好，孟枝却很少自卑。但在这一个瞬间，她心里竟然隐隐有些难过，甚至妄想着，如果、如果自己再优秀一些，就好了。

她垂下眼，默默地攥紧了手心。

"行了行了，你这糊弄鬼呢？赶紧交代，坦白从宽哈！"方妍继续逼问。

沈星川没说话，像是真的在想要怎么回答这个问题，目光却是清明澄澈地拂过在场的每一个人。孟枝甚至有种，他在看她的错觉。

但她明白，那只是错觉。

半晌，沈星川终于道："真不知道，随缘吧。"

等了半天的一群人："……就这？"

沈星川重复了一遍："就这。"

对这个答案，几乎没一个人满意，包括孟枝。但沈星川坚持，谁也拿他没办法。玩了一整个下午，时间也差不多，林嫣然便吆喝着大家切蛋糕。蜡烛吹熄的那一刻，她从包里拿出一个包装精致的半透明盒子扔到沈星川手上。

"不知道送什么，随便买的。"

"谢了。"沈星川说。他没有要拆开的意思，随手将盒子塞进了衣服侧兜里。

可就是这短暂的片刻，孟枝还是看清了那个盒子。

是她买手表那家店的包装盒，大小也对得上。

林嫣然也送他了一块手表。

不同款式，却比她的更加昂贵。

孟枝捏着蛋糕叉的手用力，直到指骨泛白，最后，颓然地松开。盘子里的蛋糕索然无味，头一次，孟枝不想管什么浪不浪费，将仅吃了一口的蛋糕放在了桌上。

"不好吃吗？"旁边的张志成问，"林嫣然买的，说什么动物奶油，不甜腻……咱也不懂。"

"挺好吃。"孟枝说，"只是我不太喜欢吃蛋糕。"

她不喜欢蛋糕，不喜欢自己能拿得出手的最好的礼物和别人撞了样儿，不喜欢用尽全力却被轻而易举比下去的挫败感。

最不喜欢的，是明明已经很努力了，但依旧平凡普通的自己。

第六章

离别时

Wojian Xingchuan

等到晚自习铃声响起的那一刻，孟枝的心情重新归于平静。

日子再次开始了无止境的重复，只是习题册越写越多，用过的草稿纸越摞越厚，英语单词册子被翻得皱皱巴巴，宿舍桌上台灯亮的时间也日渐延长。

在这种日复一日中，孟枝变得越发沉默寡言。

仅仅是一次生日聚会，沈星川什么也没做，她却是在那一个瞬间，觉得他距离自己无限遥远。哪怕她和他还有他们站在一起，也像有着一道看不见的屏障，将她与他们分隔在两个世界里。人和人之间的差距，有时候穷尽一生都很难追上。孟枝一直都清楚，因为清楚，所以生了自卑，所以畏首畏尾，不敢再前。她将那块原本要送给他的手表锁在了宿舍柜子里，再也没有打开过。

之后很长一段时间，孟枝都没有主动打扰过沈星川。哪怕是在学校食堂见到，也只是隔着重重人海，遥远地看一眼，便转身与他避开。偶尔几回，避无可避，礼貌地打声招呼，便去忙自己的事情了。

一次两次还好，次数多了，沈星川也察觉出了问题。

他破天荒地主动打电话问她是不是遇到了什么事情，学习上有没有什么难题。如果有解决不了的，可以跟他说，他会想办法帮她。

孟枝说："没有，一切都好。"

沈星川不耐，直问："最近怎么不见你来问我题了？"

孟枝尽量把谎言说得圆满:"距离高考越来越近了,你也有自己的学业,我不想耽误你太多时间。"末了,又补上一句,"这几次,麻烦你了。"

客气到疏离。

电话那端寂静了很久。

然后,在沉默中被人掐断。

孟枝心口一室,就像是被从高处重重摔下来,在"咚"一声沉闷的声响后,彻底分崩离析。她单方面地,切断了和沈星川之间所有的联系,将所有的精力和注意力投入漫无边际的学海之中。饶是如此,期中考试成绩却仍旧不太理想。

某次晚自习,班主任把她叫到教室外的走廊上说:"以你现在的成绩,保持下去的话,普通一本应该是没问题的,再往上就不太行了……孟枝,我知道你很努力,但不光要努力,还得掌握学习方法,不能死读书。努力放对了地方,事半功倍,不然,会造成精力的白白浪费……你明白吗?"

老师更多的是提醒,并没有责怪的意思。主要是孟枝这个孩子的努力她都看在眼里,又知道她背景情况复杂,所以难免格外上心一些。只是,她不知情的是,孟枝虽然看似努力刻苦,每天熬夜至少到十二点后,但其实很多时候,都像是肌肉凭借它自身的记忆在执行着命令,大脑并没有参与进去——它在想沈星川。

孟枝知道不该,可是她难以控制。

这份不知道何时发酵起来的感觉,在跟他彻底断开联系的这段时间里,肆无忌惮地蔓延滋长,以一种恐怖嚣张的态势,吞噬着她多余的情感,越是压抑,它就越是疯狂地反扑。

直到孟枝心力交瘁,缴械投降。

她终于敢向自己承认——她好像,很在意沈星川,不知道从什么时候开始。

没办法宣之于口,只敢小心翼翼、谨慎戒惧、如履薄冰的那种喜欢。她总是会突然想到他,在做习题册的时候,听课的时候,奋笔疾书的时候。

但也仅限于此。

只是,她不能一直沉溺其中,她还有自己很长的一段路要走。

六月份的时候,苏城又迎来了漫长的梅雨季节。

苏城的雨大多数时候是淅淅沥沥的,温和却绵长,下起来没完没了。孟枝生长在干燥的北方,不太适应这种天气,没多久身上就冒出了红疹子,胳膊和脖子尤为严重,连脸上都没能逃过。她去后街的诊所看了医生,医生开了两盒药膏让她带回去自己抹。

孟枝顶着一脸红疹走出诊所的时候,迎面撞到了正准备进门的另一个女生。孟枝还没看清楚对方的脸,就下意识地侧开身道歉。

"不好意思。"

"没事没事。"对方说,"欸,你是不是孟枝啊?"

听见自己的名字,孟枝抬头看过去。半米远的距离之外,站着一个有几分面熟的女生,身上也穿着五中校服,更巧的是,她跟自己一样,脸上也起了红色的疹子。

孟枝一时半会儿没想起来在哪里见过,没等她问起,对方就先她一步提醒道:"我,方妍,沈星川生日的时候我们见过,还记得吗?"

方妍……

孟枝想起来了。

是那天真心话大冒险的时候,问沈星川欣赏什么样女生的姑娘。

"记得。"孟枝说。

"真巧啊,在这里碰见了。"方妍好像有些开心,"咱俩怎么脸上都起了疹子啊?你也是来拿药的吗?"

"是。"孟枝将手里的塑料袋抬起给她看,"拿了两盒抹的药膏。"

"是嘛,那你等我一下,我也来看诊,结束了咱俩一起回去。"方妍主动邀约,"你不着急吧?"

孟枝犹豫了下,说:"不急。"

两人重新返回了诊所。医生给方妍开的药膏和给孟枝的一模一样,方妍付账的时候,多买了几包一次性口罩,没等出诊所大门,就慷慨地塞给孟枝两包。

"给你,抹完药膏以后又黏又腻的,戴着挡灰尘。"

孟枝本不想要,却抵不过她的热情,最终还是收了下来。

可能是同病相怜的缘故,这次偶遇之后,两个人逐渐熟悉起来。

方妍的性格跟孟枝截然不同,她大方、热情、慷慨,整天都是笑意盈盈的。她就在孟枝隔壁班,只隔着一堵墙。两人在走廊上撞见过一次之后,方妍就会偶尔利用课间来找孟枝。有时候会递给她一包零食,有时候则是没带伞,要借孟枝的伞一起回宿舍。

孟枝刚开始的时候还有些不太适应,推拒了好几次,方妍却跟没看见似的,该来还是来。反反复复好几次之后,孟枝终于不再别扭,尝试着回应她的友情。

方妍的爱好很广泛,喜欢动漫、音乐、看小说等,最喜欢的却还是八卦。她将五中这些时间发生的大大小小的事情都听了个遍,转过头来又告诉孟枝。比如,高三年级的某某和某某某因为高考而分道扬镳;高二篮球队的某男生出去比赛的时候乱吃东西结果比赛当天拉肚子被教练骂得狗血淋头;高一有个长得挺漂亮的小学妹在众目睽睽之下给沈星川塞信,被他直接拒绝了,小学妹当场就哭出来了。

她说到最后一件事的时候,脸上的表情是悻悻然的:"学妹还是胆子大,但凡稍微打听一下就知道,沈星川那家伙不近女色。你说是吧,孟枝?"

孟枝垂眸,没表态:"我不清楚。"

"怎么会?"方妍惊讶,"你们不是很熟吗?我看他生日那天,你们坐在角落说了好久的话呢!"

孟枝不知道怎么向她解释,只含糊道:"还好吧。"

方妍却像是误会了。她定了两秒,满脸八卦地撞了撞孟枝的肩膀:"哎,孟枝,我问你个事,你可要跟我实话实说啊。"

"什么事?"孟枝问。

方妍却没直接说:"你先答应我,得跟我说实话,我才告诉你!"

"好。"

方妍这才满意。她停顿了下,有些不好意思地笑了:"那什么,你和沈星川、林嫣然,你们家里,是什么关系啊?"

孟枝抬眼直视着方妍。

她鲜用这种眼光看人,黑白分明的眸子里有疑惑、探究、不解,尝试在对方的表情神态中获取更多的信息。片刻,看够了,她挪开眼,还是先前那副内敛的样子:"普通邻居。"

"啊,是这样吗?"方妍语气有些疑惑,"怎么我听说的是你妈妈改嫁给了林嫣然的爸爸,你俩还是姐妹呢!"

话音落下,孟枝整个人僵在原地。

方妍无心的一句话好似一把利刃,准确无误地直插心脏,差一点就剥开她深埋在里头的秘密。这刹那,孟枝几乎以为方妍是在故意说着反话。

但片刻之后,她就冷静了下来。

"你听谁说的?"

"什么?"方妍难得卡壳,"哎呀,就班级有人在传啊……"

孟枝追问:"是谁?"

方妍半天没说话,好一会儿,终于咬咬牙:"这不重要!孟枝,我不会把这件事告诉别人的,但我希望你能帮我一个忙。"

孟枝声音有些沙哑:"我不帮忙的话,你要怎么做?"

方妍沉默半响,嫣然一笑:"不帮就不帮,你本来就有拒绝的权利嘛。只是,咱俩不是好朋友吗?帮帮我呗。"她拽着孟枝的一只胳膊轻轻晃了晃,像是在撒娇。

孟枝垂下眼:"好,你说。"

方妍没吭声,而是手插进上衣兜里,半响,捏出一张信封递了过来。

向来开朗外向的女孩难得变得忸怩起来，红着一张脸，眼神飘忽不定，看天看地，就是不敢直视孟枝，神态羞窘，说话的语气也变得温暾："帮我把这封信，转交给沈星川。但一定不要说是我给的！"

"为什么是我？"

"啊？"

"你也认识沈星川。"

"认识归认识，但我也会不好意思的啊。而且，万一他对我没那个意思，岂不是连朋友都没得做。"

孟枝近乎艰难地掀开唇："那又为什么让我做这件事，为什么不选别人？"

方妍闻言，笑得眯起了眼。她热切地凑上前来，又摇了摇孟枝的胳膊，还是那个理由："因为，我们是朋友啊！孟枝你会帮我的，对吧？"

孟枝沉默着，没拒绝，也没答应。

见状，方妍脸上的笑意逐渐变淡，转而换上了一副复杂的表情。她几番犹豫，最后，还是道："有什么问题吗？"

"还是说，你也在意沈星川？"

孟枝的眼睫剧烈一颤，她来不及思索，几乎是条件反射般下意识地给出了答案："我没有，你别乱猜！"

声音有些大，方妍愣了一下才回过神。她又笑开，不由分说地将手里的信塞进孟枝校服口袋里，调皮地朝她眨了眨眼睛："啊，咱们学校好多人都欣赏沈星川，如果你真的在意他也没什么，很正常的嘛。"

"我没有……"

孟枝嗫嚅着唇，声音小到几乎听不见。

很快，方妍话锋一转："哦，对，我忘了，你和林嫣然家是那种关系，沈星川又是林嫣然的表哥……这么说来如果你真的在意他，确实怪让人难以接受的……不过好在你没有啦，不然你跟她家关系就更难处，甚至你和他们连朋友都做不成啦。"

孟枝定定地看着方妍，眼尾逐渐泛红。

她死死咬住唇内侧的软肉，竭尽全力没让自己发出一丁点儿声音。

方妍语气松快："总之，信就靠你啦，我等你好消息哦。"

孟枝什么也没说，垂下眼沉默地看着信封露出的一角。

她深吸一口气，闭上眼睛，嘴里泛起一阵难言的苦涩。

孟枝知道为什么自己会答应方妍的请求——她怕被方妍看出自己的心思，抑或她想找个合适的机会，靠近沈星川。单方面切断联系，拒绝他好意帮助的人是她自己，想要去找他，哪怕只是说一两句话的人也是她自己。孟枝知道这很矛盾，但本能驱使着她如此。

孟枝将手插在口袋里死死攥着信封，缓慢地道："我会送给他，但他收不收，我没办法保证。"

"没关系！"方妍连忙说，她冲着孟枝笑得亲昵，"反正他又不知道是谁写的，信里我也没署名，只写了我另一个不常用的手机号，到时候如果他有意思，肯定会打过来的，如果不答应，我也不会尴尬……你可千万别说啊！"

"嗯。"孟枝回答。

"谢谢孟枝！"方妍飞扑过来给了她一个大大的拥抱，"我们下午放学去后街觅食，我请！"

"不了。"孟枝拒绝，伸手轻轻推开方妍的胳膊，不动声色往边上避开了些，"我有些头疼，下午放学想回宿舍休息会儿。"

她说的是实话，真的觉得很累。

吃饭什么都不想，只想安安静静一个人躺着。

"啊？没事吧？"方妍关心地问。

"没事，可能是昨晚没睡好。"

"那好吧，改天我们再去。"

"嗯。"预备铃声恰好在此时响起，孟枝道，"我先回教室了。"

后半天的所有课程，孟枝几乎都是心不在焉。她很困，困得上下眼皮打架，坐在那边就能睡着了。下午一放学，孟枝就回了宿舍。从下课到上晚自习，中间只有一个半小时的时间，宿舍没人回来，只有她一个。孟枝躺在床上，困意却消失得无影无踪，她睁着眼看着头顶的天花板。

半晌，她起身，从校服兜里拿出方妍的那封信。

纯白色的信封，没有任何修饰，整洁素净，凑得近了，还能闻见似有若无的香味。信件很薄，充其量不过两张纸，透过头顶的灯光，甚至能模模糊糊看到里面黑色的字迹。

孟枝盯着看了好久，直到瞳孔失去焦距，眼睛酸胀到难受，才终于肯合上眼。

时间在寂静中悄悄流淌。

快上晚自习的时候，她起身穿好衣服，去洗手间洗了把脸。镜子里的人瘦得颧骨都凸出来了，却仍旧算不上好看，甚至脸上还有些红疹子留下的疤，并不明显，但孟枝很介意。她戴上口罩，将自己捂得严严实实。

临出门前，她终于拿出手机，给沈星川发了一条短信：下晚自习后你有时间吗？我有事想麻烦你见一面。

几秒之后，手机屏幕上显示出发送成功的字样。

孟枝盯着屏幕愣神了片刻，收起手机。

不知什么时候，外头又下起了雨，她撑着伞，低头沉默地走进雨里。

一整个晚习，孟枝都是心神不宁的。

手机在课桌里安静地躺了一整晚，孟枝时不时地拿出来看一眼，过一会儿又看一眼，但始终没有沈星川的回信。直到晚自习快要结束，手机终于振动一下。

点开，只有四个字，答非所问：**不躲我了？**

孟枝眼睛泛酸，忙低下头，双手握着手机放在腿上。她手指在键盘上摩挲了一下，却迟迟搁在上头不肯按下去——她不知道该怎么回答。

正犯难，手机又振动一下。

没等来她的回复，沈星川发来地址：**老地方。**

孟枝：**好。**

孟枝收起手机，抬眼看向窗外。

夜色浓重，窗户上氤氲一层雾气，雨水打在玻璃上，落下斑斑水痕。孟枝很不喜欢这种潮湿的天气，闷得她简直快要喘不过气来。

过了十来分钟，晚自习下课。孟枝没急着过去，而是等到教室的人差不多走光的时候，才收拾好书包走出去，信封被她塞在书包侧兜里。

到顶楼自习室的时候，沈星川已经在了。

他坐在正对门口的位置上，手里把玩着手机，一副心不在焉的样子。雨伞沾着潮气被他随手扔在脚边。听见脚步声，他略一顿，便抬眼朝门口看过来，在瞧见来人之后，眼底的光又变得淡漠。

孟枝顶着他没有温度的视线走进自习室。

她站在边上，两手下意识地握住，垂在身前，模样像极了一个犯了错的小学生。

"沈星川。"孟枝叫他的名字，"你最近，一切还好吗？"

"好。"沈星川嗤笑一声，近乎冰冷地吐出三个字，"好得很。"

他显然是带着火气，大概还在气头上。

孟枝语气里带上了小心翼翼的讨好："今天叫你过来，实在不好意思。"

沈星川顿时脸色更难看了几分。他听不得她用这种语气跟自己说话。他有些疲倦地皱了皱眉，语气变得烦躁："你有什么事直说吧。"

孟枝没说，沉默了好久。

直到沈星川耐心即将告罄，才终于有了动作——她从书包侧兜里取出一封白色的信件递了过去。

这一瞬间，沈星川竟也罕见地愣住了。

呆滞了足足好几秒，他才从震惊中回过神。

"这是……"顿了顿，他换了个问题，语气莫名变得缓和了些，"你写的？"

"信。别人托我给你的。"孟枝回答，却低垂着眼睫，不敢看他。

沈星川没说话，原本抬到半空中的手就那么定住了，然后，卸了力一般垂落下去，伴随着一声冰冷的、不屑一顾的、跟以往任何一次都不一样的嘲笑。

气氛至此降为冰点。

走廊上有风吹过，夹杂着夜雨的凉意，在这春末夏初的时节里吹得人冷飕飕。孟枝身上起了一层寒意，她从头到脚、从里到外都是凉的，捏着信封的指尖尤甚，像结了一层冰。

"别人是谁？"沈星川的嗓音里都带着冰碴子。

孟枝喉咙很疼，她近乎艰难地解释："她不让说。"

沈星川直接气笑。

两个人的自习室里，他再也没了顾忌，将手上原本正把玩着的手机往桌上一拍，整个人在盛怒中站起身。动作幅度有些大，腿边的凳子被带着往后挪了半米远，木腿在地板砖上滑出"吱"一声锐响，印下了一道锋利的划痕。

沈星川个子很高，孟枝站在他边上，被压了足足一头。盛怒中的人几乎是控制不住自己的情绪，就连沈星川也不能例外。

"孟枝，你什么意思？"他质问，血丝疯狂涌进眼底，"你当我是什么？你又当你是谁？"

沈星川虽然脾气算不上好，但更多的时候是事不关己的冷漠，鲜有情绪如此外露的时候。自从认识他，孟枝只见他发过两次火。一次是她被堵在校外小巷子里，另一次就是现在。

孟枝站在原地，牙齿死死咬住下唇，口腔里蔓延出一股铁锈味，伴随着疼痛，让她整个人艰难地维持表面的冷静。

"我不是这个意思……"

"不是什么意思？"沈星川步步紧逼。

孟枝拿着信封的手控制不住地轻颤。她刚要收回手，信封却被人一把夺过。她错愕地抬头，只见沈星川铁青着脸，像扔垃圾一般，毫不留情地将那封信扔到地上。

见状，孟枝第一反应并不是难过，而是一种难以言说的轻松，如释重负一般地松了一口气。她虽然带着信来，却自私地、卑劣地，甚至是恶毒地希望，沈星川不要收。

她弯下腰，想要捡起信封，却被沈星川打断。

他说："孟枝，我以为……"

孟枝停下动作，安静地等着他说。

沈星川却沉默下来。

他定定地凝视了她半晌，最后，自嘲一般笑了声，说："算了。"

孟枝心里的弦，也随着这两个字出口的瞬间彻底绷断。

沈星川很快便收拾好了自己的情绪，再度恢复成那副冷静，甚至是冷漠的样子。他掀开唇，声音已然没了方才的怒气，变得淡漠："信我不会收，你看着处理吧。"

他说着，俯身将地上的信封捡起来递还给孟枝。

孟枝眼睫轻颤，僵站在那里迟迟没有动作。

她知道，如果此刻自己收下这封信，沈星川必然不会有半分迟疑转身就走。她不想他现在就离开，她知道他是带着气的，她怕沈星川这一走，就再也不会理会她了。

"沈星川，我……"

"你俩这么晚了还站在这里做什么？"

孟枝的话冷不防被人打断。两人同一时间循声望过去，却意外地看到年级主任那张格外严肃的脸。他不知道什么时候过来的，也不知道听到了多少，总之，主任一张黢黑的脸上满是狐疑。

"这么晚了不回宿舍还逗留在这里干什么？"年级主任黑着脸训话，视线在两人脸上来来回回地扫着，蓦地，余光瞥到沈星川还没来得及收起的信封，脸色一凛，"这是什么？交上来。"

沈星川没交，不仅没交，手指收紧用力，将信封揉进掌心攥紧。

这是一个明显反抗的动作，年级主任瞬间就嗅出了问题。他沉下声，脸色也越发难看："沈星川，交上来！"

"老师，没必要吧。"沈星川撩起眼皮，不为所动，"我自己的东西，我会看着处理，不麻烦您费心了。"

此话一出，教导主任直接哽住了。

他任教这么多年，什么样的刺头没见过，最后还不是被他收拾得服服帖帖。

沈星川是特殊的，因为他很优秀，成绩年级前三，奖项拿到手软，是各种意义上的优秀学生。偏偏今天这个优秀学生出了问题……教导主任更觉得该给他剔了这个毛病。

"沈星川，我是你的老师，我有权教导和监督你。你把东西交上来，如果真的是无关紧要的东西，我会还给你的。"教导主任难得耐心道。

沈星川却依旧不为所动。

他手背在身后越攥越紧，纸张硌得掌心发疼，他面无表情地站在原地，平静且倔强地对峙着。

孟枝在边上大气都不敢喘。

从教导主任出现的那一刻起,她的头脑就一片空白,直到此刻才稍稍反应过来。孟枝有些害怕,额头上甚至渗出了一层细细密密的冷汗。

当下这种情形,她从没设想过,也不知道该如何处理。

直到教导主任再次开口,用几乎是暴怒的语气喊沈星川的名字:"沈星川,你……"

"老师。"女生的声音小小的,带着恐惧与怯懦。

教导主任的话被打断,他拧着眉头看向这个存在感极其微弱的女孩子。

孟枝尽管害怕,却仍旧继续说道:"信是我拿来的,跟其他人没关系。"语毕,又看向沈星川,艰难地扯出一抹笑,"沈星川,你把它还给我吧。"

校园八卦传播的速度是不为人所控的。

翌日,有女生晚自习后跑到教学楼顶楼的自习室给一男生送信,却被教导主任抓了现行,这件事被传遍了整个学校。尤其是得知事件的其中一方隐约是沈星川的时候,就越发传得离谱,到最后,甚至自动衍生出很多个版本。

对于外头的流言,孟枝并不知情。她和沈星川一起,一大早就被叫去了主任办公室。在挨了一顿骂之后,教导主任黑脸看着两个人,恨铁不成钢地一拍桌子:"叫家长!"

孟枝顿时急了,辩解这件事与沈星川无关,却被教导主任截断。

对方压根不听,还因为孟枝敢反驳自己而更加生气:"我说,叫家长!两个都叫!"

"可是……"

孟枝还想再说,手腕却被人抓住。

沈星川在教导主任的办公室里,当着教导主任的面,握住她的手腕。

"知道了。"沈星川嗓音清冽,不卑不亢,连背都没弯半点,"请问我们可以走了吗?"

教导主任的表情像是吞了一只苍蝇。偏偏沈星川还式客气式有礼貌,他想发作都无从发起,只得大手一挥,眼不见心不烦:"走走走!下午就叫你们家长来!不来你们也不用来了!"

沈星川没吭声,只礼貌地欠了欠身,带着孟枝出去了。

直到合上门,他的手才松开。

手腕一圈炙热得发烫,孟枝没工夫理会,忧心忡忡地问他怎么办。

"叫呗。"沈星川一脸漠然,反正他爸妈不会来。他们忙得一年到头都见不到人,连他生日都忘到脑后,更遑论这么一件小事。

"你呢?"沈星川问她,"叫冯姨来吗?"

"嗯。"她不像他那般有底气跟教导主任对抗。

"你还真是义气。"一出办公室,沈星川说话又变得冷嘲热讽,"宁愿叫家长也不愿意供出是谁让你来的……孟枝,我以前只知道你倔,还没发现你的嘴也硬。"

孟枝不知道怎么回他,干脆任由他说,她默默听着,不反驳也不回嘴。可沈星川也没一直说下去。他寒着脸瞥了眼孟枝,一句话没说,头一次率先抛下她,自顾自先走了。

回去的时候正是课间,教室里本来吵吵嚷嚷的,孟枝推门进去的一瞬间,所有人竟然都不约而同地安静下来,纷纷朝她看过来。

片刻的死寂之后,细碎的交谈声充斥了整间教室。有那么一两道没控制住音量的,被孟枝敏锐地捕捉进耳里。

"真没看出来,人不可貌相……平时看起来老老实实的一人,一搞就搞出了个大事。"

"好了,沈星川这下要被她连累死了。也不照镜子看看自己,配吗?"

"也不能全怪女生吧,沈星川平常生人勿近那样,就算有人约他,干吗三更半夜跑到自习室去见?这不是他的风格吧?"

"行了行了,别说了,过来了过来了!"

交谈声在孟枝走近的时候戛然而止。她坐回自己座位上,看似平静地拿出下节课要用的书籍和笔记本,对那些窃窃私语当作没听见一般,无动于衷。

教导主任给的期限是下午。中午放学时间紧,回不去,孟枝打算在课间给冯婉如打电话说明情况。课间的时候,她拿着手机走出教室,还没走两步,就撞上了从隔壁班出来的方妍。见见孟枝,她脸上的表情扭曲了一瞬,唇角向上抬,到中途又戛然而止,尴尬到不行。

"孟枝……我,我有话要跟你说……"方妍说完,小心翼翼地注视着孟枝,直到看见她点头,才稍微松了口气。

方妍把人带到楼梯拐角处,左右看了看,确定没有人经过,才开口表明来意:"孟枝,今天学校都传开了,你跟沈星川在自习室的事情。"她说完,声音骤然低了,"是因为我吗?"

这几乎是一句废话。

孟枝说:"是的。"

方妍顿时变得局促:"可是,我也没让你当天就给他的啊。况且,况且谁知道就那么巧能让教导主任撞了个正着……"她越说声音越小,最后,在孟枝平静到冷漠的注视中,闭上了嘴。

虽然跟方妍真正熟起来也不过一个来月,但对方是孟枝到这边以后,唯一一个主动靠近她、愿意跟她交朋友的女生。孟枝很看重这份友情，也打开心扉，真诚地和方妍交朋友。本以为对方也是，可现在看来，或许是她太天真了。

孟枝就像才认识眼前这个人一般。这两天发生的事情有些多，她很累。下午叫了家长之后还不知道会是什么结果，孟枝一颗心都揪着，实在没心情跟方妍虚与委蛇。

"你有什么话就直说吧。"她说。

方妍静默几秒，突然拉住孟枝的手。孟枝挣了一下没挣脱开，也就任由她了。

方妍没了之前的盛气凌人，也装不出那副淘气模样，她语带卑微地祈求："孟枝，我求求你，你千万不要将我供出来，如果我爸妈知道了，他们会打死我的！"

"那我呢？"

"什么？"

"你有想过我吗？如果不是你的要求，我不会去找沈星川，这件事不会发生，沈星川也不会被牵连进来。"孟枝闭上眼睛，片刻后，又睁开，"如果我家人知道了，我会不会被打死，你有想过吗？"

"可是，可是听林嫣然说，你爸已经去世了，你妈也不太管你……"方妍脱口而出，话说到一半，她像是突然意识到自己说了本不该说的，急忙绕开话题，"我不一样，我爸妈从小就对我特别严格，我事事都要做到最好，不能犯任何错误，如果他们知道我写信给男生，我真的会死的孟枝！"

孟枝语调很冷："那上面有你的电话。"

方妍僵住，随即，她拽着孟枝的手又紧了紧："没关系，那个号码我不常用，我关机就好了，没人知道是我……况且我不会承认的！孟枝，我求求你，你救救我好不好？你就当那封信是你自己写的，反正，反正都一样的，你也在意他，很明显的，我一眼就看出来了，不是吗？"

你也在意他……很明显……

尖锐的上课铃声突然刺破寂静，在耳边炸响，孟枝却根本听不见。她耳朵里回响着方妍的最后一句话，来来回回，反反复复，直到最后，被嗡鸣声取代。

这阵耳鸣来得猝不及防，孟枝什么也听不见了，只能看见方妍站在她面前，一副潸然欲泣的样子，嘴巴张张合合，不知道在说些什么。

原来，她自认为藏在心底最深处、最牢不可破的秘密，被人如此轻易就能看穿……孟枝整个人都是麻木的。她的手还被方妍拉着，皮肤贴合的地方传来对方手心的温度，炙热、滚烫、灼烧，刺痛感顺着手上的血管一直流窜到全身每一个地方，她甚至有些想吐。孟枝顾不得其他，难受得一把甩开方妍的桎梏，头也不回地逃开了。

119

这种感觉太难受了。

也太恶心了。

之后的时间，孟枝深刻体会到了什么叫度日如年。

下午，冯婉如到学校去见教导主任，班主任也一并过去了。没人叫孟枝，她被留在教室上课。但她根本听不进去课，一整个下午心思都飘着。直到冯婉如发来短信，叫她到教学楼底下，她在那儿等她。

孟枝下楼的时候，每走一步都是提心吊胆的。

她来苏城也快一年了，这一年里，自问从来没给冯婉如、给林家，添过多余的麻烦。唯独这一次，不仅惹了这么大的事，还牵扯到了沈星川……

她昨天一整夜都没合眼，不知道即将面临的是什么。学校会给她处分吗？她说出真相会有人信吗？冯婉如会不会再一次放弃她？林家人会不会彻底厌恶她？她马上就要高三了，身上剩余的钱不足以支付未来一年的学费和生活费，到时候该怎么办？还有沈星川……他会彻底讨厌她的吧？连累他沦为全校师生茶余饭后的谈资。明明善意施舍，反而最后被拉下水，就像农夫与蛇……如果换作自己，会厌恶死对方。

孟枝只要一想到这种可能性，就觉得难受到要喘不上气来，但她甚至都没有理由和胆量去请求他的原谅。

一条路，再怎么走总会到头。

冯婉如就在楼下候着。看见孟枝，她表情有些复杂，眉头皱在一起，像是责备的意味，最后却只是张了张唇，意外地什么都没说。

冯婉如："你们老师跟我谈了一下，没什么事，你放心吧，安安心心读书，争取期末考个好成绩，听到没？"

没什么事？孟枝不可置信地瞪大眼。这简直太……惊喜了。但她只是短暂高兴了几秒，就立刻镇静下来。她看向冯婉如，嘴唇嗫嚅着，欲言又止了半晌，最后，狠狠掐了自己一把，才鼓起勇气问起："那，沈星川那边……"

"没事，你不用管。"冯婉如含糊道，她拍了拍孟枝的肩膀，"不过你跟我说实话，那封信到底是不是你写的？退一万步，你总该知道他妈妈是嫣然妈妈的亲姐姐吧？"

"信不是我写的。"孟枝说，"我也知道他和林家的关系。"

冯婉如稍稍松了口气："这就行。你们俩生拉硬扯也扯不出一个可能性，我就说你总不至于犯这糊涂……"

"我知道的。"孟枝嘴里发苦，连带着说出的话都带着苦味。

"那就行了，你回去上课吧。"冯婉如挥挥手。

"好。"孟枝愧疚，"对不起，给你添麻烦了。"

"没事。"冯婉如终究只是叹了口气。

自冯婉如来了趟学校之后，这件事情好像得到了解决，无论是教导主任还是班主任，都没有再找过孟枝提起此事，好像就此翻篇了。

唯一对此还念念不忘的，只有那些爱八卦的同学，将此作为茶余饭后的谈资。不过随着课业压力越来越重，期末考试日渐逼近，最终，也不再提起。

孟枝彻底安下心来，认真备考。她不敢再联系沈星川，更没有勇气请求他的原谅，她将自己封闭起来，除了读书学习，就是疯狂做题。她不求一鸣惊人，只求能拿到一个不错的成绩，不会被当成反面教材，也不连累沈星川一起被人在背后说些闲言碎语。

或许是拼着一口气，期末考试的时候孟枝觉得发挥还算不错，每科卷子都算比较顺利地答完了。随着最后一门英语考试的结束，暑假在炎炎夏日的虫鸣鸟啼中，正式宣告开始。

假期学校不准留人，孟枝收拾了东西回了景明别苑。

路过沈星川家门口的时候，意外地看到一辆从没见过的车子，入户门也大敞开着，里面中年女人的身影一闪而过。

孟枝在门口驻足了半分钟，直到里头的人往门口走过来，才急忙迈着步子逃离现场。

进林家的时候，她不小心和林嫣然撞了个正着。

孟枝肩膀被撞得生疼，人也因为惯性往后退了好几步。她忍着疼说抱歉，林嫣然却反常地没吭声。

林嫣然手里拿了一个大塑料袋，里头装满了像是日用品的东西急匆匆地往外走。被孟枝撞到，她也只是停下脚步冷着脸看她，半晌，才沉沉地开口：

"我姨妈姨父从北城回来了，就因为你搞出来的事。"

"什么年代了还学人递破信，真是有病！"

"孟枝，你可真是个扫把星，沈星川要被你害死了！"

孟枝没听明白林嫣然的意思。

对方也没有要给她解释的意向，抛下意味不明的话后就急匆匆地跑走了。孟枝一个人留在原地，脚像是被钉在了地板上，僵得一步也挪不动。血管里的血液一寸一寸地变冷、凝结，冻僵了整个身体。

还是冯婉如听见门口的动静，拿着锅铲从厨房里出来，看见孟枝杵在正门口挡住了路，才伸手推了她一下："你这孩子，站在路中间干什么？"

"没什么。"孟枝回过神，她渐渐找回了知觉，心跳得剧烈，"我听林嫣然说……沈星川的爸妈回来了？"

冯婉如皱眉，语气不怎么好："回来就回来，跟你跟我有什么关系？"

她好像跟沈星川父母有什么过节，言语间并不热络，甚至有些排斥。想来也是，毕竟对方是她现任丈夫原配妻子的亲姐姐，关系尴尬地摆在这儿，能维持表面的和谐都不容易了，更遑论真正的热络。

"没事干的话过来厨房帮我打下手。"冯婉如说完，拿着锅铲又回了厨房。

孟枝听话地放下书包进去帮她打下手。冯婉如今天炖了鸡汤，蒸锅里蒸着一条鲈鱼，水池里泡着等待清洗的蔬菜，她正在忙活着给汤里放调料。孟枝没敢再放任自己多想林嫣然话中隐晦不明的暗示，挽起袖子去水池边帮忙。

可惜，这一顿丰盛的饭菜最后吃到嘴的就只有冯婉如和孟枝母女两个。

林盛傍晚回来的时候知会了一声，说要给沈星川爸妈在外头接风，就不在家吃了。一桌子的饭菜他看都没看一眼，又急急忙忙地出了门。林嫣然更是直接没回来。

冯婉如坐在餐桌前，看着自己忙活了半天的成果就这么白白浪费了，气得摔了筷子。孟枝沉默着给她捡起来，放到手边。

最后，冯婉如冷笑一声："看到了没？以后还是要找个心里有你、对你好的。"

孟枝眼睫狠狠一颤。她没吭声，心里却不由自主地想起，父亲对冯婉如就很好，可人一去世，还不是什么都没了，真正的人死如灯灭，她看都不看一眼。

冯婉如没有再说下去的意思，拾起筷子："吃饭吧。"

一顿饭吃得没滋没味。

孟枝收拾好碗筷就回了自己的房间。她有些困，却不怎么睡得着，将自己破旧的手机攥在掌心里，明知道不会有人给自己来电话，却还是不想放下。

晚上九点钟，孟枝起身准备去洗漱的当口，听见入户门被人从外头大力推开，沉重的木门在墙上撞得"咚"一声巨响，又回弹回去，借着惯性落上了锁。"咔嗒"一声脆响，在静谧的楼里异常明显。

紧接着，争吵声在客厅里爆发——

"姨妈和姨父也太霸道了吧？我哥都说了不想过去不想过去，他们还那么独断专行，马上都高三了非要转什么学啊？"

林嫣然不满的声音隔着薄薄的门板传了过来。孟枝瞬间清醒，起身穿上鞋。犹豫了会儿，她走到门前，弓着背将耳朵贴上去。

林盛安抚："你姨妈也是为了你哥着想，北城的教育资源怎么着也比这里好上太多，你理智一点。"

"好上太多怎么不早早带过去？我哥被他们丢下，一丢就是五六七八年，从初中到高中，现在好了，说什么要高考了，去北城集训，考完再出国。笑死人了,我哥的成绩就算不出国,国内的重点大学也是随便挑的!"林嫣然不忿极了,委屈又憋着气,一肚子火不能对着长辈发,只能在客厅里撒气。

林盛似是有些不耐烦听了,敷衍着安抚:"行了,别喊了,毕竟是别人家的事,你差不多就行。退一万步,没有父母会害自己孩子的。"

林嫣然这次沉默了好久。

"是,没有父母会害自己孩子。要不是孟枝那个拖油瓶在学校里搞出那么个丢人的事把我哥拉下水,教导主任也不会把电话打到我姨妈那里去……"

"嫣然!"林盛声音骤然变大,"行了,别人家已经定了的事,没有必要再拿出来说了!天晚了,你回你房间去吧。"

"凭什么不能说?你偏心!"林嫣然气得大吼一声,但到底没再继续说下去。

孟枝直起身,整个人靠在门板上。

她低垂着头,看不清表情,好久,喉咙里才溢出一声低沉的哽咽。

只一声,便消失无踪。

往后几天,一切如常。孟枝就像是什么都不知道一般,没去打扰沈星川。她没有立场,也没有脸面。

一周之后,期末考试成绩出来,学校让学生去领通知书。

或许是这次她下了比别人多几倍的精力在学习上,总之,孟枝意外考了个很不错的成绩,全班第十二名,是她进入五中以来考得最好的一次。孟枝却来不及欣喜,领了成绩单又独自坐公交车回来。到小区门口,她没往里走,而是站在一旁等着。

——她想试试看,能不能等到沈星川。

七月份的苏城又闷又热,空气变得黏稠,让人喘不上气来,没一会儿,孟枝就出了层黏腻的汗,打湿了发丝不说,也让她晒得脸通红出油,狼狈极了。

沈星川到小区门口的时候,一眼看见了站在花坛边的孟枝——她太醒目了。这会儿临近中午,太阳高悬在天上,晒得花坛里的草都蔫儿了,周围几乎没什么人,就她灰头土脸地站在那儿。

几乎没有任何犹豫,沈星川把着单车的方向朝她那边驶去,直到停在她面前。他视线上下将人扫了一遍,看到了她额头豆大的汗珠和晒得通红的脸颊。

沈星川问:"你站在这儿干什么?"

孟枝被热得脑袋发蒙,想也没想:"等你。"

话音落下,她自己先噤了声。

罕见她这么干脆的时候,沈星川有些想笑。他从车上下来,站在一旁:"等我干吗?"

孟枝却没开口。她近乎是小心翼翼地察言观色着,直到确定沈星川脸上没有任何厌恶或不耐烦的神态之后，才悄悄松了一口，试探着问："你要去北城读书了，是吗？"

沈星川沉默了一瞬，说："是。"

他推着车往里走，孟枝亦步亦趋地跟在他身后。

回去的路上会路过便利店，经过的时候，孟枝朝里头看了一眼。风铃依旧悬挂在门上，只是没了风，奏不出叮当作响的乐声。

她理所当然地联想起第一次见到沈星川的时候，就是在这家便利店，他替她支付了二十元五角。从那时起，沈星川这个人在她心里，便成了与众不同，甚至是独一无二的存在。

"是因为我吗？"孟枝回过眼，艰难地掀开唇，随后又笃定道，"肯定是的，是我连累你了。"

"不关你的事。"沈星川看了她一眼，少有耐心地解释，"我爸妈原本就想让我转学跟他们去北城，我一直不肯，以前还好说，现在马上升高三了，他们就由不得我了。"

孟枝听不进去，固执地道歉："对不起。"

沈星川嗤笑，语调散漫："你道什么歉，都说了跟你无关。"

孟枝不信。怎么可能跟她无关？就是因为那封信，教导主任才把电话打到他父母那边；就是因为那封信，沈星川才会被父母强制带离苏城。如果当初她没有头脑发蒙答应方妍就好了，如果她肯遵循自己的内心就好了。

孟枝悔不当初，落寞得几乎想掉眼泪。

不过片刻，她突然笑了："我好像真的是个扫把星，走到哪儿都会给对我好的人带去晦气……如果你没有认识我就好了。"

语毕，几乎是同一时间，沈星川停下脚步。

他视线低垂，凝视着孟枝——这个在他面前几乎总是低着头的女生。他用一种前所未有的严肃语气说道："孟枝，别给自己身上加莫须有的罪名。"

孟枝眼睫狠狠一颤。

她没敢看他，匆忙别开头，避开他的视线。

两人都没再说话，继续沉默地往前走。

孟枝一直深陷在自责里，默不作声地跟在他身后。他走得快，她也走得快；他走得慢，她也放缓步调。

这副模样看得沈星川心里有些发沉，于是，他随便找了个理由转移了话题："突然想起一件事。我生日那天，张志成老早就告诉我，你会给我准备一个惊喜，最起码是一份不错的礼物。那天我一直在等，最后没等到。"他眉梢一挑，语气散漫道，"孟枝，我的礼物呢？"

孟枝愣住，一时间不知道如何回答。

她看着沈星川扶着车把的手。他皮肤偏白，腕上的黑色运动款腕表衬在上头，尤为亮眼。林嫣然准备的礼物真的很适合他，也难怪他一直戴着。

"对不起，我……我忘了。"

"没准备就算了。"沈星川又不是真的想要，只想转移她的注意力而已，"那你欠着我一份生日礼物，以后赚了钱得还给我，嗯？"

"好。"孟枝眼里霎时有了光。末了，她停下脚步，站定在原地，半仰着头看着少年颀长的身影，声音很轻，几乎风一吹就散了，"以后，我们还会再见面吗？"

"什么？"沈星川没听清。

孟枝顿了顿："我问，你什么时候走？"

沈星川说："就今晚。"

孟枝又怔了怔，垂在身侧的手开始发颤："就，这么着急吗？"

沈星川烦躁地蹙起了眉："嗯。"

又是良久的沉默。

沈家和林家近在眼前，意味着她和沈星川能一起走的路不剩几步了。这一刻，孟枝悬在半空许久的心终于坠落。

一切尘埃落定，回旋无望，她反而平和下来。

孟枝笑了，唇角向上翘着，眸子里却几乎没什么笑意，乌沉沉的一片，细看却似有星光浮动。她有很多话想说，想说"我还可以再联系你吗"，想说"我们还算朋友吗"……字字句句，到了唇边，又被她咽了回去。

最后，她只是轻轻道："沈星川，今天我恐怕没有机会去送你了……那我就祝你高考顺利吧。祝你考上心仪的大学，往后人生，一切都好。"

沈星川定定地看着她，末了，喉结滚动，嗓音低沉暗哑，却是笑了。

"嗯，你也是。"

彼时，绵长的夏日刚刚开始，日光正盛。

孟枝往后回想起来，只觉得十七岁的这个夏季热得令人难以喘息，且，格外难熬。

Wo jian xing chuan

下卷·

见春天

第七章

重逢日

Wojian Xingchuan

再相遇已是初冬。

寒风凛冽，寒意刺骨。

网络上常戏说，南方的冬天带来的是魔法伤害，冷意沁在空气当中，顺着毛孔往人骨头缝里钻。孟枝来了这么多年，依旧不能适应，一到冬天，就将自己里三层外三层地裹起来。她今日出门身上穿了一件呢子大衣，平时上班通勤不觉得，现下站在夜里只有两三度的室外，冻得她的手都没了知觉。

饶是如此，孟枝还是不说话。她紧闭双唇，固执地不发出一点声音。直至对面先缴械投降，她才不再坚持，沉默而顺从地跟在他身后。

沈星川的车停在旁边的露天停车场里。

他身高腿长，步子跨得很大，孟枝不得不加快脚步，才不至于被他甩得太远。哪怕这样，两人中间始终拉开两米远的距离。沈星川没有放慢速度，孟枝也没开口叫他慢些等她。

好在停车场离得并不远。

黑色越野车停在夜幕里，车辆启动的瞬间，大灯骤然亮起，孟枝被刺得眯起了眼。车子徐徐驶出，右侧副驾驶座的车门不偏不倚正好停在她面前。孟枝用了十秒钟不到的时间给自己做了一番心理建设后，才拉开门坐了进去。

车辆开出停车场时，沈星川问了上车后的第一句话："你住哪儿？"

孟枝短暂沉默片刻，掀唇报了一个地址："就在环海南路那边，快到了我跟你说。"

"好。"

话题至此，又静谧下来。

没人再开口，车内气氛不尴不尬的。

孟枝坐在副驾驶座上，整个上半身往右侧倾斜，下意识地与旁边的人拉开一段距离。沈星川开车很稳，孟枝坐了没多久，就有些晃神，视线透过车窗，虚落在外头。

夜里十点钟，街上没什么行人，偶尔一两个路过的也是步履匆匆。路上的车倒是挺多，来来往往的，车灯随着路两边矗立的路灯一起，把原本漆黑的夜照得通明。内外明暗交叠，身旁人的影子映在车窗上，孟枝看着看着，不自觉地便想起了从前的事。

她记起，距离那年沈星川去北城，至今已然过去了整整十年。这十年里，他好像变了许多，但除了最浅显的外表变化，其余的孟枝说不上来。

他们太久没见，早已变得陌生。

车辆碾到碎石子上，轻微颠簸了下，孟枝回过神来，眨了眨眼。驾驶座上，沈星川把着方向盘，目不斜视，仿佛所有的注意力都集中在开车这件事上。

他或许是没觉得什么，孟枝却有点喘不上气。

其实这些年，她偶尔也有想过和沈星川重逢的场景，在苏城景明别苑，在校友会上，甚至是在人来人往的街道上……却没想到是在火锅店里。

想到这儿，孟枝不由得庆幸，自己吃完火锅特地去店门口的除味机前好好吹了吹，这才有幸避免了在车里一身火锅味的尴尬。

或许今天不应该答应李铃铛去吃火锅。

不去，就不会遇见沈星川，也就不会让李铃铛把她丢下来，更加不会让她遭遇现在这么个境地。

空气黏稠得几乎停滞，空调带出的热风犹如实质，将她整个人死死地束缚在其中。孟枝深吸一口气，终于忍受不住，问："我可以开窗吗？"

沈星川偏过头看她一眼，语气淡淡："不舒服？"

"嗯，有点晕车。"孟枝随口找了个理由。

沈星川没再说什么。他抬手按下中控锁，将副驾驶座的车窗放下去了三分之一。风灌进来吹在孟枝脸上，头发丝丝缕缕地向后扬起，她抬手将其别到耳后。

"好些了吗？"

"好多了，谢谢。"

本以为话题到此处又要终止，没想到，沈星川却继续问道："你在医院上班?"

"嗯。"

"学医了啊?"

"是的。"

又是简单到不能更简单的回答。话音刚落下,孟枝便察觉到哪里不太对:"你怎么知道?"

沈星川没说话,狭长的双眸瞥了眼她怀里。

孟枝顺着他的视线低下头。

自己怀里抱着的帆布包是医院前段时间慈善活动剩下的,上面烫印着偌大的医院主楼,下方还有宣传标语——"健康幸福,三院守护"。哦,还不止这个,方才她和李铃铛还有赵博文三人在火锅店门口的时候,也是一口一个医生称呼着。沈星川会联想到,自然也就不奇怪了。

本来就觉得不自在,又问了个蠢问题,孟枝这下更觉得尴尬。

"嗯,是在医院。"她抿了抿唇,松开手,将帆布包放到座位底下看不见的阴影里,"你呢?听我妈说,你好像也定在海城工作?"

沈星川:"嗯。"

"什么时候?"

"有段时间了。"

"哦。"

孟枝没再说话。

她调整了下坐姿,稍微坐直了些。其实很想问问他现在做什么工作,又过得好不好,但孟枝知道自己没有立场。在沈星川眼里,她恐怕就是个多年不见的老同学而已,连朋友她都不敢自居。

后半段路程,孟枝再也没开口说一句话。

路上没什么车,他开得飞快,几乎是一路卡着限速。不多时,车辆拐了一个弯,进了淮海南路,距离孟枝租住的小区也不远了。

沈星川不清楚具体地址,放缓了车速:"接下来怎么走?"

孟枝打起精神:"沿着这条路一直向前,然后第三个路口右转就是了。"

"知道了。"沈星川稍一领首,侧过脸,目光定在她脸上端详了好久,突然问起,"你刚才是在相亲?"

"什……什么?"孟枝愣了。他话题变得太令人猝不及防,孟枝甚至都没太听明白。

"没什么。"沈星川却说。

他转正身子,视线重新望向马路。

孟枝这会儿却反应过来了。

他以为她刚才是在……相亲？

"不是。你误会了。"孟枝忙解释，"刚才是和朋友约饭，偶然遇见了另一个同事，并不是在……嗯。"

虽然时过境迁，这些年过去，十七八岁青葱岁月时小心翼翼的在意早就留在了已经褪色的过去。对于沈星川，孟枝自认为已经放下。但饶是如此，她还是不想他误会。

"这样啊。"沈星川略微抬了抬下巴，"这么晚，你男朋友怎么没来接你？"

孟枝说："我没男朋友。"

话音落下，她突然想到那天冯婉如打电话来的时候，说沈星川将女友带回了景明别苑。所以，他这是自己有伴侣，所以看谁都觉得跟自己一样，也有伴侣是吗？

"看来是我冒犯了。"沈星川唇角轻翘了下，"你别往心里去。"

"不会。"

孟枝长舒了一口气。

她觉得有些累。

红绿灯路口，车辆向右转弯，最后缓缓停在一个小区前。车刚稳住，孟枝一刻也没等，径直拉开车门下车。沈星川熄了火，也跟着下车。

这一路孟枝觉得很难受，她本来就不善于跟人打交道，更何况对方还是沈星川。她想了想，也没什么能说的，便道谢："谢谢你送我。"

闻言，沈星川撩起眼皮看她。

这会儿他脸上又没了多余的表情，眼里也没什么温度，仿佛刚才的笑意只是孟枝的错觉。

孟枝垂在身侧的手不自觉地紧了紧，半晌，有些犹豫不决地开口："没什么事的话，我就先回去了。"

这个微小的动作被沈星川尽收眼底。

事实上，她从见到自己的那刻起，人就一直紧绷着。

像是怕他，又像是谨慎戒备着。

沈星川往后退了半步，最后倚在车身上，拧眉从裤兜里摸出一盒烟。

他掏了一根出来衔进嘴里，随即又摸索出打火机，正准备点燃的时候，余光轻易地捕捉到身旁的人眉轻轻蹙了下。于是，他动作一顿，下一刻，便用拇指直接捻灭了火。

"改天一起吃个饭。"沈星川边收起烟盒，边看似漫不经心地说。

孟枝怔了会儿，才说："好。"

沈星川不置可否地"嗯"了一声。

随即，他闲闲地抬了抬下巴，伸手将夹在食指与中指之间的香烟冲着她晃了晃："那你回吧，我抽根烟就走。"

孟枝记得，他以前是不抽烟的。

孟枝垂下眉眼："好，那我就先走了。再见。"

沈星川这下没吭声。

他拿起火机，按燃火焰。他将那根烟重新衔在唇间，凑近火焰，点燃吸了一口，又将烟雾从唇中徐徐吐出。

孟枝说走就走，连头都没回一下。

隔了老远，沈星川的目光穿透青白色的袅袅烟雾，定在她的身上。直到看着那道清瘦的身影逃也似的进了单元楼，再也追寻不到的时候，才又收回视线。

烟雾熏得沈星川眯起了眼。

火光灼烧到尽头，熄灭，他将烟蒂扔进边上的垃圾桶里。车辆启动，临走之前，车窗降下，沈星川遥遥望着她消失的那栋楼，末了，笑了一声，声音极轻，似喟似叹。

"变了。"

这晚，孟枝没怎么睡好。

先是失眠了半个晚上，最后，好不容易睡着了，又做了乱七八糟的梦。梦里有冯婉如、林嫣然，有二叔和二婶，她甚至还梦到了去世多年的奶奶和父亲。当然，无可避免地，梦到了十七岁时的沈星川。

梦里发生的一切孟枝记不太清了，只知道醒来之后异常困倦，向来准点起床上班的她头一回迟到了。匆匆忙忙跨进医院大门的时候，刚好八点，打卡迟了半分钟，扣工资是板上钉钉的事儿。

孟枝索性也不赶了，疲惫地揉了揉额角，拖沓着步子往科室走。

今天带她的教授不坐诊，只在下午排了一场手术，孟枝相对也能轻松一点。早上需要去病房巡查一番，回来写病例分析，下午跟教授进手术室当二助，旁的就没什么了。

办公室里其他几个医生都没在，孟枝换上白大褂，泡了一杯黑咖啡，一口下去，浓烈的酸苦味刺激得她皱了下眉，没等咽下去，办公室的门就被敲响了。

孟枝放下杯子："进。"

话落，门被推开，李铃铛拎着一份早餐从外面走进来。

"嚯，没人啊！"她跟回自己家似的，拉了把凳子坐到孟枝办公桌对面，"给你带的鸡蛋灌饼，豪华版，双蛋双火腿，够意思吧？"

孟枝接过，解开塑料袋，葱花香顿时扑面而来。

"好香。谢谢你，刚好今天起来迟了，没顾上买早饭。"

"客气什么。"李铃铛全然不介意地摆摆手，"大白天见鬼了，你竟然能迟到……话说回来，你的脸色怎么这么差啊？"

孟枝早上出门照镜子的时候，也看出里面的人一脸疲态，眼下还有淡淡的青黑。本想化点淡妆遮一下，但时间来不及，下午又要进手术室，索性还是素颜出门了。

闻言，她又抿了口咖啡："嗯，昨晚没太睡好。"

"昨晚。"李铃铛顿时抓到了重点，"我本来昨晚就打算问你了，想到你可能在忙，硬生生忍住了！老实交代，你跟昨晚那一米八五的帅哥，干啥去了？"

孟枝迟滞了会儿，才反应过来李铃铛指的是沈星川。

她垂下眼，握着咖啡杯的手紧了紧，才道："没做什么。他把我送到小区门口，我们就分开了。"

李铃铛瞪大眼："就这？你没邀请人家进去坐坐？"

夜晚，独居的成年女性，主动邀请一个男人进自己家门，在大多数情况下，这意味着什么，彼此心里都是清楚的。孟枝虽然没怎么谈过恋爱，但年纪到了，该懂的也懂。

她无奈地看李铃铛一眼，摇头否认："没有，我不习惯。"

"姑奶奶，你要创造机会啊！"李铃铛恨铁不成钢，"你不是喜欢人家？"

孟枝刚咬了一口鸡蛋饼，顿时被呛得咳嗽起来。她慌忙抽了一张纸巾捂住嘴巴，咳嗽声却从指缝中溢出来，捂也捂不住。半晌，直到满脸通红，咳嗽声才终于停下。

孟枝解释，声音有些沙哑："你别胡说！不是你想的那样。"

"得了吧，孟枝。咱俩从大学就认识，你什么样儿我还不知道吗？"李铃铛对她这种死不承认的性格无语极了。

从认识孟枝起，她就是这副不言不语、任何事都闷在心里的性子，也不知道她怎么能忍住，总之，哭了累了病了痛了，一句话也不说。刚开始的时候，李铃铛觉得这个人性格很奇怪，但是专业能力很强，各种技能比赛不是第一就是第二，李铃铛特佩服，也起了跟她套近乎求带飞的心思。后来时间久了，李铃铛也慢慢观察出，大神也是普通人，也会冷会热会疼，只不过就是不说，死扛，脸上完全看不出来，犟得没法说。昨天晚上孟枝在火锅店门口那副样子，几乎是认识以来，她情绪波动最大的一次。那副明明惊喜却又强行压抑，想靠近却又恨不得敬而远之的矛盾模样，看得李铃铛这个旁观者都跟着一起难受。

总之，要说没关系，要说不喜欢，鬼才信！

反正她李铃铛不信。

"你自己可能没察觉,你昨晚上看他那个眼神……啧啧。"李铃铛嗤声,"故弄玄虚"四个字被她玩得明明白白。

孟枝心脏一颤,瞬间紧张起来。

她怕自己当时没控制住情绪,担心自己不够矜持,从而泄露了内心深处掩藏的那丁点小秘密。怕旁人看了出来,更怕沈星川发现。

"什么眼神?"孟枝追问。

李铃铛清了清嗓子:"就是……一副紧张得像是看见了鬼的眼神,哈哈哈!"

孟枝一噎。

"行了行了,不逗你了,我该回急诊了。"李铃铛笑也笑够了,起身将凳子放回原位。

临出门前,她转过身,收起了嬉皮笑脸,表情变得严肃且认真:"孟枝,喜欢就去追,追不到再说……不要把自己束缚得太紧,作为朋友,我永远希望你幸福。"

"嗯,我知道。"孟枝嗓音沉沉。

李铃铛的好意她明白,只不过,李铃铛不知道的是,沈星川这个人于她而言,并不仅仅是喜欢过那么简单。她不想赋予他本身过多的意义,但事实是,他见证了她穷且自卑的十七岁,见证了她那段寄人篱下最难堪的日子,见证了她的软弱和怯懦……他是她年少偷偷在意的人,也是她贫瘠荒芜的青春本身。

更何况,他已经有女朋友了。

孟枝咽下嘴里的苦涩,低头,翻开病历本看了起来,再也不想其他。

这一忙就到了晚上。

下午手术的患者是一名七十多岁的老人,主动脉瘤,教授主刀,孟枝作为二助跟上手术台。由于患者年纪较大,手术难度很高,做了将近六个小时,结束的时候已经是夜里九点钟了。孟枝收拾完后,才拖着一身疲倦回家。

出电梯的时候,她像往常一样从包里翻找出钥匙,准备开门时却发现门竟然没锁。

孟枝脚步顿住,手里捏着钥匙串站在门口,没再往里走。虽然早上离开得急,但她确定甚至是笃定,自己绝对是锁了门的……可是现在家门开着。

孟枝的眉头拧在一起,嘴唇紧紧抿成条直线,半响,扭过头,视线上下左右在楼道里睃了一圈,最后定格在走廊尽头的监控上。

原本应该闪烁着红光的摄像头黑漆漆的,对着墙壁的方向一动不动,应该是坏了。

孟枝转回身，深吸一口气，拉开房门。

里头的景象震得她半天挪不动一步。

——原本整洁有序的房间被翻得乱七八糟，玄关鞋柜的柜门和抽屉通通被打开，里头放着的钥匙等东西全被随意地扔在了地板上。再往里，沙发上的靠枕也被丢在地上，东一个西一个，凌乱得无处下脚。

孟枝缓了半天，才走进去。她环视整个客厅，几乎没有什么东西是没遭殃的。

蓦地，她突然想起什么，连身上的背包都顾不上卸就直奔卧室。里头跟客厅差不多，一地凌乱，孟枝顾不上细看，跪在床头柜前，慌乱地在里面翻找着什么……过了许久，她的心终于塌下，整个人卸了力气，跪坐在床边。

两个多月前，冯婉如寄来的箱子里，孟枝挑出几样有意义的物品留了下来，其中就有当年那块没能送出去的手表，被她存放在床头柜的抽屉里。

对现在的孟枝来说，那块手表已经不是什么贵重不可得的奢侈品了，但终究意义不同，因而她舍不得扔，珍重地收了起来，当作纪念。

没想到，还是丢了。

孟枝在海城独居两年多，头一次遇到这种事，头脑一片空白。她将头埋进膝盖里，双臂死死环住，试图用这种方式让自己冷静下来。半晌过去，还是没什么用，反倒是想起来了另外两件极其重要的事。

第一，应该报警。

第二，这里刚经历了入室盗窃，门锁坏掉了，极其不安全。她不能，至少今天不能在这里过夜。万一小偷二次折返，她一个人根本不可能抵抗得过。

想到这里，孟枝后背瞬间出了一层冷汗。

她没迟疑，拉开衣柜，匍匐着身子从最底下的被褥里摸索半天，最终摸出一个完好无损的卡包。来不及庆幸，孟枝将其塞进随身的挎包里，一刻也没敢多耽搁，跑出了这里。

出小区大门的时候，门卫大爷刚好从值班室里出来倒水，看见孟枝，他一如既往热情地打招呼："哟，姑娘，这么晚了还出去啊？"

孟枝压根没注意到他，被突如其来的人声吓了一跳，下意识地后撤两步，浑身的汗毛都竖起来。

当看清对方是谁之后，吊到嗓子眼的心脏稍稍回落了些。她强行扯出一抹笑："是……是啊，临时有点事。"

"好嘞，晚上注意安全啊！"大爷乐呵呵地挥挥手。

"好的。"孟枝客气地道。她没再多说，双手攥紧包带匆匆忙忙地走了。

最近的派出所距离这里有十五分钟车程。孟枝在路边拦下了一辆出租车，以最快速度赶到地方。踏进派出所的那一刻，她脑袋里紧绷的那根弦才终于稍稍放松下来。

已是夜里十点多钟了,这个点儿早就下班了,只剩值班室有两个人留守。其中一个年轻民警看她冻得通红的双手,倒了一杯热水给她。

"喝点暖和一下。"

"谢谢。"孟枝道。水温有点烫,热意从手心一路传向躯体,她整个人顿时没那么冷了。

"说说,有什么事?"另一名民警问。

孟枝深吸一口气:"我来报案,入室盗窃。"

"行,你仔细说说情况。"

接着,在民警的问询中,孟枝将自己今天回到家的所见所闻大致说了一遍。

"有丢什么贵重物品吗?"

孟枝摇摇头:"家里没什么特别贵重的物品,只丢了应急用的五千块钱现金和一块手表,其他的没了。"

"手表价格大概多少?"

"十多年前买的,当时好像一千左右。"孟枝仔细回想了下,"时间太久,记不太清了。"

"为什么不第一时间打电话报警?"

"……我当时太紧张,忘了。"

"好的,知道了。"

民警说完,写下最后一个字,将本子和笔递到孟枝跟前:"你看一下有没有问题,没问题的话在最底下签个字,等会儿我们会派民警跟你去现场,核实无误之后,就可以上报分局走立案程序了。"

"可以立案吗?"

"嗯,可以立案,而且入室盗窃性质更严重。"民警解释道,"具体的还要出警之后再看,不过应该没什么问题。"

听他这样说,孟枝松了口气,整个肩背总算松弛一些:"好的,谢谢您。"

"不客气。那你稍等一下,我们马上派人跟你去现场。"

民警说完便离开值班台去了二楼,剩下的另一名民警对着方才的笔录在电脑上敲敲打打,四周静谧,只有键盘"嗒嗒"作响。

派出所的灯光过于明亮,照得她脑袋发蒙。墙上的电子钟表显示这会儿已经十一点过半了,孟枝看着民警对着电脑打了个哈欠,她自己却完全感觉不到困意。一整个下午,从进手术室那刻起,她的精神就一直高度紧张,回到家之后又是那一幅景象,完全没给她松懈的机会。孟枝抬手揉了揉紧绷的太阳穴,缓了一会儿,重新捧起纸杯。放了这半天,里头的水已经有些凉,她抿了一口便没再喝了。

这次等待的时间有点漫长。

就在孟枝快要按捺不住开口询问的时候,楼梯上终于传来脚步声,不过是好几个人的,步幅不太一致,听起来有些凌乱。

孟枝循声看过去。四名警察一并从二楼往下走,三男一女,都身着常服,边走边在低声交谈着什么。孟枝粗略看了一眼就收回了视线。

直到脚步声渐近,那几人一道下了楼梯,交谈声也随之清晰起来。

"还是要谢谢你们所的配合。让你们陪着我们一起加班到这么晚,辛苦了。"男人笑着说,声音很低。职业习惯使然,他视线在大厅里扫视了一圈,落在值班台前背对着坐的女人时,略一停留,又云淡风轻地掠过。

"工作需要,应该的。"另一个年纪稍长、比较沧桑的声音客套地道,"沈队太客气了。"

孟枝没想听他们的谈话,但几个人就站在她身后几米远的位置,声音避无可避地进入她耳朵里。尤其是在捕捉到"沈队"两个字的时候,她整个人微不可察地僵了一下,握着纸杯的手紧了紧。杯子被捏得变了形,她却始终没有回头。

"那行,今天也晚了,我们就不打扰了,随后有什么需要您这边帮忙的,我们再互相联系。"

"好的,没问题没问题。那沈队,你慢走。"

在几人的寒暄声中,玻璃门被拉开,冷空气从外头疯狂灌进来,冻得孟枝瑟缩了下。仅几秒钟的工夫,门重新被关上,顺带也阻隔了男人离去的脚步声。

孟枝倚在靠背上,整个人松了口气。

她低着头,眼睫疲倦地低垂着,想笑却笑不出来。

这算是什么缘分?头一天不尴不尬地重逢,紧接着第二天她就遇上了入室盗窃,结果报警的时候又撞到他。

唯一庆幸的是,沈星川好像并没有发现她。

孟枝不想让他看到自己这么窘迫的时刻。

可惜这种庆幸只维持了片刻不到。

大概一两分钟的工夫,玻璃门再度被人从外头推开。沈星川独自一人从门外进来,夹带着冬季的冷风,一并惊醒了里头的人。

"孟枝?"

沈星川不太确定地询问。

这下躲不过了……孟枝抬眸看他,艰难地抬了抬唇角,扯出一抹类似笑容的弧度。

沈星川却笑不出来。他跨步走到她跟前,浓眉紧拧,脸上的表情算不上好。

他开口，语气也是严厉的，甚至带着些责备的意味……也可能是担忧，孟枝分辨不清楚。

"这么晚了，你在这边做什么？"

孟枝迟疑了下，还是道："遇到了点事，我来报警。"

夜里十二点钟，天上下起了小雨，细得跟针似的，带着寒气往下刺。

小区门口的路灯底下，孟枝撑着雨伞站在一旁，看着沈星川一脸和气地跟前来出警的民警握手道别。直至将两人送上车，他脸上的笑意逐渐变淡，然后消失。转过头看孟枝的时候，他眼里黑沉沉的，让人看不透也猜不明白。

雨很轻，似有若无，他没撑伞，毫不在意地站在雨里，没有要过来的意思。

孟枝迟疑了很久，咬着唇，鼓足勇气走近，伸直胳膊将伞遮在他头顶上。

"吃饭了吗？"沈星川终于出声，热气从唇齿间吐出，变成白雾消散在空气中。他抬手，极其自然地从孟枝手中接过伞柄。

过程中，手不可避免地碰到，孟枝冰凉的指尖传来一阵温热，只片刻工夫，一触即分。她不自在地蜷缩了下手指，抿了抿唇，将手插进大衣兜里。

"还没。"

孟枝从午饭之后，一直到现在都没进食。原本打算下班回家煮点速冻饺子吃，最后也没吃成，这会儿胃里空荡荡的。

"正好，我也没吃。"沈星川说，"附近你比我熟，这个点哪儿还有吃的？"

孟枝短暂思索了下，还真有。离这边不远的城中村，夜里路边全是小吃摊，一直到后半夜才散，不论春夏秋冬。

孟枝问："你想吃什么？"

沈星川说："随便什么都行。"

孟枝点了点头："好，那我带你过去。"

城中村距离小区步行大概十分钟，孟枝说那边不太好停车，沈星川索性没开车，两人撑着伞一道往那边走。

途中，雨势渐渐大了起来，从针尖细雨变成淅淅沥沥的线。伞就只有那么大，孟枝又不好挨着身旁的男人，半个肩膀都露在雨里，不一会儿，潮气就渗透呢子外套，弄湿了里头贴身的打底衫，孟枝一忍再忍，还是没能忍住，难受地缩了下肩膀。

沈星川突然停下脚步。

"孟枝。"

"嗯？"被叫到的人不明所以。

"靠过来些。"

"什么？"

"我说，让你靠我近一些。"沈星川的语气听起来不怎么耐烦。说完，看孟枝还没怎么动，他更是没了耐心，直接伸手拽住她的衣袖，不由分说地将人往自己的方向拉了一把。

成年男女的力量本身就不具有可比性，更何况沈星川常年训练，手劲比旁人更大上些许。孟枝清瘦的身体被他轻轻一拽就失了平衡，不受控制地随着他的力道倾斜过去，直到撞在他侧面身体上，才勉强借力站稳。

沈星川居高临下地看着她，一副审问犯人的语调："伞下这么大的地方，你一直往外边趔什么？怕我？"

孟枝窘迫地连忙摇头："没有。"

"是吗？"沈星川气笑了，"不怕就正常走路，不要一副恨不得离我八丈远的样子。"

"……知道了。"孟枝说。

后半段路程，她一直克制自己没再往边上躲，两人几乎是挨着肩膀走完那条路，最终停在了夜市的一家馄饨铺外。

凌晨遇上雨天，店里没什么人，老板娘坐在椅子上看手机，虽然没什么生意，却守着小店铺迟迟不肯关闭。两人各自要了一碗馄饨，老板娘煮好端上来时，碗里热气腾腾冒着香气。孟枝喝了一口，暖和的馄饨汤顺着喉咙流进胃里，瞬间驱散了周身的寒气，她顿时舒服得眉眼都舒展开。

对面，沈星川埋下头，风卷残云般连吃了半碗，伴随着吞咽咀嚼声，像是饿极了一般。

孟枝趁这个当口才敢认真看他几眼。

一看才发觉，沈星川眼底下浮着淡淡的青黑色，眼底也蔓延着红血丝，一副熬了大夜累极了的模样。可这半晚上他也绝口不提，要不是孟枝细心留意到，根本不会发现。

孟枝当下觉得过意不去："不好意思，今天麻烦你了。"

一碗馄饨吃得差不多了，沈星川放下碗筷，抽出一张纸巾擦了擦嘴角，这才掀起眼皮看她："你客气了。"

孟枝一噎，瞬间想不起来该说什么了。

她不是假客气，是真的觉得给他添麻烦了。本来沈星川可以早早下班，要不是在派出所里遇见，也不用陪着那两位民警大晚上跑到她房里看现场痕迹。

见她不说话，沈星川将手里的纸巾扔进垃圾桶，随即整个人向后靠在椅背上，沉默半晌，才开口道："一直没机会跟你说，能在海城遇见你，我挺开心的。"

他说这句话的时候，眉眼中的困倦仍然在，但措辞语调都不似方才的公事公办,变得缓慢而温和。外头的雨声淅淅沥沥,里头,他眼底藏着浅淡的笑意。

孟枝喉头有些痒。

她避开眼,没敢再看他。

沈星川又说:"当年去北城走得急,也没能好好道别,后来联系过你几次,但电话都没打通,我还以为你不愿意再联系了。"

"我没有!"孟枝急切打断,头一次,她脸上出现了抗拒之外的情绪,变得分外坚定,"沈星川,我没有。"

"是吗?那看来就是有别原因。"沈星川洞若观火,却也没继续追问,"你现在不想说也没关系,等以后想说了再说。"

孟枝没吭声。她咬紧口腔里的软肉,直到痛感弥散开来,才颓然松开牙齿,拿起桌上的一次性塑料杯子喝了口水。

她不是不想说,只是不知道从何说起。

原本就匮乏的语言能力需要准备组织措辞,才能好好地将缘由叙述出来。只要心绪不宁或是一焦急,常常词不达意。对着别人还好,对着沈星川尤甚。

好在,沈星川换了话题:"那我们来谈谈今晚的事。"

孟枝深吸一口气:"嗯,你说。"

沈星川问:"今晚你家肯定是住不了了,你还有别的去处吗?"

"有吧。"孟枝已经计划过了,"我打算在医院附近找一间酒店将就几天。"

沈星川隐隐蹙眉:"你一个人?你敢睡吗?"

"敢。"孟枝答,但没什么底气。

沈星川虽然并不太赞同这个方案,但最终也没说什么。他原本打算,如果孟枝没去处的话,可以让她先住在自己家,自己可以去局里的值班室将就几天。但孟枝已经计划好了,沈星川也就没开口。毕竟眼前这人胆小谨慎,怕说出来她会觉得唐突。

沈星川略一思索,摊开掌心:"把你的手机给我。"

孟枝不知道他要干吗,但还是依言将手机递过去给他。

沈星川接过手机,打开通讯录按下一串数字,拨通,随即桌面上他自己的手机振动起来。确保通话痕迹有了,他挂断电话,又按了几个键之后,才将手机递还给孟枝。

"我把我的号码存进去了,顺便设置成了紧急联系人,如果有什么急事,第一时间打给我。"

"嗯,我知道了。"孟枝再次道谢,"真的谢谢你。"

"不用。"沈星川说,"你只要确保会打给我就行,可别再阳奉阴违了。"

孟枝被当面点破心思,有些窘迫地替自己解释:"我只是不太想麻烦你。"

沈星川嗤笑了声，声音淡淡："你想多了，我没觉得麻烦。"

"那就好。"孟枝竭力忍住了鼻腔里莫名冲上来的酸涩。

离开馄饨铺之后，两人又回到小区取车。

孟枝在网上订好了酒店，沈星川开车将她送过去。在办理入住的时候，酒店前台从椅子上爬起来，揉了揉惺忪睡眼，问需不需要将标间免费升级成大床房，沈星川说"好"。

前台困得眼睛都睁不开，嘴角却还挂着标准化的职业微笑，对着电脑一通操作之后，将孟枝的身份证递还给她，又对沈星川道："先生，您的身份证也需要核验一下。"

孟枝一愣："为什么？"

前台笑容更灿烂了些："是这样的女士，我们是有规定，但凡入住的都要核验证件，所以您男朋友也需要的。"

孟枝这下反应过来了，瞬间尴尬地红了脸："你误会了，他不是我男朋友。"

"啊，这……"这下换前台愣了，像是被这凌乱的男女关系震住了，声音都低了好几度，"不是男朋友也要刷身份证。"

孟枝：……解释了还不如不解释。

简直越描越黑。

孟枝硬着头皮看了眼旁边的沈星川……他一副老神在在的样子，被误会了也不怎么生气，脸上看不到半点儿尴尬的意思，甚至，还有那么点儿似笑非笑的意味。他一手拎着伞，另一手插在兜里，好整以暇地看着孟枝跟前台两人在那边无效沟通。

孟枝求助无门，只好回过身来，继续跟半梦半醒的前台姑娘解释："我的意思是，只我一个人住，他不上去。"

"啊？"前台彻底傻眼，瞥见一旁人高马大且面无表情的年轻男人冷冷地杵在那儿，瞌睡瞬间被吓得烟消云散，连忙道歉，"不好意思，不好意思，是我误会了，实在对不起！"

孟枝没有揪着不放的意思，只想快点结束这场无伤大雅的闹剧："没关系。那现在房卡能给我了吗？"

前台连忙递过房卡："给您。电梯上八楼左转就是。"

孟枝接过："好的，谢谢。"

电梯就在边上，几米远的距离。

沈星川将人送到电梯口。等电梯的工夫，他嘱咐："你家里的门锁得尽快换掉，明天早上能请假吗？"

孟枝想了下明天的工作安排，请半天假大概率不成问题："应该可以。"

"行,八点半,到时候我来接你去五金市场,请人来把门锁换掉。"沈星川表情冷峻,目光沉沉,"安全问题,早解决早好。"

"好,那麻烦你了。"

孟枝这次没再拒绝。

翌日早上八点半,孟枝的手机准时响起。

是沈星川打来的电话,说他已经在酒店门口等着了。他定了八点半就准时是八点半,一分钟都不差。

孟枝也已经提前洗漱好了,她穿上外套走出房门,到一楼大厅办理了退房。前台还是昨晚那个姑娘,大老远看见孟枝,就心虚地站起了身。待办理好退房手续,她又不好意思地道了歉:"昨天晚上真的抱歉啊,我睡蒙了,让你跟你朋友尴尬了。"

"没事。"孟枝客气地笑了笑。

她是挺尴尬的,但沈星川尴不尴尬,她就不清楚了。那人总是一副喜怒不形于色的样子,比从前更甚,她根本辨别不出他的真实情绪。

前台吐了吐舌头,抬手朝着门口示意了下:"女士,那我就不耽误您时间了,您朋友还在门口等着您呢。"

孟枝依言看向她手指的方向。

酒店门口,黑色的越野停在正对着大门的地方,车窗半开着,刚好能看见里面驾驶座上的人侧脸,线条利落,高低起伏。

孟枝没再耽搁,跟前台礼貌道别之后,快步走到车前。这次照例是坐在副驾驶座上。刚一上车,沈星川便递来装着早餐的纸袋子,孟枝打开,里头是小笼包和杯装的豆浆,看上去刚出炉不久,还冒着热气,纸袋子里被蒸出一圈水珠。

"不知道你喜欢什么,随便买了点。"沈星川边说边启动车子,车辆平缓地驶出,"你趁热吃。"

"你呢?"

"已经吃过了。"

孟枝没再说什么,道了声谢,拿出一个小笼包咬了口。里头是虾肉馅的,鲜嫩多汁,味道很不错。她的馋虫被勾了起来,进食速度也变快许多。连续吃了三个小笼包之后,孟枝停了下来,将纸袋子重新合上。

沈星川双手把着方向盘,视线一直盯着外头的马路。他开车向来专心致志,加上海城一贯拥堵,这会儿又撞上早高峰,车多人多,车几乎是在往前龟速挪行。饶是如此,他还是敏锐地用余光捕捉到了孟枝的动作。

"这就饱了?"沈星川问。

"嗯,饱了。"孟枝答。她食量很小,加上医院工作繁忙,吃饭常常不怎么规律,有时候匆匆塞上几口就算是一顿饭了。这么一来二去,评级还没上去,胃病先落上了。李铃铛就经常自嘲,说什么"还没有主任的命,先得上了主任的病"。孟枝仔细想想,发现她总结得还挺准确。

前头一辆车子驶过路口,信号灯从绿变黄再变红,他们的车正好被拦住,停在路口中间。

这个红灯的时间特别长,120秒钟。沈星川拉起手刹,偏过头看向她:"怎么就吃这么点?"

孟枝不知道怎么回答:"还好吧,饭量一直就这样。"

"难怪这么瘦。"沈星川说。

话落,他视线上上下下扫视了她好几圈,在她拿着纸袋子的手上一掠而过。他更加笃定,她是真的瘦。尤其是那双手,细得他一捏就能碎了似的。不过片刻,沈星川自然而然联想起她以前的模样——也是这么瘦,校服罩在身上,宽宽大大,跑起来能兜起一身的风。甚至他曾意外圈住过她的腰肢,也是细瘦的,他一臂圈住还有剩余。

总而言之,瘦得可怜。

十多年的饭菜跟白吃了似的,一点没在她身上留下痕迹。

孟枝被他盯得不自在:"怎么了?"

"没事。"沈星川没再说什么。

红灯变绿,他收回视线,重新启动车子。

两人在五金市场找了一家卖锁具的店铺仔细看了一圈,主要是沈星川在看在问,孟枝跟在他后头,听得半懂不懂。最后,沈星川挑中了一款,付了钱,要求师傅最好立马能上门安装。

车开了一圈又绕回到孟枝的住处,师傅"叮叮咣咣"对着门一阵敲打,顺利地将旧锁拆下来,换了新的上去,整个过程十分钟都没用到。沈星川试过之后确定没问题,送走了安装师傅后,顺理成章地进了孟枝家。

里头还没来得及收拾,保留着被小偷光顾之后的凌乱痕迹。

"抱歉,家里有点乱。"孟枝不太好意思,"你先坐会儿,我去烧水。"

沈星川坐在客厅的沙发上,将脚边的靠枕捡起来。孟枝去厨房烧水,他环顾四周,几眼的工夫就对室内的陈设了然于心。

这是一间老房子,两室一厅,客厅摆放着沙发、茶几、电视柜,柜子上除了一些日常生活用的零碎东西,比如水果刀、抽纸盒,几乎没有什么装饰性的小玩意儿,连电视机都是早已被淘汰的老样式,也不知道还能不能打开。两间卧室的门此刻都敞开着,主卧里摆着床,显然是住了人,次卧中除了屋主原本定制的衣柜,空荡荡的,其余更是什么都没有了。

这里根本不像是所谓的"家",称之为临时住所更合适。屋子里只有生存痕迹,没有一丝半点多余的生活气息。不难想象,住在这里的人每天都是怎样过日子的……恐怕除了必要的喝水、吃饭、洗漱、睡觉,再也没有其他活动了。

沈星川看着在厨房里孟枝忙活的背影。她正蹲在地上,不知道在橱柜抽屉里翻找什么。本来就瘦,缩在那里就更是只剩下一点儿了。屋子里开着暖气,她脱了外套,穿了件贴身的毛衣,随着动作,肩胛骨在背上凸起了高耸的山丘。

沈星川浓眉狠皱,眉心蹙起了深邃的褶皱。他看着她蹲在地上,又看着她起身,手里拿着玻璃杯去台盆前清洗。

最后,他挪开视线,从兜里摸出一根烟。猩红色的火光伴着灼烧点燃了烟,他衔着狠吸了口,直到青白色的烟雾袅袅飘上来,心口那种类似被什么东西啃噬的感觉才总算淡了些。

这些年,他并不怎么抽烟,只有心烦意乱的时候才会来上两根。

孟枝不知道这些。

她从厨房出来的时候,沈星川已经抽完了两根,正准备掏出第三根,看见她,动作戛然而止。

"抱歉,抽了两根烟。"沈星川的嗓音有点干哑,他将手里的打火机和烟盒一并扔到茶几上,"我去开窗透个气。"

他起身走到窗边,将窗户推开一条缝隙,又折身回来。孟枝将手上的玻璃杯递给他,里头是绿茶,绿褐色的茶叶沉在最底下。

"我不太喝茶,家里没什么好茶叶,你别见怪。"

"不会。"沈星川不怎么在意这个,接过茶水抿了一口,有点烫,他又放下杯子,"这边这么乱,你怎么住?"

"是挺乱的,好在东西没坏,我收拾收拾就好。"

沈星川点点头:"我帮你吧。"

孟枝错愕,又立马推辞:"不用了,没多少东西,我自己一收拾就行。"

沈星川轻描淡写地看了她一眼,动作没停:"两个人更快。"

他很坚决,孟枝看推拒不过,只能答应。

好在确实是没有太多东西,收拾起来也快。孟枝归置东西,沈星川就跟在她后头打扫卫生。一圈下来,不过半个小时,房间就基本上干净了。孟枝又将床单、被罩全部扯下来塞进洗衣机,转动开关,洗衣机"嗡嗡"地运行开来,只等洗好烘干后重新铺上就行。其他的就再没什么了。

孟枝看了眼时间,折腾一早上,已经将近十二点,正好该吃午饭了。她有心想请沈星川吃饭,权当是感谢他帮忙,只是话还没来得及说出口,便被沈星川的电话铃声打断。

143

他没避着孟枝，当面接通。不知道那边的人说了什么，沈星川的表情变得很是严肃。孟枝只能从他只言片语的回答中推测出是工作的事。

果不其然，挂断电话后，沈星川便急匆匆地抓起自己的外套往外走："局里有急事，我得走了。"

"那……行，你路上慢点。"

"嗯。"沈星川在门边套上大衣，临出门前，他回过身看着她，"如果有需要帮忙的地方，直接联系我，不用怕麻烦，听到了吗，孟枝？"

孟枝说："我知道了。"

"那我走了，不用送。"

沈星川系好最后一颗扣子，顺带着制止了她欲往外迈的步伐。

房门在眼前"哐"一声合上，孟枝垂眸，看着新换上的门锁正严丝合缝地扣在一起，死死焊在门上。她对着怔了好一会儿，才缓慢地回过神。

唯一的客人离去，房间里又只剩下她一人。

孟枝返回客厅，将身体陷进沙发里。阴天，客厅的灯开着，明晃晃的白光刺得她眼睛疼。孟枝仰头靠着沙发靠背，抬起一只胳膊横在眉骨上。视线骤然变黑，光线消失，孟枝沉沉地舒了口气。脑子里一片混乱，她明明什么都没想，但这两天所有的事又像是在脑海里过了一遍，乱得头疼。孟枝闭着眼，任由那些情绪碎片肆意堆积，过了许久，才终于颓然地坐起身来。

面前的茶几上，茶水还剩下半杯，已经没了方才滚烫的热气，将凉未凉。边上，一盒刚拆封的香烟和一个打火机被随手扔在一旁，主人走得急，忘了带走它们。

不知怎的，孟枝就突然想起高中时在学校后街他穿着校服陪张志成一起吃糖的样子，跟如今相比，那时的脸和姿态都更加生涩一些。

孟枝拿着香烟和打火机追到楼下时，沈星川的车刚好开出小区，她看见车辆拐了个弯，彻底消失在视线中。

半天假期结束再去医院，孟枝路过急诊室的当口就被李铃铛抓了个正着。这人大褂还没穿好，看见孟枝，就马不停蹄地从里头奔出来逮人。

"老实交代！早上干什么去了？"

遭遇入室盗窃实在不是什么光荣的事情，说出来也解决不了什么问题，只会让别人平白担心。孟枝不想告诉她，含糊其词道："有点事儿，请了半天假。"

"什么事？"李铃铛不依不饶，大有一副打破砂锅问到底的架势，"昨天给你发微信你都没回我。"

孟枝无奈，只好放弃抵抗："家里进小偷了。"

她把大概情况说了一下，省去了里头的一些细枝末节，对于沈星川的部分也未曾提起。李铃铛听完只觉得后怕。

"你也真是的，都不把我当朋友！还住酒店，住什么酒店啊？你直接来我家就好了嘛。"

李铃铛开始念叨。她是海城本地人，跟父母住一块，孟枝就怕告诉她，她会嚷嚷着叫她住家里去。孟枝不想打扰别人，况且，她对借住这件事，有着十二万分的抗拒。

"没事，已经解决了。"孟枝说，"已经立案了，门锁也换了新的，放心吧。"

"怎么可能放心啊。你这种独居女青年最让人操心好不啦，网上一搜一大把案例，全是跟你一样的。小偷真会看人下菜碟，怎么不找那些壮汉去？"李铃铛气得骂人，末了，抱住孟枝，满脸愁容，"枝枝，如果你有个男人，会不会好上一些呢？"

孟枝无语。

李铃铛双手合十，虔诚地望天："替孟枝许愿一个男人，阿门。"

"能不能许愿来男人不知道，但是你再不松手，我就来不及打卡了。"

李铃铛立马撒手："哦，那你快去吧。"

毕竟男人事小，工资事大。

一下午的时间飞快过去。

吃饭时，孟枝和李铃铛在食堂又说起这个事。李铃铛很担心，一直追着询问派出所那边有没有回复，还住在那里安不安全之类的。

孟枝耐心地一一回复。

正聊着，突然桌上多了一个餐盘，赵博文有点不好意思地问："我能坐这边吗？"

李铃铛看了眼孟枝，见她没意见，才抬了下巴："坐呗。"

赵博文说"谢谢"，顺势坐在了一旁。

"你们在聊什么？什么派出所？是有人丢东西了吗？"

孟枝将餐盘里的青花椒拨到一旁："没什么，闲聊。"

她语气有点冷，脸上也是一贯的清冷，颇有种不耐烦且拒人于千里之外的架势。

"好吧。"赵博文像是察觉到，没再问什么，吃饭吃得静悄悄的。

用餐结束，孟枝去李铃铛急诊处陪她坐班。李铃铛冲了一杯速溶咖啡递给她，犹豫再三，还是道："你不觉得你对赵医生太冷了吗？"

孟枝抬头，眼里闪过几分迷茫："有吗？"

"有。"李铃铛笃定地点头，"不过转念一想，你性格也就那样。我不认识你的时候,也觉得你冷冰冰的。"

"可能吧。"孟枝重新低下头。她的手揣在衣兜里,里头放着沈星川的烟盒和打火机。她想找个机会还给他,又怕唐突。

"你有没有想过跟他说清楚?"

"什么?"孟枝心里藏着事,有些魂不守舍。

"就是跟他说你对他没意思啊!这人也真是轴,他追你也有段时间了,你明显对他没那个意思,还缠着不放。"李铃铛抱怨。

"可他也没有主动提起过要跟我怎么样,我怎么拒绝?"孟枝问,她仔细打量着对方,"铃铛,你是不是对……"

李铃铛愣了一下,立马猜到她要问什么,吓得直接摆手:"不是不是不是!孟枝,你不许说,住嘴!"

孟枝只好闭口不谈,但她还是想不明白:"那为什么?"

"哎呀,我就是被我爸妈催婚催得烦死了,想着反正我也单身,周围年龄相仿、条件相当的赵医生算一个,都老大不小的年纪了,我俩如果凑合一下……"李铃铛也知道自己没底气,越说声音越小,"算了算了,你不懂。"

孟枝确实不懂。冯婉如平常几乎不会联系她,当然,自己也不会主动联系冯婉如。两人素来的交流除了孟枝每季度给她转钱她接收,再就是取决于冯婉如什么时候心血来潮。李铃铛对她的家庭情况所知不多,经常羡慕她自由到没有父母管束。孟枝也不介意,听听就过去了,也不怎么想解释。

"可是不管怎么样,不能随便找个人凑合。"孟枝还是道,"结婚不是终点,相反只是个开始,以后路还长着呢,你能凑合一辈子吗?"

"哎呀,我知道了,我就是动了个歪脑筋随便说说,你怎么跟我妈一样念叨我啊?"李铃铛撇着嘴,满脸的委屈,接着话锋又一转,"你还说我,我好歹还谈过恋爱,不像你,你孤独了这么些年,比我更愁人!"

孟枝攥紧了上衣兜里的打火机,没什么多余的表情,淡淡道:"宁缺毋滥吧。"

"行吧,就你有理。"李铃铛不满地咋舌,"可是我觉得,现在这个年代,大家都很浮躁,等是等不到的,还不如主动一点……"她还想再说些什么,急诊室的铃声骤然划破寂静。李铃铛来不及反应,动作比大脑快上一步,她放下手里的纸杯,二话不说扭头往外冲,"来活了我先走了!"

孟枝沉默着目送她跑远,垂下头,指尖在杯子上来回摩挲。她独自一人坐了好一会儿,起身的时候,将杯中的咖啡一饮而尽。随后,她拿出手机犹豫了很久,还是点开微信,主动给沈星川发了条微信:你的打火机和烟盒落在我家了,我给你送过去,不知道你什么时候方便。

微信还是那天交换手机号码的时候加上的,界面上干干净净,只有新添加时系统自带的问候。消息发出去,犹如石沉大海一般,很久都没有动静。孟枝握着手机一直等到下班,才终于等来他的回信。

很简短,只有五个字,外加一个地址:送到这儿来。

底下的定位地址显示的是市公安局。

孟枝看着屏幕好一会儿,习惯性地抿唇,然后收起手机,拒绝了李铃铛约她吃烤肉的好意,拎着挎包头也不回地离开医院。

这时候已是十二月份了,下午七点多,天色早已漆黑,华灯初上,霓虹照亮了整座城市。孟枝戴了口罩、围着围巾,将自己眼睛以下的部位包裹得严严实实。

从医院到市局不算远,地铁十来站,半个小时就能到。只是这个点儿正好撞上晚高峰,站里边人挤人。孟枝不擅长挤地铁,愣是在错过了两列车之后,才被后头的人拥着上了车。

半个小时后,孟枝出了地铁站,长长舒了口气。地铁站口距离市局还有几百米的路程,虽然已经下班挺久了,但远远望去,办公楼仍旧灯火通明。她将脖颈上的围巾紧了又紧,本想给沈星川打个电话,又考虑到他现在还在单位肯定是忙着加班,便没打扰,只发了一条微信过去,说自己到了。可直到孟枝走到大门口,都没收到回信。

院子里空荡荡没一个人,孟枝进不去,站在门口等了会儿,却一直没等见有人过来。犹豫了半天,她终于决定给他打电话问问。

号码还没拨出去,却听到一声——

"你是哪位?"

穿着常服的女人走过来,她手上拿着车钥匙,腋下夹着一个文件袋,无疑是这里的工作人员。

孟枝说:"我来找人。"

"找谁?"女人年纪不大,但一头短发让她看上去有着不符合这个年纪的凌厉感。她越过孟枝,一边取出门禁卡贴到机子上一边道,"已经下班了,你联系好改天再来吧。"

"他就在里面。"孟枝解释,犹豫再三,还是道,"我找沈星川,请问你认识吗?"

女人突然停住步伐,转过身:"你说你找谁?"

"沈星川。"

对方这下听清楚了。她站在台阶上,没有要下来的意思,居高临下地俯视着孟枝,视线在孟枝身上来来回回扫了好几遍,像打量犯人般:"他在开会,你找他什么事?"

孟枝被这审问一般的口吻问得晃神片刻，却仍旧礼貌客气地回答："我来给他送东西。如果不方便的话，我下次再来。"语毕，她略一点头，准备离开。

"等等。"那人终于走下台阶，停在孟枝一步之外，"你给我吧，我帮你转交就好。"

孟枝浅淡地蹙了下眉，直接拒绝："不麻烦了。"

她不喜欢眼前这人命令式的语气和审视犯人似的睥睨姿态。

"没什么，给我也一样。"女人说。

孟枝怔住。

她抬眼，看着对方淡然的神色，像在说一件再也正常不过的事。孟枝几乎没有迟疑，下意识地就推测起她的身份。她到底是沈星川的什么人？同事、好朋友，或者女朋友？

应该是女朋友吧。

不然不会这么理所当然的语气。

这个念头出来的一瞬间，孟枝指尖失了力气，她松开一直紧紧攥在掌心的打火机。

片刻，她垂眸，将东西递给眼前的人。

"烟和打火机？"女人接过看了一眼，轻笑出声，"还真是他的。行了，我帮你转交。"

"嗯，谢谢。"孟枝的声音低到几乎听不见。

她勉强维持着最后的体面，跟对方道谢、道别。等出了办公楼，走到漆黑的夜里，再也维持不住脸上的淡然，眉眼垮塌，神色变得黯然。

沈星川有女朋友这件事，冯婉如早就提过。

她也早有心理准备，只是一直没听他提起过，也一直没机会，也不怎么敢去问他。如今撞了个正着，再怎么觉得难堪也是自己活该。

孟枝想着，忍住眼眶的酸涩。

与此同时，手机不长眼地在包里振动起来，屏幕上，"沈星川"三个字大刺刺地泛着光。

孟枝沉默着看了几秒，挂掉。

几秒钟后，屏幕又亮起。

她无奈地接起。

"喂，你人呢？"沈星川的声音从听筒里传出来，听起来有点哑，像是抽烟抽多了，"刚一直在开会，没看微信。"

"我先走了，东西我交给你……女朋友了。"

孟枝说完，又下意识地咬住了嘴唇内侧的软肉。她承认，她是故意这样说的，因着自己那些不敢宣之于口的小心思和最后一丝不切实际的幻想。

电话那头寂静下来，孟枝也没说话，气氛诡异地沉默着。

直到沈星川一声嗤笑，他反问："我哪个女朋友？"

"什么意思？"孟枝屏住呼吸。

"谁跟你说她是我女朋友了？"

他话落的一刹那，铁锈味蔓延了孟枝整个口腔，她也终于在这血腥气中稳住了心神。什么酸涩、什么难堪瞬间消失到天边，孟枝几乎控制不住脸部肌肉，兀自绷紧了唇角。

"你没有女朋友。"

这次，孟枝的话是笃定的陈述句。

"嗯，没有。"那头，沈星川不厌其烦地给予肯定的答案。

他含着笑低声调侃："孟枝，你知不知道，造谣是犯法的。"

第八章

急救室

孟枝站在院子里,又想哭又想笑,十足像个疯子。

她鲜有情绪如此外露的时候,几乎难以自控。隔了好一会儿,她才将喉咙里那股难受的劲儿咽下去,整个过程小心翼翼,连呼吸节奏都没敢改变分毫,就怕电话那头的人察觉出端倪。

好在沈星川并未发觉。

他见她不说话,又轻笑了声,估计身旁还有其他人,他嗓音压得很低,问她:"我还没忙完,走不开,你自己能回去吗?"

孟枝点点头,又想起他看不见,忙说:"可以。"

"那就行。"沈星川疲惫地按了按眼角,"抱歉,我对工作时间估算错误,今晚让你白跑一趟。"

本来他计划的是等孟枝来之后,他这边刚忙完,两人可以一起去吃顿饭。谁知道专案组的总负责人临时杀出来开了个案情汇报会,一直耽搁到现在都走不开,吃饭也只能泡汤了。否则,一盒破烟,着实没必要让她大老远送过来。

"没事,你忙你的。"孟枝不觉得自己白来,相反,她很庆幸自己跑了这一趟,"那我就先走了。"

"注意安全。"沈星川提醒,"到家了发个信息说一声。"

"好。"

"忙完这段时间请你吃饭。"

"……嗯。"

晚上回到家，孟枝给他发了一条微信过去。依旧是没人回复，孟枝这下却也不焦虑了，她知道沈星川在忙。而等她洗漱完躺床上再度拿起手机时，微信里已多了一条未读消息。

是沈星川发来的"晚安"。

孟枝轻笑着关上手机，这晚睡得格外踏实。

之后一段时间，孟枝跟沈星川之间再无联系。

他说忙，果然就跟消失了似的，连个影子都看不见。孟枝也不是会主动打扰的人，索性就过自己的生活。

医院的工作并不轻松，日常可以分为"忙"和"特别忙"两种状态，摸鱼是想都不敢想的事。孟枝的带教教授是一位六十三岁的主任医师，医院特地返聘回来坐诊，平常一放号几乎秒空，连带着孟枝和赵博文两个跟班学生都随着他一起忙得脚不沾地，只有在教授休假的时候才能好上一些。

前些日子科室连续收治了两位七十多岁的脑血管病人和一个先天性心脏病婴儿。一周安排了三台手术，孟枝两台上去当二助，一台旁观学习。其余时间不是查房就是在诊室当副手，两周下来，整个人肉眼可见地憔悴了。

用李铃铛的话说，黑眼圈重得能砸脚背上。

孟枝再一次被她的形容震撼到不知道该说什么。她摆摆手，累得连辩驳的力气都没有："下次你们急诊忙起来，别在我跟前哭诉。"

李铃铛当然不干："别价呀枝枝，看你累着我心疼坏了。走，姐妹给你安排好吃的补补！"

孟枝不太想去，但架不住她软磨硬泡，答应了。

晚上七点半，孟枝这边基本上结束，去急诊处的时候，李铃铛已经等了半天了。李铃铛今天不值班，本来六点就能走，愣是等孟枝等到了现在。

两人刚准备取车，孟枝的手机就响了。

来电显示是沈星川。

孟枝接通，那边说自己快到三院门口了，临时经过，想叫她去吃顿便饭。

孟枝犹豫了下，还是拒绝了："今天恐怕不行，我已经跟同事约好了。"

电话那头，沈星川停顿了下："可以一起去，如果你们不介意的话。"

"那稍等，我问问她。"

孟枝将电话听筒捂住，小声转述了沈星川的意思。

结果，李铃铛听完眼睛都亮了，立刻点头如捣蒜地说："不介意不介意，完全不介意。"

孟枝无奈地看了她一眼,将电话重新递到耳边:"她同意了。"

"等我两分钟,马上到。"

"好,开慢点。"

孟枝说完便挂断电话。

一回头,李铃铛双手交叠环绕在胸前,直勾勾地看她。下一秒,这人就开始拿她打趣:"哟哟哟,'开慢点'。"

"你正常一些……"孟枝尴尬极了,恨不得捂住她的嘴。

"哈哈哈哈哈哈哈,不逗你了。"李铃铛笑得打嗝,她忙给自己顺了顺气,好奇地追问,"是火锅店门口那帅哥吗?"

"是。"孟枝实话实说,反正马上就要见到了,瞒不过。

"呀!我就知道你俩关系没那么简单,让我猜着了吧!"李铃铛惊喜地瞪大了眼,拍着胸脯保证,"等着吧枝枝,姐妹我不会白吃你这顿饭的。"

孟枝顿时有种不太好的预感。

"你要做什么?"

"保密,嘿嘿。"李铃铛笑得像只偷了腥的狐狸,继续卖关子,"等着瞧吧你。"

"喂,你别乱来啊。"

"放心啦,我有分寸的。"

孟枝半点儿都不放心。

事实也证明她没有白担心。

两人在院门口等了没多久,沈星川就开着车过来了。孟枝原本打算和李铃铛一起坐后座,却被她不由分说拉开副驾门推了上去,她自己则溜到后座,视线通过后视镜,恨不得将沈星川盯个对穿。

"你好。沈星川。"他率先打招呼。

"哈喽,我叫李铃铛,孟枝的同事兼朋友。"李铃铛自来熟,丝毫没觉得不自在,下一句就直接问,"沈星川是吧,我们去吃什么?"

沈星川偏过头问孟枝:"你想吃什么?"

"就近吃点吧,你晚上不是还要回去加班?"

李铃铛坐在后头小鸡啄米似的点头:"嗯嗯,我们孟枝真贴心。我知道附近有一家铁板烤肉不错,要不去那边吧?"

看孟枝没有异议,沈星川调转方向往她说的烤肉店驶去。到门口的时候,沈星川让她俩先下车进去,自己开着车去找停车位。

店里生意很不错,进去的时候几乎满座。李铃铛眼疾手快地找到了角落一个空位，连忙拉着孟枝坐下。等人的工夫，孟枝不放心地再三叮嘱她："等会儿安静吃饭，不要乱讲话。"

李铃铛不服："怎么能叫乱讲话呢？等着吧，我今晚要当一次最佳助攻。"

孟枝听完头都大了："不需要！我跟他只是普通朋友，你千万别乱来！"

"哦。"李铃铛油盐不进，"是普通朋友那你更不用着急了。"

孟枝还想再劝，沈星川却已经走过来，她只好噤声。

四人的长方形小桌，她俩坐在一起，沈星川自然而然坐到了孟枝对面。店里上菜速度很快，不多时，肉就被铺在了铁板上，被炭火烤得"刺啦"作响。

几人都饿了，没怎么说话，低下头专心吃饭。直到铁板上的肉被夹干净，沈星川夹了一盘新的上去，等肉熟的间隙，李铃铛放下筷子，开始了她的助攻。

"你和孟枝是什么时候认识的啊？"

沈星川向来是审别人的，头一次被人审，身份转变，他笑了笑，却也极度配合："高中的时候。"

"那比我早啊。"李铃铛看了下孟枝，忽视了她充满暗示的眼色，扭过头继续道，"我跟孟枝是大学同学、舍友。你不知道，大学的时候我们医学院不少男生追孟枝，都是被我挡回去的。"

孟枝扶额，李铃铛编起瞎话来一套一套。什么时候有不少男生追她了？整个大学期间可能也就一两个，到她嘴里直接夸张了数倍……

沈星川翻烤肉片的动作顿了下，瞬间又仿若无事地继续。他看向孟枝，右侧唇角习惯性挑起，问她："怎么没听你说过？"

孟枝尴尬得脸都开始烫了："没有的事，你别听她瞎说。"

李铃铛信誓旦旦："我才没瞎说。孟枝大学时又高又瘦，比现在还要嫩好多，虽然整天不怎么搭理人，但你懂的，有的男生就喜欢这种高贵冷艳范儿。"

"是吗？"

"是啊，难道高中的时候没有人偷偷在意过我们孟枝吗？明明她这么好。"李铃铛问。

她跟孟枝熟起来是大二后的事情了，在她眼里，孟枝低调、内敛、优秀，不仅如此，还很漂亮。不是那种乍一看就美艳的类型，孟枝的美，是没有任何侵略性的，远山眉、小翘鼻、唇珠饱满，就像一块温良的璞玉，初看上去并不起眼，得仔细品味才能看懂。至少，在李铃铛眼里是这样。

所以，她理所当然地认为，孟枝高中时也是大差不差的，她从没有把怯懦、自卑、不起眼跟孟枝画上过等号。但事实正好相反。

孟枝几乎没有跟李铃铛谈起过自己的高中生活，她不太愿意回想起高中转学到苏城的那年。寄人篱下已是一件窘迫的事情，更难堪的是，她原本引以为傲的成绩在进了五中之后一落千丈。在人才济济的五中，她用尽所有力气，咬着牙也只能蹿升到中上游的水平，智商、阅历、环境等等综合作用下，她的锐气被磨得一干二净。那段时间里，如果不是有沈星川偶然撞进她的生活里，给了她动力和底气，她最后可能连重本都考不上。

至于漂不漂亮，孟枝根本无暇顾及。

她自己都不喜欢那时候的自己，所以，怎么可能会有人在意当时的她？

"快吃饭吧。"

"有。"

两道声音同时响起。

孟枝错愕地抬头，看向另一声源处。

沈星川却没看她。他用夹子夹起一块烤好的肉片放进孟枝的碗里，掀开唇，云淡风轻地道："她很好，自然有人喜欢她。"

一顿饭吃到最后，最满足的是李铃铛。她的车还在医院停车场放着，沈星川把人送了回去。待她下了车，再没人活跃气氛，车内瞬间变得安静。

一路静谧。

直到车子停在孟枝家的小区门口，她才开口说了第一句话。

"我朋友性格比较活泼，你别介意。"

"不会。"

"今天谢谢你了。"

"谢什么？"

"请吃饭……还有，给我一个台阶下。"

沈星川缄默，眸色沉沉地看着孟枝，眼中藏着她看不懂的情绪。

半晌，他笑了笑，语气轻松又戏谑："你怎么知道我说的不是真的？"

那天，沈星川到最后都没跟她解释那句话的意思。他工作好像很忙的样子，连吃饭都是抽出时间来的，送她到楼下，话也顾不上多说，就匆匆离开了。

孟枝怀揣着满腹心事回了家，当晚就失眠了，好不容易熬到睡着，又做起了不怎么愉快的梦。

梦里，她又回到了高中时代，回到她贫瘠荒芜的十七岁，重新经历了她不合群、不讨喜、总是游离在边缘的青春岁月。

唯一不同的是，梦里沈星川的脸变成了另一个人。他脸上始终蒙着一层雾气，孟枝想看却怎么都看不清楚，甚至他的身形和沈星川也相似，但孟枝就是确切地知道,他不是他。梦的最后,是那人对她表白,说喜欢她。

孟枝想逃,最后却倏地睁开眼。

梦醒了,她半天没动,躺在床上看着天花板,大脑里一片空白。残余的情绪左右着她的肢体,孟枝缓了好一会儿,才起身洗漱。

到办公室的时候,赵博文已经来了。

看见孟枝,他率先打了声招呼,又说刚才李铃铛来找她,看她没在就先走了。

孟枝说:"知道了,谢谢。"

她从抽屉里取了一包速溶咖啡撕开倒进马克杯,起身拿去饮水机处接水。开水浇下来的瞬间,一大朵水滴打到杯底再飞溅出来,溅到了孟枝的手背上。她被烫得手狠狠一颤,马克杯从手里滑了出去,伴随着"当啷"一声脆响,水杯砸到地面上,碎得四分五裂,杯中残余的热水混着咖啡粉溅了满地。

孟枝站定在原地,看着脚下一片脏污,右眼皮猛地抽搐了一下。

赵博文"噌"的一声从座位上站起来,担心地上前一步:"孟医生,人没事吧?"

孟枝整个人的反应都慢了半拍:"我没事。"

"那就好。"赵博文舒了口气,走到门后取了扫把和簸箕,"你不舒服吗?我看你脸色不太好。"

"还好。"孟枝缓过神来,从他手里接过打扫工具,"我来吧。"

赵博文只好把工具给她。

从进医院第一天起,孟枝就总是这副客气的样子,后来他想追她的风声被传遍整个医院,她就更加客气了,甚至到了疏离抗拒的地步。赵博文苦笑,却也相信精诚所至,金石为开。

孟枝不清楚他的心路历程,不过就算知道,她的态度也不会有什么改变。她控制不了别人的想法,唯一能做的,就是约束好自己。

她不喜欢赵博文,也不可能跟他在一起,除了工作,没必要有其他接触和交集。这样或许冷漠了些,但对彼此都好。

孟枝收拾完一地残渣,又用拖把拖干净了污渍。做完这一切,她才重新回到座位上,开启了一天的工作。

今天教授休息,连带着她也能轻松点。写病例分析、查房,如果有剩余时间,再看看书什么的,一天就过去了。

孟枝原本是这样打算的。

可不知道是因为昨晚没睡好,还是刚才失手打碎了一只杯子,她坐在那儿半天投入不进去工作,右眼皮时不时跳一下。虽然专业知识告诉她那是肌肉痉挛造成的,但她总是心神不宁。

这种感觉持续到快中午,孟枝查完最后一个病房,还没出门,电话就响了。

接通后,电话那头异常嘈杂,什么声音都有,最明显的却是担架床从地面滚过的声响。李铃铛来不及多说,语速很快地冲着手机喊:"沈星川受伤了,要送进急救室,你快来!"

然后,电话被挂断。

孟枝听着手机里传来的忙音,脑袋一阵眩晕,眼前瞬间炸开大片大片的空白,她扶着墙缓了十几秒钟,头脑才渐渐清明。

沈星川受伤了,要送进急救室。

孟枝耳畔只能听到这一句话。

可是,昨天不还是好好的吗?他们一起吃了饭,他还送她回家。好端端的一个人,怎么一晚上不见,就进了急救室?

孟枝竭尽全力逼迫自己镇定,然而,越来越急促的脚步出卖了她。孟枝所在的科室在六楼,急诊在一楼,电梯刚刚下去,她实在等不及,顾不得旁人的眼光,一把推开旁边安全通道的门,沿着楼梯匆匆而下。

可还是迟了一步。孟枝赶到的时候,急救室的门已经合上。她颓然地站在外头,目光所到之处,一串点状血迹从医院大门口一直延伸到急救室,仅从出血量,就不难推测他的伤有多深。

孟枝在紧紧合上的门前呆站着。沈星川就在里头,她只要推门进去就能看见他,她却迟迟没有动作。她不能,也不敢。

大学时,无论是解剖青蛙还是小白鼠,甚至第一次见大体老师,孟枝都没有怕过。后来进了医院,跟教授上手术台观摩学习,赵博文吐到胆汁都出来了,孟枝却冷静地旁观了整个过程。医院的同期生说她心理素质强到冷血,孟枝也认为如此,直到今天,她才恍然发觉,她还是不够强大。之所以冷静,之所以冷血,只不过因为里头躺着的是与她毫不相干的陌生人,她能用一个医学生最专业的素质去面对他们,却无法面对沈星川。

他不一样,跟所有人都不一样。

他是孟枝藏了许多年的心事,是对她而言,极为重要的人,她希望他一生都平安顺遂。而不是像现在,躺在一门之隔的急救室里生死未卜。

孟枝眼睫剧颤,眼眶却是干涩的。她呆滞了好一会儿,直到肩膀被人猛撞了一下,冲击力有些大,孟枝单薄的身体往边上打了个趔趄。

右侧肩头传来一阵钝痛,她捂着肩膀迟缓地抬头,视线移到对方脸上的时候,瞳孔蓦然变大——这人她认识,前几天在市局见过,是沈星川的同事,被她误以为是他女友的那位。她跟另外两个年轻男人一起从医院门口跑进来，衣摆上甚至还沾着未干的血迹。

"是你。"对方显然也还记得她，"你是这家医院的医生？"

"是。"孟枝的声音干涩嘶哑。

"你是沈星川的朋友对吧？"女人问，然后又自己回答，"是了，他说过的你是他朋友。你知道里面躺着的人是他吗？"

"我知道。"

"那你知道他的情况怎么样了吗？"

"不清楚。我来的时候他已经被推进去了，我没能见到他。"孟枝颓然地垂下手，看似平静，细听声音却带着一丝颤抖，"到底发生了什么事？"

女人看了她一眼，沉默着没说话。

是旁边的年轻男人带着哭腔解释："都怪我，我们去抓人，蹲了一晚上好不容易等到人出现，本来都按倒了，谁知道那王八蛋怀里揣着刀，我没注意，是沈队把我拉开，他自己却被刺了一刀……都怪我！我第一次出警太紧张了，要不是我粗心大意，就不会出这种事了！"

"伤到了哪里？"

"肚子上。"年轻男人说，"偏左侧的位置。"

"上腹部还是下腹部？"

"我……我不知道。"

男人愧疚地低下了头。他今年才从警校毕业，这是他参与的第一个案子，没承想就出了这种事，当时他吓得大脑一片空白，什么都不知道。

"左侧肋骨下方，跟胃的高度差不多齐平。"短发女人说。她已经没了之前的慌张，整个人冷静下来，"这是哪个器官的位置？"

"脾脏。"孟枝答。

她不能百分之百肯定，因为没有亲眼见到伤口。但根据对方的描述，八九不离十。

如果刀真的刺中了脾脏，脾包膜破裂的话，通过治疗可以修复，基本上不会对以后的生活造成影响。可如果是脾实质受损，就要根据伤口大小和受损程度来看，严重的话，要切除一部分，甚至是整个脾脏。

孟枝眼睫颤了几下，垂在身侧的手紧紧攥成拳，指甲刺进手心，她却丝毫感觉不到疼。

边上，短发女人坐到一旁的椅子上，低着头，看不清表情。倒是旁边的年轻男人一直小声抽噎，随行而来的另一个没哭，但表情也算不上好。

急诊大厅里人来人往，急救室门口却一片死寂。

良久，短发女人突然问："你叫什么？"

孟枝愣了片刻，答："孟枝。"

女人点了点头："我叫林桦。"

然后，气氛又沉默下来。

孟枝站得久了，腰有些疼，她向后挪了几步，将背倚在墙上，这才勉强舒服了一些。

林桦注意到了，往边上挪出一人的空位。

"孟医生，坐会儿吧。"

"谢谢。"

"孟医生，如果摘除脾脏，对人以后的生活有影响吗？"

"有。人体的器官没有一个是多余的，脾脏是人体最大的淋巴器官，主要有造血、储存血液、参与免疫调节三大功能。"孟枝强行打起精神，耐心地解释，"如果切除的话，往后人体被感染和患血液病的风险会增加很多，而且……以后的生活质量会受到影响。"

"他会没事的，对吧？"林桦偏过头，看着孟枝的眼睛。

仅仅两次接触，她给孟枝的印象是雷厉风行、说一不二的利落。职业使然，她看人的目光向来是带着审视的，此刻却茫茫然一片。

孟枝很想肯定地告诉她，会没事的。

但她不能说。她身上还穿着白袍，她不能妄言。

"对不起，我不敢保证……"孟枝避开她的目光。

林桦懂了。

"会没事的。"她自言自语。

只是不知道是在安慰孟枝，还是在安慰她自己。

急救室前人来了又走，护士步履匆匆地经过又回来。

不知道过了多久，"咔嗒"一声响，门锁弹开的声音清脆响亮。

急诊室的副主任率先从里头出来，李铃铛紧随其后。至于沈星川，他躺在担架床上，一路被护士推到ICU。短暂的路途中，他从始至终双眼紧闭，脸上戴着氧气面罩，安静得就像是睡着了。

病房外头，李铃铛跟孟枝几人仔细地解释了今天的手术情况。总的来说就是刀擦着脾脏边缘过去，造成了脾包膜破裂，手术缝合很顺利，留观期间没有什么问题的话，明天就能转入普通病房了，恢复好的话也就没什么后遗症。

孟枝悬着的一颗心总算放下来。

李铃铛抱住她，手放在她背上轻抚几下："放心吧，没事的。"

"嗯，谢谢你。"

"这几位是？"李铃铛的视线挪到一旁的两男一女身上，又特地在林桦身上多停留了好一会儿。她松开孟枝，手臂转了个方向，挎住孟枝的胳膊，人也紧贴在孟枝身侧，楚河汉界划分得很是明确。

"他们是沈星川的同事。"孟枝介绍，"跟着救护车一起来的。"

"哦。"李铃铛了然，随即眼睛骨碌碌一转，"那你们谁先去把费用缴一下？"

孟枝顿觉有些尴尬："还是我来吧。"

"我去我去。"刚才一直在哭的年轻男人抢着说，试图用这种方式弥补自己的愧疚，"收费处在哪里？我现在就去。"

"那边直走左拐。"李铃铛毫不客气地抬手指路，她拽着孟枝，眼睛却看向林桦，"那这位女士，你们现在就可以走了。"

林桦皱眉："不用陪护吗？"

"是这样的，ICU 你们也进不去，况且我们有医生全天无休监护，放心吧。"

"如果我想留下呢？"林桦反问，"病房外头应该没说不许人留吧。"

"能留，就是……"李铃铛话说到一半，就被孟枝轻轻撞了下，示意她别再说了。李铃铛恨铁不成钢地剜了她一眼，很给面子地闭了嘴。

"林桦，医院有规定，晚上走廊不能留人。如果你想陪护的话，可以在输液大厅，那边有椅子，也能稍微休息一下。"

"好。"林桦下巴微抬，示意自己知道了。

她忽视李铃铛，对着一旁一起来的男人说："大刘，那你和小张先回单位，我留在这边。"

"林队，要不还是我留下吧？"

男人主动请缨，却被林桦驳回。

"就这么决定了。"林桦拍了板，她又变成了孟枝第一次见她时那副雷厉风行的样子。

男人再也没有异议，显然已经习惯了服从命令。

孟枝看了眼时间，这会儿已是下午三点，她错过了午饭，但完全感受不到饥饿。只是李铃铛还有林桦等人都没吃，孟枝主动提出给大家买饭垫一下肚子。

随行来的两个男人都离开了，林桦只要了一人份的。她没去输液大厅坐着，而是留在了 ICU 外头。孟枝去值班台给她搬了把塑料椅子，自己和李铃铛去食堂买吃食。临走之前，她透过 ICU 门上的玻璃朝里头看了一眼。

麻药还没过，沈星川静静地躺在那里。

好在仪器上的各项数值都平稳。

离开病房区，李铃铛就按捺不住了。她撇着嘴开始抱怨："那个女的，你跟她熟吗？我就打眼这么一看，她百分之百对沈星川有想法！孟枝，你要小心情敌！"

孟枝抿唇，试图做出一个微笑的表情，却失败了。她看着前头，语气淡然："感情的事情，不是谁一方说了就能算的。随缘吧。"

就算林桦喜欢沈星川，最终结果怎样，还要看沈星川的意思。同理，孟枝自己也是。爱情向来不是说谁努力就可以成功的。总的来说，不必强求，也无法强求。

李铃铛抓到重点，哼笑："你可算承认你喜欢他了。"

孟枝声音很轻："嗯，喜欢。"

破天荒地，她终于承认了。

孟枝擅长将自己内心最真实的想法隐藏得密不透风，因为她始终认为，最珍贵的人或事，应该放在心底，悄悄捂好、捂严实，在怀念的时候偷偷拿出来看上一眼就行。经历比结果更宝贵，所以她只想要感受当下，不敢奢求最终，因为这么多年的生活早就教会了她，不要妄想不属于自己的东西，求而不得，只会徒增伤心。

孟枝本来是这么想的。直到今天，跟沈星川一门之隔的时候，那几个小时，她没有想任何事情，满心满眼只求他能平安健康。脑中不受控制地预演着最坏的结果，那一刻，她突然觉得，将所有的感情藏在心底并不是一件正确的事，她也是人，也需要表达、需要发泄，也会不切实际地憧憬美梦成真。

于是，她终于敢承认，她喜欢沈星川这件事情。

头一回，不遮不掩，直白而坦率。

这感觉意外的好。

十几分钟后，孟枝买了些简餐送给林桦。李铃铛去急诊室坐班了，她自己也得回办公室一趟。下午跑出来这么久，只来得及跟赵博文知会一声，手头上写了半截的病例分析就那么堂而皇之地扔在办公室里，现在抽出空来，她需要赶紧把教授布置的工作做完，明天他要检查。

孟枝一回去就开始奋笔疾书，紧赶慢赶，等到弄完也已快下班了。原本今天是赵博文值夜班，孟枝主动提出要替他值。

赵博文起先觉得诧异，问她为什么，在得知孟枝有朋友住院之后，又殷切地表示自己可以在值班时替她多跑两趟监护病房。

孟枝拒绝了，她说想自己陪着。

赵博文沉默了很久很久，突然问了一句："我能冒昧问一下，你这位朋友，是女性吗？"

"不是。"孟枝诚实地回答。

可有时候，诚实也是一种残忍。

"你喜欢他？"

"嗯。"

得知了想要的答案，赵博文却笑不出来，他甚至连最基本的公式化微笑都挤不出。电脑屏幕右下角的时钟跳转到18:00，赵博文一语不发地脱下白袍，套上自己的羽绒服，而后离开办公室。

房门被轻轻关上，甚至没发出一点儿声响。

他走得安静极了，一如平日他给人的感觉。

孟枝目送他离开，良久，才从饮水机下头的柜子里取了一个纸杯，接上温水喝了口。她重新坐回自己的工位，随手将纸杯放在桌上，然后，动作停顿，紧接着人也短暂地僵了下。

她的工位上，不知道什么时候被放了一只马克杯，崭新的，甚至连外包装都没拆。是赵博文无疑，连猜都不用。

孟枝迟疑片刻，原封不动地将其放到了桌子的角落。

在办公室一直坐到七点钟。天色黑透，医院人影终于变得稀少。孟枝又转了一圈病房，一切如常，没什么特殊情况。她跟值班台的护士打了声招呼，就下楼去监护病房转了圈。沈星川还没醒，孟枝站在外头看了会儿，又去了输液大厅。

最角落的位置上，林桦倚在椅子上坐着，头靠着墙壁。孟枝走近了才发现，她已经困得撑不住，就这么睡着了。孟枝没叫醒她，看了会儿便又回到办公室。

一晚上，孟枝几乎没怎么睡。就算睡着了，也是过不了多久就又惊醒。整夜，她在办公室和监护病房之间来回跑。

直到早上六点半多，天色泛起鱼肚白，孟枝站在监护病房外头，终于敏锐地看见，沈星川的手指动了动。

起先，她还以为是自己眼花了，直到他的食指又动了一下。孟枝闭上眼，拇指和食指指尖并拢，用力揉压了几下内眼角后，又睁开。

几乎是同一时间，病床上的沈星川也睁开了眼。

他平躺着，眼睛正视着天花板，瞳孔过了好一会儿才对上焦。紧接着，他眼皮缓慢地眨了一下，再眨了一下⋯⋯

孟枝离得远，又隔着一扇窗，虽然已经凑到最近了，眼睛几乎要贴在玻璃上，但仍旧看不清楚太多细节，唯独知道他醒来了。

孟枝还没来得及高兴，下一秒，病床上的沈星川便稍稍侧了下头。他估计是想看清楚周围的环境，却不偏不倚，刚好看见了门外的孟枝。

四目相对，孟枝怔了片刻，才用力扯出一个笑容给他看。

沈星川戴着呼吸面罩没办法说话，他静静地看着孟枝，半响，自然垂放在床边的左手突然动了——手指僵硬地蜷缩起来，食指和拇指缓慢而艰难地掐拢成一个圆圈，其余三根手指竖直……是一个"OK"的手势。

沈星川费了很大的力气，只为了告诉门外的人，他很好，别担心。

就是这一瞬间，孟枝忍了一整天的眼泪终于肆意决堤，汹涌着从眼眶里流下来。她没敢让里头的人看见，侧过身背靠着墙，将这一整天所有的担心、焦虑、关切一并咽回肚子里，抬手抹掉了脸上的泪痕。

整个过程没出一点声音。

她连哭都是沉默的。

二十四小时观察时间结束，沈星川被转入普通病房。

今天教授安排了一天的坐诊，孟枝跟班，送走最后一位病人时已经下午五点多了。她把手头的事情忙完，等到下班之后才拖着疲倦的步子赶去外科病房。

到的时候，里边已经挤满了人。

三院的普通病房是三人床，沈星川在靠近门口的那张，中间空着，里头靠窗那床住了一个中年男人。

沈星川的身体素质很好，麻药退去，他意识已经完全清醒，面色也比刚出急救室时好了很多，除了嘴唇因为失血有些苍白，其余都恢复得很好。

他病床前站了五个人，除了林桦和昨天来的两个年轻人，又多了两个年纪稍长一些的，应该都是市局的同事。几人只是站在那儿，单人病床就已经被他们团团围住，旁人压根近不了身。

人一多，病房里立刻热闹起来。

年轻人不怎么讲究，说话没避讳，直接打趣。

"沈队，你也有今天啊！"

"怎么说话的？不得不说我们川哥聪明，累了就想法子休息，这不，躺下了。"

"你们可真损！"林桦听不下去，开骂，"你怎么不躺？"

"哎，林副队，我可不累啊。"

"行了，闭嘴闭嘴，林副队心疼了。"

"那可不，毕竟是见过家长的关系！"

"哈哈哈哈哈……"

"小点声!这是病房!"

"哦,对对对,嘘!"

几人噤声,病房里立刻安静了些。

沈星川躺在那儿,眼皮耷拉着。他原本想坐起来,但护士不让,说伤口刚缝好,不能动弹。没办法,他只能干巴巴地躺着,任由他们插科打诨。

队里工作压力不是一般的大,沈星川作为一队队长,除了工作,一般不怎么约束他们,开玩笑也任由他们开,只要不过分,随便他们说。哪怕现在他躺在这儿,被人揶揄,他也不怎么生气,只耷拉着眼,有一下没一下地听着,嘴角甚至还噙着点笑,有几分年少时的痞气。

直到听见那句"林副队心疼了",沈星川的笑意骤然散去。他皱了皱眉,掀开眼皮,视线寻到始作俑者。

"心疼个屁。"沈星川不客气地骂人。

语毕,他喘了口气,又继续道:"你小子再胡说八道,回去就给你上铐子!"

那人也没当真,嬉皮笑脸地抬起手在嘴上划拉了下:"是!我闭嘴!"

话音落下,众人又是一阵笑声。

孟枝在门口站了很久,最终,还是沉默地退了出去。

病床周围的人,她都不认识,与其这时候进去扫别人的兴致,不如等人离开了她再去。她几乎连轴转了两个白天一个大夜,身心俱疲,只想安静地看看沈星川。

巧的是,她才刚转过身,就和过来查房的李铃铛撞了个正着。

"枝枝,你来看沈星川啊。"李铃铛疑惑,"怎么不进去,站外头干吗?"

孟枝就站在病房门外半米远的位置,里头的人只要转个头就能看见。李铃铛是用正常音量说话,且病房里刚刚安静下来,声音准确无误地传了过去。

听到熟悉的名字,病床前的几人接连回过头。

孟枝撞上几双探究的视线,顿时紧绷起来。

李铃铛才不管这些,她从后头一把揽住孟枝的胳膊,半推半拉地带着人一起进去。病床前围着的几个人,看到穿着白大褂的医生,就主动让开了位置,连带着孟枝也一并站在了病床最前头。

离得近了,她清晰地看见沈星川的嘴唇上已经干涩地起了皮。

她在看沈星川,沈星川也在看她。

半响,他突然问:"你怎么脸色这么差?"

苍白就不说了,眼底还带着淡淡的青黑色。

孟枝自己不知道，茫然地摸了摸脸："有吗？"

"有。"沈星川说。

"还不是担心你担心成这样了。"李铃铛一边吐槽，一边拿出病历本翻开，捏着笔杆子边问边记，"今天感觉怎么样？没什么不舒服的吧？麻药劲儿过了，可能会有些疼。"

"还好。"

"今天没吃东西吧？还有水，过了四十八小时才能喝，这个千万要记住。"

"嗯，我知道。"

"那就行。有什么不舒服的立刻叫护士。"李铃铛简短地问完，合上本子跟孟枝说，"那你待这儿，我继续查房去了。"

她一走，病房里气氛稍稍回暖了些。

有人问："这位是？"

昨天见过的那个年轻警察介绍："孟枝，沈队的朋友，也是这家医院的医生。"

"孟医生啊！失敬失敬。"问话的人上前一步伸手握住孟枝的手，"我说呢，沈队乐不思蜀，原来自个儿的美女朋友在这儿啊。"

沈星川狭长的双眸微微眯起，视线锋利犹如实质，不偏不倚地刺在那双交握在一起的手上，开口时，声音冷得跟冰碴子似的："赵阳。"

"啊？"

"松开你的手。"

气氛沉默。

几个大男人瞅瞅沈星川，再瞅瞅孟枝，最后，又瞅站在一旁的林桦。动作齐刷刷的，扭头的幅度都大差不差。

刑警支队唯一的女警，喜欢沈星川，是他们警队人人心照不宣的秘密。平时一帮糙老爷们儿聚在一起，没少八卦这事。虽然知道两人之间更多的是林桦主动，沈星川绝大多数时候都不怎么表态，有时候被起哄急了，就会骂人。但是没办法，林桦只要不停止喜欢，起哄永远都不会停止。

一帮大老爷们对情情爱爱根本没那么细腻的心思，俗话说"女追男，隔层纱"，他们都以为这层纱迟早被林桦撕破，也都喜闻乐见等着喝喜酒，谁知道这半道杀出来一个孟医生。一堆人你看看我，我看看你，个个傻眼了。

最后，还是林桦接过话题。

她脸上没什么表情，仿佛众人刚才的打量和试探对她没有半点影响，连语气也是公事公办："沈队，那我们就先走了。我明天去趟你家，给你收拾些换洗衣服拿来。"

"不用麻烦你。"沈星川说。

他并不想在所有人面前闹得如此僵硬,但凡事得有分寸。林桦去他家,并不合适。

林桦顿了片刻,才道:"行,或者你让赵阳他们谁去也行。"

"不了。"他突然叫她的名字,"孟枝。"

孟枝愣住,回神忙道:"嗯?"

"明天你有时间吗?"

"……有。"

"如果方便的话,你去趟我家吧,帮我收拾些换洗衣服和日用品,地址和密码我随后给你说。"

孟枝垂眸,避开众人探究的目光,轻声说"好"。

至此,原本就僵硬的气氛彻底降至冰点,一众人没一个说话的,个个都是一副噤若寒蝉的谨慎模样。沈星川毕竟刚做完手术,又一天多没有进食,折腾了这半天,也有些精力不济了,气色都没方才看上去好了。

见状,孟枝打算离开。

她困得已经有些脑袋发晕,不能再撑了。

"那,如果没什么其他事,我就先走了。"孟枝开口。

她抿抿唇,又不放心地叮嘱:"你好好休息,有什么不舒服的及时联系护士,值班台二十四小时都有人。"

"我知道。"

孟枝这才离开。临走前,她跟沈星川的同事们点了点头,当作打招呼。

她前脚刚出病房,后脚其他人也跟着出来了。

孟枝还没出院门,就被林桦从后头追上来。

"孟医生,等一下。"林桦叫住她。

孟枝停下脚步回头,不解地问:"怎么了?"

"我开了车,捎你一程吧。"林桦主动道。

孟枝不太想麻烦别人:"不用了,我家离得很近,走路就能到。"

"好吧,孟医生,其实是我有话想问你。"

孟枝最后还是坐上了林桦的车。

林桦说有话问她,可等坐上车,却又不开口了。过了很久,她才终于道:"你和沈星川,是怎么认识的?"

孟枝隐去了一些细枝末节,简单解释了两句:"高中同学,也是邻居。"

"如果你不介意的话,能不能跟我说说,在你印象中,他是一个什么样的人?"

沈星川是一个什么样的人?

孟枝自己也没有一个准确的答案。她仔细回忆着高二那短暂相处的一年,回忆里的沈星川成绩优秀,是五中的风云人物。当时的他虽然看起来冷漠痞气,做什么事都是随心所欲的散漫模样,可秉性是善良的。他一次又一次地帮她,不管是出于可怜还是同情,孟枝感受到的善意却是实打实的。

孟枝这样想着,也这样说。

林桦听完却久久未语。

半晌,她笑了一声,像是自嘲,更像是叹息。

她问孟枝:"孟医生,你知道在我眼里……不,在我们整个刑警队的眼里,他是什么样的人吗?"

"什么样?"

"能力很强,脾气也还好,可以和人随便开玩笑,看起来也并不冷漠。但实际上,他对谁都是一个标准,严格到近乎苛刻,对犯错的手下骂起来也是毫不留情,不管你是男是女,'善良'两个字在我们刑警队的人眼里,跟他压根沾不上边。我就被骂哭过,好几次。"

孟枝有些意外。

"是不是很难想象?觉得我们说的好像是两个人。"

"是。"

"知道为什么吗?"林桦问,"我也是刚刚想明白。"

"为什么?"

"因为,在他眼里,我和刑警队的其他人没什么区别,是同事,是战友,可能也算得上是朋友,所以他对我和其他人没什么区别。刚才他们说的见家长,只是去年过年时我们和另外两名同事跨省办一起案子,年初六那天刚好在苏城,大家一起哄去他家涮了顿火锅而已,你别误会。"林桦停顿了一下,"在今天之前,我以为他对所有人都是一样的,直到听见你记忆中他的样子……孟医生,我不怕苦和难,但会怕我的坚持和努力没有意义。

"孟医生,我追了他三年,很多次想过放弃,但都没有舍得,总觉得再坚持一下会不会就能有一个好的结果。现在,我想我该放弃了。"

第九章

跨年夜

Wojian Xingchuan

在连轴转了两天一夜后,孟枝终于好好睡了一觉。

第二天她轮休,早晨起来只觉得神清气爽。

她坐在床上清醒了会儿,脑子里将今天要做的事情先捋了一遍——其实也没什么要做的,主要是去沈星川家帮他收拾换洗衣物和日用品送到医院。

孟枝看了眼时间,已经早上九点了。她没再耽搁,洗漱完后去了沈星川给她的地址。

估计也是为了工作方便,他的房子距离市局不远,是一个新建成的小区,沈星川家在次顶楼。孟枝输入密码后推开门,被里头明亮的光线晃了下眼睛。

房子两室一厅,装修也比较素净简单,客厅的阳台做了落地窗,窗帘大敞开着,上午的阳光从窗户外射进来,照亮了整个空间。

孟枝反手关上门,在玄关处驻足了好几秒钟。地上的拖鞋只有一双男式的,孟枝索性脱了鞋,穿着袜子走进去。

他家里收拾得很干净,东西不算多,但该有的都有。孟枝去卧室衣柜里帮他拿了换洗的衣服,之后又去洗手间拿了护肤用的,至于毛巾、牙刷什么的,去超市买套全新的更加方便。

孟枝将所有东西归置好装进带来的旅行包里,临走之前,怕缺了什么东西,又特地给沈星川打了个电话。

"我带了一件灰色的毛衣,还有一件黑色的厚外套,洗漱用品准备去超市买。还有什么没拿到的吗?"

那端,沈星川半天没说话。

手机里传来他轻微的呼吸声,还有病房里其他人发出的琐碎声音。

孟枝将手机从耳旁挪开,屏幕上显示正常通话中。

她重新贴紧耳朵,疑惑地问:"喂,能听见我说话吗?"

"能。"沈星川说。两天没喝水,他的声音干哑得不成样子。

"哦,那你还有什么需要带的吗?"

那头又沉默下来。

足足过了好几秒钟,沈星川才清了清嗓子。再次开口时,他像是怕被旁人偷听见似的,刻意将嗓音压得很低。饶是如此,那两个字还是异常清晰地传了过来。

"内裤。"

一瞬间,孟枝素白的脸颊以一种肉眼可见的速度变红。电话还没挂断,沈星川说完那两个字就没了声音,像是在等着她回答。

可孟枝哪顾得上回答,直接把电话挂了。

她站在客厅中央,脸上烫得能煎蛋。按理说,这个年纪真的不应该再有这种过度的反应,但孟枝从小到大,活了多少岁就单身了多少年,异性的隐私物品从来没有出现在她的生活中,更遑论这是沈星川的贴身衣物。

孟枝给自己做足了心理建设,才重新回到卧室里。

她蹲在地上,去拉衣柜抽屉的手都是哆嗦着。不知道怎么回事,抽屉的滚轮好像卡住了,孟枝第一下力气用得小了,竟然没能拉开。她顿了一下,再次尝试,双手一使劲儿,然后就只听见"咔嗒"一声脆响,滚轮滑出轨道,在外力的拉动下一整个滑出柜体摔在地上。里头原本整齐叠放的贴身衣物经此一役,苟延残喘地趴在抽屉板上,凌乱不堪。

孟枝绝望地闭上眼。

再睁时,她终于鼓足勇气,从那堆黑色、灰色、藏蓝色的布料中随手拉了两条塞进包里,把剩下的凑合着整理了下,一把将抽屉塞了回去。

整个过程,她都是别开视线的。

到医院的时候已经临近十一点。

孟枝去旁边的超市买了洗漱用品,又去一家经常光顾的店买了一碗红枣粥打包带走。进到病房时,沈星川床前难得冷清。护士帮他把床头升了上去,他斜靠在上面,一只手挂着水,另一只手拿着手机翻看。听见门口传来脚步声,他偏过头看了一眼,随即,视线定格。

"你来了。"沈星川率先打招呼。他下意识地想坐直身子,刚用了下力,左腹部就传来尖锐的痛感,疼得他蹙起了眉,人也卸了力道靠了回去。

"你别动!"孟枝忙说。她走到跟前,将手里的红枣粥放到一旁的床头柜上,语气不自觉就变得严肃,"你的伤口才开始恢复,没事不要乱动。"

沈星川几乎没见过她生气的样子,不免觉得新鲜。他有些失笑,略微偏了下头,调子故意拖得长长的:"知道了,孟医生。"

孟枝嘴笨,不知道该说什么,干脆站在一旁无奈地看他。

"行吧,不开玩笑了。"沈星川投降,又看见她手里还拎着硕大的旅行包,便随口问了句,"东西带全了吗?"

话音落下,孟枝的表情立刻变得诡异而尴尬。

她将旅行包放在沈星川的病床尾部,别开头看他,声音也很小:"全了。"

沈星川还真不是故意的,他是看她那副表情才想起方才那档子事儿。平常他周围都是糙汉子,有时候难免会打个嘴炮,况且,内裤这种刚需品,直到那会儿电话被她直接掐断,他才咂摸出一点不对劲来。

昨天林桦在这儿说要去他家,他想都没想就觉得不合适,就让孟枝帮忙去一趟,倒是也没想过,孟枝可能也会觉得不合适。

沈星川索性换了个话题:"你今天不上班?"

"轮休。"孟枝犹豫了下,"你住院的事,跟家里人说了吗?"

"没,怕他们担心。"

"那陪护怎么办?你还有伤,做什么都不方便。"

"我自己可以,局里也会安排人来帮忙……放心吧。"

他一副无所谓的样子,全然没当回事。哪怕那天血淋淋地躺在担架上,最后腹部缝了八针,他仍然不放在眼里。

孟枝却不能不放在眼里。

她现在只要一想起在急救室外头看到的那幅场面,整个人就一阵后怕。当时沈星川半昏着,意识不太清醒,没看见匆匆赶来的孟枝,也根本不知道她到底有多担心他。

"你有什么事就叫我吧,我离得近,走两步就来了。"孟枝劝不动他,干脆不劝了,"对了,我刚进来的时候问过护士,你今天可以喝水,流食得等到明天才能吃。"

沈星川两天没喝水没进食,肚子早就瘪了。刚见孟枝拎了一份粥进来,以为是给自己的,结果还是不能吃。沈星川气乐,他咬了咬唇上因为缺水起的一层干皮,喉结滚动:"行,水就水。"

孟枝拿着杯子从水房接了一杯温水回来,路过护士台的时候,要了一根吸管插里头。

沈星川靠在病床上，没打点滴的那只手握着孟枝从超市新买的水杯，粉色透明款的。他的手很大，因为在警队训练各种项目，虎口起了一层茧子，手关节指骨上也有经年累月磕碰积攒下来的疤痕……这么一双手，此刻却握着一个粉色水杯，衔着吸管小口小口地啜喝。可能他自己也觉得违和，脸上没什么表情，一副看起来不怎么高兴的样子。这么一来，场面更加滑稽了。

没办法，谁让门口的超市只剩下这个颜色的杯子了。

孟枝有些想笑，低下头，偷偷弯起唇角。

等他喝完水，孟枝把其余东西归置好，自己把那碗红枣粥喝了。她又陪着沈星川坐了会儿，到了晌午十二点，沈星川就叫她去吃饭休息。他自己吃不了，也见不得孟枝陪着他一起挨饿。

孟枝并不饿。她本身饭量就小，刚才又喝了一碗粥，肚子还有点撑。

她说不去，沈星川就蹙起了浓眉。他病情转好，精气神也回来了，虽然人是靠在病床上不能动弹，但气势还在，上上下下扫孟枝那几眼就跟看犯人似的。

"吃点吧，你太瘦了。"

"真不怎么饿。"

沈星川便不好再说什么。孟枝坐在凳子上，两手交握放在床边。沈星川稍一垂眸，就看见她细得一掐就断的手腕。她很白，又白又瘦，青紫色的血管清晰得晃眼。

沈星川挪开视线，看她的脸。

重逢之后，他不是第一次这么看她，但这次尤为认真。他眸色很深，看人的时候眼底会映出对方的轮廓。孟枝被他看得心慌，想别开脸，却怕被他瞧出端倪，最后只得任由他打量。

"孟枝，有没有人跟你说过……"

"说什么？"

沈星川喉结滚了滚，将后半截话又咽了回去。

"算了，没什么。"

孟枝这一来，就一直留到了下午快两点。

最后一瓶液输完，护士给他拔掉针管，重新封好留置针，临走之前将床位降了下去，嘱咐孟枝让他多休息多躺平，能不坐起尽量别坐，对伤口不好。

孟枝一一应下后，护士才离开。

沈星川坐着打了半天的吊瓶，这会儿有些困了。孟枝看他神色困倦，就让他睡会儿，自己下午再来。沈星川说不用，他因公负伤，又是自己一个人在这边，队里特地给同事排了看护值班表，一人来半天。

沈星川嗓音带着困倦时特有的含糊："孟医生，下午好好休息。"

"好，那我先走了。"

她一离开，隔壁床的大哥终于忍不住了。

他憋了一晌午，这会儿终于能说话了，顿时羡慕地夸："小伙子，你女朋友对你可真好啊，又是倒水又是陪床的，没有一点怨言。不像我家那口子，每天就给我送个饭，还老嫌弃我多事。"

沈星川打了个哈欠，并没有聊天的欲望，礼貌地回复道："大哥，她还不是我女朋友。"

"还不是啊？"病友大哥惊讶地瞪大了眼，"那小伙子，你可得把握住机会啊，这么好还这么贤惠的姑娘不多啦，真结了婚有你小子享福的！"

沈星川笑了笑，合上眼睛没再说话。

他有必须把握住机会的一万个理由。

但没有一个，是因为所谓的"她贤惠"。

翌日，孟枝照常上班。

等到中午休息的时候，她才有时间去沈星川的病房探望。到的时候，他们单位的一个同事也在，是那天跟她握手的那位，叫赵阳。孟枝一进来，他就率先站起身打招呼："孟医生来了。"

反倒把孟枝弄得有些不好意思。

她原本是想来看看沈星川还有没有什么需要的，没想到跟前陪着人，就打算转一圈就走。谁知道赵阳却先她一步收拾起了东西。

"孟医生，那下午就麻烦你了。这挂的是最后一瓶水，打完了就没了。下午局里有会要开，结束估计挺晚，我可能来得迟。沈队这边如果有什么事，麻烦你多照看一下。"

孟枝刚想说好，就听沈星川嗤笑了一声。他靠在床上，手上还扎着点滴，都这副样子了嘴还是硬的，故作烦躁地瞥赵阳，笑骂："照看个屁，我又没残！"

他们队里一帮大男人平常说话基本上都是这个画风，赵阳压根不在意。他在后脑勺抓了两把，"嘿嘿"一笑："那孟医生，我就先走了。"

孟枝说再见，将人送到病房门口，才又折返回来。

沈星川一手叠在后脑勺下，问她："吃过饭了吗？"

"吃了。"孟枝说，"你呢？"

"赵阳买了鸡汤，喝了一半。"

他指着床头柜上剩下的那半碗。

"味道怎么样？"

"不怎么样。"他说着,低声笑了下,"实话实说,挺难喝,也不知道他在哪儿买的。"

孟枝也抿唇浅笑起来。

又过了半个多小时,沈星川的吊针打完,护士给拔了针。孟枝原本想将床降下去让他午休,他说不困,坐会儿再说。孟枝也就没勉强,陪着他坐了会儿。

两人都不是多话的,在一起常常沉默。孟枝一开始觉得有些不自在,次数多了,也慢慢习惯了。她坐在凳子上拿出手机,在医患群里帮病人解答一些小问题,沈星川也静静地躺靠着,拿着手机不知道在干吗。过了会儿,他放下手机,调整了下坐姿。

孟枝抬眸看他:"怎么了?"

沈星川摆了摆手:"没事。"

孟枝又将注意力放回手机上。

然而,没过几分钟,他又动了下。

他身上盖着被子,孟枝看不清动作,只察觉到跟前的床褥往下陷了一些,很快又回归原位。动静不大,但孟枝就在床边坐着,很容易就察觉到了。

孟枝按熄屏幕放下手机:"是哪里不舒服吗?"

沈星川眉头蹙着,嘴上却说:"没有,好着呢。"

"那你动什么?"孟枝疑惑,又有些担忧,"是伤口疼吗?还是坐得太久想躺下?要不我叫护士过来看看?"

"不用。"沈星川拒绝道。

他神色怏怏地瞥了孟枝一眼,又别开视线,垂眸不再看她。他的手扶在床边,手背上青筋鼓起,半晌,又颓然地松开。

"孟枝,帮我个忙。"

"嗯,你说。"

"扶我下床。"他声音有些干涩。

孟枝当即拒绝:"还不行,时间太短,你的伤口还没长好,不能下床……"

"去洗手间。"沈星川打断她,面无表情地瞥了眼床头柜上那半碗还没来得及倒掉的鸡汤,然后,再看向孟枝时,带上了几分无奈与赧然,"内急。"

"……好。"

住院部的普通病房没带洗手间,要上厕所只能去楼层中间公用的。沈星川一米八五左右的身高,孟枝站直了也只到他下巴的位置。她扶着沈星川下床,起身的时候他的重量一下子压了过来,孟枝趔趄了一步,差点没扶住。最后还是沈星川伸长了胳膊,从她后脖颈绕过去,将手搭在了她肩头,这样一来,才勉强稳了些。

只是,这个姿势,从后面看上去,就像是他将她搂进了怀里。事实上……也差不太多。孟枝能清晰地感觉到身侧传来的体温、耳边的呼吸声,甚至还有心跳声。

却分不清是谁的。

短短十几米的路,两人走了半天。到男洗手间门口,孟枝松开了他的胳膊。她从脸到耳朵都是红的、热的,尽管如此,还是不放心地问:"你可以吗?要不叫个人来帮忙?"

沈星川想也没想就拒绝:"不用,你在外头等我。"说完,他扶着墙,慢吞吞地挪了进去。

孟枝站得远了些,等他出来,又像刚才一样把人扶回去。她的心理素质还是不够硬,经此一事,说什么都待不下去了,匆忙找了个借口回了自己的办公室,走之前还不忘倒掉那半碗早就冷透的鸡汤。

好在没过几天,伤口愈合得差不多,沈星川自己就能下床走了。这几日,教授连续几天都有手术,孟枝也忙得没什么时间过来。不过听李铃铛说,他同事倒是时不时来陪床,孟枝这才放下心。

繁忙的几天过去之后,孟枝利用午饭间隙去看了一眼。她到的时候,病床竟然是空的。还是隔壁床大哥说人没事,他自己起来到外头转悠去了。

"您知道他去哪儿了吗?"

"他也没跟我说啊。"大哥回想了一下,"我看他穿的外套走的,是不是跑花园里去了?"

住院部后头有个园子,不算小,里头圈了几块地用砖石围起来,种了些花花草草。秋冬天的时候,天气一好,住院区的病人都爱来这儿晒太阳。沈星川躺了一周多时间,估计早就憋闷不住,出门透风去了。

孟枝道过谢,去花园找他。

穿过走廊的时候,她一眼看到了立在太阳底下的沈星川。今天的天气很好,花园里晒太阳的人挺多,路旁的公共座椅上已经坐满了人。他靠墙站着,伤口不能吃劲,上半身重量倚在上头,里头穿着病号服,外头套着孟枝前些天从他家里拿过来的黑色厚外套。

在病房闷了许多天,沈星川有点犯烟瘾。他将不知道从哪里弄来的烟衔在嘴里,嘴唇翕张间,青白色的烟雾从唇齿间溢出来,散在空气中。他半低着头,不知道在想什么,眼睛微微眯着,没看见孟枝。

直到孟枝走出住院楼,快到近前时,他才抬起头来。

然后,他表情僵了下,不等孟枝先开口,就自觉地掐灭了烟头。

"咳,我来晒会儿太阳。"沈星川站直了,随手将烟蒂扔进旁边的垃圾桶里,

"吃饭了吗？"

"吃过了。"孟枝有些无奈。他最近像是跟她吃饭这件事杠上了，每次见她都要问她吃没吃饭。

"那就行。"沈星川往前走了两步，站到孟枝跟前，"回去吧。"

"不晒太阳了？"

"不了。"沈星川拢紧身上的衣服，一副意兴阑珊的样子，"晒得头晕。"

孟枝刚从病房出来，这下又陪着他再回去。

距离他做完手术已经有一周多的时间了，伤口长势很好，但扯到腹部肌肉的时候还是会疼。沈星川走路的步幅不大，速度也慢，一步一步地往前晃。走廊里人来人往，他靠墙走在内侧，孟枝挡在他外头，生怕旁人不小心碰到他。

好巧不巧的是，倒是没人碰过来，只是在一楼等电梯的时候，意外遇到了赵博文。

他是迎面走过来的，正拿着手机回复消息，等抬起头看见孟枝和沈星川的时候，已经离得很近了。走廊里人来人往，这时候再转身离开就显得刻意了，赵博文步伐慢下来，但还是走上前来。

"孟医生。"他的称呼变了。

孟枝注意到了，但没什么多余的感觉。

她站在电梯前，沈星川在她左侧。中间隔了一米远，赵博文在右。

孟枝按下电梯，礼貌地点了点头："赵医生。"

赵博文扯了扯唇，像是想笑，但没能笑出来。他尽量避免显露出什么，但还是没有办法忽视一旁的沈星川。尤其是，他高而健硕，尽管穿着病号服，但身上那种强势的气场遮都遮不住。站在孟枝身旁看过来时，眼里的打量与审度毫不遮掩。

男人莫名其妙的好胜心经常在一些意想不到的时候显现。赵博文不想落入下风，率先开口问孟枝："这位是，你朋友？"

孟枝点了点头："是。"

赵博文问："那，怎么没听你提起过？"

话音落下，孟枝抬眸看了他一眼。

赵博文避开视线，有些心虚。

一周前，孟枝帮他值夜班的时候提过，不仅提过，还直言不讳地告诉他，那是她喜欢的人。但在这种时候，他自然而然地就撒了谎。

闻言，沈星川笑了下，眼底却没有任何笑意。他越过孟枝，往前走了一步，直到站在赵博文跟前才停下。他比对方要高一些，职业原因，身上的气势跟赵博文截然不同，看人的时候尽管在笑，周身气场也是强硬的。

他半点不收敛,伸出一只手:"既然孟枝没提过,那我自我介绍一下。沈星川,孟枝的……朋友。"

赵博文犹豫了下:"……你好,赵博文。"

沈星川习惯性地勾起一侧唇角:"赵医生,我们见过的。"

"有吗?"赵博文回想了下,紧接着眸色一变,试探着问,"火锅店门口?"

"是。"沈星川点点头,笑了,"当时着急送孟枝回去,也没能好好聊上两句,别见怪。"

赵博文尴尬,嘴角抽搐两下:"不会不会,那孟医生你们先忙,我还有事先走了。"

他说完,甚至没等孟枝答话,半低着头匆匆忙忙地走了。

电梯里只剩他们两个。

沈星川站得久了,有些难受,斜斜地靠在电梯壁上。不锈钢材质的镜面映照出人影,他站在后头看着孟枝的影子。电梯一层一层地上升,他始终沉默着,直到快到楼层的时候,才终于掀开唇:"他喜欢你。"

孟枝的心跳霎时漏了一拍。

她从没跟沈星川说过赵博文的事情,也不知道他是怎么看出来的。不过不重要,她和赵博文一直只是普通同事关系,该说的话也都说清楚了,就没必要再让更多的人知道了。

孟枝犹豫片刻:"没,只是普通同事。"

"你是这么想的。"沈星川重复了一遍,"但很明显,他喜欢你。"

"没有的事,你别乱猜测。"

沈星川静默几秒钟,嗤笑了一声,在两三平方米见方的电梯里格外明显。他眸色深深,像是无边无际的墨色在他眼底晕开,声音里没有半丝笑意,沉得让人心慌。

"孟枝,你别忘了,我也是男人。"

回到病房,两人默契地都没再提起这个话题。

气氛有些怪异,孟枝想了想,倒了一杯水递给沈星川。他接过,紧接着又放到了床头柜上。孟枝攥紧了手,又松开,来回几次,最后摊开垂在身侧。

她感觉到沈星川情绪不怎么好,也能猜到跟赵博文有关,但她想不明白为什么。因为赵博文喜欢她?可是沈星川会在意这个吗?难道真的像林桦说的那样……

这个念头刚一出来,就被孟枝否决了。

沈星川怎么可能会喜欢她?只不过是他乡遇故知,又加上她被偷、他住院,一来二去,两人走得近了些。旁人会误会,但她不能自作多情。

孟枝明白，但每次想起来都会难过一些。

她不想再待下去，起身说了一声便准备走。

"孟枝。"沈星川突然叫住她。

"怎么了？"

"今天医生来说，我可以出院了，刚才忘了跟你说。"沈星川顿了下，"我准备下午办完手续就走，你不用再过来了。"

孟枝愣住，半天才回过神。

她看着距离她只有几步之遥的男人，他英挺硬朗的脸上看不出其他情绪，仿佛只是简简单单地陈述一句话而已。孟枝笑了笑，垂下头低声道："嗯，我知道了。"

"那你下班等我。"

孟枝哽了下，问："什么意思？"

"我送你回去。"沈星川稍稍坐直了些，"麻烦你这么多天，想请你赏脸吃顿便饭。不知道孟医生有没有空？"

吃个便饭？为了感谢她这几天的照顾？

孟枝很想说不用，她照顾他并不是为了让他感谢，她只是担心他，忍不住就想过来。但这些话她说不出口，她根本不会，也不敢表达自己内心最真实的想法。这许多年，她压抑惯了，早就失去了这种胆量和能力。

所以，孟枝只是沉默几秒，最终还是道："好。"

好不容易熬到下班，孟枝到医院门口的时候，沈星川的车已经等着了。他刚出院，饮食必须清淡，孟枝选了一家粥铺，离医院不远，开车几分钟就到了。就是吃完回程的时候路上有些堵，只能慢悠悠地挪着。

刚驶过一个路口，沈星川的电话就响了。他的手机连接着车载系统，一接通，电话那头的声音就从车载音响里传了过来，孟枝避不开，只能听着。

电话是沈星川母亲打来的。孟枝没与对方接触过，但当年在林嫣然三言两语的叙述中，她猜测，这一定是一位有些严厉的女士。

孟枝不由自主地坐直了身体，像极了讲台下听课的学生看见老师走过来时的样子。

沈星川瞥见她的动作，眼底流转过丝丝笑意，但此时电话已经接通，他便也没说什么。

"妈，怎么了？"

"什么怎么了？有事才能找你，没事就不能给你打电话？"

沈星川有些无奈："我不是这个意思。"

"行了，你个没心的，这么多天也不见打个电话过来。"她并不知道沈星川住院的事，责备了两句，紧接着，话题一转，"说正事。前几天，隔壁张阿姨说她有个侄女从国外读研回来，现在在研究院工作，我见过一面，是个很优秀的女孩子。我听你张阿姨的意思是，这姑娘也是单身，要不，你试着接触接触，我把微信给你推过去。"

沈星川没想到他妈打来电话是说这事，他看了眼边上坐着的孟枝，眉头蹙起，话音也变得强硬："妈，不用了，我暂时没有这个想法。"

"你都多大年纪了还没有这个想法？如果你是二十出头我绝对不会催你，但凡你这些年谈过一次，带回家过一个，我都不至于这么着急。"

沈星川哭笑不得："妈，我身边还有人，你确定要继续说下去？"

沈母瞬间卡壳，半晌，气得又是一句责备："你怎么不早说！"语毕，也不等沈星川回答，自己率先挂断了电话。

车内重新回归静谧。前方十字路口，红灯骤然亮起，沈星川踩下刹车，静静等待着。

他有些疲惫地按压了下眼角："我妈就是这样，你别见怪。"

"不会，为人父母，理解。"

"冯姨也催过你吗？"沈星川随口问，但下一秒，他就后悔了。

当时在景明园苑，冯婉如对孟枝怎么样，虽然他不清楚细节，但从孟枝窘迫的生活上，也能猜出个大概。想必这些年也不会有多大变化。

闻言，孟枝脸上的表情依旧没有什么变化，她只是轻轻摇头："没。"

沈星川见不得她总是这么一副平静的表情、平静的语气，他倒宁愿她看起来难过一些，也好过这么淡然。他心底有些郁结，便将车窗按下来一条缝隙，冷风钻进来，呼吸才终于通畅一些。

红灯变绿，黑色的越野车随着车流缓慢地向前移动。路两旁的一间店铺，有人在拆除圣诞节布置上的装饰，换上了喜气洋洋的中国红来庆祝即将到来的元旦节。

沈星川这才想起来，又一年快要结束了。

"明天就是年底最后一天，想好跨年怎么过了没？"

"明晚值班，在医院过。"孟枝问，"你呢？"

"年后赵阳就要结婚了，队里那几个组了局，说是趁这机会好好玩，叫我跟他们一起。"

"那，你别喝酒，注意伤口。"

沈星川偏过头看她，笑着说："知道了，孟医生。"

跨年夜当晚，队里那群人先是带着家属一起吃了顿饭。酒足饭饱，赵阳又订了个 KTV 包厢，一伙人浩浩荡荡地奔过去唱歌。

说实在的，这些人里头基本上没人有音乐细胞，拿起话筒也找不着调，难听得要命，偏偏一个个还都是麦霸。反倒是带来的家属唱歌还挺好听，但没多久，也被带偏了，一起对吼。

沈星川婉拒了他们要自己来一首的邀请，独自坐在角落里喝茶。这些人倒还算是有良心，他们自己喝酒，还不忘把订包厢送的花茶让他凑合喝。

一伙人一直闹到晚上十一点多，酒过三巡，气氛也到了最热烈的时候。沈星川有一搭没一搭地跟人聊上几句，坐得无聊，他刚准备摸出一根烟抽，身旁的沙发就塌陷下去。

沈星川瞥了一眼过去，竟然是林桦，他准备点烟的动作稍顿，随后，又将手里的烟重新塞回烟盒，随手扔到桌上。

林桦倒了一杯茶递给沈星川："沈队，敬你一杯。"

沈星川接过，茶杯和酒杯相碰，短暂一瞬间又分开。

林桦仰头将杯中的酒水喝干，"当"一声脆响，玻璃杯被重重放在面前的岩板茶几上。林桦又满上一杯，这回她没再跟沈星川碰，自己仰头一饮而尽。倒第三杯的时候，酒瓶被人拿开。

沈星川将已经见底的瓶子放到另一侧。包厢里灯光很暗，即使是挨着坐也看不见对方的表情。林桦只能听见他说："少喝点。"例行公事一般的语气。

林桦笑了下："沈队，我没别的意思，就是想跟你说一声，我挺喜欢你的，从刚到市局的时候起。虽然没正式提起过，但你应该也知道吧？"

黑暗中，沈星川没接话，甚至连个声调也没发出。

林桦不介意，她知道他在听，趁着酒劲儿继续说道："但是我现在放弃了。除了工作，我没见你身边出现过旁的女生，所以我以为你对谁都那样……可是那天在医院，见到孟医生，我就知道我错了。你对谁都那样，但你对孟医生不一样。"

"你喝醉了。"沈星川下定结论。

"是有些高了。不过没关系，就剩最后一句话了，不过提前说好，你不准生气哈。"林桦说完，静默了会儿，突然笑出声，"我说了啊——沈星川，你这么牛，不还是没追到你喜欢的人。"

沈星川失笑，颇为无语地揉了揉胀痛的太阳穴。

林桦说完就跑了，沈星川知道她喝大发了，也不怎么生气。热闹还在继续，沈星川喝不了酒，融不进他们，也不怎么想硬融。他安坐一隅，在这吵吵嚷嚷的包厢里，不期然地想到了孟枝。

她从不像他们这么放肆活泼过，总是一副安安静静的模样，安静到甚至是沉默。不知道是因为过了这么些年,年岁增长,又或是换了环境,她比当年变了许多……至少,变得平和,不再孤僻。

而当年……

沈星川始终忘不了他离开的那天,孟枝倔强的神情和泛红的眼。

回忆至此,戛然而止。

沈星川骤然起身,一把抓起桌上的钥匙就往外走。

"快十二点了,你干吗去啊?"

有人注意到了动静,歌也不唱了,拿着话筒直接喊。

音乐声停止,包厢彻底安静下来。

沈星川头也没回,只丢下一句:"有事先走了,你们玩,费用随后找我报销。"

话落,也不管身后的人是何反应,关上门大步离开。

唱歌的地方离三院有段距离,跨年夜,临近凌晨,街上的车不算多。沈星川没开空调,一路疾驰到医院门口。半路的时候竟飘起了雨,缕缕水丝随风落在挡风玻璃上,划出一条又一条的短线,将昏黄的路灯模糊成斑斑光晕。

车辆一路疾驰,到医院门口的时候,反而慢了下来。

他停在路边,熄火,降下车窗,点了一根烟咬在唇间。连续抽了两三根,那股没由来的冲动才稍稍下去了点儿。

寒冬的夜里,冷意顺着皮肤纹理往骨头里钻。

等到第三根烟抽完,他停下来,用手机拨通了孟枝的号码。

电话响了两声就被人接起。

"喂?"

孟枝略带疑惑的声音传来。

语调不紧不慢,平淡温和,一如她给人的感觉。

沈星川没立即开口,他胳膊搭在车窗上,静默地看着雨丝从眼前拂过。

"孟枝,我在医院门口。"

"我想见你。"

方才某一个瞬间,他起了念。

然后,就来了。

冬夜静谧,整个医院都沉睡着。护士台前,值夜班的姑娘还没瞌睡,手指在屏幕上翻飞,面上笑意盈盈,似在跟人聊天。

孟枝合门时发出了些许动静,护士的眼睛从手机上挪过来,看见她时,错愕的表情一闪而过。

"孟医生,这么晚还出去啊?"

孟枝将羽绒服的拉链拉到领口,又戴上口罩:"有点事出去一下,就在院门口,有什么事打我电话,麻烦了。"

"好嘞,注意安全啊孟医生。"

孟枝笑了笑,裹紧衣服快步下楼。

医院门口空无一人,只有路灯伫立在路旁,发出昏黄色的光。黑色的越野车停靠在路旁,车窗半降下来,不时有淡淡的青白烟雾缕缕飘出,而后消散在空气中。

孟枝走下台阶,直到水丝飘到脸上,才发觉下雨了。她将帽子扣在头顶,一路小跑上了车。等坐上去时,被满车厢的烟雾呛得咳了两声。

"抱歉。"沈星川哑着嗓子捻灭烟头,他启动车子,将空调打开,"等会儿就暖和了。"

孟枝穿得厚并不冷,她的注意力甚至没在温度上,而是垂眸,看着烟灰缸里那一堆烟蒂:"出什么事了吗?"

沈星川笑了笑,轻声回答:"没事啊。"

"那你……"她刚想问既然没事这么晚突然来找她,还抽这么多烟,可话还没说出口,鼻子先嗅到了一股浓烈的酒味。

孟枝远山眉轻拧,询问:"你喝酒了?"

沈星川否认:"没有。"

孟枝却不信:"那怎么一身酒味?"

"是吗?"沈星川低下头闻自己的衣襟,"估计是他们谁的酒洒到我身上了。"

孟枝却依旧拧着眉,看起来并不相信。

沈星川轻笑出声:"孟枝,我开车来的。"

开车不喝酒,喝酒不开车,三岁小孩都懂的道理,更何况他也不可能知法犯法。

孟枝这才信了。

车内的烟味散得差不多了,沈星川关紧车窗。空调口吹出徐徐暖风,不一会儿温度便升了起来,周遭的寒意被驱散,人也暖和起来。

孟枝里头还穿着白袍,袖子有点长,边缘从羽绒服袖口伸出来一截儿,她用手指摩挲着白色的棉布,有些走神:"怎么这么晚过来?"

"我来是有事想问你。"

孟枝停下动作:"什么事?"

沈星川来时并没有预想过要怎么开口,只跟着当下内心最真实的感受走。所以当被问起时,他难得哽住,话明明在嘴边,又不敢过于直白地说出来。

怕吓到她。

沈星川不知道自己怎么会有这种想法,他向来直来直去,如今到了该绕弯儿的时候却不会了。他掀开的唇合上又掀开，最后，直接放弃挣扎："你喜欢什么样的？"

"嗯？"孟枝没太听懂，"什么意思？"

"我问，你喜欢什么样的人？"

孟枝顿了一下，低头，又下意识地抓着袖口边搓："我没想过。"

她紧张的时候手上总是忍不住有小动作。

沈星川这一趟来得意料之外，人也奇怪，问的问题也奇怪。孟枝看似一切如常，实际上她半边身子都已经僵了，一股麻劲儿从脚底一直到心口以下，几乎没有任何知觉，唯独左胸腔里的那颗心脏"怦怦"跳个不停。她试图让它停下来，不但没有任何效果，反而愈演愈烈。

沈星川继续问："那我再直白一些。你喜欢赵博文那样的吗？"

孟枝说："不喜欢。"

沈星川又问："那你喜欢我这样的吗？"

这下，孟枝心口那颗胡乱跳动的心脏一下没了动静。

换句话说，孟枝已经没有多余的感知分给它了。她满脑子只有一个问题——沈星川在说什么？明明昨天分开的时候一切都正常，只不过过去了一天而已，怎么突然就变成了这副样子。

眼前发生的一切是孟枝从来没敢设想过的场面，她本就对人情世故不怎么聪敏的大脑跟不上节奏。

半天，她思来想去，只有一种可能："沈星川，你是喝多了吗？"

沈星川失笑，干脆耐着性子又解释一遍："我没喝酒。"

"那为什么你……"

话音被远处江畔传来的爆炸声打断，孟枝噤声，偏头看向声源处。

那个方向是江边的位置，随着每一次声响，都有不同颜色的烟花在天空炸开。透过挡风玻璃遥遥看过去，原本墨色的夜空被映照成片片彩色。

车载屏幕上，时间刚好十二点。

辞旧迎新。

孟枝看烟花，瞳孔中倒映着天边的颜色，但余光里，满是身旁的人。

两人都没再开口，靠在各自的位置上，静静地看着远处的天边。直到烟花爆竹的声音渐渐落下，沈星川才重新掀开唇。

"孟枝，新年快乐。"

他没再提起刚才的话题。

孟枝的眼睫狠狠颤了颤，垂在暗处的手紧紧攥起，指甲陷进柔软的掌心。

她说："新年快乐。"

声音也有些微不可察的颤意。

话落,她等着对方的后话,试图等他重新提起方才的话题。但直到孟枝下了车,回到医院,沈星川都没再问起。

这一晚的余韵是漫长且磨人的。

往后连续几天,孟枝都有些魂不守舍,开会拿错笔记本就不说了,甚至连教授问话的时候都走神,被向来严厉的导师一眼看穿,劈头盖脸地训斥了一顿。

孟枝进三院规培以来,从来没有被这么严厉地训过,何况当时周围还有来往的医护和病患。没过多久,事情就被传开,连急诊的李铃铛都知道了。

中午吃饭的时候,李铃铛边吃边问:"到底怎么回事?别人查房带错病历本我都理解,你怎么会犯这种低级错误?"

孟枝故作轻松地笑了笑:"还好,人都有犯错的时候。"

"你少来!"李铃铛直接否决,"还当我是朋友就老老实实地说,别像上次家被偷了我都不知道……有什么事我们一起想办法嘛。"

食堂的饭菜十年如一日,都是一个味道。孟枝对饭菜没什么要求,能饱就行,但今天却有些难以下咽,她干脆放下筷子。

"沈星川问我喜不喜欢他。"

"哦……啊?"李铃铛震惊得连嘴里的饭菜都忘了嚼,"什么时候啊?在哪儿?我怎么不知道?"

"跨年夜,在医院门口,这不正在跟你说。"

"你答应了?"李铃铛又问。不等孟枝开口,她自己先给出答案,"你肯定答应了!"

"没有。"

"为什么?"

孟枝顿了下,轻声道:"他只是问了一下,原本我要回答,被意外打断,然后,他再没有提起,我也没有再说。"她当时好不容易鼓足的勇气戛然而止,之后就没能开得了口。

"啊!"李铃铛瞪大眼,觉得万分可惜,"怎么就这么不巧啊?"

"是啊。"孟枝垂下眼,"真的很不巧。"

"那这几天他也没联系你吗?"

"没有。可能在忙吧。"

李铃铛不满地撇嘴:"有什么事能比终身大事还重要……哎,对了,如果我没记错的话,他的伤口应该就这两天拆线,肯定要来医院,到时候我帮你堵人。"

孟枝却说:"没必要,还是随缘吧。"

她神情很平淡，平淡得就跟说别人的事一样。见状，李铃铛也不好上赶着，只能咬着筷子摇头叹气。

不过真叫李铃铛说准了，沈星川当天下午真来医院拆线了。他快到的时候给孟枝发了一条微信，一直到拆完线都没见她回复。

医生边做手消边叮嘱："三天之内伤口不要碰水，注意饮食清淡，多休息不要劳累，一个月后拍个片子复查一下。"

沈星川将衣服拉平整："知道了，谢谢医生。"

医生略一点头："还有什么事吗？"

沈星川直问："请问心血管科的办公室在哪儿？"

普外科医生噎住："……六楼。"

沈星川没坐电梯，从安全通道上去的。到六楼的时候，他没直接去走廊，而是在楼梯间的吸烟区连着抽了两根烟，才整了整衣摆，推开安全通道的门进去。

他特意来得晚，临近下班才出发，专门掐着医院下班的点儿。办公室门上都贴着门牌，上面科室和职工姓名都有，沈星川从左至右，数到第五间时，看见了孟枝的名字。

他敲了敲门。紧接着，里头传来一声"请进"。

沈星川推门进去，一眼看见了坐在靠门口位置上的孟枝。她穿着素净整洁的白袍，纽扣扣得整整齐齐，鼻梁上架着一副他从没见过的眼镜，专心致志地盯着屏幕。旁边，赵博文坐在一把临时被拉过来的椅子上，身体微微前倾，视线一并聚焦在电脑上。

沈星川停下脚步，站定在门口没往里走。

孟枝半天没见有动静，才分出注意力抬头向门口看过去。这一看，就愣住了。

沈星川今天穿了件黑色的长款大衣，长度一直到膝盖那里。他脚上踩了一双系带靴，厚重的牛筋底让他原本就高挑的个头更加挺拔，光是站在那里，就有种居高临下的迫人气势。

孟枝微微讶异："你怎么来了？"

沈星川说："给你发了微信，你没回，我就过来找你了。"

孟枝低下头翻找手机，半天都没能找到。教授给她和赵博文布置了作业，写病例分析，他俩忙了一下午，根本就没时间看微信。

半天，孟枝才终于在抽屉里翻出手机，点开，果然是有未读消息。

"忙得没顾上看，找我有什么事吗？"

"有。"沈星川侧开身往后退了半步，"你跟我出来一下。"

他把人带到了楼梯间。孟枝一进来，他直接反手将安全通道厚重的门关上。

医院的楼梯间昏暗狭窄，无处不在的消毒水味裹在潮湿冰凉的空气中。沈星川把她叫出来，却又不说话，自顾自地摸出一根烟点燃抽着，烟雾弥散。直到一根抽完，他掐着烟蒂捻灭在一旁的垃圾桶上，长长地舒了口气。

他看向孟枝，眼底的墨色沉得化不开，言语却是轻松戏谑的："那天晚上话只说到一半就断了，今天来找你是想把剩下的说完。"

孟枝呼吸一窒："你说。"

沈星川沉默两秒，轻笑一声："其实也没什么，就是，孟枝，我单着，你也还没有喜欢的人，那，不妨考虑考虑我。"

沈星川说完便合上唇不再说话，只耐心地等着她的回答。

楼梯间里很冷，空调吹不过来，寒气在这里肆意弥漫，没一会儿，身上蓄起来的热意就渐渐流失得差不多了，连带着原本的耐心也在这两场沉默的对峙中逐渐消失。

有冷风从拐角吹过来，沈星川瞥了一眼，是那边的窗户没关紧。他回过头，没再看孟枝，半垂着眼，浓眉紧锁着，一只手伸进裤兜又开始摸索起烟盒。

就在他将烟尾咬在唇齿间，金属打火机盖子被往上推开的当口，对面的人终于开口。

她说："好。"

第十章

男朋友

Wojian Xingchuan

从楼梯间出来的时候,距离下班只剩下十分钟。

孟枝双手冻得通红,脸也是红的。沈星川跟在她身后,一直跟到了办公室门口。男人明明身高腿长,穿着一身黑,看上去严肃冷峻,嘴角却挂着跟他风格完全不搭的笑意。

孟枝停在门前,转过身面向他:"我还有工作没做完,需要加会儿班。"

沈星川说:"行,我在医院门口等你,结束了一起去吃饭。"

"好。"孟枝说,"但我可能会比较晚。"

沈星川还是那句话:"没事,我等你。"

孟枝点头,想了想,又补充了一句:"那我尽量快点。"

沈星川笑了,没说话,黑沉沉的眸子直盯着她看。

孟枝有些赧然,忙转过身拉开门,逃也似的进去了。

赵博文已经走了,桌上放着一张便利贴,大概意思是他做完了他的那部分,有事先下班了,剩下的就让孟枝做完,等明早来时两人一起从头捋一遍,没问题就能交上去了。

孟枝没意见。她重新坐回工位上,戴上眼镜继续写报告。她强行让方才楼梯间里的一切从脑海中消失,只想着快点儿把这些事情弄完……沈星川还在等她。

医院门口。

沈星川将车停在前院花坛边。闲得无聊，他原本想抽根烟，拿出来的那一瞬间又突然想起，孟枝等会儿要坐上来，于是，又给塞了回去。

他将座椅靠背往后调了个舒服的角度，人懒散地半倚在上头。车里开着空调，有些热，他脱了外套，又将车窗降下来半截。花坛里光秃秃的树枝横亘在眼前，满是深冬萧瑟的气息。他是头一回这么等一个人，感觉意外的不错，连那光树杈子都瞧着顺眼。

等了大概有半个小时，孟枝终于从医院大门里出来。下了班，她脱掉了白袍，套上了白色羽绒服，还是一如以前般怕冷，将拉链拉到了最上头，只露出鼻尖以上的部分。如果不是羽绒服长度有限，只怕她恨不得将自己捂到密不透风。

沈星川的车被一棵树挡着，她半天没能找到，站在院子中间迷茫地环顾四周，半天不知道去哪里。沈星川看得发笑，他坐直了身体，拨通她的电话。

"孟枝，花坛边。"

孟枝一手举着手机，朝着他说的方位看过来。等视线检索到熟悉的车辆，她眸色突然亮起。她收起手机，脚步轻快地小跑过来。

等孟枝坐上车，沈星川将窗户的缝隙关严。

"想吃什么？"

孟枝说："都可以。"

沈星川提议："听说市中心有家法餐挺不错，一起去尝尝看。"

孟枝诧异："怎么突然想吃这个？"

沈星川笑了笑："好日子，庆祝庆祝。"

他这么说，孟枝便没再拒绝。

孟枝没怎么去过这种餐厅，也没吃过所谓的法餐。路上的时候，她用手机偷偷搜索了下吃法餐要注意什么，结果出来的都是长篇大论。孟枝一边看手机，一边分神注意着沈星川怕他瞥见，到最后，什么也没入脑。

不多时，车子驶到市中心。孟枝一下车就开始紧张。她怕自己不懂餐桌礼仪，刀叉用不好，闹出笑话，到时候丢人现眼。这种情绪持续到店门口，看见里头低调奢华的装潢风格，孟枝立刻想打退堂鼓。

"沈星川，要不我们还是……"

"欢迎光临！二位里面请！"

孟枝话说到一半，被里头出来迎接客人的侍应生打断，她只好将没说出口的话咽回去，连好不容易鼓起勇气打退堂鼓的念头都一并按捺下去。

沈星川却停了下来。

"怎么了？"

孟枝浅笑着摇摇头,说:"没事。"

或许是为了营造浪漫的氛围,这家餐厅的灯光很是昏暗,就连出电梯到进店门中间这一段光线也都是暗的,只有顶上暖黄色的灯照着。孟枝就站在灯底下,她明明是笑着的,眼底却藏着忐忑与胆怯,黑白分明的眸子一眨也不敢眨地看着他。

沈星川瞧见了她的紧张拘束,心底微微一疼。他突然觉得什么法餐什么浪漫,其实挺没意义,还不如两人一起去吃个火锅甚至是路边摊。重要的不是吃什么,是两个人一起。

沈星川垂眸,视线不期然地落在孟枝垂在身侧的手上——她拇指与食指指尖掐在一起,指甲盖因用力而泛着青白。这一秒,沈星川没多想任何事,他极其自然地靠近她,然后将她的手攥在自己掌心。

粗糙而炽热的触感从手上传来时,"啪"的一声,孟枝脑袋里残存的理智瞬间断了,她怔愣着抬头,目光里的茫然和谨慎看得沈星川心里又是一动。

他没说什么,牵着孟枝的手转了个弯,往门口走去。

直到重新回到车旁,迟疑了半刻,才松开。

手上霎时空了,孟枝指尖微动,问:"怎么不进去?"

"又不想吃了。"沈星川还是那副随性的语气,"今天很冷,改吃别的怎么样?"

孟枝舒了口气:"好。"

还是重逢时的那家火锅店,沈星川绕了小半个城区开过去,两人一人调了一碗醋碟,一顿饭吃完,饱没饱先不说,牙却是快酸倒了。

吃完饭,沈星川开车送孟枝回去。门卫大爷没在门口值班室,沈星川的车被道闸拦住了去路。他干脆把车停在路旁的车位上,走路将孟枝送到楼下。

孟枝租住的老小区不大,短短一截路,两人都没说话,沉默地并肩走着,中间隔着半米远的距离,就像他们之间的关系似的,不远不近。

不及恋人的亲密,但又不像朋友相处自如。

孟枝仰头,看着天边的月亮。

明明那么清晰、那么明亮,像是跟在身旁一路随行,但就是高高在上,伸着手也够不到。

到了楼下,两人分开。

临上楼前,孟枝又折身回来。

她说:"谢谢你。"

沈星川问:"谢什么?"

187

孟枝轻笑着摇摇头，没说话。

但沈星川明白——

她谢他没去那家法国餐厅，谢他陪她去吃火锅，谢他注意到了她的不自在并且顾及了她的感受。

这就是孟枝。

高自尊、敏感，却善良心软，别人给予一丁点的善意她便能记挂很久。

跟从前一模一样。

沈星川看着她，抿了抿唇："快回吧，晚安。"

可孟枝这晚睡得并不安稳。

她睡眠向来很浅，所幸睡得早。睡眠质量不好，时间倒是睡够了。过了一晚上，翌日起床梳洗的时候，她看着镜子里的人，又想起昨天楼梯间的事。她轻轻扬起了唇角，镜子里的人也随之一起。

收拾好去上班，才进医院的门，就被李铃铛挡在急诊门口。这厮手上拿着豆浆正在喝，看见孟枝，顿时连豆浆都顾不上了，急匆匆地跑过来拦人。

"等等！等等！"

"怎么了？"

李铃铛顿时笑得奇奇怪怪："听普外科的刘医生说，昨天有一高高帅帅的病人来拆线，拆完就直奔心血管去了，我没猜错的话，是你那谁吧？"

"……是。"

"怎么样？他昨天找你有没有把话说开？"

"说了。"

"说了？然后呢然后呢？"

孟枝轻吸一口气："铃铛，我跟他，我们在一起了。"

李铃铛傻眼了片刻，瞬间瞪大眼睛，开始土拨鼠尖叫："啊啊啊啊啊啊——"吼到一半，被孟枝一把捂住嘴。

孟枝尴尬极了："这是医院！你小点声！"

李铃铛掰开她的手："我知道，我知道，我这不是替你激动嘛！然后呢？"

孟枝问："什么然后？"

李铃铛不解："在一起了，然后呢？没发生什么吗？"

孟枝这会儿还没明白她是什么意思，实话实说道："吃了顿饭，然后他把我送回家就走了。"

李铃铛听完，摊开手："就这？"

"嗯。"孟枝不解，"你到底想问什么？"

"不是啊，你们在一起了，然后吃了饭，他送你回去，结果他自己就走了？开玩笑呢，他没留宿？"

孟枝摇头："没有。"

李铃铛不信："你别骗我哈，大家都这个年纪干柴烈火一点就着，又都是独居，怎么可能忍得住？"

她越说越离谱，孟枝顿时急了："真的没有，你别胡说！"

"不是啊！"李铃铛也很无辜，"我没有胡说，按照正常逻辑来说应该是这么回事，你俩这……枝枝，你别生气啊，我就是八卦一下……不是，你确定沈星川身心健康没什么毛病吧？"

孟枝："……没有。"

李铃铛无法理解："那他怎么一回事？对着自己喜欢的人都没冲动的吗？"

孟枝这下却没接话。

她不知道该说什么。

"喜欢的人"，沈星川是孟枝喜欢的人。

但孟枝不知道，自己算不算是沈星川喜欢的人。

毕竟，他当时说要在一起的理由是"我还单着""在一起试试"。

哦，对了，也有可能是因为那天出院的时候，他妈打来电话催婚。

思及此，孟枝炙热的情绪刹那间冷静下来。

那种从楼梯间开始便一直笼罩着她的摇摇晃晃的不真切感荡然无存，理智回笼，她站在急诊大厅里，如坠冰窟。

李铃铛看她脸色变了，吓得噤了声，担心地问道："枝枝，你怎么了？"

孟枝勉强笑了笑："没事。"

她大约只是从美好到不真实的梦境中骤然醒了过来。

仅此而已。

元旦之后，还有一个多月就是春节。

越临近年关，越是忙碌。除了每日接诊手术，各项年终考核也都提上日程。不光是医院，沈星川他们市局也是。他自从出院后就正常上班了，两人之间见面的次数并不多，那顿火锅之后，连续几天见不到他，只有饭时和临睡前才能收到他的微信或电话，但往往也只是三言两语就结束。

孟枝偶尔在忙得脚不沾地的工作间隙想起她和沈星川，甚至恍惚到开始怀疑他们到底在没在一起。不过也只是一会儿，等忙碌起来就顾不上了。

这种状态持续了个把月。

医院年终考核结束，孟枝终于能喘口气。第二天正逢周末，她刚好休假，临下班前，孟枝犹豫再三，还是给沈星川发了一条微信：晚上有空吗？一起吃个饭。

本以为又是隔上很久他才会看见消息，但这次很快，两三分钟后就有了回复。

沈星川：抱歉，今天没时间。

沈星川：等我忙完这几天。

孟枝看完，手放在按键上迟迟未动，好半天，只回复了一个"好"字。

她不擅长表达，也不知道这种情况下除了"好""行""知道了"诸如此类的话，还能再说些什么。

可晚饭总是要吃的。如果是平常，孟枝可能随便在哪个小店买点吃的垫垫就算完事了。但说不来为什么，大概是最近忙得昏天暗地，好不容易告一段落，她今天特别想坐在一家像样的店里，正正经经地吃上一顿饭。所以李铃铛打电话过来叫她一起去新开的网红轻食餐厅打卡时，她想都没想便答应了。

两人坐着李铃铛的"剁椒鱼头"车过去，等餐的时候，李铃铛又问起她最近谈恋爱的八卦。孟枝敛起眼睫，手里的叉子有一下没一下地戳着盘子里的面包。

"就那样吧，好几天没见面了。"

李铃铛顿时愁得皱起眉："怎么这样啊？"

孟枝笑了笑，解释道："年底都比较忙。"

"这倒也是……"李铃铛叹息。

李铃铛还想再说些什么，刚张开口，孟枝放在桌上的手机振动起来，她只好闭上嘴。

电话接通之后，孟枝只叫了声"刘阿姨"，然后就一直没说话，安静地听着。

那头的人不知道说了什么，孟枝脸色越来越不好看，到最后，犯难一般地拧紧了眉毛。

"太着急了，能再宽限一段时间吗……嗯，好，我知道了。"

电话挂断。

孟枝重重地呼了口气。

李铃铛问："谁打来的？怎么了啊？"

孟枝说："房东阿姨，说她儿子要结婚了，老房子年后就要翻修，让我在年前尽快搬出去。"

李铃铛立刻怒了："疯了吧？这马上就过年了，往哪儿搬啊？合同呢？她这算是违约吧。"

孟枝摇摇头："没用。她说可以补偿我两千块钱的经济损失，就当是她的违约金。"

"那你咋办?"李铃铛已经开始担心了,"不行来我家住两天,年后再去找房子。"

"不用了,还是不打扰你。两千块钱,我自己再贴点,先去找间便宜些的酒店凑合一下。"孟枝态度很坚决。毕竟她只是和李铃铛关系好,跟李家人又都不熟悉,再说大过年的,住进别人家,就算别人再怎么没意见,但这本身就是一种打扰。

李铃铛突然想起一茬:"不是还有沈星川嘛!他是独居吧,又是你男朋友,你住他那边应该没什么问题,名正言顺。"

孟枝却不想求助沈星川。如果不是走投无路,她谁都不想求助。这么些年,她都是这么过来的,断没有说仅仅是因为和他在一起,就失去了处理问题的能力。

孟枝拿起杯子喝了口水,语气淡淡:"再说吧。"

吃完饭回去,孟枝就开始上各大房产网找房源。海城发达,城市区域大到离谱,同样房价也到了令人咋舌的地步,无论是租还是买。

孟枝要求不高,正常小区,房租合理,能住人就成,最好离医院近一些,方便上下班。但这几样看似不高的要求加起来,直接筛掉了绝大多数的房子,只剩下寥寥几个。

孟枝记下联系方式,第二天上班的时候挨个打过去,有的是中介,开口就要她先预付一个月租金的中介费当报酬,有的则是快要过年没时间让她看房。挑挑拣拣,到最后只剩下两个,孟枝分别约在了两天下午下班后去看房。

这些事情孟枝都没跟沈星川提,她知道他忙,不想打扰到他。但第二天下班后正准备去看房子的时候,沈星川打来电话问她在哪儿,说要一起吃顿晚饭。

孟枝正在地铁上,这套房子距离医院有将近一个小时的车程,跟房东约了晚上七点半看房。她下了班之后没敢耽搁,匆匆忙忙地赶路。

"我有点事,今天可能去不了了。"

"什么事?"沈星川的声音有些疲惫,末了,他顿了一下,问,"你在哪儿?周围噪声很大。"

"地铁上。"

"干吗去?"

孟枝握着电话的手紧了一紧:"看房。现在租的房子房东要收回了,我在找新的房源。"

话音落下,那端的人沉默了许久,最后才发出微不可闻的叹气声,说:"地址发我,我去找你。"

"好。"

她把地址发给沈星川，没多久，地铁到站。

这次的小区距离地铁站很近，出门步行五分钟就到。孟枝到小区门口跟房主联系上，对方已经在房间等她了。她犹豫了片刻，将楼栋和房号给沈星川发了过去，自己先行上去。

在房东的带领下，孟枝大概参观了一圈，谈租金的时候房门被敲响，沈星川带着一身寒气从外头进来。他简单打了声招呼后就没怎么说话，孟枝跟房主谈价格，他也不搭话，就站在一旁听着。

直到说起搬家时间，房主犯难："我们还有东西没有收拾好，又准备马上回老家过年，估计得等到年后才能收拾完。"

孟枝的实际情况却不允许，她说："年后恐怕不行，能麻烦您年前尽量整理出来吗？"

房主拒绝："我回老家的车票就是明天，所以真的不行。"

"那……"

"那就年后再说。"沈星川突然道。

他没看孟枝，直对着房主说："今天麻烦你了。"

"没事。"房主摆摆手，"那就等年后，如果你们还有租房意向的话，我们再联系。"

孟枝只能说："好。"

沈星川是开车来的，送走房东后，他送孟枝回去。两人上了车后，沈星川没急着启动，他坐在驾驶座上侧身看着孟枝，眼神疲惫，细看，眼眶下还有淡淡的青黑色，估计这些天根本没能好好休息。

临近夜里十点钟，距离除夕只剩下几天，路上已经没什么人了，海城像是空了大半，连鳞次栉比灯火通明的高楼大厦都比不上往日明亮。车停在路边，前后车位都空着，看上去孤零零的。

沈星川看着孟枝沉默了许久，才蹙着眉掀开唇缝："孟枝，我们谈谈。"

孟枝垂眸，手指捏紧了背包的提手："嗯，你说。"

沈星川也不跟她绕弯子，开门见山地问："搬家的事，怎么不提前跟我说？"

"房东提得很突然，你又一直很忙，我不想麻烦你。况且，找房子的事我自己也可以处理，没必要打扰你工作。"

沈星川闻言，唇角微抬："那你处理成了吗？"

孟枝顿了下："……没有。"

沈星川问："所以，你接下来准备怎么办？"

孟枝想了想，说："先找个酒店订一段时间的房间吧，等年后再继续找。"

沈星川半天没说话。

半响，他恶狠狠地咬了咬牙，腮帮的肌肉骤然紧绷，复又松开。他脸上明明带着笑，可笑意不达眼底。

"孟枝，你可以的。"

孟枝再怎么迟钝也不会将这种语气当成是夸奖。况且，她只是不擅长人际交往，但在察言观色和感知对方情绪这一方面，她算得上高度敏感。

孟枝愣愣地看着他："你生气了。"

沈星川彻底被气笑，反问："我不该生气？"

孟枝不太理解："为什么？就因为我没有找你帮忙？"

她很是平静，无论是语气还是表情，近乎称得上理智与客观。沈星川觉得这算是在吵架，但结果好像只有他一个人在生气，反倒显得他在无理取闹一般。

空气静默许久。

沈星川突然问："你当我是什么？"

孟枝怔了一下："什么意思？"

沈星川定定地看着她："你有当我是你男朋友吗？"

孟枝说："当然有。"

沈星川又是一声低笑，似是带着几分自嘲道："呵，骗子。你都快被赶出家门了，也没有想过开口找我。"

孟枝怔然坐着，眼睫轻眨。她想解释几句，但不知道能说什么。沈星川正在气头上，现在这种状态，好像说什么都只会是错的。

孟枝有些无措，手指将挎包的带子在手上绕了一圈又一圈。她将唇抿成一条直线，半天才掀开："我习惯了。"开了个头，后边的话自然而然地就说了出来，"自己能办到的事，就自己去做，尽量少给别人添麻烦，难道不对吗？这么多年，我一直都是这样过来的，没有人告诉过我说这是错的。"

她说完，双眸看着沈星川，瞳孔里闪着细碎的光，像是期待他给出一个关于正确与否的答案。

车里一片寂静，只有空调吹出来的风带来些许杂音。空气又热又燥，呼吸之间，鼻腔和喉咙都干得发疼。

沈星川又想抽烟了。

他从车里摸出烟盒，掐了根出来叼在唇间，却没点燃。饶是如此，烟丝里特有的尼古丁和焦油的味道还是顺着唇齿缓慢蔓延到了喉咙间，奇异地抚平了他原本焦躁难堪的情绪。

193

沈星川打开车窗，呼出一口浊气："抱歉，我不是这个意思。"

孟枝看着他的侧脸，声音依旧平静："我知道。"

话音落下，空气又安静了好一会儿。

最后，是沈星川先服软。他说："搬去我家吧，就当是过渡。如果年后你还想住出去，我再帮你找房子。"

孟枝沉默几秒，点了点头："……好。"

住处的事暂时这么敲定了。

第二天早上，房东又打来电话问孟枝搬出去了没。在得知她还没动弹的时候，又话里话外催促了半天。

年前这几天医院人手不够，基本上不给批假，孟枝只有下班之后才有时间收拾东西。好在沈星川清闲了点儿，他便自告奋勇地承担起了搬家公司的业务。

下午四点的时候，沈星川过来医院取了孟枝的家门钥匙，先行过去帮她收拾。等到孟枝下班回去的时候，客厅和厨房基本上已经整理完毕了，东西都归置进了收纳箱里。

沈星川的外套被随手搭在沙发上，身上穿着一件浅灰色毛衣，正蹲在地上整理箱子里的琐碎物品。听见开门声，他抬眸往门口看了一眼，说："回来了。"

孟枝站在原地，看着里头亮起的灯光和蹲在地上忙碌的男人。这还是她脱离宿舍生活之后，头一回进家门，里头有人在等着她。一时间，那种说不上来的情绪又跑了出来，孟枝抬手，捂在心口上。

她半天没动，沈星川乐了："傻站着干吗？"

"没。"孟枝回神，换上拖鞋走进来蹲在他旁边，"我来吧。"

"不用，已经快收拾好了。"沈星川说着，将手里的水壶放正，"卧室我没进去，你看看还有什么能拿的，我等会儿一并拿过去，剩下的明天下午再来一趟。"

孟枝这里的东西很少，除了生活必需品，其余的基本没有，两三趟就能搬完。她不爱装点房子，即使住了这么久，家里也没什么生活气息，这么做的好处在这会儿搬家的时候体现得淋漓尽致。

沈星川是很有分寸的人，没经过孟枝的同意，他并没有擅自进她的卧室——虽然上次她家被偷的时候，他也已经进去过了。里头除了床和柜子，别的什么都没有，比酒店还简洁几分。

孟枝的床铺和衣柜都还没来得及收拾，今天打算在这边再住一晚，明天再搬。倒是柜子里头有现成收拾好的纸箱，是之前冯婉如从苏城寄过来的，除了里头丢失的手表，剩下的旧物品都原封不动地放着。

纸箱有些重，孟枝两手扣着边缘将其抱在怀里，出去的时候，沈星川已经收拾好了，三个收纳箱被一字排开放在茶几上。

沈星川迎上来接过她手里的纸箱："收拾得这么快？"她从进去到出来不到三分钟。

"没收拾，一直就在纸箱里装着。"

"里头是什么东西？还挺沉。"

"以前高中时用过的旧物品，本子和书什么的。"

"你还把这些带过来了？"

"不是。前几个月，我妈说那边收拾屋子，就打扫出来寄给我了。"孟枝一边将茶几上的抹布拿进洗手间用水打湿，一边解释，"她说是怕弄坏了，但其实没什么特别重要的东西。"

她说的时候是用一种习以为常的语气，好像在说一件再也寻常不过的事情。沈星川听着，却只觉得讽刺。他看着桌上那长、宽、高不过两箱泡面垒起来那么大的纸箱，抬手翻开，只见里头装着的尽是些用过的笔记本、试卷，甚至还有五中的校服，旧旧的，洗到泛黄，被叠起来压在最下头。

这么些零碎的东西，摞在一起一个纸箱就能装得完，何必要千里迢迢从苏城特地寄过来？与其说是怕弄坏，更像是划清关系，扫地出门。

孟枝当年在林家过得并不算好，他是知道的。当时作为朋友，他能帮的都尽量帮她一把，旁的再也做不了什么了。如今角色转换，陈年旧事摆在眼前，听她平淡地说出这些话，他竟然觉得愤懑。

或许，用心疼来形容，更加合适。

孟枝拿着抹布从洗手间里出来的时候，他还在原地站着，表情看上去有些阴鸷。原本封好的纸箱被拆开，里头的旧物品大剌剌地敞着。

孟枝走近，轻声问："怎么了？"

"没事。"沈星川扯着嘴角，"我先把这几个箱子搬下去，等你收拾完，一起出去吃晚饭。"

孟枝放下手里的抹布："好，我帮你。"

沈星川却直接拒绝："不用，有些沉，我来就行。厨房和客厅都收拾得差不多了，你看一下还有没有什么遗漏，我很快就好。"

他语气很坚决，孟枝见状，也没再坚持。

沈星川来来回回搬了两趟，最后一趟的时候，孟枝穿好外套随他一起下楼。这个点，已经没什么店铺开门了，两人随便找了家小店吃了饭。送走沈星川，孟枝回了小区，收拾起了柜子里的衣物。她的衣服不多，一年四季所有加起来，两个行李箱就能装完。剩下的就只有床铺，得等第二天睡醒才能收。

紧赶慢赶，总算在除夕前一天收拾完了所有东西。

房东是本地人，听说她搬出去了，当天来就验了房，收回了钥匙，还很厚道地退了一个月的租金。

孟枝手里拿着三千五百块钱，连同自己最后的衣物和铺盖，一并上了沈星川的车。

这时候已经是夜里九点，街道上冷冷清清的。两人都是一下班就过来搬家，又一次，饭都没来得及吃。孟枝本想着找一家还在开门营业的火锅或是烧烤店随便吃点儿，就当是犒劳这几天的奔波，结果从她租住的小区到沈星川家这一路上，竟然没遇到什么像样的店。最后，沈星川径直将车开进了他家附近一间大型超市的地下停车场，带着孟枝一起买了些食材，准备回去自己做。临走的时候，瞥见货架上大红色的春联和福字，又拿了一套放进购物车。

回到小区，沈星川将购物袋交给孟枝拿着，他自己则是一手推着孟枝的两个大行李箱，另一只手拎着她装床单被褥的大包。他在前头带路，孟枝在后头跟着。

孟枝并不是头一回来沈星川家，之前他住院的时候，孟枝过来帮他收过一次衣物。她记性很好，只去过一次的地方只要用心记了，之后很长一段时间想忘都难。

独自来和跟着屋主人一起来，是截然不同的感觉。更何况，她以后就要住这里了。虽然只是收留与被收留的关系，但孟枝想着，这大概算得上是同居吧。

同居。

简简单单的两个字，她光是想想就觉得紧张。毕竟，她喜欢了沈星川那么多年，从情窦初开的暗恋，到如今，一步一步，被他授予资格，允许踏进他的私人领地……这一步，中间兜兜转转，聚聚散散，竟是用了很多年。

"A座3号楼，次顶层东户，A326-1。"沈星川按下电梯的同时突然开口，"记住了吗？"

孟枝将离散的思绪拽回来："什么？"

"家里住址。"沈星川说，"你要记住。"

他没说"我家"，说的是"家里"。孟枝本就是一个高度敏感的人，这种细枝末节上的变化，可能沈星川本人说的时候都没注意到，她却能细致地捕捉到。

电梯逐层上升，孟枝原本有些忐忑的心随之一起平复下来。到二十六层，电梯门缓缓朝两侧打开，孟枝跟在沈星川身后下电梯，又跟着他进门。

直到沈星川弯下腰，从鞋柜里拿出一双还没撕掉标签的女式拖鞋递到她跟前时，孟枝彻底愣在原地。

"你什么时候买的?"

"昨天晚上,从你家回来,我去了趟超市给你添置了些日用品。"

沈星川说着,语气很是随意。他换好鞋起身,看孟枝还站着不动,又催促了她一句,自己则是将行李一并拖进房间里。等孟枝换好鞋子跟上来时,他将人领到次卧。

"这里一直只住了我一个人,次卧没人用过,不过家具都是齐全的。我不知道你平常都需要什么,不过能想到的东西我都添置好了,如果还缺,我们再一起去买。"

孟枝站在次卧门口,没进去。她的视线在里头睃了一圈,看到了床头柜上摆放着香薰、抽纸、桌面垃圾收纳盒,下方插座上插着一盏小夜灯,另一侧放着一个花瓶,里边插了一束假花。

见她一直盯着那束花,沈星川难免觉得有些不好意思。他清了清嗓子,嘴角抬起,故作漫不经心地扯了个拙劣的借口:"超市买东西送的,假花不用费心养活,如果你不喜欢就扔了。"

他说完,作势就要往回走。

孟枝上前一步拉住他的小臂。

沈星川站定,语气有些诧异:"怎么了?"

孟枝松开手。她垂眸看着自己的手心,掌纹凌乱。

小时候奶奶常说,掌纹乱的人命不好,孟枝虽不信,但从小到大每一步好像都践行着。亲人早逝,被二叔二婶推出家门,被亲生母亲抛弃,又不得不厚着脸皮赖着她生存……一直以来,很少有人对她这么好。她好像,本身也没有什么值得别人对她好的理由。

孟枝有些疑惑。

她靠着墙,眉头轻蹙,黑白分明的眸子直视着对面的人。

她问:"沈星川,你为什么对我这么好?"

沈星川顿了下,没直接回答,而是反问:"好吗?"

孟枝肯定道:"嗯。"

沈星川笑了:"还能更好。"

他说完这句话,就走出了次卧。

孟枝的问题并没有得到一个明确的答案,但她也没有再追问下去。沈星川去厨房做菜,孟枝留在卧室里收拾整理……其实也没什么好收拾的,所有的东西沈星川都添置齐全了,她只要铺好床,再将自己带来的行李归置整齐便可。

饶是如此,一番忙碌下来,也过去了将近一个小时。

等她收拾完出房间时，闻到了从厨房飘来的饭菜香味。

孟枝过去，刚进厨房门就被锅里头的炒青椒呛得咳了声。

沈星川拿着铲子，熟稔地翻炒着菜，听见声音，抽空回头跟她说："里头呛，你去外面等着。"

孟枝没出去："有什么我能帮忙的吗？"

"不用。"沈星川说，顿了顿，见她没有要走的意思，只能妥协道，"那你把炒好的菜端出去吧。"

旁边灶台上已经摆了三个炒好的菜，西红柿炒蛋、豆角烧茄子、白菜豆腐煲，锅里的青椒炒肉也马上好了，一旁还煨着汤，盖着盖子，不清楚里头是什么。都是家常菜，但每一个都色香俱全。

孟枝将炒好的家常菜端去餐桌，没多久，沈星川也端着最后一个菜出来。他腰间的围裙还没来得及摘掉，是那种最普通的格子款式，这让他整个人褪去了原本的凌厉感，变得温和许多。

沈星川将汤锅放到一旁坐了下来。长方形的餐桌，他和孟枝各据一端："尝尝看。手艺不是很好，不过应该能吃。"

孟枝看着眼前的四菜一汤："不会，看起来就很香。"

沈星川笑了笑，蓦地想起什么，又起身走进厨房，等他再出来的时候，手上多了一瓶白葡萄酒，度数不高。

"喝点？"沈星川晃了晃酒瓶。

孟枝其实没怎么喝过酒，仅有的一次还是在读研期间，被李铃铛拉去庆生时喝了两口酒，然后，直接没了意识，一醉不醒。醒来后，据李铃铛说，她酒品很好，不哭不闹不撒泼，就是安安静静地坐着，然后瞪着眼睛看人，看着看着，魂就走了……

第二天不上班，又马上过年，她又搬了家，一桩一件，好像都没有拒绝的理由。所以当下沈星川提议时，孟枝只犹豫了片刻就答应了："……好。"

沈星川从餐柜里拿了两只杯子出来，不是那种专门用来喝酒的高脚杯，就只是普通的玻璃杯。他洗干净杯子，用厨房纸擦干净里面的水，满上酒递给孟枝一杯。

"平常跟队里那些糙老爷们出去都是喝啤的白的，葡萄酒我也不太懂。"沈星川说着，自己先笑了，"随便喝点吧，就当是庆祝新年了。"

孟枝接过，抿了一口，有些酸苦，但片刻后就开始回甘，甜丝丝的，味道还不错，跟饮料似的。她又仰头喝了一口。

两人就着晚饭边喝边聊，更多的时候是沈星川在问，孟枝回答。她向来话不多，开会都是干巴巴地说两三个字就停下，连稍微延伸一下话题都做不到。用李铃铛的话说，就是"话题终结者"外加"把天聊死型选手"。孟枝任由她吐槽，心里却不甚在意。人各有性格，她就是这类人而已，学不来别人的八面玲珑。

但此刻，只有她和沈星川两人，她突然有些恨起自己的笨嘴拙舌了。如果她性格再开朗外向一些，再善于言辞一些，或许，她就敢鼓起勇气，将心底一直的疑虑、忐忑和不确定说给他听。

思及此，孟枝又喝了一口酒。

一顿饭吃了半个多小时，到最后，餐盘空了大半，一瓶酒也空了大半。

孟枝靠在椅子上，头已经开始发沉，脑袋里像是有个小人在那儿一直转来转去，搅弄得她头昏脑涨。偏偏她喝酒不上脸，再怎么头晕想吐，脸还是白的，丝毫看不出来。

沈星川就没怎么瞧出端倪。

他放下筷子，问孟枝："你过年值班吗？"

孟枝回答得有些慢，语气却一如往常的平稳："值，初三到初六。你呢？"

沈星川有些意外地挑了挑眉："挺巧，跟你一样。"

听完，孟枝点点头，没说话。隔了会儿，她又突然想到一个问题，调整了下坐姿："那你过年回去吗？不用顾及我，我一个人也没关系。"

"不回。"沈星川撩起眼皮看了她一眼，"我爸妈去澳大利亚度假了，回去家里也没人，就不折腾了。"

孟枝右手撑在餐桌上，托着腮，语调也拖得长长的："哦，好。"

沈星川问："你呢？过年这几天有什么打算？"

孟枝晃了晃昏沉的大脑："没打算。"

沈星川点头，没说什么，垂眸的样子像是在思索。

隔了会儿，他突然提议："不如我们趁着这几天去周边转转，当旅游了。"

孟枝又是一声："好。"

沈星川问："你有想去的地方吗？"

孟枝摇头。

沈星川想了想："隔壁省，清水镇怎么样？"

孟枝点头，说："好。"

沈星川乐了："你怎么这么好说话，什么都说好？"

这下，孟枝干脆连话也不说了。

沈星川终于察觉到了些不对劲。他拿起玻璃杯抵在唇畔，没喝酒，只是定定地看着对面的人。半晌，他唇角轻抬，语气近乎笃定："孟枝，你喝醉了。"

"啊？"被点到名的人愣了一下，用仅剩下的理智强撑着否认，"我没醉。"

"你有。"

"我没有。"

沈星川笑了，有些无奈。他是头一回跟孟枝喝酒，怎么也没想到，她酒量会这么……浅。白葡萄酒本身度数不算高，但后劲有些大，可两人加起来也只喝了半瓶，她就变成这副样子了。

他放下手中的玻璃杯，气定神闲地向后靠在椅子上。原本打算吃得差不多就撤了餐盘去收拾，现在也不了，好整以暇地坐在那儿，静静地望着对面的人。

孟枝手托着腮，面色如常，但细看就会发现，她眼底已经不再清明，朦朦胧胧的，像浮起了一层雾似的，看不真切。喝醉了酒，她估计头有些晕，远山眉浅浅蹙着，重心就这么斜斜地倚在手肘上。

沈星川的目光从她的眼挪到脸颊、腮边，又看她丝丝缕缕散落在肩前的发丝，最后定格在唇上。

孟枝长了一张花瓣唇，丰厚饱满，唇色嫣红，和她整个人冷淡内敛的气质格格不入。沈星川盯着看了会儿，原本黑沉的眸色变得越发深邃。

许久，他突然倾身上前，胸膛抵在餐桌边缘，跟孟枝之间只隔了四五十厘米。他开口，嗓音又低又沉，像是刻意压制着什么。

"孟枝，你说你没醉，对吗？"

对面，孟枝头晕得不行，却还是留着最后一丝清明的意识艰难抵抗着那股排山倒海般的困意。她觉得自己没喝醉，只是头晕想睡觉而已，并不算醉。所以，闻言，她也是坚定地重重点头："对。"

"那我问你问题，你要回答我真话，行吗？"

沈星川语速很慢，一字一顿，诱敌深入。

"好的。"此时的孟枝轻而易举地便被他蛊惑。

餐厅顶灯照出暖黄色的光，从头顶倾泻而下。沈星川的头发有些长了，额前的发丝被灯光照着，覆盖出一片阴影，刚好遮到了他的下眼睑处。一桌之隔，孟枝昏昏沉沉的，看不见他的眼睛，也看不清他的表情，只能看见他的唇畔一张一合，呢喃出一句低语：

"孟枝，喜欢我吗？"

至此，孟枝艰难维持的最后一丝清明终于烟消云散。

她头晕得已经彻底放弃抵抗，软软地趴在桌子上，将头埋进胳膊里。饶是如此，却还惦记着方才答应沈星川的话——我问你问题，你要回答我真话。

无法抵抗的眩晕与莫名的意志在艰难地对抗着。孟枝趴在那儿，安静地一动不动。过了好久，久到沈星川以为她睡着了的时候，才终于见那醉鬼重重呼出一口气，随之一起的，还有那句沉闷黏稠的："喜欢。"

两个字，让沈星川彻底怔住了。

他静静地看着面前的人，久久未动。

孟枝的呼吸声越来越均匀平稳，竟就这么睡了过去。

沈星川看着，半晌，突然轻笑了下。

他对这个答案好像很满意，连表情都不大能控制得住，笑得越发张扬肆意。等笑够了，他起身走到孟枝边上，拉住她的一只胳膊从后绕过自己的脖颈，然后弓起背，左臂从她膝弯下绕过，略一用劲，便将人抱了起来。

怀里轻飘飘的，沈星川又一次直观地感受到了孟枝的消瘦。他微不可察地皱眉，脚步却没有停顿，轻而易举地将人抱回了次卧。

床铺方才已经铺好了，沈星川弯腰将人放下，略一思索，只将拖鞋从她脚上脱下，别的分毫未动。

孟枝依旧未醒，躺在床上，双目紧闭。

她像是做了什么不好的梦，眉目间拧出一道浅浅的褶皱，昭示着她梦里的不愉快。

沈星川坐在床边静静地看着。冬日的夜里很静，耳旁几乎听不到任何杂音，只有两人清浅的呼吸声此起彼伏，交织在一起。

许久，他弯下腰，在孟枝眉间落下绵长一吻。

翌日清晨。

即使不上班，孟枝也依旧醒来得很早。早已经固定的生物钟容不得她多睡一会儿，一到点就将她叫醒。

宿醉让孟枝的头疼得好像要裂开似的，她没急着起床，轻闭着眼躺在床上，抬手按压着一侧太阳穴，脑内却在拼命回忆着昨晚发生的事。

她记得她和沈星川在吃饭，然后喝了酒，没喝多少她就醉了，晕晕乎乎地想睡觉，但沈星川一直在说话……一会儿说值班的事，一会儿又说去旅游，还说了什么来着？

孟枝顺着时间轴一直往下捋过去。

蓦地，她睁开眼睛，眸子里的惺忪睡意全然不见，整个人都清醒了。

沈星川低沉喑哑的声音好似在耳畔响起——

"孟枝，喜欢我吗？"

喜欢……

然后呢？沈星川是怎么说的？

孟枝拼命回想，但头脑里始终一片空白。

孟枝缓了好一会儿才从床上起来。

拉开窗帘时，才发现外头竟下起了雪。说是雪也不太准确，更像是碎碎的冰碴子，一落地就化了，只留下湿漉漉的水渍。

孟枝洗漱完后去客厅，外头空无一人。昨晚的残羹剩饭已经被收拾干净了，餐桌和厨房都是一片整洁。孟枝想了想，转身进了厨房。

昨天买的菜还剩下很多，沈星川说是备年货，买了整整两大包，除去昨晚做饭用的，剩下的全塞进了冰箱，双开门的冷藏柜被堆得满满当当。孟枝费了点力气才从里头取了两个鸡蛋、一盒培根，想了想，又拿了一大桶牛奶。

虽然从小就在厨房帮大人打下手，但其实孟枝并不擅长做饭，仅会的几道家常菜在去苏城开始住校之后，也遗忘得差不多了。

起锅，点火，烧油。

油温差不多之后，将鸡蛋磕进去，再放四片培根。她聚会神地拿着锅铲严阵以待，生怕一不小心烧煳了，饶是如此，最后盛出来的时候培根还是有点焦黑。

孟枝对着餐盘思索了片刻，将那块焦了的放进自己的盘子里。

刚做完这一切，筷子还没放下，身后冷不防地传来一声："做什么呢？"

孟枝吓了一跳，手抖了下，餐盘被她撞得直往灶台边缘去。眼看着快要摔地上，千钧一发之际，被一只手稳稳地扶住了。

沈星川也是刚起床洗漱完，原本打算简单做点早饭，却不承想刚进来就撞见了这一幕。他比孟枝高一头，过程中，身体不可避免地往前倾，整个人从身后将她包裹进了怀里。

孟枝甚至能感觉到他身上传来的温热，还有须后水独特的清洌气味。这种明显超过安全距离的亲密让她整个人下意识地往前一步，然而前头就是灶台，她半步也动弹不得，双手抵着大理石岩板边沿，只得任由他将自己桎梏在方寸之间。

沈星川站在她身后，将餐盘重新放了回去。

他没有要离开的意思，站在原地居高临下地问她："早餐？"

"嗯。"孟枝咬了咬唇，克制住那种想要逃离的冲动，尽量让自己显得自然一些，"煎蛋、培根和牛奶，简单弄了点。"

"看起来很不错。"刚起床，他的声音有些沙哑，却偏偏故意拖着音调，在她耳畔轻哺道，"辛苦了。"

温热的气流沿着耳郭一路蔓延到四肢百骸，犹如细微的电流给人以某种异样感。孟枝没能忍住，眼睫剧烈颤抖着，她整个人下意识地再往前，两手无措地撑着灶台，小腹抵住大理石的边沿，一直到不能再往前为止。

孟枝从来没有这么紧张过，全身上下每一处好似都僵住了，半点动弹不得，连心跳也几乎停滞。

她是一个边界感很强的人，从来没有跟谁如此近距离地接触过，一旦超过安全距离，便会让她有种想要逃离的本能反应，更遑论是异性。

孟枝闭上眼，慢慢地理顺呼吸。四周的空气停止了流动，黏腻地包裹在四周，她费了好大力气，才终于逐渐适应。孟枝攥紧了手指，鼓足勇气回头："你……"

仅说了一个字，话音戛然而止。

害得她紧张了半天的罪魁祸首不知什么时候已经退出厨房，此刻正坐在餐桌边遥遥看过来，长腿伸展，人散漫地向后靠在椅子上，嘴角轻勾，笑得慵懒又肆意。

"站那儿发什么呆？"他问。

孟枝在那么一瞬间里，尴尬到整个人都烧了起来。

她极度怀疑他是故意的，但没证据，问又没法问，只能忍着咽回肚子里，当作什么都没发生。

"来了。"孟枝应声，转身端着餐盘往餐厅走。

在她没留意的时候，沈星川脸上的笑意越发深，到最后，不得不用手抵住唇畔，清了清嗓子，才勉强压制住即将倾泻而出的笑声。

自认为方才丢脸了一番，孟枝早餐吃得极为拘谨，连话都不说了。沈星川知道她是不好意思，又没法安慰，只能假装看不懂。

早饭快结束的时候，他喝下最后一口牛奶，放下杯子："吃完去收拾行李，准备好就出发。"

孟枝愣住："去哪儿？"

沈星川闲闲地撩起眼皮看了她一眼："清水镇，昨天说好的。"

孟枝回想了一下，的确是有这么回事："我记得。"

"那就好。"沈星川说，紧接着又意味深长地吐出一句话，"我还以为你喝醉时说过的话，酒醒了就不认账了。"

早餐结束，外头的雪下得越发大了，连草坪里都落了白，细看之下是雪和冰晶夹杂在一起的混合物。好在地面上还只是湿答答的水渍，并不影响行路。

沈星川端了餐盘去厨房清洗，孟枝帮他把洗干净的盘子擦干放好。收拾完已经是上午十点了，从这边到清水镇走高速两个小时，刚好能赶上午饭。

两人各自去整理了行李，因为一共就两天时间，孟枝只拿了换洗的贴身衣物和洗漱用品，连行李箱都不用，大一点的包就能装下。沈星川跟她差不多，也是一个登山包。

临下楼之前，沈星川从玄关柜子里拿出昨晚买的春联和福字，端端正正地贴在入户门上，看上去总算有些过年的氛围了。

清水镇是有名的江南小镇，小桥流水、白墙青砖，近些年因为名气越来越大，游客越来越多，被幕后公司统一开发管理，商业化气息也逐渐严重，褒贬不一。不过，沈星川和孟枝没得选，两人的假期都太短，只能择近，好在孟枝并没有来过这里，也算是新奇。

这次旅游太仓促，什么都没来得及准备，上高速后走了五六十千米，就因堵车不得不放缓了速度。一路走走停停，到清水镇时已是傍晚了。

赶了大半天的路，两人都没什么体力和心情去逛，直接到了酒店办理入住。近两年春节旅游的人越来越多，清水镇又是热门景区，沈星川订房的时候已经没什么空房了，最后捡漏了一家民宿的标间，立马就下单。

民宿靠水边，里头又冷又潮。孟枝一进房间，率先被扑面而来的阴冷冻得打了个喷嚏。

沈星川放下行李，第一件事就是找到空调遥控器打开空调。他无奈地耸耸肩："条件有些艰苦，坚持一下。"

孟枝本就不是娇生惯养的人，只是刚进门那一下没缓过来。这会儿空调打开，燥热的风从出风口吹过来，立马就没那么冷了。她吸了吸冻红的鼻子："没事，这里也挺好的。"

沈星川将行李放到椅子上，闻言不免失笑："哪里好了？"房间又小又潮，唯一的优点就是看上去还算干净。

孟枝说："就……能订到房间，挺好的。"

沈星川乐了："真好说话。"

他将换洗衣物从包里取出挂进衣柜，又督促孟枝也整理一下。末了，他又想到什么，起身往浴室走："我去调热水，洗个澡会舒服一些。"

孟枝说："那你先洗，我的东西还没收拾好。"

沈星川不置可否："行，我先，等会儿你进去也暖和。"

孟枝点点头，示意自己知道了。

她其实没什么好收拾的，就是有些不知所措。订房间时，孟枝本来以为是订两间，但最后沈星川说只能下单一间空房，别的都满了。孟枝当时就想打退堂鼓，但是，他们已经成年，又是名正言顺的情侣关系，睡一间房也无可厚非，更何况还是标间，两张床铺，各睡各的。

但孟枝就是觉得尴尬。这种尴尬来源于她本身对亲密关系的排斥，对她与沈星川当下这种……他们明明是恋人，却又不像恋人。

没有拥抱，没有接吻，没有做过亲密的事情。

疏离到跟普通朋友没什么两样。

孟枝想着，原本出来旅游的明媚心情也随之回到谷底。她晃了晃头，不愿意继续深想，干脆起身将自己带来的衣物拿出来挂进衣柜。

原木色柜子，里头一半是沈星川的衣物，一半是孟枝自己的。明明在同一个空间里，紧挨着没有缝隙，一眼看上去却又泾渭分明。

孟枝收拾好，坐在床边又出了会儿神，直到浴室里淅淅沥沥的水声戛然而止，她才终于收敛了思绪。

片刻工夫，洗手间的门被推开，沈星川从里头出来。

孟枝抬眼望过去，视线当即定住。

洗完澡的沈星川浑身湿漉漉的，他只穿了一条睡裤，上半身放肆地裸着，脖子上随意地挂着一条毛巾，一只手正拿起毛巾一角擦头发。饶是如此，额前的发丝上依旧有水珠滴落，沿着脖颈一路下滑，滑过胸膛、腰腹，最终隐没在睡裤边缘。

除去手术台上的特殊情况，孟枝还是头一次这么直观地看到一个男性躯体。职业使然，沈星川的体格是健壮的，从胳膊到腰腹，每一寸骨骼与肌肉都张弛有度，衬着麦色肌肤，线条尤为明朗。

他走出来的样子太过坦然，不遮不掩，反倒让孟枝愣住了。

沈星川留意到了，眸色越发深沉。

他走近，放下手中的毛巾："好看吗？"

"什么？"孟枝差点以为自己听错了。

"看你盯着不挪眼，我还以为你觉得……"沈星川故意顿了顿，"还不错。"

他的语气太过理所当然、见怪不怪，孟枝嘴笨，喉咙哽了又哽，半天都没能说出一句话，急得整个人都开始冒汗，脸色也变得绯红。

最后，还是沈星川见她实在可怜，大发慈悲地放她一马："开个玩笑。你快去洗漱吧，浴室正暖和着。"

孟枝徒劳地抿了抿唇，再没敢看他，拿起自己的睡衣匆忙进了浴室，背影大有落荒而逃的架势。

等她再出来，已是大半个小时之后的事了。

吹风机没在浴室里，孟枝只能穿好衣服湿着头发出来。

这会儿工夫，沈星川的头发已经干了，正倚在床头看手机。孟枝推开浴室门，他循声望过去，然后，视线定格在她素净白皙的脸上。

高二那年，孟枝刚从北方过来，瘦得穿衣服都兜风。大抵是没什么人管她，冯婉如又不上心，那时的她总是一副营养不良的模样，皮肤也算不上白，就连头发都是干枯的，像把柴火竖在脑后，直到后来才好一些。

这么多年过去，她还是很瘦，但整个人早褪去了那贫瘠的模样，变得温润细腻。她身上穿着白色的睡衣套装，缎面的料子，贴肤度很好，柔顺地包裹在身体上，塑出起伏有致的曲线。

唯一美中不足的，还是偏瘦。

沈星川的目光挪向她垂在身侧的手腕上，细得仿佛轻轻一捏就能折断。他的目光过于直白，丝毫不遮掩，里头的复杂情绪让孟枝读不明白。

孟枝被他看得赧然，便出声试图转移他的视线："那个，吹风机在哪儿？"

"窗台。"沈星川回答，紧接着又明知故问，"要吹头发？"

"嗯。"

得到肯定的答复，他站起身走到窗台边，先她一步拿起吹风机。他眼底明明压抑着炽热，偏偏又得故作清明，喉结上下滚动几番，才道："过来，我帮你。"

孟枝站在原地踌躇了片刻，最终还是走近。

民宿的房间空间很小，仅有一把凳子，上头被两人的行李包占据着。孟枝只能坐在床边，半低着头，黑色的长发湿淋淋地搭在两侧肩膀上，好在底下垫着毛巾，不至于弄湿衣服。

沈星川给吹风机插上电，然后一步跨过来，站在孟枝身前。她的脸不偏不倚，正对着他的胸膛。两人之间的距离被无限拉近，孟枝闭上眼，悄悄咬住了唇。

吹风机打开，温热的气流吹向她脑后。沈星川一手持着风筒，另一只手撩起她一缕长发放在手心吹着，等到半干时又放下，换一缕。他极为认真，整个过程话也不说，专心致志得像是在做什么大事。孟枝全程闭着眼，任由他动作。

吹风机的电源线长度不够，吹到脑后那部分的发丝时，明显有些够不着。孟枝并不太清楚，只是听到沈星川"啧"了一声，兀自呢喃了一句"线有点短"。紧接着下一秒，他的手突然扶在了孟枝的后脑上，掌心用力，将她往自己胸膛的方向按了按。等孟枝睁开眼时，鼻尖距离他腹部只不到两厘米。

孟枝顿时僵在原地一动也不敢动，这个距离，丝毫不用怀疑，她呼出的气流毫无意外地能打在他身上。

偏偏沈星川跟未曾发觉似的，还继续道："靠近我些，后面有些吹不到。"

孟枝哑然。半晌，她艰难地侧了侧头："我觉得可以了。"

沈星川动作未停："是吗？后面还有点湿。"

孟枝一噎："没……没事了，等它自然晾干吧。"

"行吧。"沈星川不无遗憾地说。

他关闭吹风机的开关，松开她的头发，后退半步，重新站直了身体。手臂伸展开，从插座上拔掉插头，将吹风机的电源线一圈一圈地绕在风筒上。

两人之间的距离重新被拉开，那股萦绕在周围无处不在的男性荷尔蒙气息总算消散了些，孟枝暗自呼出一口浊气。

她自以为动作谨小慎微，殊不知全然落在另一人眼里。

沈星川绕好线，将吹风机反手放在窗台上。做好这一切之后，他并没离开，反倒是好整以暇地靠在窗边看过来。半晌，他忽然问："孟枝，你紧张什么？"

孟枝一颤，顿时有种尴尬被戳穿的慌乱："有吗？"

"有。"沈星川语气笃定，"要给你拿个镜子看看吗？你耳朵很红。"

闻言，孟枝下意识地抬手摸自己的耳郭。也不知道是她的手太凉，还是空调太干燥的缘故，总之，很烫。

孟枝放下手："……可能是空调太热了。"

"那就行。"沈星川说着，低笑一声，"我还以为是你怕……"

"怕什么？"

"谁知道呢。"沈星川嗤笑一声，"可能是怕我突然做一些什么事？"

他没说明白，孟枝却听懂了弦外之音。

她忙不迭地否认："没！我没这么想过！"

沈星川站定在原地，喉结耸动："那就好。"

话音落下，下一秒，他上前一步，屈膝半跪在孟枝身前。独属于男性那种炽热滚烫的温度席卷而来，带着薄荷洗发水的清冽香气。他略为粗糙的大掌不由分说地扣住了她细瘦的腰肢，指尖微微用力，陷进她侧柔软的肌肤里。

不待她反应过来，他另一只掌心便抚在她的脖颈上，带了些力道，压着她的头往下倾。

孟枝的心脏漏跳了一拍。接下来要发生的事情她隐隐有了预知，却偏又不知该如何应对，浓睫剧烈地颤抖着，原本落在身体两侧的手下意识地攥紧了床单。耳边静悄悄的，一切杂音全部消失，她只能听见耳蜗里血液流动的声音，和越发剧烈的心跳声。

——"咚咚咚！"

一下又一下，犹如鼓槌重敲。

咫尺距离，她看见沈星川的眼底雾沉沉一片，嘴角却噙着笑。

他说:"怕就闭眼。"

一令一动。

孟枝闭上眼睛。

然后,感官在这一片混沌中被无限放大。她感觉到嘴唇被人噙住,辗转研磨……

孟枝感觉自己被分成了两个:一半像是陷入沼泽,被剥夺掉呼吸、意识和一切反抗的能力,任人予取予夺;另一半却始终清醒。

清醒地看他带着自己沉溺于身体最本能的欲望,清醒地感知到意识越发朦胧,清醒地配合着他亲吻的动作,清醒地……看着自己一步一步沉沦。

第十一章

双人游

Wojian Xingchuan

清水镇可以逛的地方挺多，但都大同小异。

换了环境，睡前又发生了个小插曲，孟枝夜里没怎么睡踏实，第二天起了个大早。

旁边的床上，沈星川还没醒。他侧身躺着，背对着孟枝的方向，被子随意盖到腰上。昨晚临睡前他穿上了睡衣，此刻规规矩矩遮住了所有该遮的地方，不露一丝缝隙。

孟枝不想吵醒他，轻手轻脚地洗漱完独自下楼。

她对清水镇仅有的认识只停留在网络上的广告图片和视频，其他的一无所知。好在近些年自媒体发达，旅游攻略随手一搜便是。她对照着攻略简单敲定了几家据说还不错的早餐店，最后比对着导航选了距离民宿最近的一家馄饨铺。

孟枝点了两份，等她吃完，带着一份回去时，沈星川已经起来了。

他起床后又洗了一次澡，孟枝推门进去时，他正在窗前拿着吹风机吹头发。

孟枝将小馄饨放在桌上："我起得早，看你还在睡就没叫你。这是我在网上搜到一家评价还不错的馄饨，给你带了一份当作早餐。"

"看起来很不错的样子。"头发干得差不多了，沈星川关掉电源起身过来。

他睡衣只随便扣了两三颗扣子，其余的全敞开着，尤其是领口往下那几颗都没怎么扣住，露出大片的肌肤。他走近时，衣衫晃动，孟枝轻而易举地便看见了他胸口的那颗痣。

红色的，很小一颗，在麦色的肌肤上格外明显。

很奇怪，明明他昨晚上没穿上衫，孟枝都没能注意到，却在这时候瞧见了。

"你在看哪里？"沈星川出声，打断了她的怔忪。他坐在桌前，好整以暇地看着她，嘴唇轻抿着勾起，笑得不怀好意。

孟枝回过神，脸热着别开眼，忙出声否认："没看！你快趁热吃。"

"行了，不逗你了。"沈星川乐完，终于肯大发慈悲地放她一马。

他三下五除二地喝完了馄饨，连着汤汁也一并清空。放下勺子的时候，他蓦地想起来今天是初一，便对着静坐在一旁的孟枝说了声："新年快乐，孟枝。"

孟枝愣了下，笑了："新年快乐，沈星川。"

吃完早饭，两人下楼去清水镇闲逛。说是旅游，其实沈星川最大的目的是带孟枝出来散心，离开鳞次栉比的高楼大厦，到水乡小镇换个心情，所以打卡景点什么的反而不是什么必需的行程了。

景区内河水系纵横，主要分成 A 区和 B 区两部分，两边景色大差不差。只不过一边更适合旅游观光，有几处名人故居，另一边则是休闲娱乐的地方多一些。沈星川订的民宿坐落在 A 区，所以两人决定头一天就在这边转转，翌日再去另一边。

大年初一，景区里人挤人。孟枝紧跟在沈星川后头，饶是如此，在经过一座石桥时还是差点被人群挤散。最后，沈星川一把牵住了她的手，这才避免走丢。

过了桥是个小十字路口，路标显示一侧有名人故居，大多数游客都沿着那条路走了。

沈星川问："要去看看吗？"

孟枝摇头说："不了吧，人太多。"

沈星川说行，然后牵着她走了另一条相对人少的路。

青石板沿着河边一路铺到看不见尽头的远方，宽度却只有几米，另一侧则是古色古香的店铺，只不过里头卖的东西几乎没什么大的差别。孟枝原想买两件旅游纪念品带回去送人，逛了几家后就兴趣缺缺了。

见状，沈星川问："你来过这边？"

孟枝摇头："没有啊。"

"读大学的时候空闲时间那么多，距离又近，就没来转转？"

"当时课程多，周末又要兼职，几乎没什么闲暇时间。"孟枝说完，停住脚步，偏过头问他，"你怎么知道我在海城读大学？"

她停下，沈星川也被动地站住。

孟枝感觉到交握在一起的手紧了紧，手心却依旧滚烫。

半晌，沈星川叹了口气，有几分无奈："你倒还挺会抓重点。"

"嗯，所以呢？"孟枝追问。

她很少有这么不依不饶的时候，但现下迫切地想知道那个答案，她急于寻找到哪怕一点点的蛛丝马迹来向自己证明，沈星川是有关注，并且喜欢着她的。

"前几年回景明别苑的时候，听嫣然提起过，就记着了。"沈星川说，"怎么了？反应这么大？"

"……没事。"孟枝笑了笑，笑意却稍纵即逝，"我们走吧。"

后半段路程，孟枝一直没怎么说话。虽然她平时话也不多，但此刻明显能感觉到情绪的低落。跟沈星川无关，是她自己的原因。

自从楼梯间那天，沈星川问她要不要在一起时开始，孟枝一直有种患得患失的感觉。她当年是喜欢他没错，即使后来分开，也惦念了许多年。之后随着年岁渐长，渐渐看开，才逐渐淡忘。

所以重逢时，孟枝想都没敢想会跟他产生如此多的交集，更是跟做梦一样，跟他在一起、同居、牵手、接吻，甚至一起出来旅游。她喜欢沈星川许多年，所以在他问起要不要在一起时，她鼓起所有的勇气说好。但沈星川呢？他当年并不喜欢她，在孟枝眼里，他的情感来得毫无缘由。她急需要一个能够说服自己的理由，来完成逻辑自洽。

可惜，是她多虑了。

沈星川晃晃她的手："想什么呢？"

孟枝回过神，一笔带过："没什么。"

沈星川却没信。水边有些冷，他牵着孟枝的手一并揣进口袋里，语气认真："孟枝，如果你有心事，要记得跟我说。"

孟枝说："好。"然后又沉默下来。

沈星川心知她就是这样沉重内敛的人，这是坎坷曲折的成长经历造就的，一时半会儿改不过来正常。想通了这一点，他也不再难为她，只将兜里她的手攥得更紧一些。

前头河边一处排起了长队，走近才发现是摇橹船排队买票的地方。虽然是冬季，河水冰冷刺骨，但大多数人都本着来都来了的原则，忍着冻也要坐一趟。

沈星川先前来过许多次，对这没什么兴趣，但考虑孟枝是头一回来，便提议："坐船吗？来都来了。"

这个万能的劝说借口格外好用。

211

孟枝听完便点头:"坐。"

于是,沈星川买了两人的票,又一起排了半个小时队,终于上了船。

乌篷船行驶在绿水里,船夫摇着木头船桨一下一下地划着,木桨摇动时发出"吱呀吱呀"的声调,伴随着水波晃动,别有一番韵味。船上的其他人都在兴致勃勃地拿出手机拍照,或拍人或拍景,唯独孟枝靠着船上的篷子安静地坐着。

旁边的年轻女孩在跟身旁的男孩对着手机一直自拍,脸上做出各种古灵精怪的表情。摇橹船穿过桥下,男孩低头说了几句什么,然后女孩便伸手在孟枝眼前晃了晃:"姐姐你好,能帮我和我男朋友拍张照吗?"

"嗯?可以的。"孟枝说。

"谢谢姐姐!"女孩开心地把手机递给孟枝。

孟枝并不擅长拍照,构图、调色一概不懂,只会按照感觉来。连拍了几张,不是亮了就是暗了,她自己都不怎么满意。正犹豫着怎么开口,牵着她的那只手突然松开了。沈星川从身后接过手机,稍稍调整了下角度,又在手机上调了下参数,按下快门。

不到半分钟的工夫,他拍好将手机递还回去。

年轻女孩接过后和自己男朋友凑在一起翻看了几张,连声赞叹:"好看!谢谢你们!"

"不客气。"沈星川说着,将自己的手机从兜里拿出来举到半空,"能麻烦帮我们也拍一张吗?"

年轻女孩一愣,随即立马笑着接过手机。她打开摄像头对着比画了一下,开始指挥:"姐姐,你往这边靠一些,你们中间的距离有点远嘞。"

孟枝依言挪了寸。下一瞬,她的肩膀被沈星川揽住,往他怀里的方向轻压,看上去像是被半抱在怀里。

沈星川问:"现在呢?"

年轻女孩比了个"OK"的手势:"姐姐,笑一笑啊!"

孟枝顿了下,翘起唇角。

快门按下,画面被定格在手机屏幕上。

年轻女孩连续拍了好几张才将手机递回来,沈星川说谢谢,女孩摆着手连忙说不用。摇橹船晃啊晃再度驶回岸边,临下船前,那女孩靠过来,在孟枝耳边偷偷耳语了一番,然后笑着同自己的男朋友跑开了。

孟枝看着年轻男女打打闹闹的背影,也笑开来。

旁边,沈星川低着头在微信上找到孟枝的对话框,将方才那几张照片发送过去,然后收起重新放回兜里。

回程的路上，他想起那姑娘跑开的模样，难免有些好奇。

他问："她跟你说什么？"

孟枝说："说……你长得很好看。"

沈星川挑了挑眉，意有所指："那你觉得呢？"

孟枝看了他一眼，难得笑弯了眉眼："我觉得……她说得对啊。"

两人走走停停，一直到夜幕降临，灯火骤亮时才返回民宿。头一天将景区逛得差不多，直接导致翌日兴趣减了大半，睡到自然醒才慢悠悠地起床。

用过午餐之后，孟枝找了个手作小店，买了个帆布包和其他诸如挂坠、冰箱贴之类的小纪念品，一半带回去自己放着，一半打算送给李铃铛。

初二下午，在清水镇吃完最后一顿午饭，两人又踏上了返程的路。

孟枝初三开始就正常上班了，李铃铛比她晚一天，初四才来。一进到医院，仅有的过年氛围也没了，加上另一半人还在倒班休假，孟枝又开始了连轴转的日子，连送李铃铛旅游纪念品都得趁着中午休息。

孟枝在餐厅找了个僻静的角落将礼物给李铃铛。

李铃铛接过大致翻看了一遍，顿时眼睛都亮了："哇，不愧是我最好的朋友，买的都是我喜欢的手作呀！"

"那就好。"见她一脸喜悦，孟枝的心情也舒展了，"我还担心你不喜欢。"

"怎么会？你送的我都喜欢！"李铃铛欢天喜地将礼物收起来。她像是掌握了某种秘术，变脸比翻书还快，瞬间换上了一副八卦模样凑过来，"这趟出去玩得还好吧？"

孟枝心知会有这么一场拷问，哭笑不得道："挺好的。"

"怎么好？详细说说看！"

"就还挺顺利。临时起意去的，竟然也订到了酒店，不过除夕当天去的时候高速上有些堵车，其他的……"

"停停停！"李铃铛连忙打住，满脸不可思议道，"枝枝，你变坏了，你学会装傻了！"

"有吗？"孟枝喝了口汤做掩饰，"说得挺详细啊。"

李铃铛瞪大眼睛："谁问你这个啦！"

孟枝只当作不知："那你问什么？"

李铃铛放低声音："你俩现在又同居，还出门三天两夜旅游，进度快得跟坐高铁似的。所以，有没有那个什么……你懂的。"

孟枝想都没想就说："没有。"

"是吗?"李铃铛笑得越发不对劲,"我不信。"

孟枝并没有把自己私生活说给别人听的习惯,哪怕是好朋友也不行。她又一次强调:"真的没有。"

"不应该啊。"李铃铛纳闷了,"你俩孤男寡女的,又好不容易才走到一起,这不得干柴烈火直接全垒打吗?莫不是有什么难言之隐?"

孟枝被一口汤呛住,差点咳了个天昏地暗。

李铃铛眼疾手快地抓起一旁的抽纸递给她:"哎哟,你小心点儿!我的问题有这么吓人吗?"

孟枝咳了半天,缓过来第一句话就是回答她的疑问:"是挺吓人的。"

李铃铛不满地嘟囔:"本来就是啊,都住一起了……"

孟枝没理会李铃铛的碎碎念,她垂眸,看见眼前已经冷掉的饭菜和汤水,上头漂浮着一层菜油,看得人心底发腻。

"铃铛,我和沈星川……我们之间,可能不是你想的那么回事。"

"什么意思?"李铃铛没听懂。

孟枝说:"我和沈星川,不只是高中同学。我妈二婚时嫁的丈夫,他的原配妻子是沈星川已经病故的小姨,两家同时还是邻居。"

李铃铛是头一次听孟枝说起这些,不清楚孟枝和沈星川之间还有这么复杂的一层人物关系。她张了张嘴,却不知道该说什么,只得徒劳地闭上。

孟枝继续道:"我高中时寄住在那边,过得不算太好,沈星川可能看在眼里,所以一直有帮我,大概是出于同情或者可怜吧。"

李铃铛这下听明白她想表达的含义了:"所以,你觉得沈星川是因为以前同情可怜你,所以在你们重新遇到之后,他又开始对你好,并且因为同情可怜你,愿意让你当他的女朋友。但问题是,你觉得沈星川是那种会因为同情和可怜就愿意牺牲他自己'委身'于你的……吗?"

孟枝哽住,半晌才摇头道:"……我不知道。"

"拜托孟枝,怎么可能!"李铃铛决然否定,"那境界,不是人能办到的,高低得是个男菩萨!"

"……那倒是也不至于。"

"这不就得了!"李铃铛大喘一口气,"我恋爱经验匮乏但好歹比你多。枝枝,听我一句劝,两个人谈恋爱就怕互相猜来猜去。你有心结,与其自己在这里乱猜,不如直接去问他。你觉得呢?"

孟枝缓慢地吐出一口浊气:"我……试试看。"

她是鬼迷心窍了,才会试图从一个不怎么知情的局外人这里解答疑惑。李铃铛说得对，与其自己瞎猜测，不如直截了当地去问。正好一个小时前沈星川发消息说下午下班过来接她，不如就等到那时候问问他吧。

孟枝做了决定，整个下午都有些心不在焉。直到下班的时候沈星川打来电话说他已经到门口了，孟枝才短暂放下心事，收拾好东西去见他。

黑色越野车一如既往地停在医院门口的花坛边，孟枝一出大门就看到了。但她并未像以往那样加快步伐走过去，反倒是慢下了速度，明明组织了一下午语言，偏偏越到跟前越是怯场。

然而再怎么慢也总会到头。孟枝拉开车门坐上去，待系好安全带之后，车辆平稳地向前驶去。

车内静谧了好几分钟，孟枝有心事没开口，沈星川竟也不知道怎么回事，没说一句话。直到路口红绿灯亮起，车子停下，两人才开口。

"孟枝，有个事……"

"我有事要跟你说……"

好巧不巧，两个声音同时响起，两人都怔住。

还是沈星川先回过神，笑着说："你先说吧。"

孟枝好不容易组织好的措辞在刚刚被打断，她的语言体系顿时一片混乱，不知道该从哪句话先开口。

"我没什么，你先说吧。"

"不是什么重要的事，就是下午那会儿张志成打来电话，说他明天晚上八点到海城的飞机，让我去机场接他，你到时候跟我一起去吧。"

"张志成？"

"忘了？就是高中我没转学以前，整天跟我焦不离孟的那个。"沈星川说起以前，笑了笑，"也住景明别苑，你还有印象没？"

"有。"孟枝说。

她当然记得张志成。他是沈星川的发小，高中时或直接或间接也帮了她好几次，孟枝一直没忘。只不过读大学之后就没了联系，突然听到这个名字，她恍惚了一瞬间而已。

闻言，沈星川说："明天我们一起去接他，回来再吃顿饭，你时间可以吧？"

孟枝却说："可以是可以，只是……"

沈星川问："只是什么？"

孟枝顾虑："我去合适吗？"

"有什么不合适的？"沈星川看着前方，语气淡然，"反正他知道我有女朋友了，一直嚷嚷着要见，这不刚好……你呢，要说什么？"

215

孟枝喉间一咽，摇了摇头：“没什么。”

张志成的航班晚上八点二十分到机场。

从沈星川住的区到那边有一个小时的车程，他下班之后赶去医院接了孟枝，然后两人直奔机场。

春节收尾，空了一半的海城又被人逐渐填满，出城高架上不出意外地又堵了半个小时，再三耽搁，到机场时已经临近八点钟了。

出站口等候的人不太多，一半是拉客的司机，倒是旁边卖花束的阿姨生意还不错。

孟枝问沈星川：“我们要买束花吗？”

沈星川：“买花？”

"嗯。"孟枝示意他看旁边的人，"接人是不是得送个花束才显得比较正式？我看好几个人都捧着。"

沈星川环视一圈，确实如她所说那样。他对送花倒是没什么意见，不过对象是张志成那厮……就有些需要斟酌了。

沈星川说：“是你送还是我送？”

孟枝没太理解：“为什么不能我们一起送？”

我们一起。

这个回答沈星川没意见，当即决定：“买。”

孟枝觉得他今天有些奇怪，但具体怎么奇怪又说不上来。航班就快落地了，她也没细问，去花店仔细挑了一束包好的小向日葵，准备付款的时候被沈星川截了和。

孟枝也没多想，拿着包好的花束出了店门。

此时已经八点二十分，飞机落地，又过了十来分钟，出站口陆陆续续有人出来。

孟枝开始有些紧张了。高中时期，她说得上话的同学本来就不多，关系称得上不错的就更少了，因为沈星川，张志成算得上是一个。只不过后来沈星川离开苏城后，又发生了一些事，才没了联系。这么多年没见，这次见到竟然是这种情况。

孟枝将怀里的花束捏得紧紧的，问沈星川：“张志成知道你女朋友是谁吗？”

沈星川说：“没，我没说。”

孟枝：“嗯。”

沈星川看了她一眼，笑了：“想着给他一个惊喜。”

孟枝有些无语。

张志成惊喜不惊喜她不清楚，但她现在很担惊受怕。

头一次，孟枝觉得沈星川竟然也有不怎么靠谱的时候。

她拿着花退了两步，整个人站在他侧后方，妄图用他高而挺拔的躯体将自己挡住。只不过她刚退了一步，就被箍住手腕重新扯了回来。

"往后躲什么？怕了？"

"不怕……就是有点紧张。"

"别紧张，张志成又不吃人。"

孟枝对此无话可说，只能被他紧紧桎梏在身边。

约莫过了三五分钟，出站口方向突然传来一声："川哥！"

沈星川还没来得及回应，就感觉倚在自己身旁的人细微地颤了下。他垂眸，看见孟枝用那一束花遮在自己脸前，挡了个严实。

这副欲盖弥彰的模样着实有些……可爱，沈星川眼里沾上了几分笑意。他抬手朝着出站口的方向挥了挥，算作回应。

十几秒钟后，张志成一路小跑着越过前头的人，站到两人面前。

孟枝被花挡住了下半张脸，视线却不怎么受阻。她将眼前的人和高中时总是跟沈星川形影不离的男生悄悄做着对比。高了，也有点胖了，其他倒是都没怎么变，尤其是一说话，还是那副不着调的样子。

"沈星川，你这厮可以啊！"张志成嘴上说着沈星川，眼却一直看着他旁边的人，"这位想必就是弟妹了吧？"

沈星川对张志成这种无时无刻不想占便宜的行为嗤之以鼻，他冷笑："拉倒，要说也是你大嫂。"

"这不重要！"张志成哪还顾得上这些，"大嫂怎么还犹抱琵琶半遮面啊？"

孟枝这下不想接话都不行了。

她心一横，将花抛到张志成面前："欢迎你来。"

这么一来，孟枝的脸完全露了出来。张志成愣愣地接过花束，视线一直盯在孟枝的脸上："不是，我怎么觉得有点面熟啊。"

沈星川挑了挑眉："像谁？"

张志成往边上挪了一步，靠近他，声音压低，一副做贼心虚的样子："像孟枝啊！就高中时候，孟枝，记得吗？"

他自认为声音很小，殊不知不仅沈星川听得清楚，还一字不落地传进了孟枝的耳朵里。孟枝半是窘迫半是想笑，最后抬手掩着唇轻咳了声。

沈星川一本正经地道："你有没有想过……"

"什么？"

"她就是孟枝。"

"啊？"

一直到车上，张志成还没从震惊中回过神来。车辆驶入机场高速，他从后座倾了半个身子过来，语气中还是浓浓的大白天见鬼的不可置信："不是，你俩怎么在一起的？"

沈星川双手把着方向盘，右手食指有一下没一下地轻点着，闻言，手上动作轻轻顿住，片刻后又恢复如常："想知道？"

张志成老实地点头："想！可好奇死我了！"

沈星川笑了，悠哉地吐出一句话："那你慢慢想着吧。"

"沈星川你做个人吧！"张志成忍不了一点，当即开始骂街，"你这种人为什么会有女朋友？孟枝，你看上他哪一点？"

话题猝不及防地抛给孟枝，她认真地思索了一下，回答："他平常不这样的。"

言外之意就是只有在发小面前他才会如此松弛自在，像是回到了高中时，如果不是全然的信任，断然不会如此。

张志成却会错了意："沈星川你个狗！"

孟枝："……我不是那个意思。"

沈星川一脸淡然："别解释，他脑残。你等会儿想吃什么？"

孟枝觉得这问题应该问客人，于是转过头："张志成，你呢？"

张志成毫不客气地开始点餐："火锅，等会儿什么贵我点什么，非要讹得沈星川大出血！"

沈星川直接乐了："出息！"

车子在一片吵闹中驶入市中心。张志成跟以前没什么太大变化，还是那么自来熟又能聊。一路上车内气氛都是喧闹的，孟枝很久没有这么放松过了，个把小时的路程一晃眼就过去了。

沈星川选择了家附近的一家火锅店，车停好后，三个人一起进去。

张志成果然像他说的那样，试图在点菜上讹到沈星川大出血，他一个人几乎将所有的肉类挨个选了一遍，然后将手机递给孟枝，并且不放心地嘱咐她："我先就吃这么多，孟枝，你看你想吃什么，放开点，不要给沈星川省钱！"

孟枝哭笑不得，点了三个素菜下单。

等菜的工夫，三个人轮流去调蘸料碗。

端上来之后，张志成看看对面的两个纯醋的碗，和他自己格格不入的香油碟，再一次叹气。

张志成对孟枝说："我就说他这奇葩料碗是跟谁学的，现在一看到你，我就想起来了……一个大男人跟女人似的那么爱吃醋，这像话吗？"

孟枝还没来得及开口，边上，沈星川已经直言不讳地把问题抛回去："你想死吗？"

"不太想。"张志成继续嬉皮笑脸。

沈星川冷笑一声："那就闭嘴。"

两人交锋间，服务员陆续端上了锅底和菜品。

这会儿已经快晚上十点，几人都没吃晚饭，早就饥肠辘辘了。唇枪舌剑暂告一段落，张志成埋头苦吃。虽然他点得多，但基本上都没浪费，孟枝和沈星川吃饱放下筷子时，他还在继续。直到桌上的菜吃了个七七八八，张志成才终于放缓了节奏。

他嘴闲不下来，不吃东西就开始说话。

张志成好奇："不行，我还是想知道，你俩到底怎么在一块的？"

沈星川闲闲地看他："缘分。"

张志成翻了个白眼，懒得理他："孟枝，你跟我说说。"

孟枝是个好说话的，但她也不知道该怎么跟张志成解释，毕竟她自己至今都不是很明白，沈星川跟她在一起，究竟是因为喜欢她，还是别的原因。

想了想，孟枝道："就比较巧，之前在火锅店门口偶遇，然后就联系上了，最后就这样了。"

这个叙述不可谓不简洁，干巴得让张志成都噎住了。他无语半晌，又有些感慨："让我想想啊，如果没记错的话，上次咱们三个一起吃火锅，还是在高二那年冬天，在学校后门那家小店里，那时候我还想着跟着孟枝往后肯定能多蹭我川哥几顿……谁知道后来你俩一个去北城，一个又转了学，我这是人也没了，饭也没了。"

一旁，沈星川眸色突然凝住："谁转学了？"

"孟枝啊，你不知道吗？"张志成说完，看他脸色都沉了下来，瞬间感觉不对劲，"不是，你真不知道啊？"

沈星川没说话，探究的视线落在孟枝身上。

后者脸上的表情有些僵硬，在餐厅白色的顶灯底下，越发显得苍白。她嗫嚅了下唇，最后又徒劳地抿成一条直线。

沈星川挪开眼，看着桌上的玻璃杯，声音变得沙哑："知道。快吃吧。"
张志成不是没有眼色的，见状彻底放下筷子："差不多饱了。"
"那就走吧。"沈星川说。

他手机扫码付了账，径直去停车场取车。回程的路上，没一个人说话，连张志成都罕见地安静了下来。

张志成原本打算住沈星川家里，在得知孟枝也住在那边之后，立刻在沈星川小区隔壁的酒店订了间房。沈星川将车停进小区地库，随着孟枝一起陪他办理了入住，又将人送到房间门口，才和孟枝离开。

酒店到楼栋短短几百米的距离，两人步速都不是很快。前天刚立了春，气温虽然没有迅速回升，但比之前上升了两三度。可孟枝不耐寒，没一会儿，手就冻得冰凉。两人并排走着，小区路灯从侧面打过来，沈星川的影子落在她的脚尖上。

孟枝垂眸看着，每走一步路，都像是在踩他的影子。

她脚步很慢，一步一步走得很是沉默。

直到快到楼下时，沈星川突然停下，影子也随之一起定在原地。孟枝没刹住车，等反应过来的时候，已经一脚从上头跨了过去。

她忙站定，回过头问："怎么了？"

沈星川定定地看着她，逆着光，表情被阴影遮蔽。他叹了一声气，语气凉凉，又夹杂着几分无奈："孟枝，你不打算告诉我，转学究竟是怎么一回事吗？"

转学的事，细究起来其实也没什么好说的。

当年因为送信的事，孟枝被叫家长。冯婉如来学校和班主任、教导主任谈了很久，出来什么也没说，只叫她正常上课去。孟枝就顺理成章地以为事情解决了，老师相信了她和沈星川之间是清白的。加上那段时间临近期末，又面临着会考和升入高三，孟枝忙着备考，想着等哪天回林家时再好好问一问，却没想到知道了沈星川要转学的消息。

现在回想起来，一切好像扎堆似的赶在了一起。

送走沈星川后的前半个暑假，孟枝都是失落的。剩下半个暑假则轮不到她继续低沉下去——

冯婉如直接告诉她，她不能在五中读下去了，学校认为送信和顶撞教导主任这两件事在学生中造成了极其恶劣的影响，要她转学离开。冯婉如不好再麻烦林盛，于是自己做主联系了孟枝的二叔二婶，给他们一笔抚养费，让孟枝退回原籍读完高三。考上大学之后，再回到苏城来。

孟枝毫无反抗的权利和底气，像来时一样，背着书包、拖着行李，再次回到那灰白颓圮的镇子。

冯婉如钱给得很大方，除了足够孟枝的学费、住宿费、生活费，还给二叔二婶一家留有富余。所以她高三读得还算平静。除了在回镇子的火车上，那部苟延残喘的手机彻底报废，其他一切都很顺利。

顺利地高考，顺利地出成绩，顺利地按照自己的心意选择专业和学校，顺利地来到了海城读完大学，顺利地考上研究生，也顺利地进入了理想的医院规培，更顺利地……重新遇见沈星川。

夜里起了风，孟枝说话的时候喷出的气流变成白色雾气，又很快散在空气里。

沈星川深吸了一口烟，将剩下的半截碾灭在垃圾桶上。他开口，表情黯淡，声音微哑："我都不知道这些。"

孟枝敏锐地察觉到他情绪不怎么好，宽慰道："其实也没什么。我在苏城待得一直不怎么舒服，总感觉跟那里格格不入，回镇上倒自在了很多。"

沈星川没说话，侧过脸看她，视线犹如实质，沉甸甸的。

孟枝笑了笑："真的，换了环境更能沉下心来学习了，要不然按照我当时的成绩可能都考不上海城医学院。"

沈星川扯了下唇角："你的意思是还因祸得福了。"

孟枝说："算是吧，反正已经过去了。"

"是，都过去了。"沈星川重复了一遍。他抬头看了眼天空，黑漆漆一片，半颗星子都没有，像是一整块幕布罩在头上，压抑得让人心烦，"我就说，怎么当时联系不上你了，我还以为……"

"以为什么？"

他后半句话更像是在自言自语，孟枝没能听清楚。

"没什么。"沈星川垂眸看她，"我们回家吧。"

翌日是周五，孟枝要去医院上班。市局年后还比较空闲，沈星川专程请了一天假来招待张志成。

说是招待，实际上就是两个大男人窝在酒店里吃吃喝喝。沈星川倒是有心想带他出去转转，但张志成死活不去。他来海城不为逛，就是出差结束后又听说沈星川有女朋友了，顺路过来看看情况，连带着再舒舒服服休息几天。

早上送完孟枝去医院，沈星川从超市拎了一袋酒去了张志成住的酒店。那货还没起，蓬头垢面地跑过来开门。

"怎么这么早啊？"

沈星川扬了扬手里的塑料袋："赶紧起来，东西都买好了。"

张志成隔着半透明的袋子粗略一看，起码有十罐啤酒了。他瞬间就清醒了："你大清早发什么癫，搞这么多？"

"多吗？"沈星川进门，将塑料袋放到一旁的桌上，"这不是看你爱喝，就多买了点。"

"一早上就喝酒，你这是要把我搞胃出血的节奏啊。"张志成一边嘟囔，一边往浴室走。等他冲了澡再出来的时候，外卖已经到了。

沈星川点了挺多东西，馄饨、生煎、小笼包什么都有，甚至还有铝箔纸包好的烤串，也不知道这大早上哪家店卖串，真不讲究。

总而言之，热气腾腾的食物摆满了桌面，沈星川却一口没动，独自坐在窗边抽烟，视线透过玻璃窗远眺着外头，也不知道在看哪里，旁边的烟灰缸却已经有四五个烟蒂在里头了。

"川子，我怎么记着你没烟瘾。"张志成一边擦头发一边往里走，"今天一根接一根的，怎么回事？"

"没事。"沈星川说，他回过身，下巴随意地朝着桌上点了点，"早餐，趁热吃。"

"吃，你也吃。"张志成松手，将毛巾随手挂在脖子上。他嘴上说着吃，手却直奔沈星川拎来的塑料袋，在里头捞出一罐啤酒扔了过去，又给自己也开了一罐："别光顾着抽烟，喝点。"

沈星川嗤笑一声，抠开拉环灌了一口。

口腔里还未散尽的尼古丁焦油味道混杂在酒里沿着喉咙淌进胃里，滋味算不上好。然而沈星川却跟没有味觉似的，一口接着一口，很快，一罐啤酒便见了底。他徒手将易拉罐捏扁，扔进脚边的垃圾桶里。

"喝了这么多酒，现在可以说了吧？"张志成嘴里塞着小笼包，含含糊糊地问。

沈星川没搭话。

"还不说？那我可猜了啊。"张志成咽下嘴里的包子，喝了口啤酒，问，"跟孟枝有关吧？"

沈星川睨了他一眼："继续。"

这就是猜对了的意思。

"我还能不知道你了？"张志成哼笑了一声，"言归正传，我不知道你俩到底怎么个情况，但是昨天就吃饭那么点时间，我就觉得你俩状态不太对。"

"怎么个不对法？"

"啧，这咋说呢。"张志成挠头，半天没想到合适的措辞，"这么说吧，你俩看起来不太熟的样子。"

"……滚蛋。"沈星川直接气笑了。

"别,哥们没逗你,说真的呢!"张志成一脸正色,"你没发现孟枝跟你不亲近吗?也不是不亲近,就是有点过分客气。"

沈星川脸上的笑意淡去,消失。他发现了,但浅薄的经验让他没有办法很好地解决这件事,只能等待来日方长。没想到,张志成仅见了一面,就一语道破。

沈星川问:"所以,要怎么办?"

"你问我啊?"张志成有点蒙,不过立刻反应过来,"以我跟前女友、前前女友、前前前女友谈恋爱的经验来说,这事怪你。"

沈星川没工夫理会他到底有几个前女友,难得耐下性子听他掰扯:"你说说看。"

"女孩子嘛,谈恋爱嘛,得哄。来,我问你,你俩谈了多久了?"

"四十六天。"

"……那这四十六天里头,你有跟孟枝约会过吗?有看过电影吗?有去公园的湖边散过步吗?有一起去吃路边摊吗?有送给她礼物过吗?"

沈星川沉默半晌,掀唇:"没有。"

张志成一拍大腿:"这不就得了!情侣该干的事儿你是一个没干,怪不得孟枝看上去跟你不怎么熟的样子,这事儿怪你。"

沈星川无话可说,干脆又从烟盒里掐出一根点燃。

"而且,我说真的……"张志成停顿了一下,换了副语气,整个人正经了不少,"孟枝这姑娘……你也知道,反正挺不容易的。既然你俩在一块了,你得好好对她。当然,兄弟我对你的人品绝对放心,就是稍微提个建议。"

沈星川吸了一口烟:"我知道。"

张志成看他那副样子,知道他听进去了,便也没再继续。一时间,两人都没开口,气氛沉默下来,只有沈星川一下接一下地抽着烟。

良久,张志成斟酌着开口。

"川子,我有个问题想问你。"

沈星川抬起眼皮:"你说。"

张志成问:"你跟孟枝,你俩是谁先提出在一起的?"

沈星川说:"是我。"

张志成问:"为什么?"

沈星川拿烟的手顿了下,他垂下眼睫,看不清楚眸底的情绪:"你觉得呢?"

张志成笑了,他看着窗边坐着的人,说:"沈星川,咱俩也算是从小玩到大,这么些年,除了你那个如假包换的表妹,基本上没见过你跟哪个异性走得太近过。"

说起来当年孟枝也算一个……不过我一直以为你是看她在林家过得不容易，同情心作祟罢了。"

张志成说完，深吸一口气："但是以我对你的了解，再怎么同情心泛滥，也不可能把自己搭进去。更何况，这都过去了这么些年，所以，你当年就很在意孟枝吧？"

话音落下，又是静谧。

沈星川很久没开口，只半垂着头，视线虚落在手心的打火机上。

就在张志成以为他不会回答的时候，才听到窗边传来一声极低极轻的："我说不清楚。"

沈星川对于孟枝，的确是一开始看她挺可怜，恰好自己又能帮得上忙，所以同情心泛滥罢了。但一次、两次、三次，次数越多，他就越是会不由自主地被她吸引。直到现在，他都能清楚地记得，当年的孟枝倔强的那副模样——尽管她寄人篱下，看人脸色，用着老旧的手机，在满是油污的食堂打工，身上穷得连几十块钱都掏不出来，但她的眼里永远都是泛着光的。即使被刁难、被误解，也只会咬着牙不低头不认输。

而今仔细回想，那大概称得上是被吸引吧？

只不过，才初初萌芽，来不及滋长，便无疾而终。

"等等，那你怎么能确定你现在就喜欢孟枝呢？"张志成没完没了，一副打破砂锅问到底的架势，"先说好，我没有质疑你的意思，就纯好奇。你之前也不知道你喜欢她，你俩重逢以后你就天雷勾地火、老房子着火随便什么火就追人孟枝了？你这就有点不负责任了吧？"

沈星川睨了他一眼，狞笑："你再说一遍？"

"川子，我认真的！"张志成有些着急了，"孟枝这姑娘不容易，你别耽搁人家！"

"滚蛋！我用你说？"沈星川瞬间变了脸色，"喜不喜欢她我能不知道吗？我在火锅店见她第一面，一晚上，连那锅底是什么味都没吃出来！"

那天晚上，他什么也没做，就翻来覆去地把她和记忆中的人做比对，一整晚，好不容易停下来的时候，天亮了。

丝丝缕缕的光线从窗帘缝隙透进来，沈星川盯着看了好一会儿，恍然发觉，当年对孟枝的在意，被当作少年青春时的遗憾深埋，不见阳光还好，一旦遇着光、遇见水、遇到氧气，便破土而出，肆意疯长。

于是他一步一步，绞尽脑汁地接近，既怕过于直白吓到她，又怕太过含蓄她看不出。在一次又一次的接触中，他反复坚定了自己的心意。

下定决心是在监护病房的那天,她在病房外来了又走,走了又来。孟枝以为他睡着了不知道,但其实他一直清醒着。长久以来的职业习惯让他在一个陌生的环境中根本睡不安心,她每一次来,他都知道。

他不是不负责任的人,却或许是个卑劣的人。

自私得只有在确定她的心意之后,成竹在胸,才主动出击。

这算不算是喜欢?

孟枝下午下班的时候,沈星川准时在医院门口候着。他没开车,穿着件深灰色的飞行服站在路边,两手插在上衣兜里等她。在医院门口来来往往的人流中,就他一人站得笔直,一眼看去,格外显眼。

孟枝加快步伐,走到近处的时候,沈星川听见脚步声回过头。看见来人,他原本没什么表情的脸上浅淡地浮起笑意:"下班了。"

这瞬间,孟枝突然有种说不上来的感觉。这极其平常的一幕击中了她心底的某一处,孟枝只觉得心脏漏跳了一拍,再然后,整个人被内里滋生出来的那股类似满足感的东西整个包裹住。

她走上前,轻轻应了声:"嗯。"

鼻尖隐约闻到一股淡淡的麦芽发酵味,孟枝细嗅,确定源头就是旁边的人:"你喝酒了?"

沈星川说:"喝了一点,所以没开车。"

孟枝闻言,抬眸细细端详了他好一会儿,直到确定他头脑清醒、脸色正常,这才放下担忧:"怎么你一个人?张志成呢?"

沈星川清了清嗓子:"他喝多了,在酒店睡觉。"

孟枝问:"那需要买点醒酒药给他带过去吗?"

沈星川面不改色:"不用,他体格好,睡一觉就行了。"

孟枝无语。

此刻,为了给某人腾出二人世界的张志成被迫窝在酒店一米八的床上无聊地玩起了消消乐。像是有所感应,他狠狠地打了个喷嚏。

孟枝不清楚这些,沈星川说不用,她想着那或许不严重,也就没再提及。两人一直步行到地铁站坐车。这会儿正值晚高峰,地铁上人挤人,连个落脚的地方都没有。一上车,两人就被人群冲散,中间隔了两米的距离,但就是互相过不去。

孟枝扶着不知道哪里支出来的横杆上,饶是如此,还是在地铁启动和停下时,被带动得左摇右摆。最后,地铁又一次停下,强大的惯性让孟枝随人群一起往前倾,眼看着就要失去平衡倒在旁边人的身上,腰间却突然多出一双结实有力的手臂,连带着,她整个人被一股力道重新拉了回来。

孟枝慌乱地转过身想道谢,还没等她回过头,耳边传来一道低沉的声音:"是我。"

简单的两个字,带来了无尽的安抚力量,孟枝顿时不慌了,老老实实地站在原地。

沈星川的手从她腰间松开,转而抬起,双手分开握住了一旁的扶手,圈出一片小天地。这样一来,孟枝整个人便被他护在了怀中,和一旁的人群彻底分隔开来,这让她轻轻地舒了口气。

两人维持着这个姿势一直到地铁到站,孟枝把包带往肩上捞了捞,准备下车,但沈星川站在原地没动。不仅他自己不动,就连手也没松开,导致孟枝也走不了。

"我们不回去吗?"

"先不。"沈星川垂眸,声音不大却有力,在拥挤吵嚷的车厢里清晰地传来,"最近有个新上的电影口碑很不错,正好明天你也不上班,我们一起去看电影。"

"这么突然?"

"有吗?"沈星川微微偏过头,"我们还没一起去过电影院。"

"嗯,这下正好。"

沈星川买的是最近新上映的一部电影,港城警匪片,全是老戏骨,口碑很不错。他买票的时候没想太多,等换好票踏进电影院的那一刻,才觉得好像不太对。

这算是他们第一次约会,然后,看警匪片……

沈星川当即停住了脚步。

电影院里灯光昏暗,孟枝低头仔细看着脚下的台阶,忽而感觉牵着她的人站在原地不走了。

孟枝疑惑地回过头,小声问:"怎么了?"

"要不,我们换一部电影看吧?"

"为什么?电影快开始了。"

"买的时候没想起来,选了警匪片,你喜欢看吗?"

"还可以。"孟枝有些想笑,轻抿着唇,"好像评分不错,就它吧。"

"行。"沈星川听她的。

落座之后,电影正式开始。

旁边的座位上坐了一对情侣,年纪看起来不大,男生手里捧着大桶爆米花,每隔一会儿就捻起一颗喂给女朋友。

沈星川余光瞥见这一幕，不由得想到刚才在检票之前，他原本也打算买一桶，结果却被孟枝拦住，说那是糖油混合物，又含有反式脂肪酸，他刚出院没多久，尽量别吃。

孟枝说话的时候，眉心微微蹙着，一脸不赞同的表情，像是在看一个不懂事的小孩子。沈星川当时只觉得老脸一红，竟被她说得尴尬了起来，想解释，结果发现好像更蠢，还不如不说，只能把那个念头又咽了回去。

他想得专注，丝毫没注意到自己看着爆米花桶的视线过于直白。

旁边，女生撞了撞自己男朋友的胳膊，探过身用气音小声在对方耳边说："你旁边那个人，怎么一直看着你手里的爆米花啊？"

男生斜着身子往旁边挪了点："我也发现了，他可能是想吃？"

"估计是。长得这么帅，怎么嘴还这么馋。"女生小声嘟囔。

"你小点声！"男生忙出言提醒，"我问问他。"

说罢，男生坐直了身体，一清嗓子，将爆米花桶往沈星川的方向递了递，压着声道："哥，要不你也来点？"

沈星川从怔忪之中回过神，愣了下才反应过来是怎么一回事。他看着眼前偌大的爆米花桶，又将视线移到男生脸上，半天没说话，脸上也没表情，看起来严肃得紧。

男生心底有些发怵，端着爆米花桶的手往前也不是，缩回去也不是，僵在半空中一动不敢动。

直到旁边传来一声轻笑，估计怕打扰到别人，声音刻意压得很低，但还是没能完全压制住，往外露出了些。

沈星川看了旁边人一眼，只见孟枝不知道什么时候留意到这边的动静，此刻已经抿着唇笑得靠在椅背上。沈星川见孟枝轻笑、浅笑、客气地笑，还是头一回看她笑得如此灿烂，偏偏不敢发出声音，整个人都缩在了一起。

沈星川没能忍住，抬手在她额头上轻轻一弹。

力道不大，像是被小鸟轻啄了一下似的，有点痒。

孟枝抬手捂住了那片地方。

沈星川转过身看着旁边的男生："不了，谢谢。"

"哦，好。"男生回过神，连忙缩回了手。

电影里，一群警察正坐在圆桌前开会，个个神情严肃，男生只觉得身旁的男人比起电影里的，有过之而无不及。他整个人一凛，正襟危坐，再不敢往旁边看一眼。

这场电影将近两个小时，剧情缓缓展开，孟枝也逐渐投入进去。随着正反派的一次次交锋,剧情进入高潮,在影片快结束时,一声枪响,主角倒地而亡。电影至此戛然而止,片尾曲响起,影厅的灯光随之打开,孟枝才晃过神。

她做事认真,看电影也不例外,全程高度专注,几乎称得上目不转睛,直到此刻才从剧情中脱离开来。

"挺好看的。"孟枝给出了评价。

"是还不错。"沈星川说,同时,手指在手机屏幕上敲出最后一个感叹号,点了发送,"看得出你挺喜欢。"

孟枝觉得这话听起来有点怪怪的:"你呢?你觉得不好看吗?"

"一般吧。"沈星川说着,收起手机,有些无奈。

今天来之前,张志成再三叮嘱他,陪女朋友看电影很有讲究——

"首先,要选择双方感兴趣的电影,最好是爱情片。剧情怎么样不重要,要的就是个氛围感,如果是悲剧收尾就是绝佳!女朋友一哭,你把纸巾递过去,再把人揽进怀里,这不就一下子拉近距离了!"

可惜,沈星川打开售票软件搜了一圈,发现最近上映的没有一部是爱情片,最后只好退而求其次,买了个口碑不错的。

张志成又说:"其次,两个人约会看电影,一定要买上可乐、爆米花,你一口她一口,你喂她她喂你,亲密度直接拉到最顶。"

不过,这一点也没能实现。

最后,张志成还说:"电影结束,你们还能有无数话题可以延伸着讨论,从剧情到感情,从电影到现实,一来二去,了解不就更深了!"

但一整个过程里,他压根就静不下心来去看,满脑子想着怎么按照张志成说的去落实,结果到最后,一样没能实现不说,电影也没看进去一点。

沈星川回想起来只气得想笑。他是脑子进水才会听张志成那个半吊子的话。他越想越无语,干脆拿出手机编辑了一串短信发给张志成——

沈星川:呵呵。

沈星川:我是有毛病才信了你的邪。

沈星川:张志成,你就是一狗头军师!

发完,他面不改色地将手机重新放进衣服口袋。

"我们回家吧。"

"好。"孟枝应声。她起身,和沈星川一前一后挪出座位。

在跨出影厅的前一秒,沈星川的胳膊被人挽住。

孟枝站在他旁边,浅笑盈盈。

"谢谢你,我今天很开心。"

沈星川侧过脸。

影厅内外灯光明暗交错,从他的角度看过去,孟枝眼底像是流淌着星光。

郁闷了一整晚的心情在这一刻轻易便疏解开来。

沈星川喉结滚动,嗓音微沉。

"那就好。"

第十二章

小秘密

Wojian Xingchuan

翌日是周末，孟枝轮休。

张志成当天下午的飞机离开。从来到走，一共三天时间，他们都没能好好招待他。在问过他本人的意见之后，决定不出去吃了，买些食材在家自己做，吃着舒服，聊天也自在。

沈星川和孟枝起了个大早去楼下的超市买菜，回来之后就直接钻进厨房开始做饭。主要是沈星川做，孟枝帮忙打下手。等张志成睡到自然醒过来的时候，锅里的排骨都焖得差不多了。

他捻了一小块塞嘴里，一口咬下去，肉丝软烂，顿时瞪大眼感叹："啧，我川哥真的，好绝一男的。孟枝，你以后有口福了！"

孟枝正在水龙头前冲洗刚刚用过的碗，闻言笑了笑："第一次吃他做的菜时，我也被惊到了，没想到会这么好吃。"

"谁说不是呢。"张志成感叹，将嘴里的一截骨头吐进垃圾桶，"遥想当年，我川哥一个人在景明别苑，守着那么大一栋洋房，见天不是跟我吃食堂就是自己回家煮泡面，好家伙，这才上班几年，手艺就'猪突猛进'……"

沈星川凉凉地打断他："不会用成语你就别用。"

张志成靠着厨房门框，全当作没听见："总结一下：你想象不出一个单身男人在寂寞难耐的时候，到底能够干出什么惊世骇俗的事。"

孟枝被他接连不断的梗逗得直想笑，但当事人就没她这么好的心情了。

沈星川面不改色地关掉天然气灶，用锅铲翻搅了一下锅里的排骨，确保不会糊锅。砂锅盖子掀开的那一瞬间，肉香味瞬间飘满了整个厨房。

沈星川问："香吗？"

张志成点头如捣蒜："香，川哥牛啊！"

沈星川又说："可我怎么感觉你不是很想吃这顿饭？"

张志成没听明白："什么意思？"

沈星川狞笑："意思就是，你再嘴上没个把门的，我不介意现在就送你走。"

张志成顿时一噎，抬手顺着嘴比画了个拉拉链的动作，终于噤了声。

排骨炖好后，沈星川又简单炒了几道菜，张志成负责端去餐桌，孟枝则拿着三个碗去一旁盛米饭。不多时，菜全部上齐，三个人围坐在餐桌前。

沈星川和孟枝平日工作忙，工作日几乎不开火，只有周末两人休假的时候才会一起做饭。基本上是沈星川负责做，孟枝负责吃和洗碗。

新出炉的饭菜冒出股股热气，孟枝从餐柜里拿出玻璃杯，沈星川顺势拧开饮料瓶盖，给三人各倒了一杯果汁。

整个过程两人都没说话，但就是配合得无比默契，一个刚有了动作，另一个东西就递到手上来了。

张志成灌了一大口果汁，酸溜溜的："我怎么感觉我那么多余呢？跟个大灯泡似的亮着……哎，孟枝你还记得不，高中时川哥老请你吃火锅，我特爱跟着去蹭饭。"

"记得。"孟枝说。

那时候沈星川偶尔会请她吃饭，用一些很牵强的理由，甚至没有理由。张志成总会跟着一起，他们三个人算得上是学校后街那家火锅店的常客。

"哎，如今回头望，竟然'嗖'一下，已经过去了那么多年。"张志成颇为感叹，"还是小时候好啊，小时候可真好。"

沈星川将一块排骨夹进孟枝碗里，闻言，语气平淡："现在也挺不错。"

"是混也还行，但是不比以前快乐。"

"未必。"沈星川撩起眼皮看了他一眼，"我觉得现在很好，比以前好。"

张志成顿时不干了："哎，你这人怎么跟我杠上了？"

沈星川漫不经心地笑了笑："实话实说。"

可张志成并不赞同，非要争出个高低胜负，干脆将现场唯一一个置身事外的人拉进战局："孟枝，你说。"

孟枝没想到他俩发小斗嘴，最后的矛头会指向她。

她放下手中的筷子，短暂思索了下，最终道："我也觉得现在挺好的。"

她是真心觉得如此。旁人总爱怀念青春，甚至作家、诗人也是，但孟枝的青春没什么好怀念的。寄人篱下，穷得只能穿得起校服，孤僻到没有朋友，唯一幸运的是遇见了沈星川。哪像现在，有工作，有知心朋友，和喜欢的人在同一屋檐下，凭着自己的努力可以自给自足，不用再仰人鼻息……她真的很满足现在的生活。

听在张志成耳朵里却完全不是那么一回事："得了，我就不该问你，你们两口子一个鼻孔出气的。"

孟枝一脸无辜："跟他没关系，我是真的觉得这样子。"

张志成还是不信："得了得了得了，我就不该来当这个电灯泡！吃饭！"

孟枝还想继续解释，被沈星川打断。他又给她夹了一筷子莜麦菜放进碗里："甭理他。"

"哦。"孟枝摸了摸鼻子，重新拾起筷子。

一顿饭吃得宾主尽欢，桌上的菜几乎都空了，张志成更是撑到连声叹气说不该吃那么多，等会儿飞机座位估计都窝不下他了。

沈星川懒得理会。他看了眼时间，距离张志成飞机起飞的时间还剩下三个小时，差不多可以出发去机场了。

三人一起将厨房收拾好后开车出发。去机场的路上一路顺遂，不到一个小时就到了。沈星川开车将人送到航站楼门口，孟枝先陪着张志成去换登机牌，他自己停好车再过来。

停车场距离航站楼有一小段距离，走路过来得十分钟左右，更别说加上找车位停车的时间。张志成换好登机牌好一会儿，沈星川还没过来，只有孟枝在边上陪他一块等着。

孟枝本身就不善言辞，更何况沈星川不在旁边，她和张志成又多年没见，一时之间也不知道该说些什么，只能沉默地站着。

不过张志成是个绝对不会让话落在地上的人，他看着旁边垂眸不语的孟枝，稍稍沉思了片刻，开口道："孟枝。"

孟枝抬眼："嗯？"

张志成有点尴尬地挠了挠头："那个，我有句话不知道该不该说。"

一般能说这话，是基本打定主意要说了。

孟枝从善如流："没关系，你说。"

"就是……啧，怎么说呢。"张志成思索了一下，"这次来我是真没想到，沈星川说的女朋友会是你。说实话，在机场看见你的那瞬间，我是震惊的，我没想到你俩会这么有缘。"

孟枝笑了笑，没有接话，她知道，后面的才是重点。

"虽然我跟你俩只相处了这几天,但我能隐隐约约感觉到,你跟沈星川之间总差点什么。我说出来你可别笑啊……我也是谈过几次恋爱的,我跟我那几个前女友,虽然最后没能走下去,但在一起的时候也是比较黏糊的,大多数情侣刚谈恋爱都是这样的……所以我一看你俩,就觉得有些奇怪。"当面谈论别人的感情其实是很不礼貌的事情,但张志成还是硬着头皮说了,"我不知道你俩到底什么情况,你也别觉得我向着沈星川说话啊,可事实的确是我跟沈星川从小一起长大,他身边除了他表妹,根本就没什么走得近的异性朋友。他这人看起来冷漠不好接近,可实际上是一个心地特别善良的人,相信这一点,你也很清楚。"

孟枝眼睫轻扇,眸色深沉而悠远着,像在回忆着什么:"嗯,我知道的。"

"唉,我也不知道自己在胡言乱语些什么,我就想你俩好好的。"张志成叹了口气,又说,"反正,沈星川绝对是一个值得托付的男人,可能他不太会表达,但绝对百分之百会对你好,否则他不会跟你在一起的。"

"我知道。"

张志成还想说什么,突然目光一凝。

大门口,沈星川正走进来,他的视线在广阔的大厅里四处睃着,直到看见两人,便转了方向过来。

张志成的话还在嗓子眼里,但此刻已经来不及了。他想说没能说出来的话在脑子里迅速过了一遍,最后随便挑了一句:"他高中时那副死样子,对谁都漠不关心,唯独对你不一样,他从那时候就在意你了……孟枝,你俩一定要幸福啊。"

孟枝呼吸停滞,整个人都怔住了。她头脑里一片空白,仿若听到了天方夜谭,难以置信地确认:"你说什么?"

"他以前就对你有意思了!"张志成说,末了,又不忘补充一句,"他自己说的。"

虽然没亲口说喜欢,但基本就是那个意思。

当然,后头这句话就没必要说出来了。

话音落下,沈星川也走了过来。他站在旁边,视线从孟枝脸上掠过,发觉她表情不太对劲时,眉间微微一拧:"聊什么呢?"

孟枝仰头看向他,用一种复杂的目光,像是探究,又像是隐忍。她没说话,眸子里却微微泛着水光。

见状,张志成连忙心虚地接过话题:"没说什么啊,就聊聊工作生活什么的,那啥,我登机牌换好了,既然你来了那我就走了。"

沈星川都没法接话。

"哦,对了!"张志成走了两步又连忙折身回来,"这两天感谢招待,你俩没事可以来北城找我,让我好好招待你们。一定要两个人啊,沈星川如果一个人来就别联系我！"

沈星川冷笑一声："好走不送。"

张志成做了个极其难看的鬼脸："哈哈哈，拜拜我的朋友！"

言罢，他不等沈星川再说什么，脚步轻快地进了安检口。那架势，活像是做了什么亏心事赶紧溜之大吉似的。

目送张志成过了安检，直到再也看不见人，沈星川才挪开视线。身旁，孟枝安安静静地站着，唇畔轻抿。她看着前方，但目光并没有焦距，显然正在走神。

沈星川握住她的手，冰凉的温度从掌心传来。

"想什么呢？"他问。

孟枝回神，垂眸看了看两人交握在一起的手。

沈星川手很大，掌心干燥而温暖，不知道是不是因为她的手一到冬天总是冰冰凉，每回他牵着她的时候，总爱将她的手整个包裹在掌心里。

"你高中……"

话到一半，又戛然而止。

沈星川眉梢轻挑了下："高中怎么了？"

"没事。"孟枝看了半响，微微一笑，抬眸望他的眼，"沈星川，我们回家吧。"

孟枝难得连休了周末两天。到了周一早上，人还没上班，教授的电话就先打了过来。孟枝放下手里的豆浆，示意沈星川先别说话，然后才接通。

简单几句话的工夫，基本上是教授在那边说，孟枝只回答"嗯""行""好的"，寥寥几句便挂断了。

沈星川闲聊着问："谁啊？大清早的。"

孟枝说："教授打来的，说赵医生家临时有事请假了，今天原本要他上的手术换我去当三助。"

沈星川略一点头，又看她拧着眉头，连豆浆也不喝了："很难吗？我看你一副愁眉不展的样子。"

孟枝轻叹了口气："难。"

病人是上周收治的，今年刚好七十岁，动脉粥样硬化引起的主动脉夹层，是救护车送进医院的，来的时候意识已经模糊了。保守治疗了两天，病情基本稳定下来，今天可以做手术。本来这么大的年纪，症状突发且严重，自身又有基础病，教授是不太建议做手术的，因为病人自身的身体情况很可能撑不过整个手术过程。退一步来说，哪怕这次成功了，病人也可能只延长一至两年的寿命。

但是家属态度非常强硬，强烈要求做手术。甚至在教授说出种种顾虑的时候，哭着跪在病房里一下又一下地磕头，一边磕一边祈求，希望教授能给病人把这个手术做下去。孟枝当时就在边上,哪怕在医院工作了有一段时间,生老病死也见过了许多次,仍然感觉到鼻酸。尽管教授当时态度比较坚决,最后也只能心软妥协,承诺家属会联系科室召开评估会,只要院方会议通过的话,他就愿意主刀。

中间流程不表,最后结果就是,手术被安排到今天下午四点,教授主刀,科室另外一个主任医生一助,副主任医生二助,孟枝顶替赵博文上三助。

车停在医院门口,孟枝下车的时候想起来说道:"对了,手术时间得好几个小时,我今天下班估计就晚了,你不用来接我,结束后我自己乘地铁回去就好。"

沈星川问:"大概多久?"

孟枝说:"五六个小时吧。"

沈星川下巴微抬:"知道了,到时候来接你。"

教授早上排了半天的门诊,孟枝跟着学习,下午基本没什么事,等到了四点直接进了手术室。

病人的随行家属众多,六七个人,孟枝来不及细看就跟着进了手术室。无影灯打开,监测器上好,麻醉师开始进行麻醉。十分钟左右,麻醉剂起了效果,手术正式开始。

当初科室会诊的时候,考虑到病人的年纪和实际情况,手术方案定的是微创介入,通过股动脉穿刺,将主动脉覆膜支架植入破口处,完全封闭破口以达到封闭夹层的目的。手术整个前半段都很顺利,但是放入支架的时候,监测器突然发出尖锐的报警声。

孟枝原本就留意着监测器数值,因而警报声响起,她只是短暂地慌神了一下,便快速镇定下来。

"血压持续下降!血氧饱和度66!"

"止血钳!"

"血压脉搏继续下降,病人瞳孔扩大!"

"取出支架,快!"

…………

整个过程,孟枝头脑里一片空白,完全是凭借着本能反应来动作。一直到监测仪器的阵鸣声变成持续不断的"嘀——",屏幕上原本高低起伏的曲线也随之变成一条笔直的线条,宣告着一条生命的彻底消逝。

不知道是谁先说了一声"手术失败了"。

孟枝的理智逐渐回笼,监测器的声音好像被刻进了耳朵,在里头一直响着,经久不散。

手术室的灯光熄灭的那一刻,在外头等候的家属便围到了门口。门开,教授第一个走出去，孟枝和其他几人跟在后头。

"医生，怎么样了？"

"结果怎么样？"

"不是说得五六个小时吗？怎么提前出来了……"

"别胡说。医生，手术还顺利吗？"

教授沉闷苍老的声音响起："我们尽力了。"

话落，手术室门口静得落针可闻。

不知道是过了几秒，也可能是十几秒或几十秒也说不定，孟枝持续性的耳鸣突然被一声嘶吼取代。紧接着，不等周围所有人反应过来，站在最前头的教授被一个瘦小的男人一把薅住了领口死命晃着。

"你什么意思？什么叫尽力了？"

"人没了？你们医院把人治没了？"

"庸医！杀人了！医生杀人了！"

…………

男人的怒吼伴随着女人的哭喊声，让原本寂静的手术室门口一片嘈杂。几个家属将教授团团围住，这个六十多岁的教授被揪着领口，不得不躬起身子。那个看似瘦小的男人手臂青筋虬起，原本敞开的领口被他越勒越小，勒得教授连喘气都逐渐变得困难。但男人情绪激动不撒手，哪怕另两个男医生一直在劝架，他仍然不为所动，红着脸梗着脖子一声一声地质问，言语中将病人死亡的责任完全安在了教授头上。

一时之间，吵架的、劝架的、动手打人的、奔过去拉架的，所有人拥作一团，每个人的情绪都在极限中拉扯，理智溃散，整个场面完全失控。

教授被衣领勒得喘不过气来，向来斯文严肃的脸上一片通红，他一手撑着墙，勉强维持着平衡，一手颤颤巍巍地不停拍打着勒着自己脖子的手臂，试图让对方松开，可惜只是徒劳。因为窒息的痛苦，老教授的眼角溢出生理泪水，混浊的眸子充血肿胀，整个人失了大半的力气，挣扎的幅度也越来越小。

孟枝原本被挤在人群中，正焦急地向其中一个女性家属做解释，余光瞥见这边的情景，浑身的血液瞬间冲进脑子里。那一瞬间，她连想都顾不上想，也不知道哪里来的力气，冲过一个又一个的阻碍，径直冲到那个瘦小男人的跟前。

她刚从手术室出来，身上还穿着无菌服，浑身上下任何多余的东西都没有。她连焦急都顾不上，不知道借了谁的胆子，一只手朝着男人的脸上招呼过去。

她什么都没想，完全是凭着本能去找寻他面部最薄弱的地方，食指指甲顺势戳到了男人的眼眶。这猝不及防的变故和疼痛让他手臂失了力气，顾不上再揪着别人，转而捂住了他自己的眼睛。

这片刻的工夫，教授终于得以喘息，孟枝连忙半扶半拉着人往后退开。

"教授，您还好吧？"孟枝焦急地问。

但教授压根顾不上回答她。老人一只手扶着孟枝的胳膊，整个人靠在墙壁上艰难地喘息着，他松弛的脖颈上已经被勒出一圈红痕，看起来格外狰狞。

孟枝还想再问，头皮猛然间传来一阵刺痛，头上的帽子被拽掉，原本被束在脑后的头发被人一把拉住，整个人被拽得向后倒去。

"你敢戳我眼睛？"

"你松手！"

"保安来了！快！"

"孟枝！"

孟枝压根辨别不清楚谁是谁，她被拽着头发，整个头皮传来钝痛。

不等她反应，下一秒，抓着她头发的手臂突然用力，孟枝整个人被甩得撞到一边的墙上。对方是用了狠劲将她的头往墙壁上磕，她根本来不及缓冲，额角重重地撞在了墙体的拐角处，不偏不倚地磕在了棱角上。

那个瞬间，孟枝眼前一片花白。

她下意识地抬手捂着额角，背贴着墙缓缓滑下，最终失力一般坐在地上。几乎是同一时间，身旁多了一个人，周身那种熟悉的味道将孟枝整个人团团包裹起来。

孟枝抬起头，视线逐渐有了焦点，她缓慢地开口："沈星川，你怎么来了？"

沈星川却没回答她的问题，他半跪在地上，两手握着她的两侧肩膀，眉头紧蹙，视线在她脸上一寸一寸睃着，落到额角时，瞳孔遽然一缩，面色也越发难看："没事吧？"

孟枝不确定额头有没有破皮出血，却反过来安抚他："我没事。"

"嗯。"沈星川说。

下一刻，他松开孟枝，站起身朝着纠缠在一起的人群走去。

五个医院治安科的安保人员手里拿着警棍勉力维持秩序，奈何病人家属情绪过于激动，根本不听劝，保安又不敢真的伤人，一堆人你推我搡，但争吵始终没能平息下来。

直到沈星川走过去。

他不是去劝架的，也压根没有帮谁不帮谁的举动。他的视线只锚定了一个人——那个冲在最前头的瘦小男人。

"沈星川……"孟枝叫他名字，奈何声音太小，在这纷乱的地界压根传不过去。她有种不太好的预感，沈星川的脸色过于难看，她从没见过他这种表情。

孟枝勉强扶着墙站起身，还不等她过去，便看见沈星川走到人群中，他反手拨开了挡在前面乱作一团的无关人员，直奔那个瘦小男人而去。

瘦小男人犹在叫嚣，脸红脖子粗地试图越过保安冲向最里侧的教授。他情绪异常激烈，肾上腺素飙升，屏蔽了周围一切劝阻的声音，两手举在半空中胡乱挥动，发了狂一般无差别攻击所有阻拦他的人。

眼看人墙马上要被他冲破，下一秒，沈星川突然暴起，黑色的马丁靴朝着瘦小男人的腰侧踹去。职业原因，他本身体格就比普通人强壮，又用了十分力道，瘦小男人被踹得往后倒退了好几步，膝弯一折，倒在了一米开外。

瘦小男人疼得半天缓不过劲来，倒在地上嘴里却还不停歇，边挣扎着起身，边骂骂咧咧地说"一命换一命""杀人偿命""庸医你还我妈的命"。

最后一句话说了一半，戛然而止。

沈星川站在他跟前，面色带着寒气，用看恶棍一般的眼神看着他。

在男人想要翻身站起来的时候，沈星川居高临下地抬起脚压住他，意思是他要是再敢伤人，自己绝不会"脚下留情"。

瘦小男人被这阵势吓住了，半晌没敢动弹。

不只是他，周遭所有的人都是。原本吵在一起的人群彻底安静下来，愣愣地看着眼前这猝不及防的一幕。

还是地上躺着的瘦小男人最先反应过来，他嘴里立马又换了一套说辞。

"你是谁啊？多管闲事，信不信老子弄死你……你等着！老子要报警！你给我等着！"

那男人满嘴秽语，沈星川依旧不为所动。

他的脚没有要收回去的意思，闻言，轻笑一声，眸底一片冰冷，声音也像是淬了冰一般。

"你报，我等着。"

几米远之外，孟枝站定在原地，都暂时性地感知不到额头上的伤痛了。她双手垂落在身侧紧紧攥住，看着不远处的沈星川。她从未见过这样的沈星川，暴戾、冷酷、愤怒……

但奇怪的是，她并不害怕。

只是觉得……有些陌生罢了。

这起突发事件，以最后警察赶来将人带走而收尾。为首的瘦小男人咬死了是沈星川打了他，好在周围一圈人做证是沈星川及时制止了医闹，警察留了个人信息，等待调取监控之后再做决断。

因为教授本人受了轻伤，又加之受惊严重，直接病倒了。孟枝也一并获得了两天假期。她倒是没有什么大碍，就是额头上那一片又是破皮又是青肿的，看起来有些骇人罢了。

回程的路上,孟枝坐在副驾上沉默。她将自己陷进座椅里,半低着头,一言不发。她不明白,为什么原本客气异常、特别和善的病人家属能说变就变,还那么狰狞?医生不是神仙,不是想让谁活就能让谁活下来的。

还记得当年父亲出事被送进医院的时候,奶奶跪在地上哭着求医生救人,医生说自己会尽力。到最后,却还是没能救回来。那时候孟枝在想,如果这个医生医术再高明一些,如果他们当时去的是大医院,是不是父亲就能救回来?直到自己从事这份职业,孟枝才能深刻感受到那种无力感,那种,看着生命在自己眼前,在自己手上消逝,而自己无能为力的感觉。

想到这里,她怅惘地叹了口气。

听说她不顾自己,冲上去救人,沈星川原本还有些生气,但看到她这副模样,也气不起来了。他握着方向盘的右手松开,拾起她垂放在腿上的手,攥紧在掌心里捏了几下。

"还疼吗?"

"还好。"孟枝回神,下意识地抬手碰了下额角,又倒吸一口冷气,"不碰就不疼。"

"逞能。"沈星川故作冷漠道,"要是我没及时赶到,你知道会遇到什么情况吗?"

孟枝半天说不出话来,她心知是自己鲁莽了:"对不起,是我的错。只是教授一把年纪了,又是我的恩师,我不能坐视不理,你能理解我的,对吧?"

理解个屁!沈星川气笑了。他磨了磨后槽牙,气得恨不得把旁边这人搂进怀里揍上一顿!得用上些力气,最好疼得她下次再也不敢犯。

但他舍不得。

沈星川轻叹一声,似告诫,似嘱咐:"孟枝,不要有下次。"

"嗯。"

晚上回去,孟枝的胃口不怎么好,完全感觉不到饿似的。沈星川做的菜,她都没吃几口,只喝了几口稀饭就饱了。下午做了近四个小时的手术,又经历了那么一遭,整个人就像一节使用过度的电池,累得只想休息。跟沈星川打了声招呼,孟枝洗了个热水澡,早早躺到了床上。

才夜里十点,她就觉得困了。睡意阑珊的时候,放在一旁的手机却突然振起来,孟枝一下子被吓醒,睁眼缓了好几秒,才侧过身拿起边上的手机。是李铃铛打来的。

孟枝只顾得上说一个"喂",那头就"噼里啪啦"开始了。

李铃铛急得说话都不带打磕绊:"孟枝,你怎么回事?我就休了一天假,你就出事了？还是听我们群里那几个护士说我才知道你出事了，你怎么不吱一声啊？还整得头破血流的！"

"夸张了，只是青了一块……"

李铃铛不信："你别嘴硬。不行，咱俩打视频吧，让我看看我才安心。"

孟枝无奈，心里却是熨帖的。片刻后，李铃铛的微信视频请求发来，孟枝心知这一下没有个把小时下不来。结果没想到，竟然聊了近两个小时，电话粥都能煲熟好几锅。

等视频挂断时，已经夜里十二点了。

孟枝连着聊了两个小时，说得自己口干舌燥。她犹豫片刻，起床去往客厅。门一推开，外头静悄悄的，一片黑暗。她凭着记忆摸索到开关打开，怕吵醒沈星川，轻手轻脚地走到饮水机前拿出水杯接水。尽管如此，还是避免不了发出些许动静。

一杯水接满，孟枝仰头喝了一干二净。接第二杯的时候，主卧的门被推开，沈星川穿着睡衣出来。

"醒了？"

"嗯。"孟枝不好意思说自己压根没睡，含糊地应了声。

沈星川却误会了。

他走近，抬手摸了摸孟枝的额头："疼？还是做噩梦了？"

孟枝只能心虚地应："嗯……是。"

沈星川闻言，担心地皱起眉。

隔了几秒，他突然问："要不要睡我这边？"

孟枝乍以为自己幻听了，她的眼睛因为错愕而微微瞪大，握着水杯直接愣在了原地。足足反应了好一会儿，她才辨析清楚他话里的意思。她兀自站着，看着沈星川担忧的眉眼……那神情作不得假，让孟枝有种被人放在心尖上的错觉。

她心底微微一动，握着水杯的手指收紧，半低下头，没敢看他，微不可察地深吸了口气，轻颤着吐出一个字——

"好。"

这是孟枝第二次进这间主卧。

房间干燥温暖，弥散着一股淡淡的沐浴露清香，床头的夜灯亮着，在墙壁上投射出一片暖黄色的光晕。床上摆着两个软枕，但只有一床被子，一侧被掀开，露出底下有些褶皱的床单，显然沈星川刚睡在那里。

孟枝脚步停顿了下，绕到了另一边。

待她躺下时，沈星川将被角又往上掖了几下，确保将她盖得严实才作罢。

做完这一切，他才躺下。

"睡吧。"

"嗯，晚安。"

孟枝闭上眼睛。

"哒"一声轻响，卧室里唯一的光源也被熄灭。一片黑暗中，眼睛彻底失去了视物的能力，其他感官便被无限放大。

孟枝安静地躺着，尽量使自己的呼吸保持平稳。她两手安分地搭在肚子上，一动不动，尽管如此，胸口的心跳声还是异常明显，"咚、咚、咚"，跟鼓声似的，一下又一下，也不知道身边的人是否会听见。这种猜测让孟枝觉得有些尴尬，她越发不敢动弹。

不知道过了多久，身旁突然有了动静。沈星川像是翻了个身，松软的床垫随着他的动作稍稍下陷，上面盖着的被子也被轻微拉扯了下。他的呼吸声更加明显了一些，甚至吐出的气流隐隐打在她耳朵下方……这让孟枝更加确定，他是面朝着自己的方向。

孟枝原本就小心翼翼的睡姿变得更为僵硬，心脏不听使唤地越跳越剧烈，她只能屏住呼吸，暗暗祈祷他听不见。

就这样过了好一会儿，沈星川都没再动作，卧室里静谧得除了呼吸声，再无其他动静。

孟枝猜测，他睡着了。她稍稍松了口气，眼睫轻颤了几下，掀开眼皮。

"不装睡了？"身旁突然传来男人的声音。

孟枝顿时吓得心跳都停了一拍："你没睡着？"

"嗯。"他拖着慵懒的音调发出一声轻哼，"还是睡不着吗？"

孟枝只能硬着头皮："……有点儿。"

下一秒，男人身上冷冽的沐浴露香味突然铺天盖地地扑面而来，混杂着冬日空调热风带来的干燥味道，将她揽了个满怀。两人之间的距离骤然消失，他的手臂霸道地横亘在她腰间，揽住她的后背，将人按进自己怀里。在这一瞬间，孟枝不知道自己怎么回事，竟然分出神来想另一件事——他的沐浴露是薄荷味的。

"冷吗？身上怎么这么冰？"沈星川问。

"不冷。"孟枝说。她一到冬季就手脚冰凉，即便是开着空调用上电热毯，仍然不怎么暖和。体质问题，她已经习惯了。

沈星川却半信半疑。男性的体温会比女性高上一些，他像个火炉，孟枝像个冰窖，怎么可能会不冷。夜色里，他皱眉将人搂得又紧上一些。

两人面对面侧躺着，眼睛习惯了漆黑的光线，慢慢地也能看清近处了。孟枝睁着眼，沈星川闭着眼。他的脸近在咫尺，孟枝趁着夜色的掩饰，视线肆无忌惮地描绘起他的面庞来。

描他高耸的眉骨和鼻梁、浓密的眉毛、锋利的下颌线，最终，视线落在他的唇上。沈星川的唇色不像旁的青年男性那般看起来气血旺盛，他唇色要稍淡一些，上唇薄，下唇较之厚一些，平时显然不怎么保养，唇纹略深⋯⋯

孟枝几乎是本能地联想到之前在清水镇的那次，他吻上来的时候，干燥却炙热的唇畔。在最初的不得其法之后，便无师自通一般，张扬、肆意地吞噬她的呼吸，一寸一寸地攻城略地，蚕食着她所有的一切。

孟枝呼吸乱了。

她不敢再看，忙调整了下睡姿，试图从他紧紧桎梏的怀里稍稍挣脱一些。只不过才刚动了动，腰间的手臂便再次收紧。

沈星川眼底不知道什么时候爬上了红血丝，声音低沉沙哑："别乱动。"

"沈星川，我⋯⋯"

话说了一半，戛然而止。孟枝察觉到了什么，顿时瞪大眼睛，一动也不敢动。

沈星川唇角勾了勾，再度合上眼皮。

他抬手在她后背上轻轻拍了拍，是个安抚意味十足的动作。

"别怕，睡吧。"

孟枝睡了个安稳觉，醒来的时候，身旁已经空了。

沈星川今天还要上班，早早起来就走了。奇异的是，孟枝睡觉一向浅，竟然连他起床离开都毫无所觉，昨天睡得到底有多沉？

孟枝坐起身，缓了会儿才下床。

客厅里的空调已经被提前打开，暖烘烘的。餐桌上放着早饭，一屉被打包进饭盒的小笼包、一杯豆浆、一个水煮蛋，旁边还贴着一张小字条。孟枝走近拿起一看，上头赫然写着六个字——用鸡蛋敷额头。

孟枝失笑。

她转去卫生间洗漱，刷牙的时候仔细看了眼额头，瘀青很是明显，还在头发遮不住的地方，难怪沈星川这么介意。

洗漱完毕，她乖乖按他说的，一边吃小笼包一边拿着鸡蛋在伤处上滚来滚去给它消肿，不过作用并不怎么明显。

吃完早饭，孟枝将餐桌收拾干净。她早上没什么事，难得怠懒，又因为那一小块瘀青，给自己找了个心安理得的借口又躺回床上。这一躺就躺到了快十一点钟，沈星川打来电话问她中午怎么吃饭。孟枝说自己随意煮点面条就好，结果被沈星川一口否决。

沈星川："孟枝，我发现你这人也就对工作认真，其他的能凑合就凑合，难怪瘦得能被风吹飞起来。"

孟枝将另一只没拿电话的手举到眼前……嗯，好像是瘦了一些。

"你在嫌弃我吗？"

"你这重点抓的……"沈星川无奈地失笑。他这会儿在办公室里，人多，他这一笑旁边的几个人都看过来了，个个挤眉弄眼，一脸八卦。沈星川没搭理，起身拿着电话往外走，"我的意思是你中午别乱吃，等我回去简单做些饭菜。"

孟枝蓦然起身："你中午要回来吃？"

"对。"沈星川站在走廊尽头的窗台边，掐出一根烟叼进嘴里，笑着说，"怎么，不方便？"

"没……"孟枝无语，"这里是你家。"

沈星川没跟她辩解是谁家的事儿，自然地又将话题转向别的："中午想吃什么？"

孟枝对饭食没什么要求，能饱就行，就说"随便"。

沈星川又笑了："行，中午回去给你做随便。"

孟枝一噎。

挂断电话，沈星川将一根烟抽完才回办公室。

一进门，赵阳就端着马克杯贱兮兮地蹭过来，剩下几个要么是假装手里忙活实则眼睛往这边瞄得快要脱窗，要么胆子大直勾勾地往这边看，一副看热闹不嫌事大的模样。

赵阳站在沈星川的工位边，半边身子斜靠在桌上："沈队，什么事这么开心？别一个人吃独食，说出来大家一起乐呵嘛！"

沈星川瞥了他一眼，语调散漫："你觉得呢？"

"我觉得啊……也不是，大家伙都觉得，你肯定是跟市三院的某位美女医生隔着电话互相亲切问候，对不？"

"对你个头！"沈星川不由分说一脚踹他小腿上，留了点儿情面，没用全劲儿，但也故意用了几分力道。

赵阳连忙端着杯子往边上闪，但没闪开，结结实实挨了一脚，顿时疼得龇牙咧嘴，还不忘继续臭贫："你也就在我们跟前又踢又踹，跟人家孟医生连面都没见着，隔着电话就笑得跟朵花儿似的，大家伙说是不是？"

"是！"

"没错！"

"是——"

"…………"

起哄声此起彼伏，一群糙老爷们声音一个比一个响亮，整个办公室都快炸了。走廊里有别的科室的人经过，听见里头这动静，八卦地往里头瞅一眼。

沈星川拿着文件夹往桌上敲了三下："都注意点，上班时间，别瞎起哄！"

"唉，行吧。"赵阳端着水杯一屁股坐了回去。其他人也纷纷噤了声，无精打采地蔫儿。

气氛安静下来。

沈星川短暂思索了片刻，又补上一句："那什么，过几天请大家吃饭。"

"为啥？"

有人问。

沈星川散漫地掀开眼皮看过去："你就说吃不吃？"

"吃！"那人果断道。

管他葫芦里卖什么药，到时候不就知道了！

好不容易挨到中午十二点，沈星川一改往日把办公室当成第二个家的作风，掐着秒表准点下班，头都不带回一下。

到小区楼下停好车，他原本打算直接去超市买菜拎回去，但又想到冰箱里还有前两天张志成来家吃饭时剩下的一些食材，就打消了念头，直接回家。

结果到家后，入户门刚一开，就闻到一股煳味，像什么东西烧焦了。沈星川鞋都没顾上换就追着味道传来的路线直奔入厨房。

门一推开，里头的景象让他直接愣在了原地。

几平方米见方的厨房里，呛人的油烟扑面而来，问题是油烟机还正开得轰轰作响，奈何烟雾太大，根本来不及吸走。大理石案板上，不知道是什么的黑色渣状物体零星散落在上面，餐盘里，一条勉强看得出形状的鱼黑乎乎地躺在里面，死得不明不白。而始作俑者正一手拿着铲子，一手拿锅盖，拨弄着炒锅里的东西。

沈星川凑上前看了一眼，像是前天买来的那把青菜……但也不是很像。

他终于没能忍住，由衷地问："你在干什么？"

"啊？你回来了！"孟枝这才留意到身后多了一个人，"我在炒菜。"

沈星川沉默两秒："你确定？"

孟枝顿时尴尬得无所适从："……抱歉啊，我刚刚突然接到一个工作电话，一分钟不到，它就成这样了。"

沈星川沉默，看着眼前的一片狼藉。

他不是没听说过"炸厨房"的例子，只是没想到这种事情会发生在向来沉着、冷静、早慧、独立的孟医生身上，而且是在自家的厨房里。

边上，孟枝拿着锅铲动也不会动了，抿唇小心翼翼地观察着他的脸色，活像个犯了错的孩子，面临即将到来的未知惩罚。

沈星川看得心底一软，根本不舍得责备半句，况且，这本身也算不上什么大事。

"没关系。锅铲交给我,你去外面等我一下。"沈星川边说边从她手里拿过铲子,转身关了火,握着孟枝的两肩将人往外推。

孟枝一脸歉然,衬着她额头的伤口,看上去更可怜兮兮:"我来收拾吧……"

"不用,我来就行。你等我,马上就好。"沈星川将人带去沙发边坐着,转身回了厨房。

约莫十分钟不到,等厨房门再推开时,里头已经焕然一新,干净得完全看不出方才被"炸"过的痕迹。

"要不,叫个外卖?"沈星川拿出手机。

"都可以。"孟枝说。

最后,两人点了附近一家店的炒菜和米饭。半个小时不到,外卖小哥就送餐上门了。两人吃饭速度都挺快,等一顿饭结束,时间还不到一点半。

沈星川伸了个懒腰:"午睡会儿?"

孟枝想了想,摇头:"我起来迟,还不困。"

沈星川却说:"陪我躺一会儿,就当是替昨天晚上还债。"

孟枝顿了片刻,说:"……好。"

开春之后,虽说气温逐渐回暖,但总体上来说还是冷的。孟枝早起的时候铺好了床,将卧室的窗户打开透气,这会儿一进去,房间里冷飕飕的。

孟枝去关窗的工夫,沈星川在她身后换上了家居服。主卧的窗帘很是厚实,一拉上,便有种不知道今夕是何年的感觉,整个房间一片黑暗。

孟枝刚一躺上床,身旁的人便侧身过来将她一把揽进怀里。

如果说昨天半夜还有头脑迷糊当作借口,那这会儿青天白日,意识无比清楚。腰间的手臂结实有力,掌心握着她的腰侧,传来的温度炽热滚烫。那股热意像是带着魔性,一路从她的细腰攀爬到胸口、脸颊,让孟枝心跳剧烈、脸颊发热。沈星川的手箍得很紧,她不太舒服地动了下,结果被他轻声呵止住。

"别动,我抱一会儿。"沈星川的声音听起来有些困倦,"昨晚没睡好,困。"

他说完,就没了声音。

孟枝却敏锐地抓住了"昨晚没睡好"几个字。她不由得回想,自己平时的睡姿向来中规中矩,应该算安分……吧,总不能换个地方,就折腾起来了?所以,大概不是她的原因?

孟枝想着,却也没去问,不想打扰他睡觉。

谁知道沈星川却像带着感应似的,突然出声问她:"在想什么?"

孟枝说:"在想,你昨天没睡好,是不是因为我吵到你了?"

闻言,沈星川笑了下,嗓音低低沉沉:"不是,我自己的问题。"

孟枝担忧地蹙眉:"出什么事了吗?"

沈星川又笑了声。

他最近好像总是爱笑。

"哪儿来那么多事,别瞎想。"沈星川说。

他沉默几秒,忽地凑近,侧躺着将头埋进孟枝的颈窝里:"想知道为什么?"吐出的气流喷在孟枝的颈侧,她有点痒,却强忍着没动,只是诚实道:"嗯。"

沈星川声音有些低哑,带着些困倦:"可能是还没太习惯身边多出一个人。"

孟枝一愣,眼睫不自然地闪动了下:"抱歉啊,我今天睡回我自己的房间。"

"回什么?"沈星川问,"多睡几次不就习惯了。"

孟枝:"嗯?"

沈星川语调慵懒:"反正总是要习惯的。"

孟枝在家度过了咸鱼一般浑浑噩噩的两天。

自懂事以来,她还没有如此荒废时间过。以前几乎是每天两眼一睁,就列好了当日要做的功课,哪怕遇上寒暑假,也没得懒觉可睡,要么在锅边灶台前忙着打下手,要么拎着扫把或拿着抹布到处收拾卫生。总之,恨不得时时处处在二婶眼皮底下"献殷勤",用实际行动告诉她,自己不是浪费粮食的拖油瓶。后来到了苏城,更是如此。

直到上大学,生活好了一些。奖学金和助学贷款解决了大部分问题,兼职遇见的雇主也大多数不错,她才难得喘息几年。

毕业后进了三院,又是一份比其他工作忙碌许多的职业……小时候常听奶奶说劳碌命,不知道她这种算不算。

好在,有沈星川。

他一出现,仿佛一切都正在变好。

孟枝想着,将餐桌上的袋装面包和牛奶装进包里。沈星川今天出门走得急,没能送孟枝上班,便提前准备好了早餐。

进医院路过急诊的时候,被李铃铛撞了个正着。她一上来多余话不说,直接捧着孟枝的脸仔仔细细查看她额头上的瘀青,直到确定确实没事之后,才松开手放她离开。临走之前,还不忘警告她一声:"要是下次出了类似的事再不告诉我,咱俩就绝交!"

孟枝连忙举手道歉:"我错了,保证没有下次。"

李铃铛这才满意:"这还差不多。走吧,走吧。"

等孟枝到办公室,赵博文已经在了。看见她进来,他的目光在她脸上扫了一圈后,便定格在了额角的瘀青上。

孟枝全当没看见,一如往常地打了声招呼:"早。"

"早。"赵博文忙回道。他犹豫几番,缓慢地走到孟枝跟前。自从上回后,两人平常除了必要的交流,其余一律省去。

此刻,赵博文颇为尴尬道:"那什么,孟医生,那天手术室的事我听说了。"

孟枝脱下外套挂在衣架上,取出白袍换上:"嗯,怎么了?"

赵博文说:"抱歉啊,如果不是我临时请假,那台手术本该我去的……没承想害得你受伤,真的不好意思。"

孟枝没觉得是他的原因。话说回来,如果那天是他上了手术台,受伤的人只不过是换了一个,左右都是无辜的人,本质上没什么差别。

孟枝说:"不关你的事,不用往心里去。"

赵博文赧然地点点头,再没说什么,坐回了自己的座位。

教授还没来上班,门诊手术都停了,科室和院里大概是忙着追责的事情,没人顾得上他们这边。一早上,孟枝都是清闲的。她忙碌惯了,骤然没事可做,还有些不适应,干脆拿着病历去住院部查房,等转了一圈回来,已是过去将近两个小时。

赵博文在工位上"噼里啪啦"地打字,看样子是在忙着写什么东西。孟枝没打扰他,自己坐下来整理病历。

过了会儿,赵博文突然停下手头的事,探出半个身子问孟枝:"那个,不知道你听说没,港城那边下周要举行一个心脑血管疾病防治交流研讨会,请的都是国内的顶尖专家学者,咱们教授也被邀请了,你听说这事儿了吗?"

孟枝一愣:"没,我不知道。"

"我也是听了一嘴,不知道会不会带上咱俩,听说京城那边好几个大牛都去。虽然可能性很小,但还真想去见见世面。"

孟枝听完,却没怎么接话。

港城那边每隔几年都要牵头举办一次医学界的学术研讨会,汇集全国顶尖的同领域专家学者聚在一起,交流研讨对领域内疑难杂症的最新成果。以他俩的资历背景,那种场合,能去上一次无异于天上掉馅饼,想都不敢想。

"孟医生,你怎么不说话?"

孟枝笑了笑:"有机会谁都想去,不过这种事我们说了又不算,随缘吧。"

"也是。"赵博文悻悻地道,"希望教授他老人家大发慈悲,带上我们。"

"希望吧。"孟枝说,心里却没抱什么期待。

如此这般,周五那天,孟枝接到教授的电话,得知下周和赵博文一起随他去港城参加研讨会的时候,也不免一时高兴一把抱住了旁边沈星川的胳膊。

沈星川问:"什么事这么开心?"

孟枝说:"下周港城的研讨会,教授要带上我们!去的全是行业顶尖的专家学者,我们即使是跟着去旁听打酱油都能受益匪浅。"

沈星川捕捉到了一个关键字眼:"我们?"

"我和赵博文。"孟枝解释,"我们是同一个带教教授。"

沈星川没说什么,只是神情有些晦暗不明。他偏头看向孟枝,只见她眉目舒展,一副喜悦的样子。沈星川回想了一下,他好像从没在她脸上看见过如此不加掩饰的笑。她向来是克制内敛的,鲜有这么直白地表露情绪的时候。专业上的事,沈星川了解不深,但这么看来,这次机会真的很宝贵,她是真的很开心。

她开心,他便也替她高兴。

沈星川勾起唇角,问:"什么时候?"

孟枝说:"下周二出发,去三天。"

沈星川略一点头:"好,到时我送你去机场。"

是周二晚上八点半的飞机,教授说在机场会合。

赵博文提前打来电话问孟枝怎么过去,要不要他顺路捎上一段。孟枝其实不太想麻烦沈星川,但该有的避嫌意识还是有的,就借口拒绝了。

这事她没跟沈星川提,一方面是不想让他多心误会,另一方面,也并不是什么大事,她自己能够处理好。

时间有些仓促,沈星川下班后直接回家,接上孟枝直奔机场。

到机场之后,沈星川停好车送她上去。孟枝原说不用,她带的东西不多,只有一个小行李箱和一个背包,完全可以自己过去。沈星川却坚持,孟枝觉得有些奇怪,但也没多想。

两人进航站楼的时候,教授和赵博文已经到了,正坐在一旁的公共座椅上聊着什么。见状,孟枝连忙加快脚步过去,沈星川帮她拉行李箱跟在后头。

两人一到跟前,教授就认出了沈星川。

他对这个在手术室门口身手利索地制伏闹事男人的年轻人印象很深刻。后来听说他是孟枝的男朋友,又是警察,暗道难怪。

从某种程度上来说,沈星川也算是帮过他,因而,向来严肃刻板的老教授难得露出和蔼的样子,主动问候了几句。

沈星川平常尽听孟枝说这位教授教学如何严格、学术如何厉害又为人如何有距离感,但他丝毫不怵,腰背挺得笔直,始终面带微笑,尊重有加,跟老教授聊天聊得有来有往。

聊到最后,教授直接上手拍了拍沈星川的后背,笑得堪称慈祥:"我年纪大了，你们这些年轻人才是真正的后生可畏啊！"

那副样子，看得孟枝和赵博文一脸呆滞地杵在旁边，都是一脸见了鬼的表情。

不是他俩夸张，实在是这场面太过匪夷所思。这么说吧，如果一个人平常连话都懒得跟你说，你做得再好他也没有表扬，充其量就是点个头而已。相反，如果稍稍做得不尽如他意，就是劈头盖脸一通严苛的训斥，不论场合，不管附近有没有其他医生、护士甚至是病人，半点情面都不给留。孟枝和赵博文在各自的学校专业成绩都是数一数二的，到医院跟教授之后，挨的骂比大学加硕士几年都多。而且，他们进医院到现在将近一年的时间，从没见过教授笑成这副样子。

孟枝抿了抿唇，看向一旁同样傻眼的赵博文。

两人交换了个眼神，彼此在对方的眼里都读到了震惊。

旁边，沈星川跟教授聊的话题正好收尾。

他拢了拢衣襟，将目光挪到孟枝身上，恰好看见了方才那一幕。

沈星川静默两秒，走到她身侧，方向不偏不倚，刚好卡在她和赵博文中间。

视线受阻，孟枝回过神来，直愣愣地看着眼前的人。

方才的震惊余韵还没有完全消散，她整个人瞪大着眼睛，看上去有些……傻。

沈星川微不可察地笑了下，他微微俯身，抬手替她将腰间未系的外套扣子扣上，语调温和缱绻："要不要再检查一遍，看东西有没有带全？"

两人之间的距离过于近了，机场大厅里人来人往，甚至教授就在旁边看着，他却像是无所顾忌一般。

孟枝错愕地抬眼，不期然撞进他似笑非笑的眸子里。她强忍着没有往后退开，只挪开眼，半低着头："检查过了，都带了。"

"那就好。"沈星川说着，将行李拉过来递给她。

教授在一旁笑看了半晌，颇为感慨道："年轻人就是这么感情丰富啊……博文，咱俩先去换登机牌，别在这儿当电灯泡咯！"

"啊？哦，好的！"赵博文忙道，跟在教授身后离开，顺带一并拉走了两人的行李，整个过程眼神闪躲着，没往这边看一眼。

他们一离开，孟枝立刻就少了几分不自在。

毕竟，在自己尊敬的师长和同事面前做出一些疑似"秀恩爱"的举动，真的很尴尬。

孟枝疑惑："你今天怎么了？"

沈星川眉梢一挑："嗯？什么意思？"

孟枝直言："刚才，为什么故意那样？"

沈星川沉默地凝视着她，半响，叹了口气："你既然都看出我是故意的了，还猜不出原因吗？"

他话说得这样明显，如果孟枝再猜不出来，简直就笨到没边了。

实际上，她方才就隐隐这样想过，只是没敢确信，怕是她自己想太多，自作多情了。现下，沈星川如此问，孟枝静默片刻，终于试探着说出了自己的猜测——

"你难道是，吃醋了？"

话落，沈星川轻轻合上眼。

半秒的工夫，他又睁开，漆黑深邃的瞳仁里只映着她的倒影。

"是。"

第十三章

生日愿

Wojian Xingchuan

飞机从空中俯冲落地的时候，巨大的轰鸣声笼罩了整个客舱。孟枝开始了持续性耳鸣，她闭上眼睛，在一片黑雾中又想起了沈星川的样子。

他理直气壮地说"是"，毫不避讳吃醋这件事。

孟枝原本想解释，却被他制止。他两手插在外套兜里，别过脸，状似无所谓地说："我知道没什么，你不用管我。"

孟枝没明白："那你怎么还……"

沈星川嗤笑一声，屈着食指在她额头上轻轻敲了一下："我愿意。"

简短的两三句话，便让孟枝红了脸。

她不好让教授等她，与沈星川匆匆作别之后，赶紧去换登机牌。进安检的时候，孟枝回过头，沈星川就站在入口目送着她。

十几分钟后，飞机在剧烈的一下颠簸之后，平稳落地。出了站，有组委会安排的人举着牌子来迎接，一路将他们送至酒店。

临近夜里十二点钟，孟枝安顿好一切之后给沈星川发了一条微信说自己到了。那端几乎是秒回。两人简短说了几句，沈星川便催促孟枝赶紧睡，她明天开始就闲不下来了。

研讨会三天，孟枝一共忙了整整三天。

除了旁听学习，每天结束之后还要整理笔记做复盘，且得提前熟悉第二天的主题，否则很有可能跟不上思路。各种信息与知识像是从吹气筒里迅速灌满了她整个大脑，以至于各路神经快要协作运转不过来，头疼得像是快要裂开似的，累得快要喘不过气来，只有每天晚上能挤出一会儿时间和沈星川说上两句。

饶是如此，每次在视频通话的那十几分钟里，孟枝总是笑着的。虽然脸上的倦意遮不住，但眼神明亮，跟沈星川说起自己学到的东西时，还总是一副喋喋不休的样子。

沈星川躺在床上，手机前摄像头撑着脸，距离太近，屏幕里的模样有些畸变，但仍旧能看出他优越的五官。见孟枝尽管黑眼圈都出来了，依然这么有活力，他就知道，她这几天过得很充实，也很开心。

他替她开心，但也难免有些心疼。

沈星川问："你们什么时候结束，几点的航班？"

"明天上午闭幕式，航班是晚上七点的，估计到家就十点多了。"孟枝说，"怎么了？"

"这么说有半天的空余时间，不去逛一逛港城吗？来都来了。"

他一个平时连商场都不主动去的人竟然劝她逛街。

孟枝笑了下才说："不去了，这边消费好高。"

沈星川没说话，视线从屏幕上挪开，片刻，又将视频也暂时切了出去。屏幕上一片黑暗，只有他的微信头像亮着。孟枝不知道他在干吗，还没等问，支付软件的提示音便响了一下，几乎同时，屏幕上方弹出一则系统提示。

是转账成功的消息。

后面缀着金额，足有五位数。

孟枝吓了一跳，连忙问："你给我转账干吗？"

顿了下，她回想起自己刚才说的话，又赶紧解释："我不是要钱的意思，就是单纯跟你吐槽一下这边物价高。"

"我知道。"漆黑的屏幕再度亮起，沈星川重新切回视频界面。他仰面躺在床上，一只手拎着手机，另一只手枕在脑后，故意用一副浑不惮的语调说，"我就是钱多得花不完，委托你帮我花一些。"

孟枝噎住，一时之间不知道该说什么。

见状，沈星川唇角微抬，他看了眼时间，已经十一点半了："不早了，你该睡觉了。"

"可是……"

孟枝还想说什么，却被他打断："明天忙完好好转一转，买点纪念品什么的，晚上我在海城机场接你。"

孟枝："……好的，我知道了。"

"孟枝，快些回来。"

电话挂断之前，沈星川如是说。

三天时间匆匆而过。

研讨会落下帷幕，赵博文一副意犹未尽的遗憾样子。孟枝原本也是有些遗憾的，但昨晚沈星川最后那一句话，让她迫不及待地想要飞回海城见他。就连下午逛街买纪念品的时候，她都是心不在焉的，直到登机后才算好一些。

晚上九点十分，飞机落在海城机场。

孟枝一出站，就看见了站在那儿等她的人。涌出来的人比较多，沈星川没看见她，站在原地等着，一副生人勿近的模样。待孟枝走近，他终于在人群中搜寻到她的身影时，表情一瞬间变得柔和。

沈星川走上前，从她手中接过行李箱，问："怎么就你一个人，教授和你同事呢？"

孟枝难得有些不好意思："他们坐下一趟摆渡车，出来得迟。"她没说的是，其实是她自己着急见他，早早便跟教授打了声招呼，起身排队下飞机，这才赶上了头一辆摆渡车。

沈星川问："要等他们吗？"

"不用。"孟枝说，"教授的家人来接，让我们先走。"

沈星川点点头，眸光微闪："好，我们回家。"

他说着，另一只手握住了孟枝的手，力道有些大，孟枝被他攥得生疼。她仰头看着沈星川，对方却毫无察觉，攥着她的手仍旧紧紧的。

两人都已经吃过晚饭，路上就没考虑用餐的事，车子直接往家的方向开。

三天未见，时间其实很短暂，但这是两人在一块之后头一回分开，难免有些别样的感觉。

回程的路上，车内气氛很安静。沈星川不喜欢分神，开车的时候几乎不放音乐。两人偶尔开口聊上几句话，然后又沉默下来。明明昨天晚上视频里还有那么多的话要聊，一见面，反而不说了。

孟枝坐在副驾驶座上，偏头看向窗外。

机场高速上一片漆黑，只有外围点点路灯亮起黄色的光晕。这种情况其实是看不太清外头景色的，孟枝也没想看，更多时候，她是盯着玻璃上的影子。

沈星川专心致志地开着车，目不斜视。孟枝刚开始偷看得有些小心翼翼，没一会儿便胆大了起来，不遮不掩地，用视线一寸一寸地描摹着他的轮廓。

然后，毫无意外地，被当场抓了个正着。

253

沈星川突然侧目，不偏不倚地透过窗户玻璃，跟她的视线对上。

沈星川眸里含笑："看什么呢？"

孟枝脸一红，干脆梗着脖子跟他较劲："看你。"

这下，反倒是沈星川怔了下。

"看吧，让你看。"他笑着说，喉结滚动，眸底墨色深邃，一眼便能让人沉溺。

原本清冷的气氛在这一刻变得黏稠缱绻，孟枝反而不好意思了起来。她后半程没怎么说话，只规规矩矩地坐在副驾驶座上，再也不敢说胡话了。

车辆驶进小区，沈星川将车停进地库。

电梯恰好停在负一层，两人直接进去按下楼层，很快便平稳上升。电梯厢里只有他们两人，饶是如此，沈星川还是没说话。孟枝觉得奇怪，垂眸时，看见两人牵在一起的手，心神又定了几分。

这种淡淡的疑虑持续到进家门的那一刻。

孟枝开门进去，沈星川拉着她的行李箱紧随其后。

她才刚跨过门槛，还没来得及弯腰换鞋，身后便传来"咔嚓"一声响，是房门被合上的声音。下一秒，孟枝的腰间两侧突然被男人粗粝滚烫的掌心禁锢住，还未等她反应过来，那股力道不由分说地掐着她的腰，将她整个人按在墙壁上。

孟枝错愕地抬眸，毫无预兆地撞进了沈星川深邃的眼里。不知什么时候起，他的眸中攀爬出红色的血丝，表情也有些可怖，是孟枝从没见过的那种，像是一头蛰伏已久的猛兽，死死盯着眼前的猎物，恨不得将其吞入腹中。

直到这时，孟枝的脑袋都是蒙的。

"沈星川，你怎么了……"

话说到一半，便被人用唇舌堵住。独属于某人的清冽气息铺天盖地地朝她压来，孟枝躲闪不及，被狠狠攫取。身前是男人强壮炙热的躯体，身后是冰冷的墙壁，腰间的手用力紧箍着她，她丝毫动弹不得，四面八方都是他的味道，一点一点，吞噬着她所有的感官。

这一刻，一切都乱了。视线是乱的，嗅觉是乱的，所有的都是乱的，甚至连喘息都不能。这次的吻不似江南小镇那般缱绻，仿若带着十足的占有欲与侵略性。

孟枝的四肢百骸被抽空了所有的力气，她软软地倚在墙上，全靠身前的人抵住才没溜下去，尽管这样，膝盖还是打了下弯，却又被他掐着腰提起。他犹嫌不够似的，拉住孟枝的手臂圈在他腰上，半抱半引着人跟着自己的步伐往里走。

家里没开灯，即使是开了也顾不上看。孟枝的腿磕在了茶几腿上，疼得她倒吸一口冷气。沈星川的吻终于停了下来，在一片黑暗中，孟枝感觉到他静静凝视着自己，两人的呼吸彼此交织着。气氛朦胧，满室迷离，明明近在咫尺，却看不清眼前的人。

"这几天,有想我吗?"沈星川突然问。

他的声音很是沙哑干涩,像是吞了磨刀石一般粗粝。

明明看不见他的视线,孟枝却还是有些赧然。

她半低下头,声音有些打战:"有。"

语毕,脸被人捧起。

视线逐渐适应了黑暗,能看清面前的人了。她看见他锋利的轮廓、含笑的眉眼,还有随着喘息上下微微耸动的喉结。

"孟枝,可以吗?"他问。

没头没尾的,但在这般情景之下,孟枝霎时便听懂了。她原本就热的脸颊变得像火烧一样滚烫,连带着心跳都停了一拍,但在那空掉的一拍之后,开始近乎疯狂地跳动。

孟枝半晌没说话,她的唇掀开又合上无数次,却没能发出一个字的声响。

许久,对面的人轻叹了一声。

沈星川轻抚着她的脸颊,像是怕吓到了她似的,语气温柔得不像话:"没关系。"

说完,他便松开了她,准备去将灯打开。

他刚转身走了一步,腰间却传来阻力。他垂眸,看见自己的衣襟被她的手拉住。

孟枝低头看着脚尖,几乎用上了自己所有的勇气,才勉强发出细如蚊蚋的两个字——

"别走。"

然后,一阵天旋地转,孟枝倒在了松软的床褥上。

在浮浮沉沉之间,她盯着头顶的天花板,累到混沌的脑袋里不合时宜地出现一个念头——

这就是所谓的,小别胜新婚?

翌日醒来,浑身像快散架似的疼。

身旁的位置空荡荡的,被子被掀开了一个角,孟枝抬手摸了下床单,已经凉透了,看来人醒得很早。她缓了会儿,支起手臂从床上起来,随着动作,被子从身上滑下,露出里头素白肌肤上的红痕。

昨晚累极了,洗澡的时候也是晕晕乎乎地被他捞在怀里,没顾得上细看,这会儿才瞧见这些痕迹……孟枝臊得匆忙挪开眼,拾起一旁的衣服慌忙往身上套。

正穿着内衣,房门就被人从外头一把推开。来人似乎没想到里头是这番光景,顿时停下脚步定在原地。

孟枝两手反在身后扣内衣扣,骤然间四目相对,她心里一乱,手上瞬间没了准头,胡乱扣了半天都扣不住,松也松不得,只得不尴不尬地卡在身后。

"怎么了?"沈星川问。

他关上门走过来,停在床边。

孟枝闪躲开视线,恨不得整个人埋进被子里:"没、没事,有点卡住了。"

"我帮你。"沈星川说。

他绕到她身后,弯下腰,双手有些笨拙地拽起内衣两侧接口处,过程中,粗糙的指腹不可避免地刮到了她光洁白皙的背。孟枝被刺得轻颤了一下,下意识地弓起了腰。

"孟枝,手松开。"沈星川说。

孟枝稍顿一秒,依言放开了兀自揪着卡扣的手。

沈星川没了遮挡,对那处设计也一目了然。他稍稍用力,将那一竖排扣挨个挂进凹槽里。做完这一切,他没走,而是从背后将人拥进怀里。

孟枝身上的痕迹早在他推门进来的那一瞬间就看在了眼里。沈星川有些懊恼,他昨晚没能控制住,没个轻重,偏偏她一贯会忍耐,又不吭声……

"疼吗?"沈星川问。

"不疼。"孟枝声音很小。

"对不起,下次不会了。"沈星川保证。

"……嗯。"

两人谁也没动,维持着这个拥抱的姿势。

过了好几分钟,孟枝用手肘轻轻撞了下身后的人,小声催促:"我该起床了,还要上班。"

"唉……"沈星川颇为遗憾地叹息一声,松开手。

等孟枝洗漱完出去的时候,早餐已经弄好放在桌上了。有红豆粥、烧卖、煮鸡蛋,都是沈星川起了个大早弄的。昨天折腾到凌晨两三点才睡,孟枝困得都没什么知觉了,也不知道他怎么那么精神。

起床耽搁了会儿,时间有点紧迫,两人匆匆吃完早餐一起出门。沈星川将人送到医院,才调转方向去自己单位。

孟枝从港城回来,一天假都没得休,马不停蹄地开始上班。忙碌一早上,等中午去食堂吃饭的时候,她将从港城买回来的化妆品送给李铃铛。她不太懂这些,但大概知道李铃铛用的品牌,加上港城的这些东西又相对便宜,索性买了当礼物送她。

李铃铛拿到礼物,开心得原地起飞:"哇哇哇,这个眼影盘,这个色号,代购都卖断货了,还有这个口红,是我喜欢的红棕色系!枝枝,我太爱你了!"

她连饭都顾不上吃,爱不释手地将礼物翻来覆去看了好几遍,才恋恋不舍地放下。

"这一套上千了吧?贵死了,等会儿我把钱转你。"李铃铛说。

孟枝怎么可能要她的钱,忙拒绝道:"我不要。这是我送你的礼物,又不是帮你捎带着买,一码归一码。"

"好吧,那我就厚脸皮收了,嘿嘿。"李铃铛笑得见牙不见眼,"对了孟枝,你感冒了吗?"

"没有啊。"孟枝说,"怎么了?"

李铃铛夹了一块红烧排骨放进孟枝碗里:"那这都开春了,你怎么还穿着高领毛衣,热不热啊?"

孟枝:"……还好。"她说着,不甚自在地将领口往上拉了拉,试图遮掩住自己的心虚。

好在李铃铛只是顺口一提,并没过多纠结。今天早上起得迟,没来得及吃饭,她饿了一上午,这会儿大部分注意力都用来扒饭了。

直到吃得差不多饱,李铃铛吃饭的速度才慢下来,她抽一张纸巾擦嘴巴,道:"对了,你之前不是让我帮你留意一下房子的事?我前几天还真遇到一个合适的。是我妈以前的一个同事,她儿子在国外定居了,结婚生了小孩,想把父母接过去帮忙带孩子,这一走近两三年不会回来。她小区就在我家旁边,有点老,但是地段好,面积什么的都很合适,最重要的是,价钱好商量……怎么样,要不要我让我妈跟人家先说一声,抽空咱俩去看看?"

孟枝夹菜的动作稍顿,片刻后,放下筷子。

"铃铛,能不能稍等我几天?"

"什么意思?"李铃铛问,随即一拍大腿,"瞧我问这话,你还没跟沈星川提要搬走的事吧?"

"嗯。"孟枝说,"我不知道该怎么开口。"

李铃铛有点儿郁闷,皱着眉看孟枝:"如果我是你,其实都不会考虑搬家的事了。海城的房租那么贵,他那房子难得距离你俩的工作地点都不算远,住一起多合适啊,大不了房租你俩对半,就当合租了。"

"他的房不是租的。而且,他肯定不会要我钱。"

"那不更好了吗?"

孟枝笑着摇摇头,没再说话。

从父亲和奶奶相继离世后,孟枝便有种寄人篱下、如履薄冰的感觉。她做梦都想要一个属于自己的"家",无论是买的还是租的,最重要的是,那是属于她的房子。在那里，她可以随心所欲地做自己，不用担心行差踏错一步，就会被人赶出去……沈星川当然不可能赶她走，但这是孟枝心里长久以来的不安全感造成的，究其根本，是她自己的问题，与他人无关。

孟枝想了想："你等我几天，我给你答复，好吗？"

"行。"李铃铛一口答应，"你跟人家好好说啊。啧，估计他会气得不轻。"

孟枝也有点担心，只能祈祷："希望不会吧。"

孟枝心里记挂着这事，一整个下午都有些分神。五点多，沈星川发来信息说今天可以按时下班，等会儿来医院接她。孟枝刚回复完，手机就振动起来，来电显示是一个陌生的座机号码。

接通后，那端的人自报家门，说他是某派出所的，紧接着又核实了一下孟枝的信息，在确定都能对得上之后，才进入正题。

"您去年10月份在我们这里报警，案件是入室盗窃。现在通知您，嫌疑人已经被拘留，赃物也追缴回来一部分，您有时间的话来我们所认领一下。"

"好的。"孟枝忙说，"那我等会儿去可以吗？大概六点半到七点。"

对方一口答应："可以，我们有民警值班。"

"谢谢。"孟枝说。

电话挂断，孟枝看了眼时间，还有半个小时就能下班。她思索片刻，给沈星川发了微信，说等会儿不用他来接了，她要去派出所一趟，又大概说了下情况。

那边隔了十来分钟才回信息，只有简单的一句话：行，派出所门口见。

孟枝收起手机，整理好东西，等到下班打卡之后就匆忙去赶地铁。到派出所的时候，沈星川还没来，她等了会儿，没等其他人，便独自先进去了。

值班的民警在问清楚来意之后，就让她坐着稍等片刻。几分钟之后，他从里间办公室里取出一个密封好的透明袋子递给孟枝，里头装着一块黑色手表，说："您核对一下，看是不是您丢了的那块。没问题的话，在这个单子上签名就行。"

孟枝接过，道了声谢，打开塑封。

黑色的电子运动手表静静地躺在里头，外包装盒在丢失的这段时间里，早已不知道被扔到哪里，仅剩下手表本身，表盘屏幕黑着，显然已经坏掉。

"是我的，谢谢你。"

"应该的，那您签个字。"民警递过来一张认领表，"我刚看了一下，您丢的还有五千块现金，只不过我们抓到嫌疑人审问的时候，据他交代，钱早已花光了，这样追缴回来难度比较大，这个得跟您说明一下。"

"没关系。"孟枝说。这个她早有心理准备，在被偷的当天，就已经做好了找不回来的准备。

她拿起笔，干脆利落地在单子上签下自己的名字。刚放下笔，大厅的门被人推开,沈星川从外头走进来。

这次值班的民警,他不太熟悉,只互相点头打了个招呼,就没再说别的。他走到孟枝身后,视线在她手边的黑色男款手表上稍稍定格了两秒钟,随即挪开视线。

"结束了吗?"

"嗯,好了。"

"那我们走吧。"

孟枝又跟民警道了谢,两人一前一后地出了门。

车停在派出所门前的车位上,十几步路的距离,沈星川一直走在前头,没回头也没说话。到车跟前,他驻足停下,将副驾驶座一侧的门拉开,头稍稍一侧,示意她上车。

等孟枝坐上去,他也没离开,倾身上前,稳妥地替她将安全带扣好,然后站在门边,一手撑着车框,墨一般深的眸子眨也不眨地盯着她。

孟枝莫名有些紧张,悄悄攥紧了手指:"怎么了?"

沈星川继续沉默了会儿,直起腰,从上衣口袋里摸出烟盒:"这手表,看上去有些年头了。"

孟枝垂下眼,语气淡得听不出情绪:"是有些。"

"挺幼稚的款式。"沈星川掐了根烟出来,点燃,用余光注意着她的表情,语气状似随意地问,"送谁的?"

"给你的。"孟枝说。

春寒料峭,傍晚起了风,吹得树上刚长出的嫩叶打了个颤。

沈星川手指一抖,烟灰落在地上,很快便被风吹散。

他转过身,向前迈了一步,不确定地重复了一遍问题:"给谁?"

"给你。"孟枝抬眼,平静地看着他的眼,"高中时候买来的。"

话到此处,将说未说的都已经明白了。

沈星川甚至不需要问,便知道那一定是当年他生日那回,孟枝原本要送他的生日礼物。方才在派出所他认真地看了好几眼,这个牌子的手表他认识,学生里头流行的款式,不算贵,千把块钱左右,但对很多年前的一个学生来说,绝对算得上价值不菲。更何况,是当时的孟枝。

他甚至不需要求证,仅凭推测便能知晓她当年是如何省吃俭用、节缩开支,才能在原本就紧张的经济条件下攒下这么多钱,买这么昂贵的礼物。甚至到最后也没能送出去,留在手里这么些年……

指尖的香烟已经燃烧过半,烟灰又蓄起了长长的一截。沈星川抬手,用手指掸掉,将烟头衔在唇间猛吸了几口,嘴唇翕张,青白色的烟雾无穷无尽似的,从唇缝中飘出来。

直到一整根香烟抽完,他将烟头扔进路边的垃圾桶里,才又折身上车。

夜色渐起,华灯初上。

沈星川按下启动键,车辆平稳地向前行驶。

车厢里有些暗,孟枝坐在副驾上,静默地看着边上的人。车子掠过两旁的路灯,光线在他脸上暂作停留,又立刻消逝。整个过程他没说一句话,直到车辆拐进小区,停在车位上。

"到了。"沈星川说,声音有些沙哑。

孟枝轻轻点了点头:"嗯。"

"还能送给我吗?"沈星川突然问,"手表。"

孟枝愣住:"可是,已经坏掉了。"

"我知道。所以,还能给我吗?"他紧盯着孟枝,眼神有些复杂,像是强压着什么情绪似的。

孟枝喉咙有些痒,她咳了一声,低声道:"可以。"

本来就是买给他的,只不过隔了好多年,表坏了,款式也早就过时。

但万分庆幸的是,终于送给了当年想要送的人,也算是物归原主了。

孟枝本想着他只是要去做个纪念,却没料到翌日早晨,会在他手腕上看见。

车到医院门口停下,孟枝打算下车的时候,不经意瞥见他左手手腕上精致的钢带手表不知道什么时候被摘了下来,换成那块幼稚过时的黑色运动款表,掩在蓝色衬衫的袖口底下,跟他身上的夹克衫很是不搭。

孟枝嘴唇轻嚅,想说什么,最终又紧紧抿在一起。

反倒是沈星川笑了笑,解释道:"我打算趁中午休息时出去找找看,有没有能修的地方……估计只是没电了,换块电池就能用。"

孟枝眨了眨眼睛,纤长的睫毛在下眼睑处覆出一道浅浅的阴影,遮住了瞳孔里大半的情绪:"其实,你不用这样的。"

沈星川没回答,车内一片静谧。

隔了好一会儿,他才终于轻叹一声,抬手将她一整只手攥在掌心,指腹在她手背上轻轻摩挲了几下……粗糙的茧子刮得她的皮肤有些痒:"我就是觉得,一次也没戴过,怪可惜的。"

孟枝认真地道:"但是款式已经不适合现在的你了,旁人看见,可能会觉得奇怪。"

沈星川嗤笑一声:"我管他们呢。"

他做事向来不怎么管别人的眼光,随心所欲,想做就做,不想做就不做,从高中到现在都是如此。孟枝原先以为是他成绩好,人也优秀,所以有底气,有这种目空一切的资本。但时隔这么多年，她突然发觉，其实并不是。这个人本性如此，他活得恣意，不会让自己生活在旁人的眼光里，所以轻松自在。

这种样子，一如当年地吸引着孟枝。

她深深看他，最终，轻轻勾起唇角。

午间吃饭的时候，孟枝接到了沈星川的电话。

她正在食堂，对面坐着李铃铛。看见来电显示，李铃铛顿时停止了絮叨，让她先接电话。

"喂。"

"孟枝，我找到修表的地方了。"

"修好了吗？"

"没。师傅说里头零件都好着，但就是没法用，估计时间太久，受潮了。"沈星川有些遗憾，"彻底坏了。"

这个答案孟枝一点都不意外。

以前她在林家住的房间在一楼角落，楼梯后头的位置，本身就潮湿。虽然她将表妥帖收在抽屉里，但一放就是这么多年，难免坏掉。

"修不好就算了吧。"孟枝说。

"不行。"沈星川一口否决，他似乎走出了店铺，周遭杂音立刻多了起来，"我打算再多找几家店看看，总有能修好的地方。"

孟枝劝解的话到了嘴边，最后，却只说了声："好。"

电话挂断，孟枝的表情有些沉重。

李铃铛以为出什么事了，犹豫再三，还是关心地问："怎么了这是，吵架了？"

"没。"孟枝说。她顿了片刻，将事情原原本本地告诉了李铃铛，末了，加上自己的观点，"其实我不太理解他为什么这么执着那块手表，已经坏了，就算修好，款式也跟他现在的年纪不衬了，戴上去并不合适。"

李铃铛却不甚赞同："你真当人家是稀罕那手表啊？他稀罕是因为那是你送他的好吧！"

孟枝说："我可以再送他一块新的。"

李铃铛直接乐了："哎哟喂，我的孟医生啊！你们家沈警官到底是怎么回事？跟你谈了这么久，怎么还是没能让你开窍？你怎么还是这副不解风情的样子啊？"

孟枝蹙眉："有什么不对吗？"

"你是真没感觉到，沈警官在心疼你啊。"李铃铛说，"那么多年前的一块破表，都老古董了，他还不嫌麻烦地跑来跑去修它，说到底还不是因为是你送的。你想想看，你俩现在都在一起了，感情稳定，那玩意儿修不修好其实都没影响,但他为什么这么执着?"

孟枝问:"为什么?"

李铃铛无语地翻了个白眼,说道:"当然是因为,那是当年的你送给当年的他的,一份迟来多年的礼物,一份当年想送但没能送出去的心意,男主角迟了许多年才知道当初的真相,迫切地想要弥补遗憾……这不就是妥妥的青春年少的暗恋文学嘛!"

孟枝听完,连筷子都拿不动了。

她沉默半晌,最终憋出一句:"你电视剧看太多了。"

李铃铛眼前一黑:"……得,随便吧。"

她该说的都说了,毕竟沈星川又不给她辛苦钱。

话落,她又想起另一件事:"房子的事,你跟沈星川说了吗?"

孟枝摇摇头:"还没,怎么了?"

李铃铛有些犯愁:"昨天我跟我妈下楼,刚好遇见那个阿姨,我大概说了一下有朋友想租房的事,阿姨很热情,说价钱什么都好商量,她就是想找个靠谱的租客,最好是熟人,租金低点没关系,把房子看好就行。唯一有点不太好的就是,她亲戚的朋友好像也想租。两位老人的机票订好了,半个月不到就得走,所以希望这事快点定下来……你得给我个准话,不然阿姨就打算找旁人了。"

孟枝咬了咬唇,下定决心道:"好,我今天回去就跟他说,明天给你答复。"

她说得干脆,但等回到家真正面对沈星川的时候,又不知道该如何开口了。

孟枝有预感,这个话题一旦说出来,他肯定是会生气的。但不说,又违背了她自己的想法……

孟枝有些纠结。正犹豫着组织语言的时候,沈星川从厨房里出来。他手上端着刚炒好的土豆丝,腕上还戴着那块表。

孟枝轻轻呼一口气,问:"修好了?"

"没。"沈星川将菜放在桌上,坐到她对面的位置,语气有些无可奈何,"跑了好几家,拆了装装了拆,都没能修好……可惜了。"

孟枝劝慰:"没关系,毕竟时间太久了。"

沈星川略一点头,随口道:"嗯。要是当年收到就好了。"

孟枝动作微顿,片刻工夫,又恢复如常。

她心里盘算着事,一顿饭吃得没滋没味,整晚都在找寻一个比较恰当的机会开口。可直到晚餐结束,两人相继洗漱完躺到床上,还是没能说出口。

夜里十一点钟,沈星川准时熄灯。

房间里一片漆黑,仅有两人的呼吸声浅浅交织着。

看不见他的表情,直到这时,孟枝才终于鼓起勇气。

"沈星川,你睡了吗?"

"还没。怎么了?"

"我有事想跟你说。"

"你说。"

话音落下,他调整了下睡姿,侧过身来正对着孟枝。

房间很暗,即使是面对面咫尺距离,只要不是凑上前,也还是看不清对方的脸。

孟枝酝酿了一晚上的话终于敢说出口。

"之前搬家的时候,我让同事帮忙留意合适的房源,前两天她说,有个熟人的房子要出租,地段和房价什么的都很合适,所以,所以我想跟你说一声,如果真的那么合适的话,我打算……"

"打算什么?"沈星川问。

失去了视觉,其余感官便会变得异常敏锐。孟枝哪怕看不清他的表情,也能从他简短的一句话中判断出他的心情。

他一定是生气了。

不然,语气不会这么冷冰冰,像是数九寒天的冰块似的。

孟枝顿时露出一抹苦笑。

"我打算搬出去。"她说。

语毕,她缓了缓,才继续道:"你生气了吗?"

身旁的人冷笑一声,嗓音冒着寒气:"我不该生气吗?"

孟枝这次没回答。

她不知道该说什么。

整个房间再度静得落针可闻。

两人都沉默着,不知道过了多久,也不知道到底几点钟了,孟枝依旧没睡着,她知道,沈星川也是。气氛就这么一直不尴不尬地僵持着,孟枝胸口像是堵了一口气,难受得她想要大口喘息。

孟枝抬手揪着胸口的衣襟,半晌,怆然道:"从小到大,我一直想要一个属于自己的家,不是借住,不是寄居,而是那种,我自己住在里头,不用在乎主人的脸色,也不用担心随时会被屋主赶出去。无论是租的还是买的,只要有这么个地方就行。沈星川,你能理解吧?"

话音落下,又是一室静谧。

身旁的人并未回答。

孟枝等了又等,到最后,她整个人意识有些昏沉,脑袋像是被打了一棍,难受得发疼。

就在孟枝以为这人不会再理会她的时候，他终于有了动静。

沈星川的语气不复方才的冰凉，而是变得平静。

他没回答方才孟枝的问题，却伸长手臂将她揽进怀里，大手紧紧箍着她的细腰。皮肤相贴的地方，传来滚烫炙人的灼热。

沈星川声音沙哑着叫她的名字。

"孟枝。"

"嗯？"

"我们结婚吧。"

搬出去住的事情莫名其妙地彻底被搁置。

另一件事转而被提上日程。

孟枝拿着户口本、身份证站在民政局门口的时候，整个人还处于头脑发蒙的状态。至于后续的签字、拍照、盖戳，全部是被沈星川带着走完了流程。

到最后，工作人员将证件递给她的时候，还不确定地多问了一句："女士，您还有什么问题吗？"

孟枝听懂了工作人员的言外之意，顿时脸红得像能滴血："没，谢谢您。"工作人员便没再说什么。

出了大厅，和煦的春风拂面而来，孟枝混沌的思绪顿时清醒些许。她低头看着手里的红本本，翻开，里面的人笑得一脸僵硬……也难怪工作人员会有顾虑。

"想什么呢？"沈星川问。

孟枝刚想回答，唇边便抵上一只手，紧接着一颗糖果被推进口中，甜滋滋的。

"哪里来的糖？"

"刚在窗口拿的，甜吗？"

"甜。"

沈星川笑了笑："下午没什么事吧？"

"没事。"孟枝答。今天领证，她请了一整天的假。

"那就行。"

沈星川说完，牵着她的手上了车。

临近中午，两人去商场吃了顿饭，结束之后，孟枝又稀里糊涂被带到某个钻戒品牌的柜台前，里头晶莹璀璨的"石头"晃得人眼花。

孟枝对这些首饰没有概念，也没有喜不喜欢一说。况且，职业习惯，她手上不佩戴任何首饰，所以对钻戒这种东西，买不买都无所谓。

她是这么想的，但沈星川不行。

用他的话说："结婚的事情仓促了些，委屈你了，别的事情上，我想在我能力范围之内给你最好的,让你安心一些,也对我们的婚姻更有信心一点。孟枝,我并不是一个细心的人,以后如果有做得不好的地方,或者我们之间存在分歧,你一定要说出来,我们共同面对,一起解决,知道吗?"

孟枝不知道该说什么,她眼眶有点热,强忍着点了点头。

然后,沈星川挑挑拣拣,选了个中等克数的,价格直逼六位数。买完钻戒还不算,又带着她到了金店……总之,一个下午,他花了一辆车的价钱,孟枝看得肉疼,他本人还是那副无所谓、千金难买我高兴的模样。

这还不算,他出门时还拿了房本,要带孟枝去房管局,把她的名字加上去。最后是孟枝死命拽着,说什么都不去,他才作罢。

总之,经此一役,孟枝再也没敢提搬出去的事情。她像是慢慢地,适应了和沈星川在一起的日子,也逐渐被这种生活同化,变得离不开他。

辗转到了四月。

沈星川二十九岁生日临近。

孟枝问他打算怎么过的时候,沈星川一副直男语气说"有什么好过的"。孟枝语塞。她虽然也不是一个太有仪式感的人,但在一起后的第一个生日,还是想替他好好过一下。

于是,孟枝劝他:"这是你最后一个以'2'开头的生日了。"

她还补充:"下次就是'3'了。"

沈星川噎住。

说话的时候,两人正靠在沙发上看电视。今天有场篮球赛,屏幕里双方你来我往打得火热,沈星川上了一天班,注意力不怎么能集中,有一搭没一搭地扫上几眼。

孟枝劝人劝出了点火的效果,沈星川难得被她堵得没话说,最后恨恨地将人一把拉进怀里,二话不说咬住了她的唇。他估摸着力道,没敢真咬伤了她,但故意用了些巧劲来弄疼她。孟枝挣扎了几下,可惜两个人力道悬殊太大,没能挣脱开,还累得自己没了力气,只能倒在他怀里,任由他肆意惩罚。罚着罚着,就变了味,咬变成了亲吻,一寸一寸,攻城略地。

直到沈星川亲够了,满足了,才放她一马。

孟枝的唇又红又肿,上头还印着牙印,一看就知道被他折腾狠了。她懊恼地捂着嘴巴,心里愁着明天该怎么去上班。

她愁她的,罪魁祸首在一旁幸灾乐祸。

直到乐够了,沈星川才稍稍坐直了些:"你说得对,最后一个'2'开头的,是得好好过。"

孟枝无语。

说是这么说，但计划赶不上变化。

他生日当天，孟枝攒到了轮休。不巧的是，沈星川前一天接了一个专案，半个单位的人从上到下忙得脚不沾地，他连正常上下班都做不到，更别提过生日了。

孟枝不想打扰他，干脆利用半天时间去买了自己看好的礼物，又订了蛋糕，在家里等他。

这一等，就等到了晚上。

八点钟，天都黑透了，沈星川还没回来。

孟枝给他打了个电话，那端倒是很快接起来，但只匆匆说了一句今天加班不用等他，便直接挂断了，他估计连今天是他自己的生日都忘了。整个过程，孟枝甚至都没来得及说一句话。

直到电话里传来忙音，孟枝无奈地按熄了屏幕。

餐桌上摆满了一桌子的菜，都是孟枝亲手做的。她在这方面实在没什么天赋，跟着教学视频一步一步来，饶是如此，还是浪费了不少食材，才勉强做了这么些勉强能看的家常菜。只可惜，这会儿已经凉得差不多了，她将它们端回厨房，准备等他回来再一起吃。

直到晚上十一点半，入户门才被人从外头拉开。

孟枝已经困得半躺在沙发上睡着了。听见动静，她从浅眠中醒来，眼神还带着雾气，人已经先坐了起来。

"你回来了。"

沈星川换好拖鞋走进来坐到她身边，两手捧着她的脸颊，低声问："吃过饭了吗？"

"还没，在等你。"

沈星川眉头轻蹙了下："饿不饿？"

孟枝点点头："有一些。饭菜在厨房，我去热一热就可以吃了。"

沈星川却先她一步起身："你再躺会儿，我去热，好了叫你。"

不一会儿，厨房传来"叮叮当当"的声响。

孟枝还没完全清醒，坐在沙发上缓了片刻，才进去帮忙。

两人很快热好饭菜，重新端回餐桌，孟枝从冰箱里取出蛋糕。

一桌的菜，凉了又热，卖相和味道都不怎么样了，沈星川却基本上吃完了。然后，孟枝在蛋糕上插上蜡烛。

在点燃之前，她从口袋里拿出早已准备好的礼物递给他。沈星川打开一看，是一块钢带机械手表。跟他腕上的那块不同，这块更为精致、更为昂贵，也更加成熟，最重要的是，意义也不一样。

如果说那块旧运动表代表了过去、从前、青春，还有遗憾，那么这块新机械表便象征着以后、未来和圆满。如同秒针转上一圈，最终回到起点，他们绕了一大圈，也终于得以重逢。

孟枝说："明天起来，换上这块戴吧。"

沈星川说："好。"

孟枝笑了笑："那，生日快乐，许个愿吧。"

于是，沈星川依言闭起眼睛。

他双手合十，虔诚地许下一个愿望——

希望以后，能和眼前这个人，携手走过此后漫长岁月，然后，一起老去。

- 正文完 -

番外一

初见（沈星川视角）

Wojian Xingchuan

沈星川不太喜欢下雨天。

每年冗长的梅雨季，是他最讨厌的时候。

尤其是高二快开学之前的那段时间，表妹林嫣然跟她爸闹脾气，见天儿地待在他家，一开口就是吐槽她后妈如何如何，说那个女人自己都是靠着她爸养活，赖着她爸那个傻大款不说，还厚脸皮地妄图把自己跟上个男人生的便宜女儿也一并带过来。

林嫣然说到这里的时候，气得整张脸都扭曲了："你说，她是不是把我们姓林的都当冤大头了？竟然想要用我爸的钱给她养女儿，凭什么？最令我生气的是什么你知道吗？"

沈星川耳边全是她撒气的声音，听得多了，不免觉得有些烦。他视线穿过落地窗，看着外头的雨滴，并未说话。

林嫣然不满道："沈星川，你到底有没有在听啊？"

沈星川掀起眼皮看了她一眼，淡声道："你说你的。"

"我跟你说，最令我生气的是，我爸竟然同意了！"林嫣然说着，甚至快要哭出来，"他凭什么啊？这里还是不是我家啊？果然别人的话没说错，有了后妈就有了后爸！"

沈星川也错愕了片刻。

他没想到，林盛竟然会答应。

不过到底是别人家的事，他并未发表意见，只寥寥安慰了林嫣然几句，便没再说什么了。后面几乎都是林嫣然自己在发泄。

沈星川从她的气话中，粗略知道了那个即将来到景明别苑的"拖油瓶"，是个跟他们年纪相仿的女孩子，来自北方一座并不发达的小县城，父亲早逝，母亲改嫁，从小跟奶奶生活。不久前，她奶奶也病逝了，她只能投奔冯婉如。

这身世……挺不幸的。

但这个世界上境遇不怎么样的人比比皆是，沈星川也只是略一感慨，便转头就忘，再也没什么感觉了。

又过了几天，沈星川接到张志成的电话，那厮说自己骑自行车把路边一辆宝马车蹭了一道印，不敢跟家里人说，只敢打电话过来求助他，让他带着钱过去，哦，对了，再顺便买包好烟带给车主，毕竟有礼人不怪嘛。

然后，沈星川走进了小区门口的便利店。

一进门，就看见了在收银台前排队的陌生女孩。

这家便利店在景明别苑里开着，主要就是为了服务本小区的人，平时人来人往，虽然不认识，但大多混了个脸熟。

这个女孩不同，她太陌生了，沈星川只看了一眼，就几乎可以确定，她就是让林嫣然气愤了许久的，那个后妈带来的"拖油瓶"。

她的衣着打扮，过于"朴素"，完全符合林嫣然的描述——

一件大到不合身的短袖，洗到发白的裤子和一双白里泛黄的帆布鞋。

沈星川不会以貌取人，但又不得不承认，几乎所有人都是先从外貌认识一个人的，无法避免。

他只看了一眼，就收回视线，从货架上取了一盒烟，沉默地站在她身后排队。

他原本不打算跟她产生交集的，至少目前没必要。

队伍前头，买了一堆零食的夫妻付了账离开，女孩上前一步，将自己挑选的货物放在收银台上。沈星川看见，她买的是毛巾、牙刷、牙膏。毛巾是一看就质量不怎么样的料子，牙刷上的刷毛直愣愣地竖着，舒适度定然不会太好，就连牙膏也是一个他没怎么听过的牌子。

距离太近，沈星川不想注意到都没办法。

手机又传来一声响动，是张志成发来消息问他到哪儿了。这点动静引得前头的人微微侧头，沈星川也看清了她的长相。

干干净净，普普通通。

这时，收银员一脸犯难："我们这里的现金不够找零，能扫码支付吗？"

"手机付不了……"女孩低着头，窘迫到连声音都变了调。

沈星川闻言，下意识地看了眼她手里紧握的手机。

并不是现在几乎人手一部的智能电话，而是那种厚重的老式手机，根本不支持扫码支付。

她和收银员僵持了好一会儿，最终，肩膀垮塌。

她什么也没说，从收银台上将自己的那几样东西拿起，似是准备放回货架上。

沈星川那一刻说不清楚心里是什么感受。

作为林嫣然的表哥，他该站在自家人的立场上，对这个"拖油瓶"持一种不怎么待见的态度，甚至，为她窘迫的遭遇而幸灾乐祸。

但并不是。

或许是出于对弱者的同情……

或许是怜悯她不幸的身世……

或许是她眼下的境遇太过窘迫尴尬……

他未多余思考，下意识地说出了那句话。

"我替她付。"

这是他和孟枝第一次交集。

在一个他讨厌的梅雨天里。

番外二

新年（见家长）

Wojian Xingchuan

——"不要喜欢一个只对你好的人，要喜欢一个本来就很好的人。"

和沈星川结婚后的某天，孟枝在网络上看到这句话。

彼时，沈星川正在厨房里和他父亲因为杀鱼的事而争论着。客厅里，沈母端来一盘洗好的车厘子递给孟枝，略显严肃的脸上挂着不甚熟稔的笑容。

"知道你要来，我跟他爸爸昨晚特地去超市采购了一番，桌上的其他水果也都是洗好的。到自己家了就不要见外，想吃就拿。"

孟枝接过，拘谨地说了句："谢谢妈。"

这是他们结婚后的第一年，她和沈星川一起，回他家过年。

来之前，孟枝至少用了一个月的时间做心理准备。

她和沈星川私自领了证，他们之间又因着林嫣然和冯婉有，有着那一层尴尬的关系，孟枝一直担心，沈星川的父母会接受她吗？

记忆中，在沈星川转学离开前的那天，她遥遥看见过沈母和沈父，但时间太过久远，她已经忘了他们的长相，只记得是文质彬彬却又比较严肃的两人。

"你父母会接受我吗？"孟枝忐忑，"要不我还是不去了……"

沈星川劝慰她："别怕，总是要见的。"

孟枝发愁："是没错，但是，我总有些紧张。"

沈星川笑了一声，抬手在她脑门上轻轻敲了一下："我保证，我爸妈会喜欢你的。"

于是，孟枝就跟着他来了。

她忐忑地跟着沈星川一路从海城到北城，手里拎着精心挑选的礼物。站在他家门外的时候，孟枝一度想转身逃跑。

让她意外的是，门一开，里面的中年夫妻看见她之后，仅是愣了几秒钟，便笑意盈盈地迎上前来。

她几乎是被推着进了门，然后又被推着坐到沙发上。沈母忙忙碌碌、前前后后洗了一堆水果，总共有七八样，一起摆放在茶几上。而沈父在与她客气地寒暄几句之后，就跟沈星川一道，被他妈打发去了厨房。

"沈家的惯例是男人下厨。"沈母说，"和他爸结婚这么多年，我至今都不怎么会做饭。我俩平常都是在单位食堂解决，但只要周末休假，永远是他爸下厨。"

孟枝不知道该说什么，笑着附和了一声。

沈母突然问："枝枝，你会做饭吗？"

孟枝僵了一瞬，尴尬地摇摇头："不太会……"

或许是察觉到了她的不自然，沈母笑了笑："不会就不会。星川说你是医生，医生的手就要保养得好好的，用来拿手术刀、拿菜刀的事，交给星川就可以。"

孟枝突然不知道该说什么，沈星川的母亲跟她想象中的，很不一样。

两人坐在沙发上又聊了好一会儿，主要是沈母问，孟枝回答。但再怎么有心找话题，两人毕竟是头一次见面，又都不算是健谈的人，没过多久，能说的就说完了。

气氛彻底安静下来，只有不远处的厨房里传来做饭的响动。

孟枝拿起面前的水杯喝了一小口，她偷偷看了看旁边的沈母，却不想对方也转过头来。四目相对，孟枝愣了片刻，突然道："妈，我有个问题想问您，可以吗？"

沈母："当然可以，你说。"

孟枝放下水杯，组织了一下措辞："您……您想必也知道，我妈妈和林盛叔叔再婚了，您是嫣然的姨妈，我和沈星川在一起，您……"

沈母打断她的话："想问我为什么会同意你俩结婚？其实，实话实说，一开始我是反对的。"

孟枝沉默，她垂下眼，对这个答案一点都不觉得意外。

"原因就是你说的那些。人都活在现实中，所以很难做到不顾及旁人……后来，星川为了你们的事，一直给我打电话。他工作忙，脱不开身，就在电话里可劲儿骚扰我跟他爸，最开始隔三岔五，然后变成每天都打，最后，直接跟我摊牌，说他已经领证了。"

沈母说到这里，笑了下："你都不知道，当时给他爸气得啊，觉得他儿子都快三十了，怎么叛逆期还没过？那段时间我俩气得根本不想接他电话。可证都领了，我们也不可能让你们离婚。没承想，星川为了让我们接受你、接受你们的婚姻，竟然半夜十一二点钟，大老远从海城飞回来，一进门什么话也不说，直接就往那儿一跪……"

如果说孟枝方才是意料之中的话，听到这里，她脑袋里已经变得一片空白。沈星川工作特殊，晚上不回来是常有的事，孟枝理解他，一般也不太过问，自然也就不知道这档子事。

"后来呢？"孟枝声音发颤。

"后来，就是他跟我们解释，我们听完，觉得这毕竟是你们自己的事，你们自己的婚姻，你们有权做决定。"沈母叹了一口气，"其实让我生气的并不是你们在一起了，而是他瞒着我们偷偷领证……作为儿子，他对我们连这点信任都没有。"

孟枝忙说："您别生他的气，这件事我也有错。"

"早就不生气了。"沈母笑着牵过她的手，"不瞒你说，一见你，我就很喜欢。星川在我们面前一直夸你，本来以为是他夸张了，今天一见，我觉得都是实话。孟枝，你是个很优秀的孩子，你和星川，你们都很好，我们做父母的，会无条件地希望你们过得好，知道吗？"

"知道。"

孟枝眼里闪着泪花，她忙低下头，咽下了喉头的哽咽。

厨房的门恰在此时被推开。

沈星川和沈父陆续端着做好的年夜饭出来。孟枝和沈母也从客厅沙发挪到餐桌前。

电视机里，喜庆的节日音乐充斥着整个房间，一家人围坐在一起吃年夜饭。

凌晨钟声敲响的那一瞬间，酒杯当空撞出几声脆响。沈星川伸出手，在桌下轻轻握住了身旁人的手。

"新年快乐。"他说。

眼里全是她的倒影。

独家番外

冬至

Wojian Xingchuan

孟枝是被床头的闹钟吵醒的，睁开眼，时钟显示七点。

长久以来的自律让她没有赖床的坏习惯，孟枝掀开被子起身去洗漱。等一切收拾好出门的时候，和往常一样，雷打不动的七点四十分。

今日冬至。

北城的冬天比海城更冷一些，这里时常刮着寒风，吹在人脸上跟刀片似的。这是孟枝在北城过的第一个冬天，说实话，她并不是很适应。

两年前，孟枝实习期满，顺利成为一名住院医生。她在征求了沈星川的意见之后，和赵博文一起，请教授吃了一顿饭，不名贵，都是家常菜，主要是感谢他这一年来的帮助和照顾。

饭桌上，教授借着酒劲儿透了口风，说这两年年纪越大，身体越扛不住，等返聘合同到期就不再准备续了。孟枝和赵博文是他带过的实习生里最认真负责的，他有心提点两句，大意是说能力虽然重要，但学历也很重要，并且以后只会越来越重要，想要往上发展，就不能停下学习的脚步，鼓励他们继续深造。

孟枝听进去了。她是一个一直在向上走的人。从落后贫穷的县城里咬着牙考出来，从寄人篱下的地方逃出来，从泥沼一般拉着她不断下坠的生活里拼命爬出来……她一直在用尽全力地向上、向上。

在跟医院充分沟通后，孟枝选择停薪留职，攻读博士。原本打算考取海城医学院，却没想到最后阴错阳差，到了北城。这就意味着她和沈星川在结婚不满两年的时候，不得不开始短则三年，长则没边的异地婚姻。

为此，向来凡事都由着她的沈星川破天荒地生了气，两人开始了一段旷日持久的冷战。一直到孟枝开学不得不离开海城，沈星川的气都还没消。

没消归没消，但他还是将孟枝一路送到了北城。

他带着她回父母家吃了饭，知道孟枝跟长辈住一起定然不会舒服，特地跟父母说明了情况。然后，替她打点好一切，入学、住宿，甚至是一些无比琐碎的事情。

北城医学院博士生宿舍是一个小单间，带个阳台。

沈星川站在那儿沉默地抽了最后一根烟。青白色的烟雾徐徐升起，猩红的火光一路灼烧着，到最后，燃到尽头。他将烟蒂捻灭，临走之前，问了她最后一句话。

"孟枝，你心里到底有没有我？"

他只是问，没有等她回答的意思。

话音落下，他便孑然转身离开，背影果决到仿佛没有一丝留恋。

孟枝怔在原地，脚下就像被钉子扎在了地上，一步也挪不动。她的嘴唇掀开又合上，到最后，一句话都没能说出来，整张脸却失了血色。

结婚两年，他们的感情一直稳定，从未吵过架。孟枝不是会无理取闹的人，沈星川也大度，几乎所有事都尊重她的意见来。他们无比契合，仿佛天生一对。而沈星川这次之所以会这么生气，无非因为她在离家近的海城医学院和远隔千里的北城医学院中毅然选择了专业排名更高的后者。他虽理解、尊重，却又无可避免地生气、心寒。

无论是理智与感情，还是爱人与事业，他都不是她的第一选择。

于是，从九月到十二月，他们一直维持在一种很微妙的关系上。会发微信打电话，也会彼此关心询问近况，但每每想多聊几句，又总会无话可说。

孟枝是个不善言辞的，尽管如此，她也曾有好几次尝试找别的话题。她跟他说自己在这边读书遇到的有趣的事，沈星川也会听着，听完之后，回她几句"挺好的""知道了""我先去忙了"，然后，通话终止，只留下机械的忙音。

"孟枝？孟枝？"徐莉莉叫她，"想什么呢？"

"没什么。"孟枝回过神说。

徐莉莉问："那我刚说的话你听见没？"

孟枝不好意思地笑了笑："抱歉，麻烦你再说一遍。"

徐莉莉说："就是孙师兄说今天趁着过节，晚上去聚个餐，让咱们一起。

你去吗?"

徐莉莉说的孙师兄是博二的,跟她们是同一个导师,为人比较热情,爱组局。被导师骂了,组局吃饭;论文卡了,组局吃饭;论文过稿了,还是组局吃饭。孟枝不爱热闹,五回她能去上一回都算多,为此被孙师兄那边列入了"失信名单",成为重点关照对象。

这回仍旧是。孟枝刚找了个理由推托,结果话还没说出口,就被徐莉莉打断:"你可别找借口了,上次、上上次、上上上次,你都没去,做三休一,这次也该去了吧?"

"可是我不喜欢那样的场合。"

"你就当是完成任务呗!大家是同一个导师手下的人,又都在这个行业,以后避免不了接触,现在关系好点,以后真有什么事也好开口。"徐莉莉语重心长,"博士生读到最后不是'牌腿子'就是'酒蒙子',你不打牌也不喝酒,当个'饭搭子'总行吧?"

她都把话说到这个份上了,孟枝也不好再拒绝,点了点头:"好吧。"

饭局定在晚上七点,医学院旁边新开的烤肉店。

孟枝跟徐莉莉六点钟下课的时候,天色已经暗了下来,两人一起往烤肉店走。路上,孟枝给沈母打了个电话,祝他们冬至快乐,顺便提醒说给他们二老买的厚羽绒服已经到了快递驿站,记得去取。挂断之后,她犹豫了片刻,又给沈星川拨了通电话……听筒里提示对方已关机,孟枝垂眸挂断。

"你爸妈也在北城啊?"徐莉莉问。

"嗯。"孟枝轻轻应了声,"我丈夫的父母。"

平地一声雷,徐莉莉直接顿住脚步,声音都有几分变调:"你真结婚了?"

孟枝笑了:"这还能有假的吗?"

"不是,我以为这是你婉拒一些臭男人的借口。主要是认识你这几个月,也没人见过你老公啊。"徐莉莉头脑混乱,紧接着瞥见孟枝素净的双手,"那你怎么不戴婚戒呢?"

孟枝不知道她为什么在这件事上如此大惊小怪,但仍然好脾气地解释:"之前在医院,带教教授不让在手上戴任何饰品,后来习惯了,自己也不喜欢戴了。"

"这样啊……"徐莉莉喃喃道,紧接着又小声念叨,"完了完了完了……"

"怎么了吗?"孟枝问。

徐莉莉老实交代:"博二临床理论那边有个姓李的师兄对你挺有好感的,也一直拐着弯向孙师兄打听。你性格太冷淡,孙师兄不好直接跟你说,就找上了我,今天的饭局,那人也在。"

孟枝听完，原本就淡的脸色更是看不出表情。她思忖几秒，果断地道："我想我还是回去吧，你就说我临时有事。"

徐莉莉一咬牙："行。"

话音刚落，熟悉的声音从旁边的车位上传来。

组局的孙师兄锁了车往这边走，笑呵呵地招呼人："你俩站门口做什么？往里走啊！哎呀，孟枝，你真是难请啊，好不容易来一回，今天得尽兴啊。"

孟枝顿住

徐莉莉小声劝她："撞上了，没办法，进去吧。"

孟枝心知此时不好再走了，便没说什么，面色如常地跟了进去。

孙师兄订了一间包厢，他们进去的时候，里面已经坐着四个人了，三男一女，其中就有那位李师兄。徐莉莉率先跟几人寒暄起来，孟枝跟着她的话简单打了声招呼。

落座之后，就开始烤肉。

店里不准用明火，底下是个类似电磁炉的装置，上头一层大石板，常年被炙烤的缘故，泛着青黑色。生肉一放上去，立刻"刺啦"作响，冒起一阵青烟。

一桌人本来就熟识，没多久气氛就热了起来，话题从专业扯到就业，最后又落到家庭上。博士生恋爱结婚是出了名的不容易，大家坐在一起边吃边喝边互相调侃，氛围挺不错，但孟枝始终有些心不在焉。

她垂眸，视线落到微信界面上。

那通电话没打通后，她就给沈星川发了微信，问他下班了没，今天冬至，让他记得吃汤圆。

消息发出，宛如石沉大海，得不到回音。

虽说他们半冷不热的关系维持了几个月，但从不会故意不接对方的电话或不回复对方的消息，即使当时在忙，事后也会第一时间回过去，这已经成了他们心照不宣的事。唯独今天例外。孟枝不免有些担心，整个饭局中精神都不怎么集中，连话都没说几句。

直到放在桌上的手机突然振动了一下。

屏幕亮起，显示有一条微信消息进来，是沈星川的：在宿舍？

孟枝：没，同学聚餐，在外面吃饭。

沈星川：地址。

孟枝怔了片刻，指尖轻点，发了定位过去。

她心里隐隐有个猜测，便问：你来北城了？

然后，又没了回音。

孟枝捏紧手机，却难以控制地焦躁起来。之后，她时不时偏过头，隔着落地大玻璃窗往外看一眼。直到话题突然落在她的身上。

孙师兄半开玩笑地说："孟枝，怎么不见你说话？性格太内向可不成啊。"

孟枝收回视线，淡淡一笑，从容道："听你们说就挺有意思的，我笨嘴拙舌，就不插话了。"

孙师兄倒了一杯酒递过来："你这两句说得可不像是笨嘴拙舌的样子啊……来来来，喝一杯。大家都喝酒，就你一个人喝茶，这有什么意思？"

孟枝不喜欢喝酒。她并不习惯被酒精控制大脑，失去理智的感觉让她没有安全感。除了有沈星川在的时候，她才会小酌两杯。

孟枝拒绝："还是算了吧。我量浅，喝多了麻烦。不如我以茶代酒，敬大家几杯吧。"她说着，抬手拿起一旁的茶壶往杯子里添水，却不想茶壶被孙师兄一把按下。

他说："没事。今天这么多人，你喝多了随便我们谁都能把你送回去，是吧，老李？"他将话题落到了那位姓李的师兄头上。

旁边，徐莉莉捏了捏她的手指，像是在提示着什么。

孟枝会意，面上却没有任何变化，淡淡地看着大家。

李师兄早就喝红了脸，闻言愣了一下，赶紧打圆场："那个孟枝，如果你是怕麻烦的话，那你放心，结束之后我送你回去，保证把你安全送到家……要不，你喝点儿？"

孟枝眉心蹙了一下，视线从李师兄脸上掠过，眸中隐隐带着些厌烦。刚准备掀唇，手机铃声便响了起来，来电显示是偌大的"沈星川"三个字。孟枝心里那股烦躁瞬间安定下来，光是他的名字，就奇异地能让她安心。

"喂？"

"我到店门口了，你结束了出来。"

"你……你怎么来的？"

"开车。"

孟枝抿了抿唇，压低声音："你方便进来吗？108包厢，我有些脱不开身。"

"好。"

电话被挂断。

孟枝轻舒一口气，压在心口上那沉甸甸的石头瞬间消弭于无形，她脸上不自觉地露出了几分浅淡的笑意。

孙师兄问："你朋友要来吗？"

孟枝说："我爱人。"

饭桌上的空气瞬间寂静。

隔了会儿，李师兄开口："你……你结婚了？"

孟枝点头："嗯。"

就在她尾音刚刚消散的那一秒，包厢门被人从外面敲响，提示般三声沉闷的声响之后，来人打开门走进来。

他今日穿了件深灰色的长呢子外套，衣襟敞开着，露出里面的纯黑毛衣，下身是一条黑色的直筒裤和短靴，衬得他整个人身形笔挺修长。

沈星川定在原地，利隼般的眸子在鸦雀无声的包厢里睃了一圈，直到触及孟枝时，微微一顿。

他踱步走过来，站定在她身后，疏离却也不失礼貌地道："抱歉，打扰大家了，我来接枝枝回家。"

"不会不会不会！"徐莉莉最先回过神来，"那个，你坐我这儿吧，我去外面再要个凳子。"

"对对对，一起坐下吃点呗。"

"还是第一次见孟枝的家属。"

"吃点，叫服务员加副碗筷。"

一时间，饭桌上众人都回过了神，七嘴八舌说什么的都有。

沈星川抬了抬唇，弯下腰轻声问孟枝："还想多留一会儿吗？"

孟枝眼睫颤了颤，摇头："不了，我想回家。"

沈星川直起身，笑着说："抱歉各位，家里父母等着一起过节，我们就先回了，改天请各位吃饭，我做东，届时还请大家务必赏脸。"

"这就走啊？才刚来。"

"是啊，还没认识认识呢。"

"酒都给你倒上了，一口没喝呢！"

沈星川看向说话的人。他个子高，又是站着，这么看下去颇有一种居高临下的意味。加上职业缘故，他不笑看人的时候，总有种审视的意味在里面。

饭桌上的众人又噤了声。

见状，孟枝站起身，刚准备开口拒绝，却被沈星川打断。

他倾身向前，拿起了刚才那人给他倒的白酒。透明的一次性杯子，那人倒了足足半杯，沈星川看也没看，仰头一口闷下去。

他动作豪爽，半点不拖泥带水，干脆利落的架势看得一桌人都傻了眼。唯独孟枝拧紧了眉头，一颗心揪了起来。

喝完，沈星川将杯子放回桌上，笑着说："那我们就先走了，各位尽兴。"

语毕，他好脾气地跟众人道了别，才攥着孟枝的手腕离开。包厢门合上的一瞬间，他脸上的笑意消失不见。

孟枝扶住他的胳膊，担忧地道："没事吧？其实可以不喝的。"

"我不喝，怕有人觉得不给他面子，下次为难你。"沈星川浸了墨一般的视线落在她脸上，哑声问，"能开车吗？"

"能。"孟枝半年前刚拿到驾照。

沈星川将车钥匙递给她："你来开。"

出了店门，孟枝讶异地发现外头竟然飘起了雪，不大，星星点点的，还没落下就化开了。但空气中已经有了那种雪天独有的干燥冷冽的味道。

沈星川是乘飞机到的北城，落地之后回了趟家，开了他父亲的车来接孟枝。这辆车孟枝开过一两次，勉强熟悉。她坐在驾驶座上，手把着方向盘，在心里默默复习了好一会儿驾驶步骤，才缓缓将车开了出去。沈星川坐在副驾上，将座位放倒了些，斜斜地靠在上头。

他酒量不算小，但方才空腹喝了大半杯，有点猛，这会儿酒劲上头，竟觉得有点头疼。他闭上眼休憩，呼吸绵长而均匀，孟枝一度以为他睡着了。

直到车子在某个路口拐弯的时候，突然听见他问："我们有多久没见了？"

孟枝一怔，抿了抿唇，答："三个多月。"

"109 天。"沈星川说，声音发沉。

这个精确的数字让孟枝哑口无言。

沈星川说："我们 109 天没见了，孟枝，我很想你。"

孟枝开口，嗓音有些轻颤："我也是。"

"跟你分开后不久，我上了专案，很忙，所以总是找不到机会来看你。"他抬起一只手臂横亘在眼睛上，遮住了整个上半张脸。

孟枝看不见他的表情，只能听见他的声音："抱歉，我知道这次冷战多半是我的问题……因为，你总是规划好了一切，但我是可有可无的。"

孟枝眼眶发酸，却无比笃定地道："你不是。"

沈星川轻笑了一声，在狭小的车厢里格外明显："是吗？你说不是就不是，我信你。"

前面十字路口，绿灯变黄再变红，是漫长的 100 秒。

孟枝双手紧握着方向盘，双眸低垂，很久，才低声说："我们别冷战了，这些天，我很难过。"

副驾驶座上，沈星川倏地睁开眼。

他侧过头，定定地看了她许久。

红灯还剩下 50 秒的时候，他突然坐直身子，整个上半身向她倾轧过来。等孟枝反应过来的时候，他炽热的双唇已经吻住了她。

唇齿辗转间,孟枝听见他低沉喑哑的声音:
"对不起,但别怀疑,我永远爱你。"

- 全文完 -

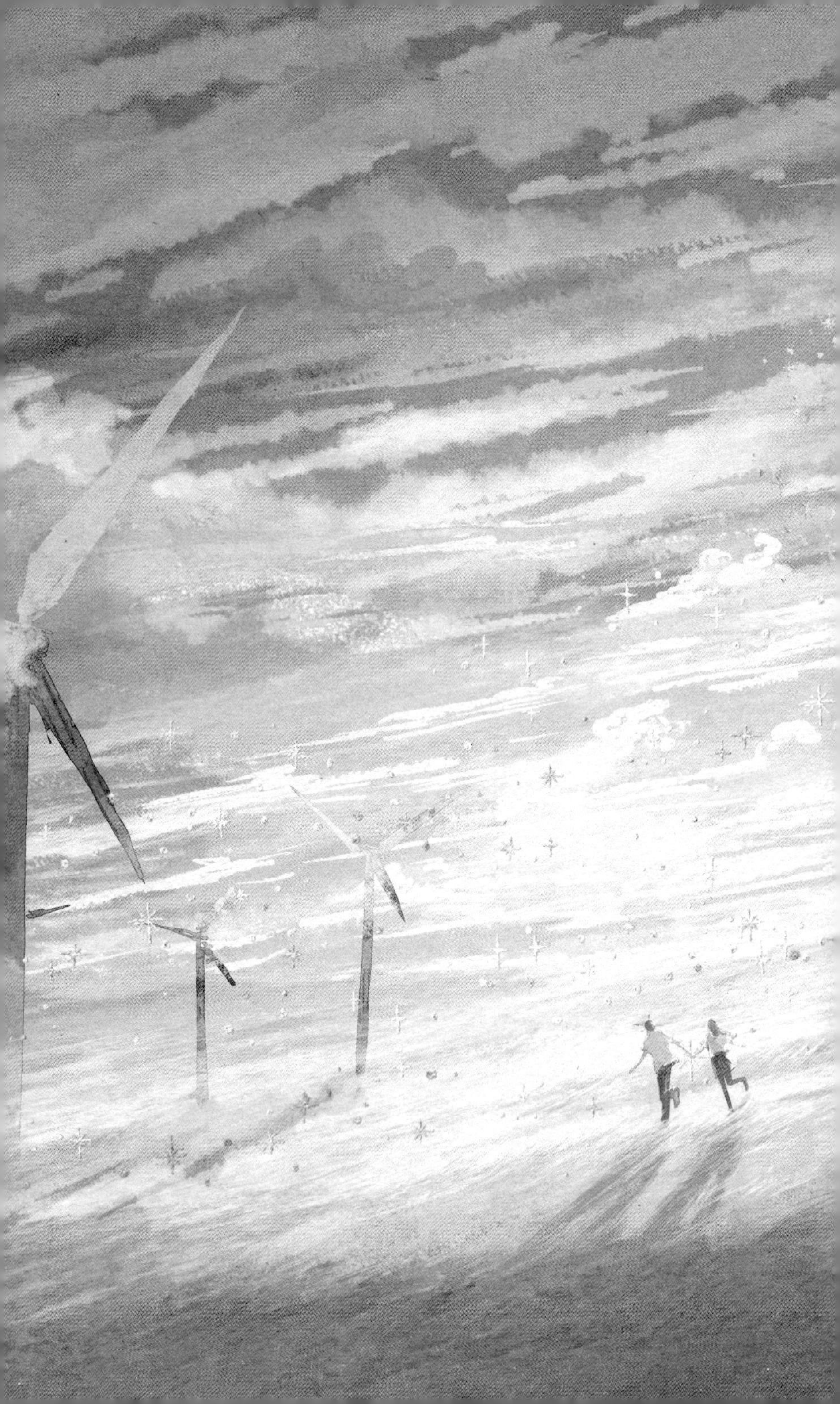